Do

CS

Tarikat Avcıları

*   CSI: Olay yeri inceleme.

CSI: Miami, Tarikat Avcıları - *CSI: Miami, Cult Following*

Pocket Books, A Division of Simon&Schuster, Inc. ve
Akçalı Telif Hakları Ajansı aracılığıyla

Türkiye'de yayın hakkı:
© 2008, İnkılâp Kitabevi
Yayın Sanayi ve Ticaret A.Ş.

Sertifika No: 10614

*Bu kitabın her türlü yayın hakları Fikir ve Sanat Eserleri Yasası
gereğince İnkılâp Kitabevi Yayın Sanayi ve Ticaret A.Ş.'ye aittir.*

Sayfa düzenleme Derya Balcı
Kapak uygulama Sayat Ayık
Düzelti Yasin Akdemir

ISBN: 978-975-10–2728-3

08 09 10 11 12   9 8 7 6 5 4 3 2 1

Baskı
İNKILÂP KİTABEVİ BASKI TESİSLERİ

∷ii İNKILÂP
Çobançeşme Mah. Sanayi Cad. Altay Sk. No. 8
34196 Yenibosna - İstanbul
Tel : (0212) 496 11 11 (Pbx)
Fax : (0212) 496 11 12
posta@inkilap.com
www.inkilap.com

Donn Cortez

Tarikat Avcıları

POLİSİYE

İngilizceden çeviren
Kerem Işık

İNKILÂP

Donn Cortez

Donn Cortez, Don DeBrandt adlı Kanadalı yazarın takma adıdır. Don DeBrandt'ın romanları arasında *The Quicksilver Screen, Steeldriver, Timberjak, V.I. ve Shakedown* vardır. Donn Cortez olaraksa *The Closer, The Man Burns Tonight* ve beş *CSI: Miami* kitabı yazmıştır.

Kerem Işık

1976 yılında İzmir'de doğdu. İzmir Amerikan Koleji'nde lise eğitimini tamamladı. Ege Üniversitesi Kimya Mühendisliği'ni bitirdikten sonra, Amerika'daki The University of Akron'da Fizik alanında yüksek lisansını yaptı. Çeşitli yayınevlerinden Türkçeye kitap çevirileri yaptı. *CSI: Miami, Tarikat Avcıları,* Kerem Işık'ın dördüncü kitap çevirisi.

1

GÖKYÜZÜNÜ BEYAZA boyayan yıldırımlar, melekleri kovalayan paparazziler[1] gibi çakıp duruyordu; beyazlığı takip eden patlamaysa gökgürültüsünden çok dinamit sesine benziyordu. Horatio Caine, Hummer'ını kaldırımın kenarına park ederken, Miami'deki bir Eylül fırtınasının doğal bir olay değil de göksel bir saldırı olduğunu geçirdi aklından. Kimi zaman öylesine şiddetli bir "boom" sesiyle patlamalar oluyordu ki, hazırlıksız yakalanan turistler boş bulunup çığlık atıyordu.

Bu patlamalara Horatio'nun tek tepkisi gözlerini kısmak oluyordu. Yıllardır burada yaşadığından bu duruma alışkındı... Ancak yine de Miami-Dade suç araştırma laboratuvarının sessizliğini tercih ediyordu. Bomba imha ekibinde geçirdiği seneler ani ve yüksek seslere karşı olumsuz bir yaklaşım edinmesine sebep olmuştu.

---

1 Magazin habercisi – ç.n.

Taktığı yarı saydam lateks eldivenler Hugo Boss marka takım elbise ceketinin kollarıyla hiç uymuyordu; Miami'de tarz sahibi olmak da CSI[2] ekibinin şefi olmanın değişken ve incelikli politik oyunları anlamayı gerektirmesi kadar gerekliydi. Horatio genellikle tarzı olan ancak resmi olmayan – yelek ve kıravat takmaz, gömleğinin yakasını da açık bırakırdı – kaliteli bir takım elbise giyerdi; böylelikle üzerinde bir marka etiketi taşıyan bir tişörtün dahi modaya uygun kabul edildiği Güney Florida'daki ortama az da olsa uyum sağlayabiliyordu. Görünüş önemli bir silahtı ve Horatio da işini başarılı bir şekilde yapabilmesi için gerekli olan tüm silahları kullanmaktan çekinmiyordu.

CSI çantasını alıp dışarıya, Hummer'ın klimasından sonra iri bir hayvanın nefesini andıran nemli havaya çıktı. Eskiden Miami'nin bir banliyösü olan ancak artık kendi başına bir kente dönüşmüş olan Coral Gables, varlıklı ve seçkin bir yerdi; yirmiden fazla elçilik ve canlı bir tiyatroyla alışveriş sokağı vardı. Küçük Havana'nın batısında kalan Gables inceden inceye planlanmış bir şehirdi; planı, 1920'li yılların başında narenciye milyoneri olan Merrick adında bir kişi tarafından yapılmıştı. Geniş bulvarlar, yüksek banyan ağaçları ve bir boğa güreşçisinin doğum yerinden bile daha çok olan İspanyol mimarisi buraya akılda kalıcı bir görünüm veriyordu: Kırmızı kiremitli çatılar, mermer çeşmeler ve her tür pastel tonda terra-cotta[3] kemerler vardı.

---

2   Olay Yeri Araştırma Birimi – ç.n.
3   Kiremit rengi

Sarı bir bantla çevrilmiş Akdeniz yapılarını andıran bir dükkânın girişine doğru ilerlerken birkaç iri yağmur damlası kaldırıma düştü. Dükkânın bir yanında bir sanat galerisi, diğer yanındaysa bir bayan butiği vardı. Kapının üzerindeki neon tabelanın üzerinde DÜNYEVİ BAHÇE yazıyordu, hemen altındaysa daha küçük puntolarla Vejetaryen Yemekleri yazılıydı. Horatio kordonun altından geçip içeri girerken kapıda nöbet tutan üniformalı polis onu tanıyıp başıyla selam verdi.

Horatio duraksayıp her şeyi bir anda görmek istermişçesine çevresine baktı. Elli kişiden fazlasını alamayacak olan restoran büyük sayılmazdı. Beyaz boyalı duvarlarında birkaç suluboya tablo asılı olan restoranın dekoru oldukça yalındı. Sarı ahşaptan yapılma dört kişilik oval masaların her birinin üzerinde kesme camdan avizeler vardı. Masalardan yalnızca biri doluydu ve Horatio masadakilerin kıyafetlerine bakarak hepsinin restoran çalışanı olduğunu düşündü. Masanın yanında kıvırcık siyah saçları gri takımının üzerine dökülen, teni zeytin renginde olan uzun boylu bir kadın duruyordu ve Horatio'nun yaklaştığını fark edince konuşmasını keserek ona döndü. Dedektif Yelina Salas başıyla Horatio'ya mutfak kapısını işaret ederek onunla birlikte yürümeye başladı.

"Olay nedir?" diye sordu Horatio.

"Kurbanın adı Phillip Mulrooney," dedi Salas. "Burada çalışan bir garson, daha doğrusu çalışıyordu. Ceset arka taraftaki görevli tuvaletinde."

Onu mutfağa açılan çarpma kapıdan ve mutfaktaki paslanmaz çelik ışıltılarının arasından geçirdi. Havada sarımsak, zencefil ve köri kokusuyla birlikte ağır bir koku daha vardı. Yanık plastik ve ozon.

Tuvaletin kapısı açık duruyordu. Yalnızca bir lavaboyla klozetin sığabileceği küçük bir odaydı. Kurban dizlerinin üzerine çökmüş vaziyette klozetin önüne yığılmıştı. Gömleği, pantolonu ve çorapları parça parça olmuştu ve ayakkabısının teki uzak bir köşede, diğer tekiyse lavabonun içindeydi. Horatio artık yanık insan derisi kokusunu da alabiliyordu. Zeminin üzerinde küçük plastik ve metal parçalar vardı.

Tam o esnada Eric Delko eldivenli ellerinin birinde CSI çantası ve boynunda fotoğraf makinasıyla çıkageldi. Üzerinde şort, bez spor ayakkabı ve Miami Heat tişörtü vardı. "Telefon geldiğinde muhtemelen koşudaydı," diye düşündü Horatio.

"Neler oluyor H.?" diye sordu.

"Ben de şimdi geldim," dedi Horatio. Dikkatli bir şekilde eğilerek yerden bir parça plastik aldı. "Görünüşe bakılırsa kurbanımızın elinde cep telefonu varmış. Telefondan geriye fazla bir şey kalmamış."

"Sence onu öldüren bu mu?" diye sordu Delko. "Cep telefonu pilleri bazen genleşip patlayabiliyor."

"Özellikle de üçte biri fiyatına satılan, üçüncü dünya ülkelerinde üretilmiş olanları. Telefonu eline her alışında Rus ruleti oynadığını hissediyorsun... ama bence ölüm sebebi bu değil. Öyle olsa kıyafetleri bu şekilde lime lime olmazdı."

Delko lavabodaki ayakkabıyı alıp inceledi. "Bağcıkları hâlâ bağlı."

"Ve zemin ıslak." Horatio tuvaletten birkaç metre uzaklıkta, mutfak zeminindeki metal drenajı işaret etti. "Golf sopan varsa pek zorlanmazsın."

"Elbette, yıldırım," diye onayladı Delko. "Voltaj, deriyle kumaş arasındaki nemi buharlaştırıp deyim yerindeyse insanları kıyafetlerinden fırlatıp atabilir."

Horatio ellerini dizlerine koyup eğilerek lavaboyu daha yakından inceledi. "Tuvalet paslanmaz çelikten."

"Sanayi tipi," dedi Delko. "Bunları daha ziyade umuma açık yerlerde görebiliriz, havaalanları ya da alışveriş merkezleri gibi."

"Belki de inşaatı yapanlar iyi bir fiyat almışlardır," dedi Horatio. "Anladığım kadarıyla tesisatın geri kalanı polivinil klorid, takması daha ucuza gelir ve çalışanlara ait bir tuvalet olduğundan, mekân sahibi dış görünüşe çok fazla önem vermeyebilir. Ama tüm borular görünmüyor değil öyle değil mi?"

"Yani yıldırım tesisattan gelip, kabloyu ve yerdeki suyu aşarak drenajda mı topraklandı öyle mi?"

"Ve yoldayken de cep telefonunun patlamasına neden oldu," dedi Horatio. "Ama cesedin pozisyonu biraz tuhaf... Hadi çatıya bakalım. Yıldırımın nereye gittiğini biliyoruz, bakalım nereden geldiğini de bulabilecek miyiz?"

"Ben görevlilerle görüşmeye devam edeceğim," dedi Salas.

Çatıya açılan kapak arka tarafta, duvara monte edilmiş beyaza boyalı çelik bir merdivenin sonundaydı. Horatio merdivenin basamaklarını inceledi. "Çok temiz görünüyor öyle değil mi?" diye sordu. "Ne çamur, ne yağ lekesi, ne de toz var."

"Mutfağın geri kalanı da oldukça temiz. Belki de her gün siliyorlardır," dedi Delko.

Horatio yakındaki bir sandalyeyi çekip üzerine çıktı. Daha yukarıdaki basamakları inceledi. "Tavana kadar gidiyor mu? Bu gereğinden fazla, bir restoran için bile olsa..." Basamaklardan birine tutunup son birkaç metreyi tırmandı. Kapağın üzerinde basit bir mandal vardı ve kilit yoktu; kapağı açıp başını dışarı uzattı.

Çatı, katran ve mıcırdan yapılma düz bir zeminden ibaretti ve kuzey ucunda havalandırma sistemi vardı. Birkaç metre ötede, aşağı yukarı tuvaletin bulunduğu yerin üzerinde kısa bir boru vardı, muhtemelen kanalizasyonda biriken gazı dışarı atmak için kullanılıyordu.

Horatio çiseleyen yağmurun şiddetlenmemesini umarak kapağın çevresindeki alanı dikkatle inceledikten sonra çatıya çıktı. Yavaşça tahliye borusuna doğru ilerlerken bir yandan da çatının zeminini inceliyordu.

"İlginç bir şey var mı?" diye sordu Delko kapaktan başını uzatarak.

"Birkaç şey," dedi Horatio. "Öncelikle elektriğin izlemesi en muhtemel yol şu tahliye borusu olurdu, ama tesisatın geri kalanı gibi o da PVCden yapılma."

"Belki de havalandırma ünitesine çarpmıştır ya da hava menfezinden duvardaki bir boruya sıçramıştır."

"Olabilir ama dinle." Horatio olduğu yerde durdu.

Delko başını yan yatırıp bir süre dinledikten sonra başını aşağı yukarı salladı. "Hâlâ çalışıyor. Eğer yıldırım çarpmış olsa klima da çalışmazdı."

"Doğru. Bu da içeri girmek için bir başka yol izlediğini gösteriyor. Ya henüz bulmadığımız... ya da o günden bugüne ortadan kaldırılmış bir yol."

"Yıldırım bazen açık bir pencereden ya da elektrikli bir aletten gelebilir," dedi Delko.

"Doğru, ama her zaman toprağa giden en kısa yolu seçer... ve bunun için, plastikten yapılma tesisat borularının uygun olacağını pek aklım almıyor." Horatio havalandırma cihazlarına doğru yürüyüp inceledi. "Belirgin bir iz yok... bekle. Eric, buraya gelip şuna bakar mısın?"

Delko kapaktan çıkıp yanına gitti. Horatio eğilip eldivenli eliyle klima ünitesinin yanındaki mıcır zeminde kararmış bir bölgeyi işaret ederek "Yanık izine benziyor, dedi. Ama şekli çok tuhaf." Yerdeki iz bir noktadan dışarıya doğru uzanan açılı çizgilerden oluşuyordu.

Delko'nun yüzü asıldı. "Yıldırım neden oraya çarpsın ki? Bu hiç mantıklı değil."

"Evet, değil..." Horatio uzanıp küçük, üçgen şeklinde bir parça aldı. Yukarı kaldırıp bir süre inceledi; iki tarafı siyah, bir tarafıysa yanık siyahtı. "Seramiğe benziyor," dedi Horatio. "Şekle bakılırsa çatlamış, yuvarlak bir şeye benziyor, belki de bir tabaktır." Delko'nun uzattığı kanıt torbasının içine yerleştirdi.

"Şunun bir fotoğrafını çeker misin?" Horatio yanıktan bir parça sıyırıp bir başka kanıt torbasının içine koydu. Torbayı havaya kaldırıp kokladıktan sonra Delko'ya uzatarak, "Şunu koklar mısın?" dedi.

"Evet. Kesinlikle pozitif bir katalizör, ama başka bir şey daha var. Pamuk helvaya benziyor."

Horatio başıyla onayladı. Delko'nun düşünceli yüz ifadesinden her ikisinin de başka bir koku daha aldığını anlayabiliyordu.

Cinayet kokusu.

"Pekâlâ, mutfağı inceleyelim," dedi Horatio. "Eric, sen depodan başla, ben de yemek hazırlık alanlarından başlayacağım."

Yavaş ve metodik bir şekilde çalıştılar. Delko çekmeceleri, dolap ve rafları incelerken Horatio da un, mısır unu ve mercimeklerin arasına bakıyordu. Yerinden oynatılabilen her şeyin altına ve arkasına, hareket ettirilemeyenlerinse içine bakıyorlardı.

Hiçbir şey yoktu.

"Belki de biraz fazla zorluyoruz," diye mırıldandı Horatio. "Belki de aradığımız şey gözümüzün önünde."

Mutfakta yürüyüp sıradışı bir şey olup olmadığına baktı. Tencereler, tavalar, kapkacaklar... plastik kovalar, taslar... kesme tahtalı bir sandviç tezgahıyla sıra sıra dizilmiş plastik saklama kapları. Muhtemelen malzemelerin birbirine karışmasını engellemek için her kutunun kendi tahta saplı bıçağı vardı.

Biri hariç.

Kabın içinde yoğun, koyu renk bir sıvı vardı. Eğilip kabı kokladı; tatlı ve is kokuyordu, *esmer şeker pekmezi. Peki neden her kabın kendi bıçağı varken bu kabın bıçağı yok?*

Çamaşır makinesinin yanında içi kirli tabak çanak dolu bir leğen vardı. Horatio bu leğenin içindekileri incelemişti ancak aklına bir şey takıldı ve yeniden leğenin

12

başına gitti. Diğer kirli kap kacağın arasında üzerleri yoğun, siyah yapışkan bir sıvıyla kaplı, tahta saplı iki tereyağı bıçağı vardı.

Delko yanına geldi. "Ne buldun H.?"

"Emin değilim," diye yanıtladı Horatio. Dikkatlice bıçakların birinin ucunu sildi. Alttaki metal yanmış ve simsiyah olmuştu. Diğeri de aynı durumdaydı.

"Olası bir iletken mi?" diye sordu Delko.

"Olabilir," dedi Horatio. "Ama neden iki tane? Eric, araştırmaya devam etmeni istiyorum. Elektrik prizleriyle elektrikli aletlere özellikle dikkat et. Ben çalışanlarla görüşeceğim..."

Horatio Caine'in bir sırrı vardı.

Öyle korkunç ve karanlık bir sır değildi, onu tanıyanlar bunun bir sır bile olmadığını iddia edebilirdi. Ancak işi esnasında karşılaştığı çoğu insan bundan hoşlanmaz ya da bunu uygunsuz bulurdu; bu yüzden de Horatio çoğu zaman bunu gizli tutmayı öğrenmişti.

Horatio'nun gizlemeye çalıştığı şey espri anlayışıydı.

Kuru ve iğneleyici bir tarzı vardı (en azından yüksek sesle söyledikleri) ancak – tüm CSI çalışanlarının eninde sonunda öğrendiği gibi – espri anlayışı olmadan bu tip bir iş yapmak olanaklı değildi. Acı çekmeyi komik bulduğundan ya da acı çekenlere karşı empatik yaklaşamadığından değil – kimi zaman acıyı öyle derinden hissederdi ki çalışmaya devam etmesini sağlayan bu olurdu – ancak insanların sahip olduğu savunma mekanizmalarından en temeli, acıyı kahkahaya çevirmekti ve ölülerin etrafında çalışmanın tek yolu, Horatio gibi absürd bir espri anlayışına sahip olmaktı.

CSI ekibine örnek olmak ve saygı çerçevesini bozmamak adına esprilerini genellikle kendine saklıyordu. Her gün acı çeken insanlarla uğraşıyordu ve bu kişiler ister kurban ister şüpheli olsun, onu ciddiye almak zorundaydılar. Bu yüzden de nadiren gülümseyerek esprilerin takımın diğer üyeleri tarafından yapılmasına izin veriyordu. Rahatlamaya ondan daha çok ihtiyaçları vardı.

Kendi kendine söylediği şey buydu. Çoğu zaman da buna inanıyordu.

Horatio, Salas'ın aldığı notlara bir kez daha baktı. Diğerleri dışarıda beklerken o ve Salas, çalışanların masasında yan yana oturmuş tek tek onlarla görüşüyorlardı. Tam karşılarında oturan adam minyon ve oldukça tertipli görünüyordu ve dalgalı beyaz saçları dar kafasının üzerinde geriye doğru taranmıştı. Ellerini masanın üzerinde kavuşturmuştu ve tırnakları düzgünce kesiliydi. Kolları dirseğin hemen üzerine kadar kıvrılmış olan mavi gömleğinin üstündeki önlüğü, bembeyaz ve lekesizdi. Albert Humboldt bulaşıkçıdan çok garsona benziyordu.

Belki de hayalleri vardır, diye düşündü Horatio, yine de bir vejetaryen restoranında garson olmak için cinayet işlenebileceğinden şüpheliydi. Ne olursa olsun Humboldt da Horatio'ya diğer iki garsonla aynı şeyleri anlatmıştı ve aynı şeyleri duymaktan çok sıkılmıştı.

"Albert," dedi Horatio makul bir ses tonuyla. "Şunu açıklığa kavuşturalım. Bana Mulrooney'nin idam edildiğini söylüyorsun..."

"İdam edilmedi. Çarpıldı," dedi Humboldt. Sesi de kendisi gibi kesin ve düzgündü; Horatio'ya beyaz bir fareyi hatırlatıyordu.

"Çarpılmış, şey tarafından..."

"Tanrı."

Horatio, Salas'a baktı. Salas'ın kaşları o kadar uzun süredir şaşkınlıkla havadaydı ki, kramp girebileceğini düşündü.

"Pekâlâ. Dini konuları bir süre için kenara bırakıp olayları bir kez daha baştan alalım. Bay Mulrooney'nin tuvalete gittiğini gördüğünüzü söylüyorsunuz."

Homboldt başıyla onayladı. "Evet."

"O esnada cep telefonuyla konuşuyor muydu?"

Humboldt duraksadı. "Hatırladığım kadarıyla hayır."

"Bay Mulrooney tuvaletteyken bir cep telefonunun çaldığını ya da biriyle konuştuğunu duydunuz mu?"

"Hayır. Ama bulaşık makinesi o kadar çok ses çıkarıyor ki hiçbir şey duyamıyorum desem yeridir."

"Ama gökgürültüsünü duydunuz."

"Ah, evet. Tüm gün boyunca gök gürlediğini duydum ama bu, pencereleri titretecek kadar kuvvetliydi. Ve sanki çifte bir patlama gibiydi, tıpkı yankı gibi."

"Saati hatırlıyor musunuz?"

"Evet. İkiyi kırkbeş geçiyordu. Molam yeni bitmişti."

"Emin misiniz?"

"Eminim."

15

Horatio öne eğildi. "Ve cesedi bulan da sizsiniz."

Humboldt, Horatio'yla göz göze gelip endişeli bir şekilde dudaklarını ıslattı. "Evet. Kokuyu fark edince kapıyı çaldım, kokulara karşı duyarlıyımdır..." Yutkundu. "Vejetaryenim."

"Et yemiyor ve yumurta ya da süt gibi diğer hayvansal gıdaları da tüketmiyor," dedi Salas.

"Ya Mulrooney?" diye sordu Horatio.

"O da vejetaryendi," dedi Humboldt. "Hepimiz öyleyiz. Zindelik Yöntemi'nin bir parçası bu."

"Yeni bir sağlık çılgınlığı," dedi Salas. "Güney Sahili Diyetine büyük bir rakip. Etoburluğu bıraktığında ihtiyacın olan şeyler vitaminlerle takviye ediliyor."

"Bu çok daha fazlası," dedi Humboldt. "Bu tam anlamıyla bir yaşam felsefesi, – Tüm yaşantımı değiştirdi."

"Phil Mulrooney'nin de yaşamını değiştirdi mi?" diye sordu Horatio.

"Zindelik Yöntemi herkesin yaşantısını değiştirdi. Doktor Sinhurma, iç güzelliğin dışarıya çıkarılabilmesinin fiziksel ve ruhani kişiliklerimizin geliştirilmesine bağlı olduğuna inanıyor."

"Övgüye değer," dedi Horatio. "Mulrooney'nin neden ilahi bir cezaya kurban gittiğiyle ilgili diğer çalışanların farklı teorileri vardı... Sizinkini paylaşmak ister misiniz?"

"Doktor Sinhurma'nın öğretilerine artık inanmıyordu," dedi Humboldt. "İnancını kaybetmişti."

"Sonra da yaşamını," dedi Horatio. "Diyetin bozulması için çok fazla bir bedel."

Humboldt 'ne yapabilirsin ki?' dercesine ellerini iki yana açıp havaya kaldırdı. "Tanrı'nın düşüncelerini bildiğimi iddia etmiyorum. Bildiğim tek şey, Doktor Sinhurma'nın çok bilge ve öngörülü bir kişi olduğu. Phillip onun bilgeliğine sırtını döndüğünde Tanrı onu bir yıldırımla cezalandırdı."

"Bir tuvalette," dedi Salas. "Eğer o şimşeği Tanrı yolladıysa tuhaf bir espri anlayışı varmış."

"Belki de," dedi Horatio Humboldt'a bakarak, "başka biri atmıştır."

Görüşülen son kişi ahçı Darcy Cheveau idi. Kısa kesilmiş kıvırcık siyah saçlı, iri yapılı esmer bir adamdı. Dudağının hemen üzerinde hilal şeklinde bir yara izi vardı. Pahalı bir parfüm sürmüşçesine tehditkarlık saçan kişilerdendi; bunun ne olduğunu anlayamazdınız, ancak dikkatinizi hemen çekerdi.

"Bay Cheveau," dedi Horatio. "Bu olay gerçekleştiğinde neredeydiniz?"

"Yani Phil kömür olduğunda mı?" diye sordu Darcy gülümseyerek. "Tüm gün neredeysem orada, – mutfakta sıradan işlerle uğraşıyordum."

"Bu canınızı çok sıkmış gibi görünmüyor," dedi Salas.

"Phil'le o kadar yakın değildik. Tıpkı Doktor'un söylediği gibi, – herkesin karması er geç onları yakalar."

"Doktor derken Doktor Sinhurma'yı mı kastediyorsunuz?" diye sordu Salas.

"Evet. Sen de mi Metod üyesisin?"

"Pek sayılmaz," dedi Salas.

"Yani Mulrooney'nin başına gelenleri hak ettiğini mi düşünüyorsunuz?" diye sordu Horatio.

"Bilemem, bu onunla kainat arasında bir şey bence? Ama o şekilde çarpılıvermek... yukarıdakiler ondan pek hoşlanmıyor olmalı."

"Ben burada ondan hoşlanmayanlarla daha çok ilgileniyorum," dedi Horatio. "Bay Mulrooney'le aranızda herhangi bir sürtüşme var mıydı?"

"Hayır, ama arkadaş değildik," dedi Cheveau omuz silkerek. "Gerçekten de onu pek tanımıyordum. Ve görüldüğü üzere artık öyle bir olasılık da kalmadı..."

Saçlarını at kuyruğu biçiminde toplamış olan Calleigh Duquesne üzerinde siyah, bol bir pantolon ve beyaz bir bluzla olay yerine geldiğinde Horatio henüz görevlilerle görüşmeyi tamamlamamıştı; yüzünde hafif bir tebessüm, elindeyse bir Makita tabağı vardı. "Pekâlâ, bu özel mönüyü kim ısmarladı?"

Delko eldivenli elini havaya kaldırarak, "O benim. Az pişmiş lütfen," dedi.

Calleigh havayı kokladı. "Sanırım sizin için 'iyi pişmiş' daha iyi bir seçim olur, sizce?"

"Kurbanı götürmeden önce çok daha kötüydü," dedi Delko. "Yıldırım çizgi filmlerdeki gibi insanları kömürden silüetlere dönüştürmüyor, ancak şimşeğin iç ısısı güneşin yüzeyinden dört kat daha yüksek olabilir; bu da insanın etini pişirmek için çok yeterli."

"Bunu nereye takabilirim?"

"Burası hariç her yere," dedi Delko tezgahın üzerindeki bir prize parmak izi pudrası dökerken. "Sigortaları inceledim, şimşeğin etkilediği tek priz bu."

"Ona takılı bir şey var mıydı?" diye sordu Calleigh. Eğilip parlak turuncu çantayı yere koyduktan sonra kilidi açtı.

"Hayır. Parmak izi de yok, ama şuna bak." Delko prizin üst kısmına yakın bir noktayı işaret etti. "Plastiğe bir desen eritilmiş gibi."

Calleigh, elindeki testereyle yaklaşıp Delko'nun işaret ettiği yeri inceledi. "Hmm. Herhangi bir fişin bırakabileceği bir ize benzemiyor. Belki de prize bir şey dayalıydı."

Delko fırçasını yere bırakıp fotoğraf makinesini aldı. "Evet ve sanırım ne olduğunu biliyorum." Ona Horatio'nun bulduğu bıçaklardan bahsetti. "Onlardan birinin duvarla priz arasına sıkıştırılmış olduğuna dair bahse girerim," diyerek bir resim çekti.

Horatio mutfağa girdi. "Calleigh, geldiğine sevindim. Tuvalet duvarının arkasına bakmanı istiyorum, yıldırımın izlediği yolu bulabilirsin belki. Eric, mutfakta başka bir şey buldun mu?"

Delko ona prizi gösterdi. "İlginç," diye mırıldandı Horatio. "Tüm elektrikli aletleri test ettin mi?"

"Hepsini. Düzgün çalışıyorlar."

Horatio ellerini beline koyarak odanın çevresine baktı. "Pekâlâ, burası Miami'de bir vejetaryen lokantası. Taze meyve ve sebze sularının mönülerinde olduğunu tahmin ediyorum... o halde burada ne eksik?"

Delko çevresine baktı. "Blender yok."

"Doğru. Çöpleri kontrol et, bakalım şanslı günümüzde miyiz?"

"Hemen ediyorum."

Calleigh bir çift eldiven taktı. "Başlayabilir miyim H.?"

"Tabii ki de. Benim bir telefon etmem lazım."

Horatio yeniden restoranın ana girişinin bulunduğu yere çıktı; görevlilere eve gidebilecekleri söylenmişti. Cep telefonunu çıkarıp hafızadaki ilk numarayı çevirdi: Miami-Dade suç araştırma laboratuvarı.

"Bay Wolfe? Benim, Horatio." Testere gürültüsünü bastırmak için bağırması gerekiyordu. "Doktor Sinhurma hakkında bulabileceğin her şeyi bulmanı istiyorum, bir de onun Dünyevi Bahçe adlı bir restoranla olan ilişkisi hakkında. Evet doğru, diyetisyen... Aynı zamanda Philip Mulrooney adlı şahsın son yirmi-dört saat içinde yaptığı cep telefonu görüşme kayıtlarına ihtiyacım var. Pekâlâ, teşekkürler."

Telefonu kapatıp gerisingeri cebine yerleştirdi. Calleigh'in plastiği kesen testeresinin sesi vahşi bir hayvanınkini andırıyordu; dışarıdaysa yağmur şiddetli bir şekilde yağmaya başlamıştı.

Horatio Caine, Miami'yi tanıyordu. Onu tıpkı bir denizcinin denizi ya da bir sevgilinin değişken mizaçlı aşığını tanıdığı gibi tanıyordu; ne zaman ne yapacağını söyleyemezdi ancak neyi yapabilecek güçte olduğunu söyleyebilirdi. Miami uçların şehriydi; görünen yüzü parlak neon ışıklarla, kızgın kumlara uzanmış esmer vücutlarla, papağan renginde kıyafetler giyip *Mohito* içenlerle ve sıcak, tropik akşamlar boyunca dans eden terli vücutlarla kaplıydı. Miami Doğu Sahili'nin en heyecan verici yeriydi, bir Versace takımı kadar şık, paten kayan bir süper model kadar hızlıydı.

Ancak tüm bu ışıltının altında koyu bir karanlık yatıyordu.

Horatio, bir gece kulübünün parlak ışıklarıyla, soğuk floresan ışıklı bir otopsi masası arasındaki uzaklığın ne kadar kısa olduğunu, buraya akan onca paraya rağmen ülkenin en yoksul bölgelerinden biri olduğunu biliyordu. Sıcak iklimin sıcak kana ne kadar çabuk dönüşebileceğini ve bazı kesimler için 'turist sezonunun' araba kaçırma sezonu anlamına geldiğini de biliyordu.

Horatio Miami'yi bir sınır, arada kalmış bir yer olarak görüyordu. Bazı insanlar karanlıkla ışıltılı yerler arasındaki o ince çizgiyi görmekte zorlanıyordu ancak o bölge Horatio'nun yaşadığı yerdi. Bulutlu, gri bir alanda yaşamıyordu; her iki tarafa da ayağını basmıştı ve aradaki fark onun için yaşamla ölüm kadar belirgindi. Diğer insanların güneş ışığı gördüğü yerlerde o yalnızca gölgeler görürdü.

Onun işi bu sınırı aşan insanların üstesinden gelmekti. *Ve insanlar sürekli yanlış yola saparak sınırı aşarlar*, diye düşündü Horatio gözlem odasına girerken. *Çoğunun sonu burası olur*.

Aşağıda kalan Doktor Alexx Woods'a bakıp mikrofonu açtı. Miami-Dade adli tıp uzmanının tesisi aynı zamanda bir ders laboratuvarıydı ve otopsi odasının üzerinde yüksek çözünürlüklü birkaç ekran bulunan camlı bir gözlem alanı vardı. Horatio zaman zaman otopsileri buradan izlerdi, midesi bulandığı için değil, tam aksine aşağıdaki odada kalan kameralar sayesinde görmek istediği detayları daha net bir şekilde görebildiği için.

"Evet, Alexx?" diye sordu Horatio. "Kurbanımız hakkında bana ne söyleyebilirsin?"

Alexx, Horatio'ya gülümsedikten sonra hemen önündeki masada yatan cesede baktı. "Zavallı çocuğun yüzü, patlayan cep telefonu yüzünden yanmış ama onu öldüren bu değil. Muhtemelen yıldırım yüzünden kalp krizi geçirmiş."

Horatio'nun yüzü asıldı. "Muhtemelen mi dedin Alexx?"

"Evet çünkü çelişen bazı bulgular var. Bir yıldırım iki milyon volt kadar elektrikle yüklü olabilir ancak derinin direnci yüksek olduğundan bu akım genellikle yüzeyden ilerler."

"Dolanan ark," dedi Horatio.

"Evet. Çoğu insanın yıldırım çarpmasından kurtulmasının sebebi bu. Yıldırım vücudun içinden geçmez, üzerinden dolaşır. İzlediği yoldaki tüm nemi buharlaştırarak doğrusal ya da aralıklı yanıklara sebep olur. Onları burada görebilirsin; kollarının altında, kasıklarının iç kısmında, ayaklarıyla alnında."

"Kıyafetlerini parçalayıp ayakkabılarını fırlatan da bu olmuş."

"Aynı zamanda şu var." Alexx cesedin göğsünde kılların meydana getirdiği bir izi gösteriyordu. "Buna Lichtenberg şekli denir, yıldırım çarpmasına maruz kalanlarda kimi zaman görülür. Ciltaltı yağlarının dışına sızan kan, derinin üzerinde eğreltiotu şeklinde lezyonların oluşmasına sebep olur. Lezyonların gelişimini kimse

22

tam olarak bilmiyor ancak yirmi-dört saat içinde vücuttan silinirler."

"Peki tüm bunlar ne anlama geliyor Alexx?"

"Gözkapaklarıyla iç dokunun üzerinde küçük kırmızı benekler." Cesedin gözlerinin beyazındaki küçük kırmızı kan damarlarını işaret etti.

"Asfeksi öyle mi? Bu gerçekten tuhaf."

"Bu kimi zaman düşük voltajlı elektrik çarpmalarında da görülür. Eğer akım 'bırakma seviyesi' adı verilen seviyenin üzerindeyse – ki bu yaklaşık on altı miliamperdir – kurbanın ön kolundaki fleksör ve tensör kasları kasılır. Eğer fleksör daha kuvvetliyse eller spazmik bir şekilde kapanır, bu da kurbanın akımdan kendini kurtarmasına engel olur. Akım, soluma kaslarını paralize eder ve böylelikle kurban nefes alamaz, eğer uzun sürerse kurban boğularak ölür."

Horatio öne eğilip monitördeki görüntüyü inceledi. "On altı miliamper. Bu, evdeki akımla elde edilebilir... Yani eğer kalbi durmamış olsaydı solunum yetmezliğinden ölecekti öyle mi?"

"Yıldırımdan değil. Yıldırım çarpması çok kısa süren bir olay – tüm olayın gerçekleşmesi iki yüz milisaniye hatta daha kısa sürer ve maksimum akıma ulaşılan süreyse bunun yüzde biri kadardır. Bu tür paraliz durumların çoğunda akım geçip gittikten sonra akciğerler yeniden çalışmaya başlar; asfiksiden ölebilmesi için iki ya da üç dakika geçmesi gerekirdi. Bu kanamalar o kadar ciddi değil – bana kalırsa bir dakika ya da daha az bir süre için nefessiz kaldı. Bir de bunları buldum." Alexx üst baldırdaki bazı küçük kırmızı noktaları işaret etti. "İğne izleri."

"Bu iş için tuhaf bir yer. Uyuşturucu bağımlıları genellikle daha kolay erişilen damarları tercih ederler."

"Bunlar kas içinde ve en azından bir haftalıklar, ne kullanıyorduysa kullanmayı bırakmış. Eğer durum buysa toksik analiz bize ne kullandığını gösteremeyecektir."

"Hayır," dedi Horatio, "ama bize ne kullanmadığını gösterebilir... ve bu da epey işimize yarar. Ya mide içindekiler?"

"Sonuçlar az önce geldi. Yarı sindirilmiş meksika fasulyesine benziyor."

"Vejetaryen öyle mi?"

"Hayır, kesinlikle hayvansal protein."

"Yani bizimki kaçamak yapıyordu desene," diye dalga geçti Horatio. "Etin dayanılmaz cazibesine kendini kaptırmış... Teşekkürler, Alexx."

Alexx cesede, ilgilendiği diğer tüm cesetlere baktığı gibi şefkatle baktı. "Hepimiz zaman zaman zayıflıklarımızın bizi yenmesine izin veririz," dedi yavaşça. "Kimse sonsuza dek güçlü kalamaz."

2

"TAMİRAT NASIL gidiyor?" diye sordu Horatio. Calleigh tuvaletin arka tarafındaki duvarın büyük bir kısmını tavana kadar kesmişti. Ortaya çıkan boru, lavabodan PVC bir boruyla birleştiği baş hizasına kadar bakırdandı.

Calleigh gülümseyip emniyet gözlüğünü çıkararak alnına yerleştirdi. Yüzünde ve kollarında duvar tozları vardı. "Kendi TV şovumu sunmaya hazır olmayabilirim ama sanırım aradığımız şeyi buldum." Birleşme yerinin hemen altındaki bakır boruyu işaret etti.

Horatio öne doğru gelip daha yakından baktı. "Yanık izi ve başka bir şey daha."

"Alet izi," dedi Calleigh. "Tam bu noktaya başka bir şeyin takıldığını düşünüyorum, – bir tür kelepçe olmalı. Ve buraya nasıl geldiklerini de anlatabilirim."

Horatio'ya onu izlemesi için işaret ettikten sonra köşeyi dönüp mutfağa girdi. Duvarın tam karşı tarafına, bir ilkyardım çantasının asılı olduğu yere yürüdü. Çantayı yerinden çıkarınca altından vidalarla tutturulmuş tahtadan küçük bir kare çıktı. "Büyük olasılıkla boruya ulaşmak için duvarı delen bir tesisatçı tarafından yerleştirilmiş. Bakır oldukça yeni görünüyor, tesisatın bu bölümünün bir akıntıdan sonra yenilendiğini düşünüyorum."

"Ya da daha farklı bir amaç için de yerleştirilmiş olabilir," dedi Horatio. "Ne zaman takılmış olduğunu bulmaya çalış. Ayrıca paneli, ilkyardım çantasını ve borunun o kısmını laboratuvarda görmek istiyorum. Şimdi yıldırımın çatıdan nasıl buraya kadar etki edebildiğini bulmalıyız."

Calleigh duvarın üst kısmında, kırık bir kahve bardağının açık tuttuğu küçük bir pencereyi işaret etti. "Tel yok, – bence oradan bir çeşit tel sarkıtılmış. İz olup olmadığına baktım, ama bir şey bulamadım."

"Pekâlâ, iyi iş çıkardın."

"Marangozluk ve tesisat işlerinden anlarım," dedi Calleigh neşeli bir şekilde. "Sanırım bugün alet edevat kullanma günü. İşler aynı tempoda devam ederse günün sonunda kaya matkabı kullanıyor olabilirim."

"Eğer delinmesini istediğim bir beton olursa," dedi Horatio gülümseyerek, "çağırılacaklar listesinin ilk sırasında sen varsın."

Yağmur çok şiddetli yağmış ancak artık dinmişti; bulutlar dağılınca sızan turuncu-kızıl ışıklar ıslanan caddeleri aydınlatıyordu. Bu tür bir günbatımı sanayi bölgelerinin arka sokaklarını bile güzel gösterebilirdi.

Horatio, içinde bir ayı varmış gibi sesler gelen bir çöp tenekesine yürüyüp eliyle dışına vurdu. "İçeride ekibimden bir CSI mı var yoksa karşımda Kırpık mı[4] var?"

Kapak açıldığında Eric Delko'nun yüzü göründü. "Hey, H., sanırım bir şey buldum." Eğilip sanayi tipi bir blender çıkardı. "Priz kısmında yanık izleri var."

"Çok iyi." Horatio fişe daha yakından baktı. "Başka bir şey var mı?"

"Evet. Boş bir kıyma kutusu."

"Ve Alexx kurbanın midesinde et buldu..."

"Her neyse, onu torbalayıp araştırma için laboratuvara gönderdim. Belki plastikten bir parmak izi çıkarabiliriz."

"İyi iş çıkardın. Restoran çalışanlarını parmak izi ve DNA alımı için çağıracağım, bakalım bir şey bulabilecek miyiz?"

"Biliyor musun H. bunu söylemekten nefret ediyorum ama..."

"Evet?" Horatio ona meraklı bir şekilde baktı.

"Acıkmaya başladım."

Horatio gülümsedi. "Pekâlâ. Şu blenderı laboratuvara yetiştirdikten sonra akşam yemeği yiyebilirsin."

"Tamam. Peki ya sen?"

"Benim bir diyet uzmanıyla konuşmam gerekiyor..."

Horatio içeri girdiğinde Ryan Wolfe laboratuvardaki bilgisayarlardan birinin başında ekrana kilitlenmiş

---

4 Susam Sokağı karakterlerinden Kırpık'ın orijinal ismi olan 'Oscar The Grouch' kullanılmış. Oscar The Grouch tam olarak Türkçe'ye çevrilecek olursa 'Dırdırcı Oscar' denebilir, ç.n.

bir şekilde bakıyordu ve geldiğini duyunca başını bile kaldırmadı. Horatio, Ryan'ın kaba davrandığını ya da onu fark etmediğini düşünmüyordu, sadece bu genç CSI yaptığı işe diğer her şeyi unutacak kadar iyi bir şekilde konsantre olmuştu. Wolfe'da obsesif kompulsif bozukluk vardı ki bu sayede işinde daha başarılı oluyordu.

"Bay Wolfe," dedi Horatio. "Benim için ne buldunuz?"

"Oldukça fazla şey," dedi Wolfe. "Önce doktorla ilgili olanları mı diyetiyle ilgili olanları mı duymak istersin?"

"Önce adamın kendisinden başlayalım," dedi Horatio.

"Doktor Kirpal Sinhurma. Kalküta doğumlu, Amerika'ya bursla gelip Johns Hopkins üniversitesinden psikiyatri diplomasını 1975'te almış. New York Eyaleti'nde muayenehane açtıktan sonra, birkaç kitap yazıp tonla para kazanarak, doksanlı yılların başında okula geri dönmüş ve beslenme ve gıda üzerine bir diploma daha almış. Buraya da beş yıl önce gelmiş."

"Evet. Miami'ye geldiğinden beri ne yapıyormuş peki?" Horatio masanın ucuna yaslanıp kollarını kavuşturdu.

"Görünüşe bakılacak olursa kendi akımını oluşturuyor. Özellikle de genç, zengin ve iyi görünen kesimde çok popüler. Felsefesine göre dış görünüş ruhani aydınlığı yansıtır."

"Peki bana diyet hakkında ne söyleyebilirsin?"

Wolfe kaşlarını çatıp bir tuşa bastı. "Pek fazla veri yok. Birkaç makale ve söyleşi okudum, kişiden kişiye değişiyor gibi görünüyor. Tek ortak yanları her tür hayvansal gıdanın kesilmesi ve dönem dönem yapılan meditasyonlarla tutulan oruçlar."

"Pekâlâ, vitamin destekleyicilerle ilgili bilgi var mı?"

"İşte olay burada ilginçleşiyor. 'Zindelik Yöntemi' iki adımlı bir süreç; herkes kitabı alıp diyeti yapabilir ancak bu yalnızca bir hazırlık süreci. Kendini hazır hissettiğinde – ve yeterli para olduğunda – Doktor Sinhurma'yla kendi kliniğinde teke tek gerçekleştirilen seanslara yazılıyorsun. Orada iki hafta geçiriyorsun ve bu süre içinde sana, seni olabileceğinden çok daha uzun bir süre boyunca genç, güzel ve sağlıklı tutacak olan kendi gizli 'vitamin, egzersiz ve rehberlik'lerini veriyorlar."

"Dünyevi Bahçe restoranıyla bir bağlantısı var mı?"

"Evet, oranın sahibi. Queens'te bir şubesi daha var, önümüzdeki ay da Los Angeles'ta bir şubesi açılacak."

"Yani şu bizim Doktor Sinhurma kendine bir kraliyet kuruyor," dedi Horatio. "Güzel olmayanlarla etoburların dahil olmadığı bir krallık..."

"Hepsi bu değil. İnternet sitesinde tek seferde okunabileceğinden çok daha fazla bilgi vardı, ama önemlileri ayıklamaya çalıştım. Doktorun siteye son eklediği yazılar ilk baştakilerden farklı bir üslupla yazılmış. Önce evrensel uyumdan bahsediyor ve sonrasında giderek daha sert ve rahatsız edici ifadeler kullanmaya başlıyor. Ve şurada görmeni istediğim bir şey var."

Wolfe sayfanın alt kısmına gelip bir linki tıkladı. Horatio gözlerini kısarak ekrandakileri inceledi. "Bizimle alay edenleri bizzat doğanın kendisi yargılayacaktır," yazısını sesli bir şekilde okudu. " 'Yargılama süreci uzun olabilir ama vakti geldiğinde göklerden inen bir yıldırım gibi kesin olacaktır.' İki gün önce yazılmış..."

"İstediğin cep telefonu numaralarının arama kayıtlarını da çıkardım. Bil bakalım kurbanımıza en son telefon eden kişi kim?" Wolfe bu bilgiyi ekrana getirdi.

Horatio başıyla onayladı. "Şu bizim iyi huylu doktorumuz. Ve eğer ölüm saati konusunda yanılmıyorsak yıldırım çaktığında Bay Mulrooney onunla konuşuyor olabilir."

"Bu şeye benziyor..." Wolfe duraksadıktan sonra başını iki yana salladı. "Neye benzediğini bilmiyorum. En azından gerçekleşmesi çok güç bir rastlantı."

"Ah, ben bunun bir rastlantı olduğuna hiç inanmıyorum," dedi Horatio. "Tıpkı Doktor Sinhurma'nın Tanrı'yla direk bağlantıda olduğuna inanmamam gibi."

"Peki sen neye inanıyorsun H.?"

"Ben kanıtlara inanırım," dedi H. "Ve kanıtlar bana şu anda Doktor Kirpal Sinhurma'nın yöntemlerini çok yakından incelemem gerektiğini söylüyor..."

Mekanın adı Zihinsel Özgürlük Vakfı'ydı ve havalı isminin çağrıştırdıklarının aksine Küçük Haiti'de eski bir binanın üçüncü katındaki bir ofisten ibaretti. Horatio adresi internetten bulup telefonla randevu aldı.

Binanın bulunduğu mahalle için renkli tabirini kullanmak az gelirdi. Horatio aracını bir tür kara büyü ayinini gösteren bir duvar resminin önüne park edip araçtan indiğinde, yakındaki bir müzik dükkânından gelen yüksek sesli compas[5] müziğiyle karşılandı ve az kalsın deliler gibi havlayarak onu kovalayan sarı bir köpekten kaçan bir tavuğun üzerine basacaktı. Bir restorandan gelen kızarmış domuz eti kokusu restoran girişine yığılmış çöplerden gelen kokuya karışıyordu. Horatio birçok hortum faciasına rağmen ayakta kalmayı başaran binayı bulup içeri girdi.

Asansör çalışmadığından üçüncü kata merdivenlerden çıktı. Az eşyayla dekore edilmiş, gürültülü bir klimanın çalıştığı girişteki masada ince, kahverengi saçlı bir adam oturmuş, bir yandan hızlı hızlı telefonla konuşuyor bir yandan da not alıyordu. Horatio içeri girdiğinde ne konuşmasına ne de not almasına ara verdi, – yalnızca başını sallayarak iç ofise açılan kapıyı işaret etti. "Ah-hah, evet," dedi. "Bu çok korkunç. Evet, biliyorum. Ah-hah."

Horatio işaret edilen kapıdan içeri girdi. Oda son derece dağınık ve düzensizdi, karşılıklı iki duvar boydan boya dosya dolapları ve üst üste yığılmış kitaplarla kaplıydı. Arka taraftaki masanın üzerinde de üst üste yığılmış kitaplar vardı ve masanın hemen arkasında pencere tarafından çerçevelenmiş gibi görünen Asyalı minyon bir bayan oturuyordu. Dışarıda birbiri içine geçmiş beyaz bulutlar ufukta hormonlu bir karnabaharı andırıyordu.

---

5   Haiti müziği, ç.n.

Ayağa kalkıp masanın üzerinden elini uzattı. "Teğmen Caine? Sun-Li Murayaki."

El sıkışı sert ve hızlıydı, ani bir şekilde elini sıkıp hemen geri çekmişti. Üzerinde siyah bir takımla beyaz bir bluz vardı ve uzun, düz siyah saçlarının arasından profesyonel bir şekilde gülümsüyordu.

"Sorun nedir Teğmen?" diye sordu otururken, bir eliyle de Horatio'ya oturması için masanın hemen önündeki sandalyeleri işaret ediyordu.

"Horatio," dedi. "Sorunum bilgi eksikliği."

"Takip ettiğim davalarla ilgili konuşamam," dedi. "Aynı zamanda çıkış danışmanlığı almakta olan müşterilerimin nerede bulunduklarıyla ilgili bilgi de veremem."

"Çıkış danışmanlığı mı? Bağımlılıktan kurtarılan demek istediniz herhalde?"

"Öyle demek istiyorsanız... Yalnızca işinizi yapmaya çalıştığınızın farkındayım Teğmen, ama beni adam kaçırma suçuyla tehdit etmeniz etkilemeyecektir. Yaptığım işi çok ciddiye alırım – "

"Vay canına!" dedi. "Yavaş olun Bayan Murayaki. Buraya sizi herhangi bir şeyle suçlamaya gelmedim, buraya gelmemin müşterilerinizle hiçbir ilgisi yok. Buraya geldim çünkü tecrübelerinizden yararlanabileceğimi düşündüm."

Bir süre ona doğru baktı. "Özür dilerim Horatio. Ne yazık ki kanun adamlarıyla dostane bir ilişkim olduğunu söyleyemem. Polise karşı kötü hisler beslediğimden değil – hatta tam aksine – bu sadece işimin doğası gereği olan bir şey. Genellikle bir polis ziyaretime geldiğinde demagogun teki, asalaklarından birini rehin aldığımı iddia etmiş olur. Tam olarak ne öğrenmek istiyorsunuz?"

"Tarikat yöntembilimiyle ilgili söyleyebileceğiniz her şeyi."

Yüzü asıldı. "Bu çok geniş bir alan. Biraz daraltabilir misiniz?"

"Pekâlâ. Üye alımı diyelim."

"Üniversite gençliğini severler, özellikle de ilk senedekileri. Tarikatlara yalnızca aptal insanların katıldığı yönünde bir düşünce var ancak bu doğru değildir. Entelektüel açıdan değil duygusal açıdan savunmasız olan insanları hedef alırlar, ilkgençliğini yaşayan ve ilk kez ailesinden uzakta olan kişiler bu tanıma mükemmel bir şekilde uyar."

"Yani bu tanıma kişisel özgüven eksikliği olan insanlar da uyabilir."

"Elbette, hayatlarında büyük bir boşluk olan herkes bu tanıma uyabilir. Yakın zamanda işlerini ya da sevdikleri birini kaybetmiş olan insanlar çok iyi birer hedeftir. Paralı ya da paraya kolay erişimi olan kişileri tercih ederler ancak köle olarak çalıştırılan insanlar da çok değerlidir." Omuz silkti. "Gerçekten de ele geçirebildikleri herkesi alırlar. Onlar için üyeler çiftlik hayvanı gibidir; ne kadar genç ve güçlü olursa o kadar iyi. Üreme de önemlidir."

"Üreme mi? Neden?"

"Birkaç nedeni var. Üye ne kadar çekici olursa başka insanları üye yapma şansı da o denli yüksek olur. Aileleri ne kadar iyi olursa paraya erişimleri de o kadar kolay olur. Eğer para alamazlarsa daima 'dünyevi

33

güzellikler kötüdür' anlayışının arkasına sığınabilirler. Onları mücevher, araba hatta kıyafet bile çalıp organizasyonlarına bağış yapmaya zorlarlar." Göğüs geçirdi. "Ancak mükemmel liderlerinin bir düzine Bentley marka aracı olduğunda kimse itiraz etmez."

Horatio başıyla onayladı. "Tabii ki hayır. Peki tarikatlar akıllı insanları sadece emirleri uygulayan insanlara çevirmeyi nasıl başarır?"

"Sevgi bombardımanı."

Horatio kaşlarını havaya kaldırdı.

"Hedef alınan kimse ne yaparsa yapsın ona sevgi göstermek bir tekniktir, başlarda tabii ki. Hiç soru sorulmaz, sadece kabullenilir. Eski bir tarikat üyesi bana bu durumun bir sürü Golden Retriever'la çevrelenmeye benzediğini söylemişti. Kız arkadaşını mı aldattın? Senin hatan değil. Uyuşturucu sorunun mu var? Bizim için önemli değil. Ailenden bir şeyler mi çalıyorsun? Bunu hak etmişlerdir. Ne kadar mantıkdışı olursa olsun bu tür pozitif yaklaşımlar bağımlılık yaratır. Ve asla vazgeçmezler; bir tarikat hedef seçtiği insanı bir saat bile yalnız bırakmamaya çalışır. Çalıştığı, çok sık gittiği ya da yaşadığı yerlere giderler."

"Yani üye sevgi gördüğü için istenilen her şeyi yapar öyle mi?"

"Bu kadar basit değil. Üye bu duruma bir kez alıştıktan sonra sevgi son derece seçici bir şekilde verilir. Tarikatın kurallarından bazılarının çiğnendiği belirtilerek ceza olarak sevgi gösterilmez. Bunları iki sınıfa ayırabiliriz: Standart kurallar, 'izin almadan yabancılarla görüşmemek' ya da 'liderin kararlarını sorgulamamak' ve 'seni yalnızca tarikat seviyor' gibi... Bir diğer sınıfsa gruba özgü olabilir, bu yüzden de pragmatik olabilir, 'seks yok' gibi ya da daha tuhaf da olabilir 'Asla "sarı" kelimesini kullanmamalısın' gibi. Bu kurallardan herhangi birini çiğnemek sevginin kesilmesine ve bağımlı üyenin duygusal bir çekilme yaşamasına neden olur."

"Ya da bir başka şekilde söylemek gerekirse, önce herkes tarafından onaylanıp ardından bir tür onay diyetine sokulurlar," dedi Horatio. "Bu da onların ilgi açlığı çekmelerine neden olur."

"Önce savurganlık yapmasına izin verdikten sonra parayı kısmak gibi," dedi Murayaki. "Sanırım bu verilebilecek en iyi örnek. Duygusal bulimia, tabii zarar gören aklın oluyor bedenin değil."

"Yani sevgi görmeyen kişileri av olarak seçiyorlar," dedi Horatio. "Peki ya başka?"

"İdealist olanları. Çoğu tarikat gönüllü kuruluş olarak görünerek parasız olarak toplumsal yardımlar yapar. İdealistler biraz toy olur," dedi.

"Bunun sizin için geçerli olmadığını hissediyorum," dedi Horatio kuru bir şekilde.

"Ah, ben artık olumsuzculuğu bir sanata dönüştürdüm," dedi Murayaki. "Her neyse, tarikat onları bir kez çalıştırmaya başlayınca bir daha yakalarını bırakmaz. Yoğun ve yorgun olan kişinin düşünmeye zamanı olmaz. Ve tabii ki şu 'toplumsal proje' mutlaka eninde sonunda tarikata yarar sağlayacak bir şey olur.

"Bunlar genel yaklaşımlardır, ancak tarikata üye alımı yapanlar daha çok odaklanabilir. Çok güzel tezgâh kurarlar; birçok numaraları vardır ve karşılarındakine hangisi uyuyorsa onu kullanırlar. Eğer çok şikayet eden biriyseniz ağlayabileceğiniz bir omuz olurlar. Eğer toplum duyarlılığı gelişmiş biriyseniz politika konuşurlar. Profilinizi çıkarmakla kalmaz; en iyi arkadaş kavramınızı da öğrenip o kişiyi yaratırlar. Kimi zaman üye alımı yapan kişi bu role soyunur kimi zamansa bu kişiyi oynaması için bir başkası görevlendirilir. Kim olursa olsun o kişinin görevi, sizi tarikatın fikirlerine karşı açık bir hale getirmektir."

Murayaki konuşurken Horatio onu inceliyordu. Yaptığı işe tutkuyla bağlı olduğu açıktı, aynı zamanda soğuk, objektif bir zekaya sahipti.

"Ve kimi zaman," dedi Horatio, "üye alımı yapan kişi karşı cinsten çekici bir kişi olabilir."

"Kesinlikle. Ama şu ana kadar sadece yemden konuştuk; – olası üyeleri nasıl kendilerine çektiklerinden. Bir kez dikkatinizi çektikten sonra kullandıkları yöntemler çok daha komplikedir."

"Ne gibi?"

"Örneğin, Acı Ver ve Kurtar. Olası üyeyi tehlikeli ve rahatsızlık verici bir duruma soktuktan sonra onları 'kurtarırlar'. Doğru uygulandığında üye onlardan yardım dahi isteyebilir. Minnettarlık zaman içinde güvene dönüşür ve güven duyulan kişi sizi kolaylıkla maniple edebilir. Ya da üye adayını bir tür güven borsasına sokarlar, bunun anlamı da o kişi için hiçbir karşılık istemeden bir iyilik yapmalarıdır; bunun sonucunda üye adayı da onlara karşılıksız bir iyilik yapma zorunluluğu hisseder ve böylelikle kolayca oynanabilecek yapay bir bağ meydana gelmiş olur."

"Tüm bu oyunlar bir süre sonra anlaşılmıyor mu?"

Arkasına yaslanıp küçük bir Japon kılıcı şeklindeki mektup açacağını alarak elinde çevirmeye başladı. "Şunu unutmamalısınız ki bu esnada henüz sorgulanabilecek hiçbir şey olmamıştır. Yeni arkadaşlar edinmişsinizdir. Bu yeni arkadaşlar size çok değer veriyordur. Sizin için iyi şeyler yapıyorlardır. Sizinle aynı görüşlere sahiptirler... ve sizden tek istedikleri de onlara biraz zaman ayırmanızdır."

Gözlerini iyice açıp yumuşak bir sesle konuşmaya devam etti, "Bir toplantımıza katıl, olmaz mı? Gerçekten de bu benim için çok büyük anlam ifade ediyor..."

Horatio gülümsedi. "Pekâlâ, anladım. Ve şu toplantılardan birine katılmayı kabul edince..."

"Genellikle çok uzak ve ıssız bir yerde gerçekleşir. Birkaç saat süreceğini sandığınız toplantı tüm haftasonunuzu alabilir. Çok az ya da sıfır uyku, bol proteinli yiyecekler, şarkı söyleme gibi grup aktiviteleri. Hiç özel zaman yoktur, bir tarikat üyesi daima yanınızdadır, sizinle konuşup size dokunuyordur. Hazır olduğunuzu düşündüklerinde son adıma geçerler."

Bir an duraksadı, gözlerini uzak bir noktaya dikmişti, ardından derin bir nefes alıp konuşmaya devam etti. "Buna parçalama denir. Temel olarak yeni bir kişilik yaratmak için kişiliğinizi paramparça etmeleri anlamına gelir, böylece tarikat ne derse onu yapar hale gelirsiniz. Zemini hazırlamışlardır; gelinen noktada yeni üye tarikatın değerlerinin kendisininkiyle paralellik gösterdiğini ve tarikat liderinin tüm bu özellikleri taşıyan bir örnek teşkil ettiğini düşünür. Üyenin aklında kendisi için daha mükemmel bir kişilik yaratılmıştır, eğer gerçekten isterse ulaşabileceği bir kişiliktir bu."

"Daha popüler bir kişi mi?" diye sordu Horatio.

"Daha önce bu şekilde söylendiğini hiç duymamıştım, ama, evet, olabilir. Daha popüler, daha çekici, daha mutlu, yani her açıdan daha iyi. Önce göz boyarlar, sonra mahvetmeye bakarlar.

Önce itiraflarla başlar. Herkes çok duygusaldır ve bu yüzden de üyenin bir şeyler itiraf etmesini sağlamak çok zor olmaz. Ardından suçlamalar başlar, bunu yapmamalıydın, değer yargıların sıfır, korkunç birisin. Bunlar üye adayının en son beklediği şeylerdir; duygusal merdivende en üst basamaklara çıkarılmışken bir anda aşağıya çekiliverir."

"Çok zalimce görünüyor."

"Tahmin bile edemezsin. Bu birçok insanın duygularına tecavüz etmesi gibi bir şeydir. Kendilerini çok güvenilir olarak gösteren insanlar artık size çöp muamelesi yapmaktadır. Üyenin gözyaşlarına boğulması yeterli değildir, yerlerde kıvranana kadar devam ederler. Bu noktaya gelindiğinde hedef olan kişi kendinden öylesine nefret ediyordur ki kaçmak için her şeyi yapar... Ama kaçıp kurtulmak o kadar kolay değildir. Issız bir yerde olmanın yanısıra kişinin kendinden kaçıp kurtulması kolay değildir."

"Bambaşka biri olmak sorunu çözebilir," dedi Horatio.

"Kesinlikle. Tarikatın daha eski bir üyesi – hedef alınan kişinin güvenini kazanmış olan biri – öne çıkarak onu kucaklar. Ona bağışlayıcılık ve kurtuluş imkânı verir. Üye adayının yapması gereken tek şey eski kişiliğini reddetmektir, ki o esnada zaten tek istedikleri de budur. Yeni bir insan olma şansını kaçırmak istemezler, ve tarikat yeni bir üye daha kazanmış olur.

"O zaman bile her şey bitmiş olmaz. Yeni üye çok kolay etkilenebilecek bir yapıdadır ve bunu sonuna dek kullanırlar. İşte o esnada tarikatın sahte kişiliği yok olur ve gerçek ideolojileri ortaya çıkar. Yeni kişilik tüm bunları sünger gibi emer, eski değerlerini reddettiği için onların yerine koyacak bir şeye ihtiyacı vardır. Yeni oluşan yapının yıkılmaması için üyeye sürekli olarak iş verirler, tüm bu duygusallık onu yorgun ve bitkin bir hale sokar. En küçük bir kuralı bile sorguladığında tüm bu sevgi anında yoğun bir onaylamama haline dönüşür. Tarikat üyesinin gözünde bu, Tanrı tarafından reddedilmekle eşdeğerdir."

"İstenen de budur," dedi Horatio. "Biliyor musunuz, içimden bir ses bunların sizin için yalnızca akademik bir anlamı olmadığını söylüyor."

"Ne?" Boş bulunmuş gibi görünüyordu.

"Sadece ilk elden bir deneyimi anlatıyormuşsunuz gibi hissettiğimi söylüyorum."

Artık inanmaz gözlerle bakıyordu. "Pardon? Benim de dengesiz bir eski tarikat üyesi olduğumu mu ima ediyorsunuz?"

"Hayır, hayır, ben..."

"Çünkü bu son derece acı verici bir suçlama." Ağlayacak gibiydi ve sesinde ve yüzünde boş, anlamsız bir ifade oluştu. "Acı Ver ve Kurtar," dedi. "Birini kendi safınıza çekmenin ne kadar kolay olduğunu gördünüz

39

mü? Sizi neredeyse işinizi yaptığınız için benden özür dileyecek bir hale getirdim. Birkaç dakika daha devam etsem sizi affettiğim için çok iyi bir insan olduğumu düşünürdünüz."

Horatio pişmanlıkla başını iki yana salladı. "Sanırım bunu yapmayı konuştuğunuz müşterilerinizden öğrendiğinizi söyleyeceksiniz."

"Hayır, bunu bir ustayla çalışarak öğrendim. Bana herhangi birinin beyninin içine sızıp o kişinin düşüncelerini değiştirmeyi ve bunu yaparken de asla pişmanlık ya da vicdan azabı duymamayı öğretti. İnançsız insanların birer makina olduklarını düşünürdüm; insan gibi görünürlerdi ancak gerçek ruhları yoktu. Benim görevim onları atölyeye alıp onlara gerçek bir ruh vermekti. O makinayı çalışır hale getirmek için yaptığım ya da söylediğim her şey mazur görülebilirdi."

"Siz bir üye alıcı mıydınız?"

Başıyla onayladı. "Hem de en iyilerinden. Aydınlanmış Düşünce ve Bilgelik Tarikatının bir üyesiydim. Kendisine Boddhisatva Gaia diyen bir kadın tarafından yönetiliyordu. Gerçek ismi Irene Caldwell'dı."

"Bayan liderler tarafından yönetilen tarikatlar olduğunun farkında değildim."

"Sadece erkeklerin mi karizmatik olduğunu düşünüyorsunuz?" dedi somurtarak. "Kadınlar da bu oyunda en az erkekler kadar iyi. Eğer fiziksel olarak çıkarılmamış olsaydım hâlâ onlar için çalışıyor olurdum."

"Ve şimdi bu hizmeti başkaları için veriyorsunuz..."

Ona boş boş bakıp yanıt vermedi.

"Pekâlâ, bu konu hakkında yorum yapamıyorsu-nuz," dedi gülümseyerek. "Sorun değil."

Bir süre duraksadıktan sonra, "Geçmişe yönelik izin kavramını duydunuz mu?" diye sordu.

"Sanırım. Genellikle ilaçlarını almayı bırakan zihinsel özürlü kişiler için kullanılan bir terim öyle değil mi? Buna göre rasyonel kararlar veremeyen bir kimse tedaviyle seçim yapma yeteneklerini geri kazanabilir."

"Doğru. Bizim çalışma prensibimiz bu, kişi yapmak istediğimiz şeye önceleri şiddetle karşı çıkabilir ancak sonrasında minnettar olur."

"Bu çok kaygan bir yol Bayan Murayaki," dedi Horatio.

"Evet öyle Teğmen Caine. Ancak bu yola sürükle-diğim insanların bir kısmını bu yoldan vazgeçirmeye zorunlu hissediyorum."

Horatio ayağa kalktı. "Bunu takdir ediyorum. Umarım onlar da eder."

"Şimdilik tarikata dönüş oranı yüzde beşten az. Mükemmel değil ama... – "Omuz silkti, "Ben yalnızca bir ölümlüyüm öyle değil mi?"

"Hepimiz öyle değil miyiz?" dedi Horatio.

Zindelik Yöntemi Kliniği Kuzeydoğu Miami'nin en ucunda, banliyölerin yerlerini bataklıklara bıraktığı ve sakinlerin zaman zaman havuzlarında bir timsah görmeye alışkın oldukları bir yerdeydi. Hummer'ın lastikleri un ufak edilmiş beyaz deniz kabuklarından oluşan bir yolu ezerek geçtikten sonra, rahatlatıcı bir mavi renge boyalı duvarların arasına yerleştirilmiş dökme demir kapılardan geçti. İçeriye girerken bir güvenlik kamerası Horatio'nun kaydını aldı.

Bir klinikten çok köşkü andıran ana binanın hemen önündeki boşluğa park etti. Horatio arabadan çıkıp güneş gözlüğünü çıkardıktan sonra çevreye baktı. Akşamüzeri güneşi, bakımlı bir bahçeyle binayı çevreleyen çalıların oluşturduğu çiti aydınlatıyordu. Park yeri ikiye ayrılıyor ve sağa doğru devam ederek binayı çevreliyordu.

Onu karşılamak üzere binadan doğal ortamı havuz, işiyse havlu dağıtmakmış izlenimi uyandıran bir adam çıktı. Ayaklarında neopren sandaletler, üzerindeyse beyaz pantolon ve gözleriyle aynı renk olan turkuaz bir tişört vardı. Genç, yanık tenli ve kaslı olan bu adamın, omzuna gelen dalgalı siyah saçlarıyla Horatio'ya neşeli bir satıcıyı anımsatan geniş ve bembeyaz bir gülümseyişi vardı.

"Üzgünüm oraya park edemezsiniz," gülümseyişi neredeyse özür dileyecek gibiydi.

"Elbette ederim," dedi Horatio gülümseyerek. "Bu resmi bir polis aracı ve aynı zamanda da bir Hummer. Nereye istersem park edebilirim... Siz?"

Adamın kaşları yukarı kalkmasına rağmen yüzündeki gülümseme silinmemişti. "Randolph. Size yardımcı olabileceğim bir konu var mı?"

Horatio ondan bir havlu istememek için kendini zor tutuyordu. "Evet var," dedi. "Doktor Sinhurma'yı görmek istiyorum."

"Müsait olup olmadığına bir bakayım," dedi Randolph. "Beni takip edin."

42

Horatio bir mahkeme salonuna yakışabilecek çift kanatlı büyük bir kapıdan içeri girdi. Bir kiliseye de yakışabilir, diye düşündü Horatio.

Binanın girişi ilk izlenimi destekliyordu; buzlu camdan yapılma bir tavandan sızan ışık mermer zemini kızıl ve mor renklere boyamıştı, girişin orta kısmındaki cilalı bir ahşap adaysa bir subay masasıyla vaiz kürsüsü karışımı bir eşyaya benziyordu.

Bu yapının hemen arkasındaki sarışın bayanın üzerinde bir tişört vardı ve yüzündeki gülümseme de Horatio'nun rehberininkinden farksızdı. "Merhaba!" dedi neşeli bir şekilde. "Zindelik Yöntemi Kliniği'ne hoş geldiniz!"

Horatio durdu, ona daha az neşeli bir şekilde gülümsedikten sonra ellerini beline koyup ceketini aralayarak belindeki rozetini göstererek "Size de merhaba," dedi.

"Marcie, Doktor Sinhurma'ya bir polis memurunun kendisini görmek istediğini iletebilir misin?" dedi Randolph.

"Elbette," dedi Marcie, "bir saniye." Telefona uzandı.

Horatio beklerken bir yandan da çevredeki detayları inceliyordu. Çatının her iki köşesinde de birer güvenlik kamerası vardı. Kapının üzerinde hareket sensörleri... Üzerleri abstrakt şekilli demir çubuklarla kaplı geniş pencereler, sanat adı altında gizlenen zırhlar...

Randolph iri ellerini önünde kavuşturmuş bir şekilde masanın önünde bekliyordu. Şimdilik gülümseyişi beklemeye alınmıştı ancak oluşabilecek en ufak iyilik karşısında her an yeniden ortaya çıkabilirdi.

Marcie telefonu kapattı. "Pekâlâ, Randolph beyefendiyi içeriye alabilir misin? Doktor Sinhurma C odasında."

"Lütfen beni takip edin."

Randolph onu düz beyaz bir kapıdan geçirdikten sonra – Horatio kapının metal olduğunu gözlemlemişti – lobideki buzlu camla aynı renkleri taşıyan karmaşık desenli İran halılarıyla döşeli bir koridorda ilerlemeye başladı. İki kapı geçtiler – A ve B odaları diye düşündü Horatio – ve Randolph üçüncü kapıyı çaldı.

"Girin, girin," dedi dinç bir ses.

Randolph kapıyı açıp Horatio'ya içeri girmesini işaret etti. İçerisi beklediğinden farklıydı, bir inceleme odasından çok fuayeyi andıran odanın en uzak duvarında bir divan, rahat görünen birkaç koltuk ve cam-krom karışımı bir kahve masası vardı.

Odada iki adam vardı, biri divanda oturuyor, diğeriyse onunla tanışmak üzere ona doğru yürüyordu. Esmer tenli, ince, kıyafet olarak sandalet, beyaz bir pantolon ve camgöbeği renginde bir tişörtü olan bu adam elini uzatıp, "Sizinle tanışmak büyük bir keyif!" dedi.

Horatio bir an duraksadıktan sonra uzanan eli sıktı. Doktor Sinhurma ellili yaşlarındaymış gibi görünüyordu, siyah saçları şakaklarıyla favori kısımlarından grileşmeye başlamıştı. Horatio'nun gözlerine sabit ve sıcak bir bakışla bakarken elini de gerekenden bir saniye daha uzun bir süre sıktı.

"Teğmen Caine," dedi Horatio. "Miami-Dade polisi. Size birkaç soru sormak istiyordum."

"Elbette, Teğmen," dedi Sinhurma gülümseyerek. "Ah, bu benim asistanım Bay Kim," dedi divanda oturan adamı göstererek. "Burada olması bir sakınca yaratır mı?" Kim yirmili yaşlarında bir Asyalıydı, onun da üzerinde beyaz pantolon ve mavi tişört vardı. Horatio'yu başıyla selamladı ancak hiçbir şey söylemedi.

"Sakıncası yok," dedi Horatio.

Sinhurma koltuklardan birine otururken Horatio'ya da oturmasını işaret etti.

Horatio gülümseyip ayakta kaldı. "Hastalarınızdan biriyle ilgili, Phillip Mulrroney."

Sinhurma'nın yüzündeki gülümseme bulutların ardına saklanan güneş gibi aniden siliniverdi. "Ah, evet, Phillip," dedi. "Çok üzücü, çok trajik."

"Aynı zamanda da çok olağandışı."

"Hayat sürprizlerle doludur," dedi Sinhurma. Sesi sakindi ancak gülümseyişi yeniden gözlerinde belirmeye başlamıştı.

"Kesinlikle öyle... Phillip'le en son ne zaman konuştuğunuzu söyleyebilir misiniz?"

"Ölüm anında konuşuyorduk," dedi Sinhurma sakin bir şekilde.

"Anlıyorum. Ne hakkında?"

"Ruhani bir kriz geçiriyordu. Düşüncelerini toparlamasına yardımcı olmaya çalışıyordum."

"Daha açık olabilir misiniz?"

"Korkarım daha açık olmam demek doktor-hasta ilişkisini zedelemem anlamına gelir."

"Ah öyle mi? Konuşmanın ruhani olduğunu sanıyordum, tıbbi değil." Horatio doktorun vücut dilini inceliyordu; son derece rahat bir havası vardı.

"Benim branşımda bu ikisi genellikle aynıdır. Her iki durumda da başarısız olduğumu söyleyebilirim."

"Konuşma kısa kesildiği için mi?" Doktorun arkasında soyut bir suluboya tablo vardı; Horatio bu tablonun restorandaki tablolarla aynı ressam tarafından yapılmış olduğunu düşündü.

"Hayır. Çünkü hatalı bir seçim yapmıştı."

Horatio bakışlarını yeniden Sinhurma'ya çevirdi. "Bu hatalı seçim nedir acaba?"

"Tekrar ediyorum. Bunu gerçekten söyleyemem."

"Ah-hah. Yani belirsiz bir görüş ayrılığı yaşadınız ve ardından öldü. Bu doğru mu?"

"Öyle görünüyor."

"Bay Mulrooney ne kadar süredir hastanızdı?"

"Yaklaşık on sekiz ay." Sinhurma elini kaldırıp favorilerinden birini amaçsızca kaşıdı.

"Peki ne kadardır restoranda çalışıyordu?"

"Daha kısa bir süre, yaklaşık üç haftadır."

"Tedavisine devam ettiğiniz hastalarınızı işe almanız normal mi?" Horatio Kim'e baktı ancak o ifadesiz bir şekilde ileriye bakıyordu.

"Hastalarımla ilişkim yaşantılarının tüm parçalarını içerir. Zaman zaman yiyecek yenilemeleri için bu işle ilgili bir yerde çalışmalarını öneririm."

"Yani restoranınızda çalışmaları terapilerinin bir parçası. Size bunun için para da ödüyorlar mı?"

Sinhurma güldü. "Yaşam bir terapidir Teğmen. Ben yalnızca hangi parçalarına konsantre olunması ve hangilerinin dikkate alınmaması gerektiğini öne çıkarıyorum."

"Elbette. Söyler misiniz, Bay Mulrooney bulaşmaması gereken bir şeyle mi ilgileniyordu?"

46

"Yani yasadışı şeyler gibi mi? Hayır, bildiğim kadarıyla öyle bir şey yok." Sinhurma'nın sesi uysal ve sıkkın çıkıyordu.

Horatio onu daha da zorlayabilirdi ancak daha başka bir şey alamayacağının farkındaydı. Bunun yerine gülümseyip elini uzattı. "Vaktiniz için teşekkürler Doktor. Çevreye göz atmamda sakınca var mı? Buranın havasını almak istiyorum."

"Elbette yok," dedi Sinhurma Horatio'nun elini daha önceki gibi içtenlikle sıkarken. "Şu an biraz meşgulüm ancak size çevreyi gezdirmesi için bir kişi görevlendireceğim." Duvardaki telefona uzandı.

Bir dakika sonra kapıda beliren kadın da daha önceki iki görevli gibi giyinmişti, çarpıcı yeşil gözleriyle başının arkasından sarkan iki kısa saç örgüsü vardı.

"Teğmen Caine, tanıştırayım; Ruth," dedi Sinhurma. "Ruth, teğmene tesisimizi gezdirmeni istiyorum. Tam bir tur yaptır lütfen."

"Tamam," dedi Ruth. Gülümseyişi daha çekinikti ancak yine de çok dostçaydı. "Kayıt olmayı düşünüyor musunuz?"

"Kim bilir?" dedi Horatio. "Yaşam sürprizlerle doludur..."

3

MIAMI-DADE SUÇ araştırma laboratuvarının tam karşısındaki restoran uzun yıllardır hizmet veriyordu; fırtınalar, ekonomik krizler ve hatta kısa süreli popülerlikler bile geçirmişti. Wolfe öğle yemeği tezgahının üzerindeki neon flamingoların, seksenlerden kalma art-deco tarzı mı yoksa daha da eskilerden gerçeği mi olduğunu anlayamamıştı.

Restoranın ismi Bellum Hala'nın Yeri'ydi ve Calleigh'in en sevdiği kahvaltı mekanıydı. Tabii aynı zamanda burası laboratuvar teknisyenleriyle polislerin görev saatleri dışındaki uğrak mekanıydı. O ve Wolfe çalışma saatleri içinde hızlı bir öğle yemeği yiyorlardı.

"Teşekkürler," dedi Calleigh, Küba roket krizinden beri kahve servis ediyormuş gibi görünen bir garsona. Garson yemek dolu iki tabağı masaya koyarken başını salladı.

"Kabuksuz yulaf," dedi Wolfe başını iki yana sallayarak. "Bu şeyi nasıl yiyebiliyorsun?"

"Bir çatal ve büyük bir iştahla," dedi Calleigh. "Küçük bir kızken bile kabuksuz yulaf yiyordum ve şu anda da bundan vazgeçmek için bir sebep göremiyorum."

Wolfe sahanda yumurta, domuz pastırması ve tosttan oluşan kahvaltısına döndü. "Öyle mi? Annem bana konserve jambonlu sandviçler yaptığı için artık ağzıma koymuyorum..."

"Öghh. Yeterince abur cubur yiyorum ben, teşekkürler." Portakal suyundan bardağına aldı. "Eee, H. şu diyet doktoruyla mı görüşüyor yani?"

"Evet. Uzun süre çalışmadık ama çok... istekli görünüyordu."

"Horatio mu? Ah, o yalnızca yaşlı bir kediciktir."

"Tabii. Aç bir kaplan gibi herhalde."

Calleigh gamzelerini ortaya çıkaracak şekilde gülümsedikten sonra çatalını tabağına daldırdı. "Mmm, harika," dedi bir yandan çiğnemeye devam ederken. "Özür dilerim, ağzım doluyken konuşmamalıyım." Yutkunduktan sonra konuşmaya devam etti. "Küçükken bir kedimiz vardı, gri bir tekir, adı da Tina'ydı. Tina fare yakalamayı çok severdi ve bunun için de çok ilginç bir yöntemi vardı. Farelerin kesinlikle olduğu bir nokta seçerdi – tahtaların arasındaki bir delik gibi – ve pusu kurardı. Sonra da beklerdi, beklerdi, beklerdi... bazen saatlerce. Pürdikkat ve sabırlı bir şekilde. Ve er geç farelerden biri başını uzatırdı ve Tina'da onu haklayıverirdi."

Portakal suyundan içip bardağını masaya geri bıraktı, "Horatio da bana onu hatırlatıyor. Asla vazgeçmiyor ve asla konsantrasyonunu yitirmiyor. Gözlüyor ve bekliyor."

"Bu yüzden de o kadar istekli onun da huyu bu öyle değil mi?"

"Ah, bu bazen değişir. En alt seviyede sanırım 'hafif heyecanlı' denebilir."

"Peki ya en üst seviyede nasıl?"

Calleigh'in yüzündeki gülümseme silindi. "Bu biraz korkutucu olabilir. Patlamaya hazır bir volkanın yanında durmak gibi."

Wolfe kahvesinden bir yudum aldı. "Bunun olduğunu hiç gördün mü?"

Calleigh yeniden gülümsedi. "Hayır. Göreceğimi de sanmıyorum. Tabii..." Ara verip bir ağız dolusu yulaf daha aldı.

"Tabii ne?" diye üsteledi Wolfe.

"Şey... Horatio'nun kendini kaybetmeye yakın bir noktaya geldiğini gördüğüm tek an çocuklarla ilgili bir konuydu. Tabii kendini kaybetmedi," diye de ekledi. "Bu tip soruşturmalar herkes için zordur ama H. daima olayları kişisel alır."

"Çocuklar," dedi Wolfe. "Evet, bu gerçekten de zor olmalı."

Wolfe dalıp gitti. Calleigh biraz daha portakal suyu içti.

"Buna alışsan iyi olur Ryan," dedi Calleigh. "Pek hoş şeylerle uğraşmayacaksın. Soruşturmalardan biri,

50

fahişelerin vücutlarını tahta kesiciye attıktan sonra çıkanları domuzlarına yediren bir seri katille alakalıydı. Kurbanları tanımlamak için domuz dışkısındaki kemik kalıntılarını kullanmak zorundaydılar ve o adamı yakalayana kadar domuzların çoğu kesilip etleri piyasaya sürülmüştü."

Wolfe ona doğru baktı. Yalnızca bir kez gözünü kırptı. Calleigh ağız dolusu yulaf alıp çiğnedikten sonra yutkundu.

"Beni bunları konuşmak için mi yemeğe çağırdın?" dedi en sonunda.

"Hayır, aç görünüyordun o yüzden çağırdım," dedi. "Tabii sen hep biraz aç görünüyorsun... her neyse, birkaç şey hakkında konuşabiliriz diye düşündüm."

Wolfe yemeğine baktı. Domuz pastırmalarından birini alıp birkaç saniye inceledikten sonra ağzına atıp çiğnemeye başladı.

Calleigh gülümseyip garsona kahve getirmesini işaret etti.

Tesis Horatio'nun düşündüğünden çok daha büyüktü. Ana binanın arkasında büyük bir havuz, ok atış alanı ve cimnastik salonu vardı. Bir yerden bir yere uzanan patikaların kenarları beyaz deniz kabuğu parçalarıyla kaplıydı. Yürürlerken Horatio, Ruth'un bir turist rehberininkini andıran konuşmasını dinliyordu.

"... ve kliniğin arka kısmında da yurt odaları var," dedi. "Doktor Sinhurma daha çok hasta alabilmek için kendi yaşam alanından feragat etti ama çok yakında daha da büyüteceğiz. Doktor Sinhurma en az iki yüz kişilik bir kompleks düşünüyor."

"Hırslı," dedi Horatio. "Ama tabii Zindelik Yöntemi'nin çok popüler olduğunu da göz ardı etmemek lazım."

"Ah, evet... uzun bir bekleme listemiz var. Ve Doktor Sinhurma her hastayla kişisel olarak ilgileniyor, bu yüzden de hastaların burada geçirecekleri süre için belirlenmiş bir kriter yok."

"Bu nasıl işliyor?"

Ruth bir başka patikada yürüyen bir çifte el sallayınca onlar da el salladı. Horatio içlerinden birini daha önce görmüştü, genellikle Miami Heat basketbol takımında üç sayılık basketler atardı.

"Her hasta birbirinden farklıdır," diye konuşmaya devam etti. "Vücutlarındaki toksik oranı ve yaşam stillerine bağlı olarak burada iki haftadan altı aya kadar kalabilirler. Hatta bazen daha da uzun."

"Anlıyorum... Peki detoks süreci neleri içeriyor?"

"Öncelikle katı bir vejetaryen diyet, et, yumurta, süt ürünleri hatta bal bile yasak. Doktor Sinhurma'yla görüşebilmek için en az altı aydır bu diyete devam etmiş olmanız gerekiyor. Bir kez kabul edildikten sonra esmer pirinç ve sudan oluşan ve birkaç gün süren bir saflaştırma arındırma diyeti yapıyorsunuz. Her gün şafak sökerken, öğle ve akşam yemeklerinden sonra grup egzersizleri yapılıyor. Her akşam üzeri yüreklendirme seansları ve yatmadan önce de vitamin terapisi."

"Yüreklendirme seansları mı?"

"Bu süre boyunca Doktor Sinhurma herkese grup olarak konuşma yapıyor. Deneyimlerimizi paylaşıyor, doğru ya da yanlış yaptığımız şeylerle ilgili tavsiyeler alıyoruz. Kulağa sıkıcı gelebilir ancak çok duygusal olabiliyor; içinizi dökmenizi sağlama yeteneği çok yüksek."

Eminim öyledir, diye düşündü Horatio. "Hiç birlikte şarkı söylüyor musunuz?" diye sordu.

Ruth şaşkın bir şekilde gülümsedi. "Bazen, bu çok eğlenceli oluyor. Nereden bildiniz?"

Omuz silkip ileri doğru baktı. "Okçuluk, yüzme, yurt odaları... bana yaz kamplarını hatırlattı. Ya böyle şeyler yapılırdı ya da ateşin çevresine toplanıp hayalet hikayeleri anlatılırdı."

"Şey, biz bunu yapmıyoruz, ama yüreklendirme seanslarının da ruhani bir tarafı var tabii. Doktor Sinhurma çok bilge bir kişi." Horatio Ruth'un az da olsa savunmaya geçtiğini hissetti.

"Buradan çıktıktan sonra ne oluyor?"

"Diyete devam ediyorlar ve yüreklendirme seansları internet üzerinden devam ediyor. Ayrıca her hafta kontrol için geliyorlar."

"Bir yılı biraz geçti. Ama şunu anlamalısınız, burada ne kadar uzun süre kalırsanız kalın, hep daha fazla kalmak istersiniz. Bu yüzden de klinik için gönüllü olarak çalışmak istedim."

"Sanırım Phillip Mulrooney daha uzun bir süreliğine buradaydı."

Gülümseyişi titredi. "Ah... Evet, öyle. Yurt odaları yapılmadan önce bile doktorla birlikteymiş. Kliniğin ilk görevlilerinden biri."

Horatio durdu. "Üzgünüm. Onu iyi tanır mıydınız?"

"Önemli değil." Başını indirip yere baktıktan sonra yeniden kaldırdı. "Biz arkadaştık. Olanları duyduğumda inanamadım."

"Doktor Sinhurma pek bir sıkıntı yaşamamış gibiydi."

Bu kez gülümseyişi silindi. "O... o ve Phillip arasında görüş ayrılığı vardı."

"Bu yüzden mi Phillip klinik yerine restoranda çalışıyordu? Bir şey için cezalandırılıyor muydu?"

Cevap vermedi ancak Horatio konuşmayı ne kadar çok istediğini görebiliyordu. Yavaşça elini omzuna koydu. "Hey," dedi yumuşak bir sesle, "Doktor Sinhurma'nın başını derde sokmak istemediğinizi biliyorum. Ancak eğer Phillip'in ölümüyle bir ilgisi yoksa vereceğiniz her tür bilgi onun aklanmasına yardımcı olacaktır."

"Ama... ama ben Phillip'in yıldırım sonucu öldüğünü sanıyordum. Yani, böyle bir şey olamaz... Aman Tanrım, bilmiyorum, ne yapacağımı bilmiyorum." Çenesi titremeye ve gözlerinden yaşlar boşalmaya başladı.

"Sakin ol," dedi Horatio. Ceketinin cebinden bir mendil çıkarıp ona uzattı.

Ruth mendili alıp gözlerini sildi. "Teşekkürler," diyerek burnunu çekti. "Ben.... ben sadece şu an biraz şaşkınım. Bakın, Phillip Doktor Sinhurma'ya gerçekten çok yakındı. Yurt odaları inşa edilmeden önce bile ana binada kendi odası vardı. Ama birkaç hafta önce her şey değişti. Phillip bir gece bana gelip Doktor Sinhurma'nın kontrolünü kaybettiğini ve delirmiş gibi tanrılar, şeytanlar ve Cennetin Bahçesi'yle ilgili bir şeyler hakkında bağırdığını söyledi. Bu Phillip'i gerçekten çok sarstı. Bu olaydan sonra odasından çıkıp yurt odalarından birine taşındı."

"Ruth, beni dinle. Doktor Sinhurma'ya ne kadar saygı duyduğunu biliyorum ama burada kalmak şu anda çok iyi bir fikir olmayabilir."

Ona ıslak gözlerle baktı. "Belki de haklısınız. Bir süre önce Doktor Sinhurma benden bir şey yapmamı istedi, doğru olmadığını düşündüğüm bir şey. O an yanlış bir şey olduğunu düşünmüyordum ama o günden beri beni rahatsız ediyor."

"Bunu sorduğum için bağışla ama seksle ilgili bir şey miydi? Eğer öyleyse kanunları çiğnemiş..."

"Hayır, hayır, öyle bir şey değil, tam olarak değil. Bunu anlatmasam daha iyi olur ama üzerime gelmedi." Duraksadı, derin bir nefes alıp bıraktı. "Ona gerçekten inanıyorum. Biliyor musunuz buraya gelmeden önce şişman ve çirkindim? Hepsini değiştiren o oldu."

"Şişman belki," dedi Horatio. "Ama çirkin olduğuna inanamam."

Yüzüne yayılan gülümseme daha öncekinden çok farklıydı ancak yine de samimiydi. "Çok naziksiniz. Ama fikrinizi değiştirmenizi sağlayacak birkaç fotoğraf gösterebilirim."

"Buna inanmam gerçekten güç," dedi Horatio. "Ama yine de doğuştan şüpheciyimdir. Ruth, bana bir konuda söz vermeni istiyorum."

"Nedir?"

Horatio cebinden kartını çıkartıp ona uzattı. "Tehlikede olduğunu düşünürsen, buradan dışarı çıkacak ve beni arayacaksın. Kalabileceğin başka bir yer var mı? Akraba ya da yakın arkadaş?"

Kartı alırken başını iki yana salladı. "Pek sayılmaz. Bu programa kayıt olmak için Tampa'dan geldim. Tanıdığım herkes kliniğin bir parçası."

"Gerekirse bir motelde kal, tamam mı?"

Kartı cebine koyup başını aşağı yukarı salladı. "Pekâlâ. Gerçekten de Doktor Sinhurma'nın Phil'in ölümüyle bir ilgisi olduğunu düşünüyor musunuz?"

"Bulmak istediğim de bu..."

Horatio plan odasına girdiğinde Calleigh masa lambasının ışığında bir bilgisayar çıktısı üzerinde çalışıyordu. "Hey Horatio!" dedi neşeyle. "Klinikte işler nasıl gitti? Ünlü birini gördün mü?"

"Sadece Gatorade içmesi gereken profesyonel bir sporcu gördüm. Sende neler var?"

Ona bilgisayar çıktısını uzattı. "Bu az önce geldi. Restoranın çatısında bulduğunuz maddeye yapılan kütle spektrofotometre sonuçları."

Horatio sonuçları inceledi. "Yüzde elli sekiz potasyum nitrat, yüzde otuz iki dekstroz, yüzde on amonyum perklorat. Tamam, bu o tatlı kokuyu açıklıyor, neredeyse üçte biri şekermiş."

"O nedir H.? Bir çeşit katalizör mü?"

"Tam olarak öyle. Hatta genellikle roketleri hızlandırmak için kullanılır, tüm bunlar katı yakıtlı roket motorlarının motor parçaları."

"Yani birisi çatıdan roket mi fırlattı?"

"Olabilir."

"Yukarı çıkan her şey bir süre sonra aşağı inmeli öyle değil mi?"

Ryan Wolfe tam o anda içeri girdi. "Yardım edebileceğim bir şey var mı?" diye sordu.

"Biliyor musun Ryan," dedi Calleigh tatlı bir ses tonuyla, "aslında var..."

CSI olmadan önce Ryan Wolfe devriye polisiydi. Mahalleleri kolaçan etmek ya da kapıları çalmak ona yabancı şeyler değildi... Ancak tüm bunları severek yaptığı anlamına gelmiyordu.

Yirmi üçüncü kapısına doğru ilerlerken göğüs geçirdi. Bu işin küçük düşürücü ya da sıkıcı olduğunu düşünüyor anlamına gelmiyordu; kanıtları incelemek genellikle saatler boyunca verileri okumak ya da aynı işi tekrar tekrar yapmak anlamına geliyordu. Bu onu rahatsız etmiyordu.

Ama şahitlerle konuşmak onu deli ediyordu.

Yalan söyleyenlerle başa çıkabilirdi; bu en azından bir yerlere vardığı anlamına gelirdi. Ama çoğunun hikayesi ya eksik ya çelişkili ya da düpedüz yalandı. İçindeki bilim adamı için tam anlamıyla bir hayal kırıklığı demekti ve kişiliğinin obsesif-kompulsif tarafının da hoşuna gittiği söylenemezdi.

Kapıyı çaldı. İçeride her kim varsa, İspanyol aksanıyla "Bir dakika!" diye seslenirken, çılgına dönmüş bir köpek havlaması da ona eşlik etmişti.

Kapıyı açan yarı kel, iri yarı, kalın siyah bıyıklı bir Kübalı ona doğru baktı. Üzerinde, kalçasında sonlanan, kısa, fırfırlı bir sabahlıkla ayağının dibinde bir fino köpeği vardı.

"Jes?" dedi. Köpek sinirli bir şekilde hırladı.

"Miami-Dade polisi," dedi Wolfe rozetini göstererek. "Bu mahallede olması muhtemel ve bir suç mahalli araştırmasında kullanılabilecek bir kanıt arıyorum. Size birkaç soru sorabilir miyim?"

Adam ona bakmaya devam etti. "Tamam."

"Aradığım şey bir model roket. Arka kısmında kanatçıkları olan, ucu konik ve mukavvadan yapılmış bir model olmalı. Bir ağaç ya da çatıdan düşmüş olabilir."

Adam bir süre söylenenleri düşündü. Fino köpeği kızgın bir şekilde bakıp, titremeye devam etti. "Ha, tüp mü?" diye sordu adam.

"Evet."

"Nah şu boyda olma mı?" Ellerini iki yana açınca Wolfe'un görmek isteyeceğinden daha fazlası ortaya çıkıverdi.

"Olabilir," dedi Wolfe bakışlarını adamın yüzünden çekmeden.

"Bi de kanat mı var dedin?"

"Evet. Kanatçıkları var."

Adamın kaşları çatıldı. Sabahlığın ceplerinden birine elini sokup bir puro çıkardıktan sonra diğer cepten de bir çakmak çıkardı. Puroyu yakıp Wolfe'a doğru düşünceli bir şekilde baktı.

"Sanmam" dedi dikkatli bir şekilde, "Öyle bi şey görmedim."

Köpek yeniden bağırınca Wolfe aşağı bakma gafletinde bulunup hemen başını yukarı kaldırdı. "Arka bahçenize bakmamda bir sakınca var mı? Uzun sürmez."

Adam purosundan uzun ve derin bir nefes çekti. "Bunu yapabilisen," dedi, "ama küçük hav-hava dikkat et." Kapıyı kapattı.

"Harika," dedi Wolfe. "Bunu yaparim."

Miami-Dade suç araştırma laboratuvarında, "Sende ne var?" sorusu o kadar sıklıkla telaffuz ediliyordu ki neredeyse sıradan bir selamlama halini almıştı; ancak "Nasıl gidiyor?" sorusunun aksine daha otomatik bir yanıtla karşılaşılıyordu. Yelina Horatio'nun laboratuvardaki asansörlerden birini beklediğini görünce sorduğu ilk şey bu oldu.

"Çok kötü bir his," diye yanıtladı H.

"Neymiş o?"

"Doktor Kirpal Sinhurma. Tesisindeydim – pardon 'kliniğinde' – ve orada gördüklerim beni dinsel bir hayranlık ve saygı duygusuna sevk etmedi. Daha çok bir deja vu gibiydi."

"Ah! Sana birini mi hatırlattı?"

"Birden fazla kişiyi. David Koresh, Jim Jones, Rahip Moon..."

"Bir tarikat lideri olduğunu mu düşünüyorsun?"

"Görüştüğüm uzmana göre kullandığı teknikler kitabına uygun. Müritlerini yiyecek ve uykudan esirgeyip onlara kontrollü bir ortamda sürekli olarak aynı mesajı tekrarlıyor. Onları duygusal olarak zayıflatmak ve bireysel kimliklerini kırabilmek için grup aktiviteleriyle toplu olarak şarkı söyleme seansları düzenliyor. 'Terapi' adı altında onları bedava bile çalıştırıyor."

H. son sözcüğü neredeyse tiksinerek söyledi. Yelina şüpheci görünüyordu. "Emin misin Horatio? Adamın listesinde birinci sınıf ünlüler var. Yani bu yalnızca bir diyet öyle değil mi?"

"Yalnızca öyle," dedi Horatio somurtarak. "Felsefesini bir fitness trendi olarak göstererek dikkat çekmekten kaçınmış. Kitabını alıyorsun, bu diyetin yakışıklı, genç aktörün hayatını nasıl değiştirdiğini dinliyorsun, internet sitesinden benzeri bir çok bilgiye ulaşıyorsun. Çok uçlarda değil, çok tartışmalı bir şey değil. Ama bir kez kliniğe gittin mi... o zaman esas satış başlıyor."

"Yine de, bir tarikat lideri olsa bile bu onun katil olduğu anlamına gelmiyor. Daima kanıtların konuşması gerektiğini söyleyip duran sen değil miydin?"

Asansörün kapıları açılırken Horatio duraksadı. "Ve bunu söylemeye devam edeceğim," dedi içeri girerken. "Hatta bu cinayet için oldukça sağlam bir şahidi olduğuna da eminim. Ama bu bir mafya babasının tetik çekilirken orada olmadığını söylemek gibi bir şey. Yelina, ben bu adamla konuştum. Gözlerinin içine baktım."

"Ee? Sana sapık gibi mi göründü?"

"Tam aksine. Sıcakkanlı, arkadaş canlısı, çok rahat bir kişilik. Karşısındakini yakan bir karizması var."

"O halde," dedi Yelina, "hadi onu hapse sokalım."

Horatio ister istemez gülümsedi. "Boş anını yakalayamadım. Seth Lockland'ı hatırlıyor musun?" Lockland, beş yıl önce yakalanmasında Horatio'nun da etkin bir rol aldığı bir seri katil ve tecavüzcüydü. Öldürücü iğne onun koluna batırılırken hem Horatio hem de Yelina oradaydı ve Lockland'ın yüzünde gördükleri son ifade bir gülücük ve göz kırpması olmuştu.

"Onu hatırlıyorum," dedi Yelina. "O pislik kendi dünyasında yaşıyordu."

"Kesinlikle. Bu adamın verdiği izlenim de bu tür bir rahatlıkla karışık kibir Yelina. Onun tavrı 'Yanlış adamın peşindesiniz'den ziyade 'Asla anlayamazsınız' tavrıydı. Sinhurma karşıma geçip Mulrooney'yi Tanrı'nın cezalandırdığını söyledi... ve bunu yaparken yanındaki ikinci komutanının da onu duyduğundan emin oldu. Bu söylemin müritlerinin arasında hızlı bir şekilde yayılacağına hiç şüphem yok. Dokunulamaz olduğunu düşünüyor."

Kapılar açıldı ve dışarı çıktılar. "Ve sanırım sen onun haksız olduğunu ispatlayacaksın öyle mi?" diye sordu Yelina.

"Her zaman ispatladığım şeyi ispatlayacağım," dedi Horatio. "Gerçeği."

Atmosfer Araştırma Teknolojileri Güney Dade'de Homestead'in hemen dışındaydı. Yıldırım ve etkileri konusunda uzmanlaşmışlardı ve dünyada bu konuyla ilgili en iyi tesislere sahiplerdi; ülkede, Teksas'la birlikte en çok yıldırım nedeniyle yaralanma vakasının yaşandığı Florida'da kurulmuş olması da hiç şaşırtıcı değildi.

Horatio kalın camlı kapıyı itip içeri girdi. Güneye bakan camdan bir duvar geniş fuayenin oldukça iyi ışık almasını sağlıyordu; arkaya doğru, kavisli bir ahşap masa yerleştirilmişti. Sola doğru uzanan bir koridor vardı ve uzak duvarda Miami'nin göklerinde çakan bir şimşeğin fotoğrafı asılıydı. Üzerinde ŞARJ EDİLDİ! ZAPCON 92 yazan bir tişört olan gri saçlı, ellili yaşlarında bir bayan bu masadaki bilgisayarın başında çalışıyordu. Horatio içeri girince başını kaldırıp gülümsedi. "Merhaba." Sesinde Doğu Avrupa aksanı vardı ancak Horatio hangi ülke olduğunu çıkaramamıştı.

"Evet, merhaba," dedi Horatio. "Doktor Wendall'la bir randevum var. İsmim Horatio Caine."

"Burada olduğunuzu haber vereyim." Çek mi? Polonyalı mı? Belki de Hırvattır...

Birkaç dakika geçmeden dışarı çıkan adam kırklı yaşlarında, tamamen kel, Miami Dolphins tişörtünün üzerine mavi laboratuvar önlüğü giymiş, kot pantolon ve beyaz spor ayakkabılı biriydi. Yüzünde geniş, hınzır bir gülümseme vardı ve kaşları öylesine kalın ve siyahtı ki sanki silinmez kalemle çizilmiş gibi görünüyorlardı. "Merhaba! Siz Teğmen Caine olmalısınız!" Horatio kendisine doğru uzanan eli sıktı.

"Lütfen, bana Horatio deyin."

"Hadi laboratuvara geri girelim, bir araştırmanın ortasındaydım." Horatio'yu koridor boyunca ilerletip üzerinde LABORATUVAR 4 yazan kapıdan içeri girdi. Odada birkaç iş istasyonu, üzeri sökülmüş elektronik aletlerle dolu bir masa ve içinde puslu, beyaz bir sıvı olan akvaryumu andıran bir şey vardı.

Doktor Wendall iş istasyonlarının birinin yanından plastik bir sandalye çekerek Horatio'ya oturmasını işaret ettikten sonra bir tane de kendisi alarak oturdu. "Sadece veri girişi yapıyorum," dedi neşeli bir şekilde, ekranından okunamayacak kadar hızlı bir şekilde sayılar geçmekte olan bilgisayarı işaret ederek. "Ama yardımcı olabilirsem ne mutlu bana. Telefonda yıldırımla bağlantılı bir cinayetten bahsetmiştiniz."

"Doğru. Bu konuyu biraz da olsa açıklığa kavuşturabileceğinizi düşündüm."

Doktor Wendall kıkırdadı. "Şey, itiraf etmeliyim ki 'yıldırım' ve 'cinayet' kelimelerinin aynı cümle içinde kullanıldığını pek sık duymuyorum. Öncelikle yıldırım çarpmasına maruz kalan kişilerin çoğu kurtuluyor, üçte birinden bile daha azı ölüyor. Pek olası bir cinayet silahı sayılmaz."

Horatio gülümsedi. "Benim tecrübeme göre cinayet silahı seçimlerinde bu önemli bir kıstas. Ve bu şüphelinin cennetten gelen bir yıldırımı karşı konulmaz bir cinayet aleti olarak görebileceğine dair geçerli sebepler var."

"Şey – şehir hapishanesinde Thor[6] ya da Zeus[7] olmadığına göre – bunun mümkün olabileceğini söylemek durumundayım. ABD'de her yıl 100 kişi yıldırım çarpması sonucu ölüyor; asıl sorun kurbanınızı bu kişilerden biri olma konusunda nasıl ikna edebileceğiniz? Kurbanı bir binanın tepesinde paratonere bağlı şekilde mi buldunuz?"

---

6   Yunan mitolojisinde Yıldırım Tanrısı, ç.n.
7   Yunan mitolojisinde Tanrıların Tanrısı, ç.n.

"Tam olarak değil..." Horatio cesedin nerede bulunduğunu anlattı.

"Tuvalet mi? Elvis'i de tuvalette bulmuşlardı, o yüzden pek yalnız sayılmaz. Ve o esnada telefonla görüştüğünü söylüyorsunuz."

"Cep telefonuyla, evet."

"Hmm. Şey, her yıl cep telefonuyla konuşurken yıldırım çarpmasına maruz kalan bazı insanlar oluyor, ama genellikle çok iyi bir iletken olan telefon hatları aracılığıyla. Bir süre önce cep telefonlarının yıldırım çarpmalarını çektiği yolunda bazı söylentiler vardı ancak bu yalnızca bir şehir efsanesinden ibarettir, cep telefonları yaklaşık altı milivatlık tümyönlü bir radyo frekansında çalışır, bu da toprak potansiyelinden pek farklı sayılmaz. Kulak zarları sağlam mıydı?"

"Bildiğim kadarıyla evet."

"Telefondan gelmiş olsaydı büyük olasılıkla zarlardan en az birini zedelerdi." Wendall önce ekranda kayan rakamlara ardından Horatio'ya baktı. "Yine de yıldırım önceden kestirmesi çok güç bir şeydir. Danimarka'da yaşanan bir olayda, yıldırım pencereden girip raftaki tüm camlarla birlikte altmış pencere camı ve evdeki tüm aynaları kırdıktan sonra dışarı sıçrayıp bir domuzla bir kedinin ölümüne sebep olmuş."

"Sanırım olay mahallinde çiftlik hayvanı eksikliği olduğunu rahatlıkla söyleyebilirim," dedi Horatio. "Ancak çatıda bir şey vardı... Bir model roketin ateşlendiğine dair deliller bulduk."

Wendall'ın tepkisi aniydi; gözleri şaşkınlıkla irileşti. "Dalga geçiyor olmalısınız," dedi yavaşça.

"Ne yazık ki çok ciddiyim."

Wendall başını iki yana salladı. "Pekâlâ, bu her şeyi açıklıyor... şimdi bunun nasıl yapılmış olabileceğini görüyorum, elbette. Ama gerçekten de yanlış kişiyle konuşuyorsunuz."

"Öyle mi?" diyerek öne eğildi Horatio. "O halde doğru kişi kimdir?"

"Adı McKinley, Jason McKinley. Ve onun nerede olduğunu da söyleyebilirim..."

4

CALLEIGH LABORATUVARA girdiğinde yüzünü buruşturdu. "Neden son zamanlarda seni her gördüğümde burnuma pişmiş et kokusu geliyor?"

Delko gülümsedi. "Emin misin?" Bir Bunsen alevinin üzerine tuttuğu küçük, metal kabın içindekileri yavaşça karıştırıyordu.

Calleigh elindeki dosyayı laboratuvar masasına bıraktı. "Biliyor musun, eğer H. seni laboratuvar ekipmanını öğle yemeğini pişirmek için kullanırken yakalarsa başın büyük belaya girer."

Delko ısıtıcıyı söndürdü. "Bu öğle yemeği değil, daha ziyade bir karşılaştırma denebilir." Küçük bir kaşık alarak metal kabın içindeki yoğun, gri maddeyi küçük bir tabağa boşalttı. Bu tabağın hemen yanındaki bir başka tabakta buna çok benzer başka gri bir madde vardı.

"Kurbanın midesinde bulunanlar hakkında düşünmeye başladım," dedi Delko. "Yalnızca bir kısmı sindirilmiş bir hamburger. Onu çok yakın bir zaman önce yemiş olmalı."

"Belki de öğle yemeği için dışarı çıkmıştır," diye düşüncesini öne sürdü Calleigh.

"Yürüme mesafesindeki tüm restoranları kontrol ettim, hiç birinde Meksika fasulyesi[8] verilmiyor. Öğle yemeğini yanında getirdiğine dair hiçbir kanıtımız yok, bu da akla Meksika fasulyesinin restoranda yapıldığını getiriyor. Çöplerinin arasında bulduğum boş hamburger paketi de bunu destekliyor."

"Bu hiç mantıklı değil. Mönülerinde et yok ve kendi etini pişirmesi için de mutfaklarını kullanmasına izin vereceklerini sanmıyorum."

Delko başıyla onayladı. "Evet, vejeteryanların çoğu oldukça disiplinlidir; – içinde et pişirilen hiçbir kap kacağı kullanmak dahi istemezler. Ama sonra şu da aklıma geldi, ya et yediğinin farkında değildiyse?"

Delko ilk tabağı işaret etti. "Bu normal hamburger. Ve bu," dedi diğer tabağı işaret ederek, "İSP."

"Ah," dedi Calleigh Delko'nun söylemeye çalıştığı şeyi anlayarak. "İşlenmiş Sebze Proteini. Sahte et."

"Doğru. İSP vejetaryen mönülerinde hamburger yerine sıklıkla kullanılır çok da benziyor öyle değil mi? Bu paketi Dünyevi Bahçe'den aldım; – mönülerindeki yemeklerden birinde kullanıyorlar. Peki bilin bakalım Mulrroney öldürüldüğü gün mönüde günün yemeği neydi?"

"Vejetaryen Meksika fasulyesi mi?"

---

8   Meksika fasulyesinde kıyma da mevcuttur, ç.n.

"Biraz fasulye, biraz domates ve bir sürü de baharat ekle... Sıkı bir vejetaryen dahi eskiden dört ayağı olan bir şey yediğini fark edemeyebilir."

"Yani birisi onun yemeğine et karıştırdı öyle mi? Peki neden?"

"Ben de bunu düşünüyordum. Biraz araştırma yaptım; birçok katı vejetaryen kazara et yediğinde ciddi şekilde hastalandığını iddia ediyor, yemeği yediğinde içinde ne olduğunu bilmese bile. Hayvansal proteinler sebze proteinlerinden daha düşük bir PH değerinde sindirildiğinden et daha çok mide asidi salgılanmasına yol açar, ben de bu yüzden kurbanın midesindeki PH seviyesini incelettirdim." Bir kâğıt alıp Calleigh'e uzattı.

Calleigh kağıdı inceleyip başını salladı. "Bir nokta bir, öyle mi? Bu çok düşük bir değer."

"Ve çok asidik. Hatta midesini bulandırmaya yetecek kadar."

"Koşarak tuvalete gitmesini sağlayacak kadar. İyi de bunu ona kim vermiş olabilir?"

"Hiç sormayacaksın sandım. Boş hamburger poşetinin etrafındaki plastikten parmak izi aldım ve bilin bakalım izler kime ait... Shanique Cooperville, garsonlardan biri."

"Horatio bunu biliyor mu?"

"Onu aradım bile. Sorgulama için çağırılmasını istedi ama H. önce netleştirmesi gereken bir şey olduğunu söylüyor. Sende durumlar nasıl?"

Duvara yaslanıp kollarını kavuşturarak göğüs geçirdi. "Söylemek güç. Duvardan çıkardığım borunun üzerinde çalışıyorum ama bakır çok yumuşak bir metal; üzerinde o kadar çok alet izi var ki hangisinin tesisatla ilgili olduğunu ayırt etmek çok güç. Yıldırımın geçtiği yerdeki yanık izi bana güzel bir ipucu verdi ama henüz bunun ne olduğunu belirleyemedim. Önceleri kelepçe olduğunu düşündüm ama eşleştirme yapamadım."

"Parmak izi var mı?"

"Evet, belli belirsiz birkaç tane var. AFIS'te[9] herhangi bir kayıt yok ama hamburger paketinde bulduğunla karşılaştırmak isterim." Masadaki dosyasını alıp içinden bir kâğıt çıkardı.

"Ver bakalım," dedi Delko bir yandan kendi kâğıtlarına uzanırken. Bir büyüteç alıp kâğıtları önüne dizdikten sonra tek tek hepsini inceledi. "Hayır. Üzgünüm."

"Bu da çok kolay olurdu zaten öyle değil mi?" Kâğıdı geri alıp dosyaya yerleştirdi. "Borudaki çalışmayı yapan müteahhidi buldum. Bakalım dükkânındakilerle eşleştirebilecek miyiz?"

"Sanırım ben H.'in bulduğu şu blender ve bıçaklarla işe başlayacağım."

"Hepimizden üç adım öndesin öyle mi?" dedi Calleigh.

"Hey, sadece şu parmak izi konusunda şansım yaver gitti," dedi Delok. "Eğer kurşun olsaydı sanırım senin... yüzünde büyük, haylaz bir gülümseme olurdu."

"Doğru," dedi Calleigh. "Ah, neyse. Meksika fasulyesi yapmak erkek işi ne de olsa..."

---

9   Otomatik Parmak İzi Tanımlama Sistemi

Erkekler ve oyuncakları, diye düşündü Horatio. *Bazı konularda hiç büyümüyoruz... Mesela gökyüzüne bir şeyler fırlatma isteği konusunda. Ya da patlayıcılarla oynama isteği gibi.*

H. gözlerini kısarak, çalılıklarla çevrili yeşil bir alanın ortasındaki beton bir sütun üzerine inşa edilmiş üç kat yüksekliğindeki ahşap iskeleye baktı. Çevredeki diğer tek yapı yeşil alanın ucundaki küçük karavandı; penceresiz ve tek kapılı bu karavan küçük, beyaz bir ayakkabı kutusunu andırıyordu.

"Jason McKinley?" diye seslendi Horatio.

Kulenin en üst katını çevreleyen parmaklığın üzerinde bir baş belirdi. "Evet?"

"Miami-Dade Polisi. Size birkaç soru sorabilir miyim?"

Bir duraksama oldu. "Elbette, yukarı gelin." Baş tekrar kayboldu.

Yapının dış çerçevesini zikzaklar çizerek tırmanan merdiven, en üst kattaki basit bir platformla sonlanıyordu. Üzerinde bol haki bir şort, yürüyüş ayakkabısı ve rengi atmış turuncu bir tişört olan kısa, fırça saçlı bir adam, büyük bir bagaj boyutundaki gri renkli bir metal kutunun önünde eğilmiş durumdaydı. En üstten çıkan birer yard uzunluğundaki bir düzine kadar kalın kablo en alta kadar inip yerdeki bir delikten aşağıya doğru uzanıyordu. Adam bir kapak açmış içerideki bir şeyle uğraşıyordu.

"Rahatsız ettiğim için üzgünüm," dedi Horatio, "ama Doktor Wendall'ın söylediğine göre RTL[10] hakkında görüşmem gereken kişi sizsiniz."

---

10 Rocket Triggered Lightning – Roket Güdümlü Yıldırım, ç.n.

McKinley yaptığı işi bırakıp Horatio'ya baktı. Yirmili yaşlarının ortasındaydı; ön dişleri fırlak, yanaklarıysa sivilce izleriyle kaplıydı. İncecik bir keçi sakalı çenesinin etrafını çevrelemişti. "Roket Güdümlü Yıldırım öyle mi? Bunu inkar edebilirim... ancak yapmakta olduğum şey düşünülecek olursa sanırım bu çok inandırıcı olmaz."

Horatio gülümsedi. "Adım Horatio Caine, Bay McKinley. Umarım birkaç dakika için size beyin cimnastiği yaptırmamın sakıncası yoktur?"

"Şey, bunu ben seçmedim ama işte buradayım. Ve bana Jason deyin. Ne bilmek istiyorsunuz?"

"Bu sürecin mekaniği beni düşündürüyor... Tam olarak nasıl çalışıyor?"

Jason cebinden bir sakız çıkarıp konuşurken bir yandan da paketi açmaya başladı. "Basitçe yıldırımlı bir fırtınanın ortasına bir roket sokuyoruz diyebiliriz. Elbette ki fırtına da roketi paramparça ederek intikamını alıyor. Ancak bilmediği bir şey var ki o da yerdeki birkaç yarım akıllının rokete upuzun bir tel bağlayıp yıldırımı yere, daha doğrusu kullandığımız cihazlara yönlendiriyor olduğu." Sakızı ağzına atıp çiğnemeye başladı.

Horatio'nun gülümsemesi sırıtmaya dönüştü. "Pekâlâ... Basit anlatımlardan hoşlanmıyor değilim Jason ama ben biraz daha teknik bir şey umuyordum. Rozete rağmen fen bilimleri hakkında birkaç şey biliyorum. Benimle teknik bir şekilde konuşabilirsin, ben de o yarım akıllılardan biri sayılırım."

Jason utanmışa benzemiyordu; tam aksine güldü. "Gerçekten mi? Pakala, o halde 'normal toplum' koru-

71

yucularımı kapatıp bir bilim manyağı kimliğimle konuşmaya başlayacağım. Ama sizi uyarıyorum, bu pek hoş olmayacak."

"Sanırım bunu kaldırabilirim," dedi Horatio.

"İlk yaptığımız şey elektrikli alan ölçerlerle kümülüs yoğun bulutlarının arasında uygun bir yer bulmak olur. Genellikle negatif yükler bulutun alt kısmında toplanırken pozitif yükler üst kısımlarda olur. Bir yük – ister negatif ister pozitif olsun – alt kısımda oluşmaya başlarsa cihazlarımızda ters yük okuruz."

"Ne kadar güçlü bir akıma ihtiyacınız olur?"

"Metre başına on bir kilovolt ya da daha yüksek bir değere ulaşmadan fırlatma yapmayız. Böyleyken bile denemelerin sadece yarısında yıldırım elde etmeyi başarabiliriz. Tek kademeli J-tipi motorlu bir roket kullanırız ve onu yaklaşık iki bin feet yüksekliğe kadar fırlatırız. Alt ucundaki makaraya takılı olan Kevlar-kaplı bakır tel tam buradaki bebeğe akımı iletir..." Elini yumruk yapıp hemen yanındaki kutuya vurdu. "... ve biz de tüm bu süreci şuradan izleriz." Diğer eliyle uzaktaki penceresiz karavanı işaret etti.

"Peki faturalarınızı kim ödüyor?"

"Yani ART, araştırmalarını kime satıyor diye mi soruyorsunuz? Birçok yere; elektrik üreten firmalara, uçak fabrikalarına, NASA'ya. Çok da iyi kazanıyoruz, zaman zaman bazı projelerimizde San Francisco Üniversitesi öğrencileri de bizimle çalışır. Ben de buraya bu şekilde geldim."

Horatio başını aşağı yukarı salladı. "Çok ilginç bir iş gibi görünüyor."

"Çoğu zaman öyledir. İnsanlara geçimimi sağlamak için 'Shazam!'[11] diye bağırdığımı söylüyorum, ama ne yazık ki bunu söylediğim kişi ne kadar güzelse aldığım tepki de o kadar az oluyor."

"Ben hep Batman'i Kaptan Marvel'a yeğlemişimdir."

"Ben de öyle! Biliyor musun, Adam West ve Michael Keaton, kıyafetlerini gören insanlar onun Dünyanın En İyi Dedektifi olduğunu unutuyor. Yarasa Mağarası'nda dünya üzerindeki en iyi suç araştırma laboratuvarı bulunuyor."

"Hepimiz milyarder playboylar olamayız maalesef..." Horatio Jason'ın üzerinde çalıştığı aletlere baktı. "Yani fırlatmayı buradan yapıyorsunuz öyle mi? Güzel bir düzenek."

"Öyle mi? Sen de mi amatör roketçisin yoksa?"

"Çocukken biraz uğraşmıştım. Hem bununla alakalı sayılabilecek bir iş kolunda da çalıştım..."

"Uzay bilimleri mi?" Jason diğer cebinden katlanarak birçok aletin şeklini alabilen bir alet çıkardı. Hızlı bir el hareketiyle aleti kıskaç haline getirip açık panelin önüne oturdu.

"Bomba timi. Model roket parçalarının ev yapımı patlayıcılarda ne kadar sık kullanıldığına şaşarsın."

"Bu yüzden mi buradasın?" Jason aleti panelin açık kapısından içeri uzatarak bir şeylerle uğraşmaya başladı. "Birileri etrafta roket ateşleyicili boru-tipi bir bomba falan mı bıraktı?"

---

11 Kaptan Marvel adlı çizgi roman kahramanının kullandığı sözcük, ç.n.

"Hayır. Sanırım birileri bir roket kullanarak oluşturduğu yıldırımla bir başkasını öldürdü."

Jason suratını asıp bunu bir süre düşündü. "Şey, sanırım bu yapılabilir. Ama teli aramak için vakit kaybetmeyin."

"Neden?"

"Çünkü akım teli buharlaştırır. Zap, pfft ve yok oluverir. Roket genellikle sağlam kalır, onu bulabildiniz mi?"

"Henüz değil. Ama arıyoruz..."

Wolfe ara sokakları aramıştı. Arka bahçeleri aramıştı. Civardaki en yüksek binayı bulup gözünün alabildiği yere kadar olan tüm çatıları incelemiş ve göremediği tüm çatılaraysa tek tek çıkmıştı. Ağaçları, oyun alanlarını, balkonları, güneşlikleri incelemişti. Model roket görmüş ya da bulmuş olabilecek herkesle tek tek konuşmuştu ama şu ana kadar elinde hiçbir şey yoktu.

Vazgeçmeye de niyeti yoktu. Köşede durup elini dağınık, kahverengi saçlarının arasında gezdirirken düşündü. Roketi ateşleyen her kimse bulunmasını istemiyordu. Bu da roketi göze batmayacak bir şekilde boyamış olabileceğini akla getiriyordu. Hatta görevini tamamladıktan sonra havaya uçacak şekilde programlanmış da olabilirdi, Bu durumda bütün bir roket değil, parçalarının aranması gerekirdi. Çoğu roket gibi kalın mukavvadan yapılmışsa, yağmur kalan parçaları ıslak paçavralara çevirmiş olabilirdi.

"Evet," dedi kendi kendine, "belirgin olmayan, ıslak mukavva parçaları. Elbette. Hiç sorun değil."

Yukarı bakıp roketin gökyüzünde yükselişini gözünde canlandırmaya çalıştı. Yıldırım çarparken görünen bir parlama peki ya sonra?

Sokağa dikkatlice baktı. Biraz trafik var ama yoğun sayılmaz. Burası Gables bölgesinin Miracle Mile adıyla bilinen kısmının biraz dışında, Old Navy, Gap ya da Starbucks gibi büyük markaların olduğu ticari bir bölgeydi. Yanından bir otobüs geçip az ileride durunca, içinden birkaç torba taşıyan Asyalı bir bayan indi.

Wolfe cep telefonunu çıkarıp laboratuvarı arayarak Calleigh'i istedi.

"Alo?"

"Calleigh, benim için hemen bir şeye bakabilir misin?"

"Neye ihtiyacın var Ryan?"

"Transit bilgilerine. Şu an Coral Gables'dayım ve otobüslerin belirli bir köşeden hangi saatlerde geçtiği konusunda bilgiye ihtiyacım var."

"Bunun için arayabileceğin bir numara yok mu?"

"Elbette, on dakika bekleyip otomatik bir sistemle konuşmak istersen tabii. Ben seninle konuşmayı tercih ederim."

"Ah, bu çok tatlı. Adresi versene."

Adresi verdikten sonra Calleigh, "Pekâlâ, internetten bakıyorum..." dedi. "Şanslısın, tam da o durak için listeler var. Sabah altı kırkbeşte başlıyor ve akşam üzeri altı kırkbeşe kadar her yarım saatte bir geçiyor. Daha sonra gece onbire kadar saat başı geçiyor."

"Duymak istediğim de işte buydu."

"Otobüse mi yetişmeye çalışıyorsun?"

"Hayır. Bir rokete."

Calleigh'e teşekkür ettikten sonra telefonu kapatıp transit ofis numarasını almak için bilinmeyen numaralar servisini aradı. Bunun için de Calleigh'den yardım isteyebilirdi ancak onun yapması gereken daha önemli işleri olduğuna emindi.

Yirmi dakika sonra rozetini bir otobüs şoförüne gösteriyordu. Saçlarını Fransız topuzu yaparak arkasında toplamış olan zeytin tenli bayan şoför ona sanki zorla otobüse binmeye çalışıyormuş gibi baktı.

"Özür dilerim," dedi Wolfe. "Bu hatta dün siz mi vardınız?"

"Doğru," dedi kadın şüphelenerek. "Ne olmuş, yoksa otobüsten attığım o sarhoş beni şikayet mi etti?"

"Öyle bir şey değil. Dün o hattaki otobüs de bu mu?"

Kadının yüzü iyice asıldı. "Evet, sanırım. Neden?"

"Saat iki kırk beş gibi bu duraktan geçerken otobüsün tavanından bir ses geldiğini duydunuz mu?"

"Bu hattayken bir sürü tuhaf ses duyarım. Patlak bir tekerlek ya da silah sesi olmadığı sürece de ilgilenmem."

"Burada biraz beklemenizi rica etmek zorundayım."

Önlerde oturan siyahi bir bayan endişeli bir şekilde, "Uzun sürer mi? Bir randevum var da," dedi.

Wolfe rahatlatıcı bir şekilde gülümsedi. "Hayır, hiç uzun sürmeyecek, söz veriyorum."

Otobüs orta kısmındaki körük aracılığıyla 15 metre kadar olmuştu. Wolfe, yan kısma menteşelenmiş bir dizi oval metal halkanın bulunduğu arka kapıya doğru yürüdü. Basamakları yerlerine oturttuktan sonra onları kullanarak otobüsün tavanına tırmandı.

Aradığı şey orada, körük kısmının kıvrımları arasına sıkışmış durumdaydı: neredeyse bir buçuk metre uzunluğunda, alt ucu küçük kanatlarla dolu üst ucuysa sivri, mat siyaha boyanarak uç kısmı daha da koyulaştırılmış sert mukavvadan yapılma bir tüp.

"Houston, sorunumuzu çözdük," diye mırıldandı Wolfe.

"Alo? Teğmen Caine?" Hattın diğer ucundaki ses bir bayana aitti; endişeliydi ve sesi tanıdık geliyordu.

"Yardımcı olabilir miyim?" dedi Horatio. Hummer'ında laboratuvara doğru gidiyordu.

"Ben Ruth, Ruth Carrell. Ben... benim sizinle konuşmam gerek. Yüz yüze."

"Sorun nedir?" diye sordu endişeli bir şekilde. "İyi misin?"

"Evet, iyiyim. Sadece... size anlatmak istediğim birkaç şey var ve klinikte konuşmanın doğru olmayacağını düşündüm."

"Şu anda orada mısın?"

"Hayır, Miami Sahili'ndeyim. Lummus Park'ında, Starlite Otel'in tam karşısı."

"Yirmi dakika sonra oradayım," dedi Horatio.

"Pekâlâ. Beklerim."

Lummus Park Güney Sahilinde, Okyanus Bulvarı'nın üzerindeydi. Miami Sahili'ne Watson Adası'ndan geçerek giden MacArthur otobanına çıktı. Gökte bir deniz uçağı ilerliyordu, muhtemelen Karayiplere ya da Key West'e doğru gidiyordu ya da Miami'nin üzerinde hızlı bir tur atıyordu. Işıldayan mavi körfezin üzerinden geçip yolcu gemisi kalabalığıyla dolu olan Dodge ve Lummus adalarından da geçtikten sonra Okyanus Bulvarı'na bağlanan Beşinci Caddeye çıktı.

Okyanus Bulvarı, Miami dendiğinde insanların aklında oluşan görüntülere benziyordu; on blok boyunca yan yana dizilmiş, her biri Atlantik'in koyu maviliğiyle bembeyaz kumsallara bakan neon ışıklarla kaplı artdeco tarzı binalar. Horatio bu manzaraya alışkındı ancak yine de ilgisini çekiyordu.

Güney Sahili'nde park etmek oradaki bazı kulüplere girmekten daha zordu, yani neredeyse imkânsızdı. Tabii Horatio için bu bir sorun teşkil etmiyordu. Lummus Park'ta birçok kaykaycı olduğundan park edecek düz beton zeminler vardı... tabii buralara ulaşmak için birkaç kaldırımı aşmaktan rahatsız olmadığınız sürece. Horatio bunu yaparken son derece kibar olmasına rağmen – özür dilerim, büyük, tankı andıran bu araca yol verin, çok teşekkürler – gizliden gizliye bunu yapmaktan çok keyif alırdı.

Belki de o kadar da gizliden gizliye değildi.

Ruth Carrell'ı üzeri yapraklarla kaplı bir çatının altındaki banklardan birinde Atlantik'i seyrederken buldu. Ufukta fırtına yüklü bulutlar olmasına rağmen gökyüzü hâlâ ışıl ışıl ve masmaviydi.

Horatio yanına oturup güneş gözlüklerini çıkardı. Bu kez üzerinde mavi tişört yerine beyaz bir tişört, kot pantolon ve sandaletler vardı ve kahverengi saçlarını at kuyruğu şeklinde toplamıştı. Elinde küçük, bez bir cüzdan vardı ve endişeli görünüyordu.

"Ruth?" dedi Horatio. "Merhaba. Nasılsın?"

"Teğmen Caine..."

"Bana Horatio de."

"Horatio. Ben... benim aklım karışık." Duraksayıp ellerine baktı.

"Hangi konuda?"

"Doktor Sinhurma... İyi biri olduğunu biliyorum ama..." Devamını getirmedi.

Horatio bunun en hassas anlardan biri olduğunun farkındaydı. Konuşmak istediği çok açıktı ancak kendi kurtarıcısı olarak gördüğü bir adama ihanet etmek de istemiyordu. Horatio'nun en küçük hatası onun savunmaya geçerek sinirlenmesine neden olabilirdi.

"Zor olduğunu biliyorum," dedi Horatio. "Ve seni anlıyorum, gerçekten anlıyorum. Doktor Sinhurma'nın niyetinin iyi olduğu açık ve birçok iyi şey yapmış olduğunu da biliyorum. Benim amacım onu yargılamak değil; – sadece gerçeği öğrenmeye çalışıyorum. Doktor Sinhurma da gerçeklere inanır öyle değil mi?"

"Evet, evet, elbette. Sadece, gerçekleri benden çok daha iyi algılıyor. Yani, onun yanında ben kimim ki..."

"Ruth. Sadece tek bir gerçek vardır ve bunu görmek isteyen herkes görebilir."

Ruth bakışlarını ona çevirdi. "Sanırım bu sizin işiniz öyle değil mi? Gerçekleri görmek."

"Sanırım öyle."

"Her zaman bu kadar basit midir? Bir şey ya vardır ya da yok mudur! İnsanlar ya suçludur ya da suçsuz mudur?"

"Her zaman değil," diyerek uzağa, ışıldayan okyanusun ötesine baktı Horatio. "Benim işim gerçekleri bulmaktır. Ne oldu, nasıl oldu, nerede ve ne zaman kimin başına geldi?"

"Peki ya niçin?"

Horatio gülümsedi. "İşte asıl ustalık isteyen de o. İlk beşi bilimdir, en sonuncuysa çoğunlukla insan doğasıdır. Ama gerçekleri orada da bulabilirsin. Örneğin; Miami Sahili'nde denizin neden bu renk olduğunu biliyor musun?"

"Hayır, neden?" Eliyle gözlerini perdeleyip kıyıya vuran dalgalara doğru baktı.

"Plankton fazlalığı. Soğuk su daha çok çözünmüş karbondioksit ve oksijen taşır, bu da phytoplanktonlarıyla zooplanktonları için daha iyi bir üreme alanı sağlar. Suda ne kadar çok plankton varsa o kadar bulanık olur. Florida denizsuyu ılıktır bu yüzden de daha az gaz ve daha az plankton barındırır... ve bu da tertemiz, masmavi bir su anlamına gelir. İşte bilim burada."

Duraksayıp konuşmaya devam etti, *"Okyanusun sakin güzelliği ve eşsizliğiyle karşı karşıya kalındığında insan bu sakinliğin altında yatan kaplan yüreğini unutur; ve bu kadifemsi elin altında acımasız bir pençenin gizlendiğini düşünmek istemez."*

"Shakespeare mi?"

"Herman Melville, Moby Dick. Denizi bilimsel olarak tanımlamak kolaydır... ama o denizi çok farklı bir şekilde görmüş. Benim baktığım okyanusa bakıp bambaşka bir şekilde görmüş. Aynı gerçekliğin bir başka yüzünü görmüş."

"Evet. Doktor Sinhurma da böyle. O da gerçeklerin benim anlayamadığım taraflarını görüyor."

"Anlıyorum. Ve onun anlayıp senin anlamadığın şeyler seni endişelendirmeye başladı öyle mi?"

Hemen yanıt vermedi ve Horatio acele ettiğini düşündü. Daha sonra kararsız bir sesle, "Biraz," dedi.

Horatio bekledi.

"Sadece, size bahsettiğim şu şeyi hatırlıyor musunuz? Hani Doktor Sinhurma'nın benden istediği şeyi?"

"Evet, hatırlıyorum."

"Bunun üzerinde çok düşündüm. Önceleri çok önemli bir şey olmadığını düşünüyordum ama üzerinde daha çok düşündükçe, yanlış bir şey olduğunu daha iyi anlamaya başladım. Ve gerçekten de birileriyle konuşmaya ihtiyacım var ama kliniktekilerle ya da Doktor Sinhurma'yla konuşamıyorum ve –..."

Elleriyle ağzını kapayıp ağlamaya başladı, omuzları titremeye başlamıştı. Horatio onu rahatlatmak istiyordu ancak bu bir pazarlıktı ve istediği şeyi söylemenin zamanı gelmişti. Öne eğildi, ona teselli edilmenin garantisi yerine umudunu vererek yavaşça konuşmaya başladı, "Ruth, senden ne yapmanı istedi?"

Ona doğru ıslak, kızarmış gözlerle bakarak, "Benden birine iyi davranmamı istedi."

"Ama seksle ilgili bir şey değil öyle mi?" diye sordu Horatio bir önceki konuşmalarını anımsayarak.

"Hayır. Tam olarak değil. Doktor Sinhurma bir akşam beni çalışma odasına çağırıp uzun uzun konuştu. Zindelik Yöntemi, insanların yaşamlarını değiştirmenin ne kadar önemli olduğu, yaşamı değişen insanların başkalarını da etkilediği ve yalnız bir tek kişinin yaşamını değiştirerek nasıl tüm bir dünyayı değiştirebileceği hakkında konuştuk."

Bir mendil çıkarıp burnunu sildi. Horatio bunun ona daha önceden verdiği mendil olduğunu fark etti. "Ve değiştirilmesi gereken doğru insanları bulmak için de çok özel insanlar gerektiğini çünkü doğru insanı değiştirebilirsen daha çok insanı değiştirebileceğini söyledi ve... – ah, sanırım bunu çok iyi anlatamıyorum öyle mi?"

"Gayet iyi gidiyorsun."

"Her neyse, bunu net olarak söylemese bile Doktor Sinhurma'nın söylemeye çalıştığı şey doğru insan bulma konusunda benim iyi olduğumdu. Ve bu çok büyük bir sorumluluk, anlıyor musunuz? Bunu saklamaya çalıştı ancak bunun onun için zaman zaman ne kadar zor olduğunu anlayabiliyordum."

"Yardım etmek istedin," dedi Horatio.

"Evet! Çünkü bazı insanlar Doktor Sinhurma'nın yöntemlerinin ne kadar inanılmaz olduğunu ya görmüyor ya da görmek istemiyor. Ve şu kurabiyelerden, zaman zaman özel bir hediye olarak verdiği inanılmaz bademli tartlardan yiyorduk ki, bana bir sır vereceğinden bahsetti, aslında bu kurabiyelerin gerçekten çok sağlıklı olduğunu, tamamen buğday unundan yapıldıklarını ve yağ ya da şeker içermediklerini söyleyerek kimi zaman insanların kendileri için kötü olduğunu düşündükleri ancak aslında onlar için iyi olan bir şeyi onlara sunmanın sakıncalı olmadığını söyledi."

"Çünkü eninde sonunda kârlı çıkacaklar," dedi Horatio başını aşağı yukarı sallayarak.

"Evet. Ve görünüşe göre bir kişi vardı; Doktor Sinhurma onun Zindelik Yöntemi'nden çok faydalanabileceğini düşünüyordu. Doğru insan olanlardan, anlıyor musunuz? Ve bana o kişiyle konuşup konuşamayacağımı sordu. Onunla konuşup..." Durup gözlerini ve burnunu sildi.

"Ona bademli bir tart vermeni mi istedi?" diye sordu Horatio.

Ruth solgun bir şekilde gülümsedi. "Sayılır. Uygunsuz bir şey yapmamı istemedi sadece kendisini rahat hissetmesini sağlamamı istedi."

"Ve sen bunu yaptın mı?"

Göğüs geçirdi. "Evet, yaptım." Horatio'ya baktıktan sonra bakışlarını kaçırdı. "Hatta kendisini çok rahat hissetti, anlatabiliyor muyum?"

"Bu kimdi Ruth?"

"Ben... ben bunu söylemesem daha iyi olacak, tamam mı? Onun başını belaya sokmak istemiyorum. Yanlış bir şey yapmış değil çünkü. Sadece birisiyle konuşmak istedim."

Horatio başıyla onayladı. Ne duymak istediğini biliyordu: doğru şeyi yaptığını, her şeyin iyi olacağını ve aşırı tepki verdiğini.

Ama bunlar yüzeyde olanlardı. Bu tür rahatlatıcı cümleleri klinikteki biri yerine Horatio'dan duymak istiyor oluşu ciddi şüpheleri olduğunu gösteriyordu.

Ve şu an Horatio'nun iyi davranması gereken bir zaman değildi.

"Sana bir soru sorayım," dedi Horatio. "Eğer Doktor Sinhurma'nın görüşleri olmasaydı bu kişiyle fiziksel bir temas yaşar mıydın?"

Ruth bir süre düşündü. "Hayır, sanırım yaşamazdım," dedi usulca.

"Eğer Sinhurma seninle o uzun konuşmayı yapmamış olsaydı yine de aynı şeyi yapar mıydın?"

Ruth ona doğru baktı ve hafif bir kızgınlıkla, "Sanırım hayır," dedi.

"Kendini inançları uğruna ıstırap çeken kişilerle bir tutmak istediğini biliyorum Ruth, ama bu doğru değil. Sen bir amaca olan bağlılığını kanıtlamak için onurunu çiğnemedin; bedenini satmak için kandırıldın..."

Ruth hızla ayağa kalktı. "Anlayacağınızı sanıyordum," dedi titreyen bir sesle. "Ama anlamıyorsunuz. Bu öyle bir şey değildi..."

"Bu senin suçun değil Ruth. Yaptığın şey için kendini suçlayamazsın..."

"Doktor Sinhurma en aşırı sorumluluklar ve en aşırı kabullenmelerin aynı şey olduğunu söyler," dedi. "Yaptığım şeyi kabul ediyorum ve yaptıklarımın tüm sorumluluğunu da üstleniyorum."

Horatio onu kaybetmeye başladığını görebiliyordu; Ruth, velinimetinin onun iyiliğini düşünmediğini görebiliyordu. "Yani," dedi Horatio, "bunu yeniden yapmaya hazırsın öyle mi?"

Ruth'un yüzü tokat yemiş gibiydi. "Ben ... o öyle bir şey istemez..."

Horatio ayağa kalktı. "Konu artık onun yapacakları değil," dedi. "Senin neleri kabullenerek yaşayabileceğinle ilgili. Bunu düşün... ve bir sonuca vardığında beni ara."

Horatio güneş gözlüğünü takıp onu orada öylece okyanusa bakar durumda bırakarak uzaklaştı. Mendilini hâlâ elinde tutuyordu.

Shanique Cooperville'in üzerinde beş santim topuğu olan bir ayakkabı, beyaz satenden dar bir pantolonla göğüs dekolteli pembe bir bluz vardı. Horatio görüşme odasındaki masada tam karşısında oturan kadınla göz göze gelip sakince, "Shanique. İşbirliğin için teşekkürler," dedi.

"Sorun değil." Ses tonu tam tersini ima ediyor gibiydi.

Masanın yanında ayakta duran Dedektif Salas hiçbir şey demedi. Kollarını göğsünde kavuşturup Shanique'e ona şimdilik katlanabiliyormuş gibi baktı. "Zindelik Yöntemi'ne yaklaşık sekiz aydır üyesiniz, doğru mu?" diye sordu Horatio. "Nasıl gidiyor?"

"İyi."

"Güzel, güzel. Yine de kolay olamaz, yani tüm o güzel tatlardan sonsuza dek vazgeçmek. Artık et yok, omlet, karides kokteyli, yumurta ya da barbekü tavuk..."

"Ne, yoksa beni kusturmaya mı çalışıyorsunuz? Ben o tür şeylerin hiçbirini özlemiyorum," diye araya girdi.

"Ah öyle mi?" diye sordu Salas. "Yani arada kaçamak yapmadığını mı söylüyorsun? Belki sebze ve tohumlarla soya sütünden oluşan kahvaltının yanında zaman zaman bir domuz pastırması da yiyorsundur?"

Shanique sıkılmış gibi gözlerini yuvarladı. "Anlamıyorsunuz. Hayvansal besinlerden vazgeçmek sigara ya da içkiyi bırakmak ya da kilo vermeye çalışmaya benzemez; düşünce şeklini, yaşama şeklini değiştirmek anlamına gelir. Artık o tür şeylerin yiyecek olduğunu düşünmüyorum; onları ağzıma soktuğumu düşünmek bile midemi bulandırıyor."

"Anlıyorum," dedi Horatio. "Yani mesela bir paket çiğ hamburgeri elinde taşımak... bu seni iğrendirirdi öyle mi?"

Shanique gözlerini kıstı. "Evet."

"O halde Dünyevi Bahçe'nin arka tarafındaki çöp tenekesinde bulduğumuz böyle bir paketin üzerinde parmak izlerinin ne aradığını açıklayabilir misin?"

Bakışlarında bir tereddüt belirdi. "Ben... ben bilmiyorum."

"Ben biliyorum," dedi Horatio. "Onu restorana getirdin çünkü o günün özel yemeği olan Meksika fasulyesinin içine katacaktın. Halka açık bir yemek olmayacaktı bu tabii... Sadece Phillip Mulrooney'nin öğle yemeği için. Ve bunu kanıtlayabilirim."

Shanique yanıt vermedi ancak Horatio kendine güvenini hızla kaybettiğini görebiliyordu. Biraz daha üsteledi. "Biliyorsun ki Mulrooney katı bir vejetaryen ancak midesinde et bulundu. Üzerinde onun parmak izleri olan bir tabak bulduk ve yemekteki fasulyenin bir parçasını da başka bir kapta bulduk; kıyma paketinin üzerindeyse senin parmak izlerin vardı."

Az önceki serinkanlılığını geri kazanmaya çalıştı. "Yani? Öyle olsa bile neyle suçlanıyorum? Onu zehirlemedim ya!"

86

"Suçun," diye söze başladı Horatio, "cinayete yataklık etmek. Şu anda senin son derece kuşku uyandıran bir cinayet mahalliyle olan alakanı ispatlayabilirim... Bu kuşkularımın doğru olup olmadığını da öğreneceğim. En azından seni saldırganlıktan tutuklayabilirim. Ve eğer Mulrooney'nin ölümü bir kaza değilse senin yaptıkların sonucu o tuvalete gitmiş olması seni de son derece güç bir duruma sokuyor..."

Kararlılığı sarsılıp paramparça olduktan sonra bakışlarına ve sesine teslimiyet duygusu yerleşti. "Sadece hatalı olduğunu göstermek istemiştim."

"Ne hakkında?" diye üsteledi Salas.

"Doktor Sinhurma hakkında. Zindelik Yöntemi hakkında. Bizim... bizim hakkımızda."

Horatio başını sallıyordu. "Phillip Mulrooney'le bir ilişkin mi vardı?"

"Yatıyorduk, evet. Ta ki şüphelenmeye başlayana dek."

"Senden mi?" diye sordu Horatio.

"Doktor Sinhurma'dan. Phil onun yöntemlerini, hatta niyetini bile sorgulamaya başladı. Onu kendine getirmeye çalıştıysam da beni dinlemiyordu."

Horatio öne eğilip dirseklerini masaya dayadı. "Ne tür şeyler söylüyordu?"

"Saçma, paranoyak şeyler. Zindelik Yöntemi'nin beyin yıkamadan başka bir şey olmadığını, Doktor Sinhurma'nın bir tarikat lideri olduğunu. Sonra iğneleri yaptırmamaya başladı."

Horatio'nun yüzü asıldı. "Ne iğneleri?"

"Vitamin iğneleri. Klinikte her gece iğne yaptırıyorduk."

"Ve iğneleri yaptırmamaya başlayınca doktor da onu restorana nakletti öyle mi?"

"Tabii ki, Doktor Sinhurma onu bir odaya kapatıp vitaminlerini zorla verecek değildi ya? O bir diyetisyen, Charles Manson değil."

"Yani tartıştınız," dedi Salas. Öne eğilip elleriyle masaya yaslandı. "Hamburger de bir çeşit intikamdı."

"Hayır! Ben sadece... klinikten gitmeyi düşündüğünü anlayabiliyordum. Er ya da geç diyeti de bırakacaktı. Onu kustururum, etin ne kadar zehirli ve onun için ne kadar kötü bir şey olduğunu görebileceğini sandım."

"Tıpkı küçük bir çocuğu sigara içerken yakalayınca ona tüm paketi içirtmek gibi öyle mi?" diye sordu Horatio.

"Böylelikle gerçekleri görebileceğini düşündüm. Her şeyi anlayacaktı, tıpkı birlikte olmaya başladığımızdaki gibi. O kadar özel, o kadar harikaydı ki... Doktor Sinhurma... ona birçok şey için teşekkür borçluyuz. Ve Phil bunu görmemeye başlayınca ben... ben çok acı çekmeye başladım."

"Sen de ona acı verdin."

"Onun iyiliği içindi."

"Et yememek senin için iyi olabilir," dedi Horatio ayağa kalkarken, "ama yüksek voltaj hiç iyi değildir."

"Tutuklu muyum?"

"Henüz değil," dedi Horatio. "Ama yerinde olsam uzun Karayip tatilleri planlamazdım."

5

CALLEIGH AÇIK kapıdan geçerek ön kısımdaki pencerenin eski jaluzilerinin arasından sızan güneşin loş aydınlığıyla karşılaştı. Girişteki yazıları silik tabelanın üzerinde parlak turuncu, kırmızı ve yeşil harflerle SIZINTIADAM TESİSAT yazıyordu. Arka tarafta reggae müzik çalındığını duyabiliyordu, Bob Marley'nin eski şarkılarından birine benziyordu. "Kimse yok mu?" diye seslendi.

Yan odada birisinin hareket ettiğini duyabiliyordu ancak hiçbir yanıt gelmedi. Odayı inceledi: Odada, bir köşeye yığılmış çeşitli ebat ve kalınlıkta siyah plastik borular vardı; bir diğer köşeye yerleştirilmiş olan beyaz klozetlerse albino cüceleri andırıyordu. Ahşap bir tezgah bir başka duvarın neredeyse tamamını kaplıyordu ve üzerinde alet edevat ve bir tomar kâğıt vardı. Bu karmaşanın arasında, üzerinde bir pompayı uygunsuz bir vaziyette tutan üstsüz bir sarışın bayanın olduğu beş yıl öncesine ait bir takvim vardı.

"Daha çok TOZLUADAM'a benziyor," diye mırıldandı Calleigh işaret parmağını tezgahın üstünde gezdirirken.

"Hey sen, bir saniye," diye seslendi diğer odadan bir ses. "Hemen geliyorum." Birkaç dakika geçmeden tezgahın arkasındaki kapıdan saçları rastalı zenci bir adam çıktı. Mor batik bir tişört ile turuncu çerçeveli bir gözlüğü vardı.

"Ne yapabilirim?" diye sordu. Sesinde uzun yıllardır sigara içen bir insanın hırıltısıyla birlikte az da olsa bir Jamaika aksanı vardı. "Eğer sızıntı, akıntı ya da su baskını varsa size yardımcı olabiliriz."

"Bu kulağa hoş gelen bir reklam sloganı," dedi Calleigh. "Size 'akıntı' klasmanına giren bir sorum olacak."

"Tabii. Ne bilmek istersiniz?"

"Dünyevi Bahçe adlı bir restoran için bir iş yapmışsınız öyle mi?"

"Ah, beni mi önerdiler? Evet, onlara yeni bir klozet takmıştım. İyi iş çıkardım, onlar da mutlu oldu."

"Bu ne kadar önceydi?"

"Epey önce. Altı ay ya da daha da önce."

"Gerçekten mi?" Calleigh yüzünü asıp siyah ceketinin cebinden bir not defteri çıkardı. Ceket yana doğru açılınca Calleigh'in belindeki tabancayla rozeti kazaraymış gibi tamamen ortaya çıktı. "Bana verilen bilgilere göre geçen hafta takılmış."

Adamın yüzündeki tebessüm silinmedi ancak bakışları sertleşti. "Ah, evet. Benim hatam. Klozet yeni... altı ay önce taktığım lavaboydu."

Calleigh gülümsedi. "Bakın, beni yaptığınız işin kalitesine ve ne kadar uzun süre dayandığına inandırmak zorunda değilsiniz. Ben sadece işlenen bir suçla ilgili bazı gerçekleri ortaya çıkarmaya çalışıyorum ve sonra da sizi rahat bırakacağım. Tamam mı?"

"Elbette, elbette," dedi adam omuz silkerek. Adam çekmecenin üzerindeki sigara paketini alıp içinden bir tane çıkardı. "Sorun o zaman."

"Neden yeni bir tuvalet kurulması istendi?"

Adam yanıt vermeden önce sigarasını küçük bir bütan alev makinasıyla yaktı. "Eskimişti. Eskimiş ve çatlamış, ayrıca sızdırıyordu. Yeni bir tane istiyorlardı."

"Ah-hah. Peki neden porselen ve PVC olanların yerine paslanmaz çelik olanıyla bakır boruları tercih ettiniz?"

Adam sigarasından derin bir nefes alıp dumanını burnundan çıkardı. "Bakın, ben onlara istediklerini veririm. Paslanmaz isterlerse, paslanmaz alırlar. Bakır isterlerse..." Duraksayıp Calleigh'in rozetine doğru baktıktan sonra devam etti, "... bakır alırlar."

Calleigh bu bakışı görmezden gelip devam etti, "Ve tüm bunları isteyen kişi kimdi?"

"Hatırlayamıyorum... tam olarak," dedi. Neşeli ses tonu ciddileşmeye başlamıştı.

"Anlıyorum, ne de olsa tam tamına yedi gün önce olmuş bir olay bu," dedi. "Biliyor musunuz, iş yerindeki toksinler son derece ciddi nörolojik sonuçlara yol açabilir. Belki de etrafta kısa dönem hafızanızı etkileyen bir şeyler vardır?" Calleigh'in sesinde hâlâ Güneyli yardımseverlik vardı ancak bakışları onunkiyle birleşince

91

gözlerini kırpmadan bakmaya devam etti. "Bir arama emri sonucunda bulunmasını istemeyeceğiniz bir şey mesela?"

Adam kıkırdadı ve bakışlarını çevirdi. "Pekâlâ, pekâlâ," dedi. "Sadece müşterilerimin özel hayatını gizli tutmaya çalışıyorum anlıyor musunuz?"

"Ne kadar takdire şayan! Gizlilik kavramının doktor ve avukatlardan tesisatçılara kadar yayılmış olduğunun farkında değildim... peki, bu işin yapılmasını isteyen kimdi?"

"Humboldt. Albert Humboldt. Bana çok özel bir şey istediğini söyledi, – sanırım patronunu etkilemeye çalışıyordu, anlarsınız ya?"

"Sanırım anlıyorum," dedi Calleigh. "Ve biliyor musunuz? Sanırım benim patronum da çok etkilenecek."

Horatio proje odasında Wolfe'a katıldı. Masanın üzerindeki roket, beşinci sınıf bir bilimkurgu filminde kullanılan ucuz bir görsel efektin kalıntısıymış gibi duruyordu. "Otobüsün tepesinde buldun öyle mi?" dedi Horatio. "İyi iş çıkardın."

"Teşekkürler," dedi Wolfe. "Parmak izi yok ama. Trace üstündeki kimyasal atıklar üzerinde bir kütle spektrofotometre çalışması yapıp senin çatıda bulduklarınla karşılaştırıyor."

"Güzel, güzel. Peki ya roketin üzerindeki belirleyici izler?"

"Seri numarası yok ama markasını bulmayı başardım: Estes Cometmaster yapımı. Ancak ne yazık ki her yerde rahatlıkla bulunabiliyor."

"Peki ya teknik özellikleri? Hangi yüksekliğe kadar çıkabiliyor?"

"Önerilen şeylerin yapılması durumunda bin altı yüz feet kadar."

Horatio beyaz bir laboratuvar önlüğü alıp takım elbise ceketinin üzerine giydi. "Bunun daha yükseğe çıkabilmesi için modifiye edilmiş olduğunu düşünüyorum, muhtemelen yakıt karışımı da özeldir." Büyüteç alıp kanatçıklardan birini inceledi. "Şuna bakar mısın... bana bir cımbız verebilir misin?" Horatio dikkatli bir şekilde kanatçıkların gövdeyle birleştiği noktadan bir parça malzeme aldı. Cımbızı yukarı kaldırıp bu parçayı yakından inceledi. "Bu model önceden monte edilmemiş bir takımdan yapılma öyle değil mi?"

"Doğru. Sence aktarılmış mı?"

Horatio cımbızın ucundaki malzemeyi küçük bir zarfa koyup Wolfe'a uzattı.

"Olabilir. Roket birleştirildiğinde iki parçanın arasına başka bir şey sıkışmış olabilir."

"Ya da otobüse çarptıktan sonra oraya sıkışmış olabilir."

"Ne olduğuna ya da olmadığına bağlı... Başka neler biliyoruz?"

"Muhtemelen bir tripod'a monte edilmiş bir kızak sistemi aracılığıyla fırlatıldığını söyleyebilirim," dedi Wolfe. Roketin yan tarafındaki dairesel çıkıntıları işaret etti; bir tanesi tabana yakındı bir tanesiyse gövdenin ortalarındaydı. "Bunlara fırlatma butonu denir. Kızağın üzerindeki bir deliğe geçer, ve fırlatılma esnasında roketin dik durmasını sağlar."

"Peki ya yanık izinde bulduğumuz parça?"

"Trace onu bir seramik fayans parçası olarak tanımladı. Roketçiler zaman zaman patlama deflektörü olarak fayans kullanabiliyorlar; bu yüzden de yanık izi o şekildeydi."

"Yani fırlatma kızağıyla kırık deflektörü yanlarına aldılar ama bir parçayı gözden kaçırdılar..."

Horatio'nun cep telefonu çaldı. "Caine," diye yanıtladı.

"Horatio," dedi Yelina hattın diğer ucunda. "Mulrooney soruşturmasıyla ilgili bir başka faili meçhul daha var."

"Nasıl bir bağlantı var?"

"Sinhurma'nın hastalarından biriymiş. Adı Ruth Carrell."

Ruth Carrell'ın cesedi Tamiami Yolu'nun hemen dışındaki ahşap bir kulübede bulunmuştu. Üzerinde, Horatio'nun onunla ilk kez konuştuğundaki kıyafetleri vardı ve sırtüstü yatan cesedin üzerindeki mavi tişört kanla karışarak koyu mora çalmıştı. Çevresinde, yanında taşıdığı iki kıyafet torbasından düştüğü sanılan sarı kanatlı yıldız meyvası, kahverengi kabuklu kiviler ve yeşil atemoya meyveleri vardı.

Alexx, Horatio'nun bakışları altında cesedi inceliyordu. Onun işine olan tutkusu ve profesyonelliği Horatio'yu daima hayrete düşürüyordu; en kötü durumdaki yaraları dahi incelerken karşısındakinin bir zamanlar umut ve hayalleri olan bir insan olduğunu unutmuyordu.

94

"Göğüste bir kesik yarası var," dedi Alexx. "İnce bıçaklı, çift taraflı. Kabza izi yok."

Horatio aşağı doğru baktı. "Burası çamurlu. Onunkiler dışında ayak izi yok. Katil onu bıçaklayarak öldürecek kadar yaklaşıp ayak izi bırakmamayı nasıl başarmış olabilir?"

"Başarmadı," dedi Alexx. Cesedi omuz başından kavrayarak biraz yana yatırıp altta kalan kanlı sırtını gösterdi. "Onu uzaktan vurmuş. Çıkış yarasını görüyor musun?"

Horatio'nun yüzü asıldı. "Ok mu?"

"Görünüşe göre tam kalbinden vurmuş." Başını iki yana salladı. "Tatlım, Eros'la tanışmak için hiç iyi bir yol değil."

Horatio bir cımbız çıkarıp cesedin sağ ayakkabısının topuğundan küçük bir parça çıkardı. "Ot. Ne buradaki ne de onların tesisinde gördüğüm otlara benziyor."

Calleigh kulübenin çevresini inceliyordu. "Horatio," diye seslendi. "Ne yöne baktığını kestirebiliyor musun?

"Cesedin düştüğü konuma ve izlere bakarak sanırım kulübenin şu tarafına doğru bakıyor olmalı," diyerek o yeri işaret etti Horatio.

"Yani aradığımız ok burada, tam karşı tarafta olmalı," dedi Calleigh yakındaki bir çalılığa doğru ilerlerken. "Tabii eğer okçumuz onu almadıysa."

"Okçumuzun da buralarda bir yerde duruyor olması lazım," dedi Horatio tam ters istikamete ilerlerken. Birkaç bodur ağacın arasında, neredeyse Eisenhower Beyaz Saray'dayken çamaşır makinesi olarak kullanılan eski ve bozuk bir makina duruyordu.

Calleigh çalılığı inceledi. "Böğürtlen çalısı," dedi. "Harika!"

Alexx de onu takip etti. "Eğer oraya girip araştırması gereken ben de olsam çok mutlu olmazdım," dedi adli tıp uzmanı.

"Hmmm..." dedi Calleigh. "Ah, hayır Alexx, ben şaka yapmıyordum. Gerçekten de 'harika' demek istedim. Çünkü eğer şu bizim Robin Hood okunu geri almaya çalıştıysa ufak da olsa bir parçasını dikenlere kaptırmış olabilir. Eğer gerçekten şanslıysak belki kan bile bulabiliriz..."

Bir ortotolidin[12] spreyi çıkararak çalılığın üzerine sıktı. Bu gibi durumlarda ortoyu Luminol'e tercih etmesinin iki sebebi vardı: Her ne kadar Luminol son derece güvenilir olsa da görünebilir olması için karanlık gerekiyordu ve bazı tür bitkilerle etkileşime de girebiliyordu; özellikle de yaban turbu ve patatesle. Ortotolidinse hemoglobin ya da myoglobinle etkileştiğinde parlak maviye dönüşerek gün ışığında da kolayca seçilebiliyordu ya da en azından ortamda kan varsa seçilebilir hale geliyordu.

"Şansımız yok, lanet olsun," diye homurdandı. Görünürde ne kan ne de giysi parçası vardı; görünüşe göre katil bu çalılığa yaklaşma cesaretini gösterememişti. Bu da okun oralarda bir yerde olduğu anlamına geliyordu ve Calleigh eğer kurşun bulamazsa okla da idare edebilirdi.

---

12 Serbest klor, ç.n.

Horatio okun atılmış olduğunu düşündüğü yeri inceledi. Buradaki toprak çamurlu değil çimenlikti; görünürde hiç ayak izi yoktu.

Katilin hiç iz bırakmadığına kanaat getirdikten sonra çevreyi incelemeye devam etti. Kulübenin yanından geçen yol işlek sayılırdı ancak bel hizasındaki çalılıklardan yolu tam olarak göremiyordu. Ancak yine de eski, çürük bir kamyonetin arka kısmını görebiliyordu; cesedi bulanlar da bu kamyonetin sahipleriydi. Kamyonetin arkasında topladıkları mahsulleri satıyorlardı ve Ruth alışveriş yapmak için durmuştu. Alacaklarını aldıktan sonra cipine yürürken – yakında bir yere park etmişti – kulübenin içindeki bir şey dikkatini çekmişti. İçeri girmiş ve bir daha dışarı çıkmamıştı. Yirmi dakika kadar sonra sıkışan satıcılardan biri rahatlamak için bir çalılık ararken cesedi bulmuştu. Yelina hâlâ onunla konuşuyordu ancak daha fazla bir şey görüp duymadığı açıktı.

Calleigh elleriyle dizlerinin üzerine çökmüş çalılığın içine doğru sürünmeye başlamıştı bile. Horatio fark ettirmeden öte yana baktı.

"Horatio?" diye seslendi Alexx. "Cesedin üzerinde başka bir şey daha farkettim. Phillip Mulrooney'le aynı gruba mensuptu öyle değil mi?"

"Doğru."

"Tıpkı onun gibi kalçasının üst kısımlarında iğne izleri var."

"Şaşırmadım," dedi Horatio. "Görünüşe göre Zindelik Yöntemi'nin vitaminleri her gece yapılan iğnelerle

97

veriliyormuş. Mulrooney ölmeden kısa bir süre önce bu iğneleri yaptırmamaya başlamıştı."

"Bu da iğnelerin neden kas içine yapıldığını açıklıyor," dedi Alexx. "Vücuda daha yavaş ve düzgün bir şekilde dağılıyor."

"Ama Ruth'un izleri hâlâ taze değil mi?"

"Öyle görünüyor."

"Güzel. Umarım toksik analiz onlara tam olarak ne verildiğini ortaya çıkarabilir..."

"Buldum!" diye bağırdı Calleigh. Çalılığın arasından çıkarken dikenlere takılan saçları arkaya doğru çekiliyordu, kıyafetlerinin üzerindeyse yaprak ve ot parçaları vardı. Eldivenli ellerinden birinde tuttuğu ucu kanlı oku zafer edaları içinde havaya kaldırdı. "Çok içerilere girmiş ama bir dala çarpıp sıkışmış."

"İyi iş çıkardın," dedi Horatio. "Bunu acilen laboratuvara ulaştıralım."

"Seni de acilen içeriye alalım," dedi Alexx.

Horatio kendisiyle konuşulmadığının farkındaydı.

"Merhaba Randolph," dedi Horatio.

"Ah, benim ismim Mark," dedi mavi tişörtlü yakışıklı ancak şaşırmış gibi bakan genç adam.

"Mark, Randolph; hepiniz birbirinize benziyorsunuz," dedi Horatio. "Beni takip et Eric." Delko'yu ana binanın çevresinden dolaştırırken Mark da peşlerinden geliyordu.

"Doktor Sinhurma şu anda burada değil," diyerek Mark bir kez daha şansını denemek istedi. "Bana polis geldiği taktirde elimden geldiğince yardımcı olmamı söyledi"

"Gerçekten mi? Ne kadar da iyisiniz Mark. Doktor Sinhurma nereye gittiğini söyledi mi?"

"Ah, hayır."

Patika boyunca ilerlerken Delko havuza bakmamaya gayret ediyordu.

"Sorun değil Mark. Zaten buraya Doktor Sinhurma'yla konuşmaya gelmedim." Horatio'nun önünde durduğu küçük binanın yanı uzun, yükseldikçe sivrilen ve her 5 metrede bir yerleştirilmiş kazıklarla desteklenen çatısı neredeyse binanın beş katı büyüklüğündeydi. Elli yard ötedeki çimenlikte saman balyalarının önüne yerleştirilmiş hedefler vardı.

"Okçuluk ekipmanlarını burada mı tutuyorsunuz?" diye sordu Horatio.

"Evet, ama bende anahtar yok."

"O halde bul," dedi Horatio nazik bir şekilde. Mark'a katlı bir kâğıt uzattı. "Bu kâğıt burada bulunacak olan okçulukla alakalı her malzemeyi alıkoyabileceğimizi gösteren bir arama emri."

Mark anahtarın ana binada olduğunu söyledikten sonra oraya doğru hızla ilerledi.

"Eleştiriyor gibi görünmek istemem H.," dedi Delko eldivenlerini takarken, "ama yayı bulsak bile okla nasıl eşleştireceğiz?"

"Sevgili dostum, bu işi Bayan Duquesne'in maharetli ellerine bırakacağız..."

Calleigh'in ilk yaptığı şey oku tanımlamak oldu. Genişbaş olarak adlandırılan ve çok kolay bulunabilen tipten olan bu okun geniş, çift taraflı, elmas şeklinde bir ucu vardı. Merkezinde iki adet üçgen yol açılmıştı, ana gövdenin her iki tarafındaki bu yollar hava akışını sağlayıp okun düz olan ucunun uçak kanatları gibi görev yaparak okun süzülmesine neden olmasını engelliyordu. Calleigh'in amcası yetenekli bir okçuydu ve Calleigh de çocukken onunla birlikte zaman zaman ava çıkardı, ancak çok geçmeden ateşli silahların geri tepmesini yayın çıkardığı sese tercih ettiğine karar vermişti. Yine de amcası ona bu sporla ilgili çok şey öğretmişti ve o da bunların çoğunu anımsıyordu.

Okun ucundaki kanla faili meçhulün kanı karşılaştırılıyordu, ancak Calleigh bunun şaşırtıcı bir sonuç çıkaracağını beklemiyordu. Okun geri kalanının anlatacaklarıyla daha çok ilgiliydi.

Okun gövdesi ahşaptan yapılmış ve koyu yeşile boyanmıştı. Boyada çatlaklar vardı, özellikle de ucun gövdeyle birleştiği yerde bu çatlaklar daha belirgindi. Beyaz tüylerden oluşan üç tane 10 santim uzunluğunda kanatçık vardı ve okun üzerine elle yerleştirildiğini anlayabiliyordu; kanatçıklar, ön ve arka tarafta tüylerin kalın kısımlarının çevresine dolanarak bir tür renksiz vernikle yapıştırılmış iplerle takılmıştı. Verniğin bir kısmını kazıyıp ipten örnek aldı. Okun plastikten yapılma kertiği aşınmış ve uç kısmında bir çentik eksikti.

Kanatçıkların uçlarını mikroskop altında inceleyip görüntülerin fotoğrafını çekti. Veri tabanıyla karşılaştırınca ok başının modelini tanımlayabildi, – 125-

Vernik ve ipi analiz edilmek üzere laboratuvara verdikten sonra kendisine bir bardak çay hazırlayıp Horatio'yu beklemeye başladı.

Hummer'ın arka kısmına koydukları malzemelerle birlikte Zindelik Yöntemi tesisinden dönerken Delko Horatio'ya dönüp, "Anlamıyorum H.," dedi.

"Anlamayacak ne var Eric?"

"Şu tarikat olayını. Yani insanların hayatlarının kontrolünü bu şekilde başkasına teslim edebilmelerini. Ne yapman, ne yemen, ne düşünmen gerektiğinin başkaları tarafından söylenmesini... Bu insanlarda hiç mi akıl yok?"

Horatio bakışlarını yoldan ayırmadı. "Burada rasyonel davranışlardan söz etmiyoruz Eric. Tarikatlar duygusal zayıflığı kullanır, entelektüel zayıflığı değil. Çoğu tarikat üyeleri iyi eğitimli ve orta sınıfa mensup kişilerdir; tek ortak yönleri mutsuz olmalarıdır. Mutsuzluklarının belirli bir sebebi ve ondan kurtulmanın belirli bir yöntemi olduğunu düşünürler, tarikat da bunları altın bir tepside sunar. Sinhurma sadece tüm bu süreci modernleştirmenin yolunu bulmuş. İnternet bir çıkış yolu arayan kayıp, yalnız insanları bulmak için çok uygun bir yer..."

"Ve arayışını tüm dünyaya yayabilir..."

"Elbette. İnternet sitesini kullanarak olası üyeleri belirle. Onları gençlik, güzellik ve şöhret vaatleriyle kendine çek. Daha sonra da tüm parametreleri Sinhurma'nın kontrol ettiği bir ortama sok."

Delko'nun kaşları çatıldı. "Bu çok tanıdık geliyor."

"Evet, öyle," dedi Horatio yavaşça. "Kendine çekme, etkileme, ele geçirme. Bir seri katilin izlediği altı yoldan üçü bunlar."

"Geriye ne kalıyor? İlki ve son ikisi öyle mi?

"Aura evresi en önce gelir ama her seri katilde gözlenmeyebilir. Halüsinasyonlar, keskinleşen duyular, aşırıya kaçan fanteziler. Tabii eğer Turh Carrell'ın Sinhurma'nın Mulrooney'e bağırıp çağırmasıyla ilgili anlattıkları doğruysa bu evreyi de yaşıyor olabilir."

"Ele geçirmeden sonra ödülü alma evresi geliyor," dedi Delko. "Bu nasıl oluyor?"

Horatio genç CSI'ya baktı. "Ödül alma, katilin bu olayı daha sonra hissettiği o güçlü duygular söndükten sonra yeniden yaşayabilmesine yarıyor. Sinhurma'nın aynı şeyleri tekrar yaşamasına gerek yok; onun kontrolü daimi, yedi gün yirmi dört saat. Bir bakıma hastalarının her biri onun için bir ödül..."

"Ve son olarak da depresyon evresine geliyoruz ki bu onun için geçerli değil; ne de olsa kontrol daima elinde ve sürekli olarak gelen yeni hastalar olduğundan yoğun duyguları her an yaşayabiliyor."

"Yoğun duygular asla sonsuza dek sürmez Eric. Bu yüzden seri katiller bir daha cinayet işler. Tıpkı uyuşturucu bağımlıları gibi alışkın oldukları duygu seviyesine ulaşmak için hep daha fazlasına ihtiyaç duyarlar. Eğer Phillip Mulrooney ve Ruth Carrell'ın ölümlerinden Sinhurma sorumluysa nihai kontrol duygusunu iki kez yaşamış demektir. Bunun ne anlama geldiğini biliyorsun."

Delko sakin bir şekilde başını aşağı yukarı salladı. "Bunun tadını aldı. Gerçekten de seri katil olduğunu mu düşünüyorsun?"

"Bence o bir sosyopat. Psikoloji diplomasını da insanların üzerindeki hakimiyetini daha iyi bir seviyeye getirebilmek, diyetisyenlik diplomasınıysa bu üç kağıdı başlatabilmek için aldı."

"Ve Mulrooney elde ettiği konumu tehdit etti."

"Mulrooney'nin şüpheleri vardı. Ruth'la konuştuğumda onun da şüpheleri var gibiydi. Sinhurma'nın konumundaki biri için bunlar tüm hareketinin temellerini sarsabilecek çatlaklar; yayılmalarına izin vermesi söz konusu değil. Hatta Ruth Carrell'ı bunları durdurmak için öldürmüş olabilir."

"Ya da bir başka tarikat üyesine öldürtmüş olabilir" diye önerdi Delko.

"Eğer öyleyse bu çok güvendiği biri olmalı. Hatta tarikatın devamlılığından bir çeşit çıkarı olan biri... Bu da emir komuta zincirinde ikinci sırada olan kişiyi araştırmamızı gerektiriyor."

"Bay Kim, öyle değil mi? Laboratuvara döner dönmez araştırmaya başlayacağım."

"Klinik ve restoranın telefon kayıtlarını inceleyebilmemiz için mahkeme emri çıkarabilir miyiz onu da araştırır mısın? Sinhurma'nın kiminle ne zaman konuştuğunu bilmek istiyorum..."

"Yani Sherwood Ormanı'nda bulduğumuz her şeyi Calleigh'in üzerine mi yıkacağız?" Delko oldukça ciddiydi.

Horatio gülümsedi, "İçimden bir ses onun yardıma ihtiyaç duymayacağını söylüyor Eric..."

"Yani Albert Humboldt yeni bir tesisat istemiş," dedi Yelina. O ve Horatio boş olan sorgu odalarından birinde oturmuş kahve içerek notlarını karşılaştırıyorlardı. Petek şeklindeki pencere ızgarasından altın sarısı gün ışığı sızıyordu. Horatio bu odalardaki sorgular esnasında kendisini bir arı kovanındaymış gibi hissederdi.

"Ama buna kendisi karar verdi," dedi Yelina, "yoksa ondan da birisi mi istedi?"

"Tesisatçı onun birisine yaranmaya çalıştığını düşünüyordu," dedi Horatio. "Bu da bize çok fazla şey anlatmıyor... tabii birbirini tamamlamayan bazı şeyler olduğu dışında."

"Ne demek istiyorsun?"

"Sinhurma'nın egosu en iyisini gerektiriyor, bunu parasal olarak da karşılayabilir. Calleigh'in anlattıklarına bakılırsa tesisatçının dükkânı tam bir rezaletmiş."

"Belki de bunu Humboldt yaptırıyordu ve parası da ancak buna yetiyordu."

"Bu da pek anlamlı değil. Genç, güzel ya da zengin olmadıkça Sinhurma'nın kliniğine kabul edilmiyorsun; Humboldt'un da ne genç ne de güzel olduğu göz önüne alınırsa, parası olmalı. Eğer Sinhurma'yı etkilemeye çalışıyor olsaydı paradan kaçınmazdı."

"Yani... bu durumda kişisel bir bağlantı öyle mi? Humboldt ve tesisatçı birbirlerini önceden mi tanıyorlardı?"

Horatio onaylarcasına başını sallayıp kahvesinden bir yudum aldı. "Bu Calleigh'e yardımcı olma konusunda neden çekimser olduğunu açıklayabilir. Onun bir şüpheli olmadığını söylemesine rağmen parmak izlerini almak için neredeyse kolunu kıracakmış."

Yelina gülümsedi. "Ama yine de almış."

Horatio da gülümsedi. "Ne düşünüyorsun?"

"Bence Bayan Duquesne istediğinde son derece ikna edici olabiliyor."

"Gerçekten de kanıtların ayaklanıp konuşmaya başlamalarını sağlayabiliyor... Şu anda Zindelik Yöntemi tesisinde bulunan okçuluk aletlerini inceliyor."

Yelina kahvesini bitirip ayağa kalktıktan sonra uzun saçlarını tek eliyle arkaya attı. "Oku bir yayla eşleştirebileceğini düşünüyor musun? Bu kez karşılaştıracak kurşun izleri yok."

Horatio peteği andıran pencereye baktı; dışarıda, şoförü seçilmeyen siyah beyaz bir polis arabası park ediyordu. "Eğer bunu yapabilecek biri varsa," dedi yavaşça, "bu da odur."

"İşte bu," dedi Delko, "ilginç."

"Hmm," dedi Wolfe. "Evet. Evet, bu ilginç."

Delko, Horatio'nun bulduğu kararmış bıçakları inceliyordu. "İlk bakışta bunları yıldırımın kararttığını düşündüm. Ama görünüşe bakılırsa açık bir alevin üzerinde uzun süre ısıtılmışlar."

"Alt kısmı kesik, ya da alt kısmına yakın bir yerde yan tarafında bir delik olan büyük bir şişe buldun mu?" diye sordu Wolfe.

105

Delko şaşırmış gibiydi. "Hayır. Öyle bir şey yoktu. Neden?"

"Çünkü bu bana sıcak-bıçak ekipmanı gibi geldi."

"O ne demek?"

"Haşhaş içmek için kullanılan bir yöntemin adı. Jilet kullanarak büyük bir parçadan daha küçük – hatta kibrit başından da küçük – parçalar kesilir. İki tane kahvaltı bıçağı uçları kıpkırmızı olana kadar ısıtılır, bazen bir propan hamlacı[13] kullanarak bazen de elektrikli bir ocağın üzerinde. İki bıçak biraz aralıklı tutulur ve içecek olan kişi alt kısmı olmayan şişeyi ters çevrilmiş bir huni gibi bıçakların üzerine tutar. Bıçaklar birbirine değdirildiğinde uyuşturucu, anında yanar ve oluşan duman da şişeyi doldurarak şişenin boyun kısmından alıcıya ulaşır."

Delko etkilenmişe benziyordu; hemen ardındansa şüpheci bir bakışla Wolfe'a baktı. "Peki senin gibi tertemiz bir bilim manyağı nasıl oluyor da bu tür şeyleri biliyor?

"İster inan ister inanma bu Kanada'ya özgü bir şey," dedi Wolfe. "Dokuzuncu Caddede düzenli olarak bastığımız bir ev vardı; her bahar tatilinde Ontario'dan gelip kaban giymeden parti yapabilecekleri bir yer arayan üniversite öğrencileriyle dolardı. Her seferinde mutfakta bu aletlerden bulurduk."

"Tüm Kanadalıların altmışlı yaşlarında olduğunu ve cip kullandıklarını sanıyordum," dedi Delko gülümseyerek.

---

13 Hamlaç: kaynak yapımında, metalleri kesme ve eritme işlemlerinde kullanılan, alev püskürten araç, ç.n.

106

"Görünüşe göre bazıları uçmayı tercih ediyor," diye yanıtladı Wolfe düşünceli bir şekilde. Bir büyüteçle bıçağın ucunu inceliyordu. "Bununla duvar prizindeki izi karşılaştırdın mı?"

"Evet, uyuşmuyor," dedi Delko suratını asarak. "Eriyik iz çok daha ince ve kareleşmiş. Görünüşe göre bu bıçaklar düşündüğümüzden çok daha farklı bir amaç için kullanılmışlar."

"Aradığımız suç bu olmayabilir," diye itiraf etti Wolfe, "ama yine de bir kanıt. Takip edip bizi nereye ulaştıracağını görmeliyiz."

"Kayıtları inceleyip şüphelilerin daha önce uyuşturucu suçuyla tutuklanıp tutuklanmadığına bakacağım," dedi Delko. "Peki ya sen? Şu roket araştırman nasıl gidiyor?"

"Trace'den haber bekliyorum," dedi Wolfe.

Horatio kapıdan başını uzattı. "Bay Wolfe, – bir dakikanız var mı?"

"Elbette H."

Horatio başıyla onu takip etmesini işaret ettikten sonra koridor boyunca ilerleyip bir başka laboratuvara girdi. "Bir konuda fikrini almak istiyorum," dedi Horatio. Masadaki mikroskoplardan birini işaret etti. "Şuna bir baksana."

Wolfe eğilip mikroskoptan baktı. "Hmm... Roketin üzerinde bulduğun madde bu mu?"

"Evet. Trace bunu Kevlar olarak tanımladı... Bu da bendeki bilgilere göre roket güdümlü yıldırım oluşturulurken kullanılan tellerin kaplandığı madde. Sanırım bu parça tel takılmadan önce çıktı; belki de ucu inceltilmişti."

"Uç kısmı kesinlikle kesilmiş gibi," dedi Wolfe.

"Restorana gidip eşleştirebileceğimiz her şeyi toplar mısın?" dedi Horatio. "Tel kesiciler çok iyi olur mesela, ama ucu keskin olan her şey olabilir."

"Jilet gibi," dedi Wolfe. Sıcak-bıçak tekniğiyle ilgili Delko'ya anlattıklarını Horatio'ya da anlattı.

"Yani olası bir uyuşturucu bağlantımız var," dedi Horatio. "Pekâlâ, Sinhurma'nın geçmişini daha iyi araştıralım. Hindistanlı... ve oralarda çok fazla haşhaş yetiştiriliyor."

"Delko bunu araştırıyor," dedi Wolfe.

"Güzel," dedi Horatio. "Hazır restorandayken tarif ettiğin gibi bir şişe de arar mısın? – Ne aradığını bilmediğinden Eric bunu atlamış olabilir. Blenderın bulunduğu çöpe de bak. Ben Alexx'le konuşmaya gidiyorum; bir şey bulursan bana telefon et."

"Tamamdır."

"Kesinlikle yakın zamanda çok kilo vermiş," dedi Alexx. "Görüyor musun? Göbek çevresinde gerilme izleri var." Otopsi masasındaki cesede bakıp başını iki yana salladı. *"Çok güzel bir yüzün var, keşke birkaç kilo daha verebilseydin Eminim bu cümleyi duymaktan sıkılmışsındır tatlım öyle değil mi?"*

Horatio masanın yanında durmuş çok kısa bir süre önce yüzyüze konuştuğu kadının cesedine bakıyordu. Horatio'nun yerinde başkası olsa gözlem odasının uzak-

108

lığını tercih edip monitörleri, kameraları kullanarak Ruth Carrell'ı yalnızca bir kanıt düzeyine indirgeyebilirdi. Horatio bu lüksü yaşamayı reddediyordu. Ruth Carrell kısa bir süre öncesine kadar yaşayan, nefes alan bir insandı – ki ona koruma önermişti – ve birisi onu geyik öldürmekte kullanılan bir silahla öldürmüştü.

Kendisini suçlayarak vakit kaybedemezdi. Horatio çok daha önceleri suçluluk duygusuyla başa çıkmasını sağlayacak çok etkili bir yöntem geliştirmişti; bu duyguyu alıp katı bir öfkeye çevirirdi. "Suçluluk duygusu iyidir," demişti bir keresinde. "Bizi daha güçlü kılar." Horatio'nun durumunda, bu güç onun kararlılığını besleyip iradesini odaklamasını sağlardı; onun için bir soruşturmayı kişiselleştirmek zorluk çıkarmazdı. Sadece asla ve asla vazgeçmeyeceği anlamına gelirdi...

"Ölüm sebebi perikardın yırtılması sonucu oluşan kalp krizi," dedi Alexx. "Giriş yarasının çapı 1,5 santim, çıkış yarası da aynı şekilde. Temiz bir şekilde geçip gitmiş."

"Bana başka ne söyleyebilirsin Alexx?"

Eğilip iki elini de kullanarak cesedin ağzını açtı. "Dilin üzerinde kalın, sarımtrak bir tabaka," dedi. "Muhtemelen oruç tutuyordu, bu orucun sık görülen bir yan etkisidir. Satın aldığı meyveler kendisi için değildi."

"Yani tesis için alışveriş yapıyordu. Bu da onu oraya birilerinin göndermiş olduğu anlamına geliyor... Orayı daha önceden belirlemiş olan, onu rahat vurabilecekleri bir noktaya çekebileceklerini düşünen birileri. Başka?"

Alexx cesedin parmaklarından birini kaldırdı. "Görünüşe göre fiziksel güç gerektiren bir iş yapıyormuş. Ayaklarında ve parmaklarında nasır oluşmuş."

"Muhtemelen daha çok 'iş terapisi'," dedi Horatio. "Ancak tesiste buna benzer bir şey görmedim... Teşekkürler Alexx."

"Toksik analiz sonuçlarını aldığımda daha çok şey öğrenmiş olacağım," dedi Alexx.

"Sonuçları alır almaz beni haberdar et."

Bir sonraki durağı balistik testlerin gerçekleştirildiği atış alanıydı. Calleigh oradaydı ancak ilk kez kenarları sarıya boyalı atış gözlükleriyle kalın kulaklıklar takmıyordu. Bunun yerine eldivenli ellerinde bir yay tutuyordu.

"Selam H.," dedi gülümseyerek. "Getirdiğin yayların test atışlarını yapıyordum. Bu sonuncusu."

"Seni durdurmama izin verme."

Bir oku yaya takıp gövdenin tırtıklı ucunu okun yay kirişine oturttu. "Ruth Carrell'ı öldürenle aynı tarz ve ağırlıkta ok başları kullanıyorum," dedi yayı yukarı kaldırıp oku geriye doğru çekerken. Atış alanının dörtte üçlük mesafesinde bir hedef mankeni duruyordu. "Hedef yirmi yard kadar uzakta, yani Ruth Carrell'la katilin arasındaki mesafe kadar. Bu hedef bir insanın göğüs kemiği, kas yapısı ve iç organları kadar dayanıklılık gösterebiliyor."

Oku fırlattı. Hedefe tam göğsünden isabet ederek delip geçtikten sonra arka tarafta yere düştü.

"Çok fazla uzaklaşamadı öyle değil mi..." dedi Horatio suratını asarak.

"Hayır. Bulduğum ok en az bir yirmi yard kadar daha uzaktaydı ve ona karşın da düzgün bir hat izlediği belliydi. Bu yay geriye doğru eğik, çekiş ağırlığı da 15 kg kadar; diğerleri de hemen hemen aynı aralıkta. Ruth'un ölümüne sebep olan oku bu yayların atabilmiş olacağını düşünmüyorum."

"Yani daha ağır bir yay arıyoruz."

"Muhtemelen bir bileşik. Daha başka testler de yapacağım ama aradığımız geri çekiş ağırlığının yaklaşık olarak kırk ya da elli kilo olduğunu sanıyorum."

"Peki ya ok?"

"Bulduğum okun tüyleri elle yerleştirilmiş; yeşile boyalı tahtadan bir gövdesi ve avlanma ucu var. Tesisteki tüm okların gövdesi karbon grafit, tüyleri fabrika yapımı ve uçları da hedef uçları."

"Yani eşleşmiyorlar."

"Hayır, ama bu kötü haber değil. Senin okun üzerindeki boya oldukça yıpranmış, yani oktan yaya geçmiş olabilir. Eğer atıcının aynı tip başka okları varsa onları elimizdekiyle eşleştirebiliriz."

"Tek yapmamız gereken yayı bulmak..."

"Aradığımız şey hedef atıcılığında kullanılandan ziyade bir avcı yayı," dedi Calleigh. "Ve Florida'da... tüm okla avcılık yapanların tümünün lisanslı olması gerekir," diye sözünü tamamladı Horatio. "Güzel düşünce. Eyalet veri tabanını araştıracağım. Biliyor musun bu adamı yakaladığımızda insanlar sana 'Kurşun Kız' yerine 'Okçu Kız' demeye başlayabilir."

"Katilimiz hak ettiğini aldığı sürece ne dedikleri önemli değil," dedi Calleigh.

"Bak, bak, bak..." diye mırıldandı Horatio, sesindeki tatminkarlık rahatlıkla anlaşılabiliyordu. Bir düğmeye basıp ekrandaki yazıları aşağıya kaydırdı.

"Bir şey mi buldun H.?" diye sordu Delko. Laboratuvarın diğer tarafındaki çalışma masasında kendi araştırmaları üzerinde çalışıyordu.

"Sanırım buldum. Hialeah'tan Bay Julia Ferra adına çıkarılmış bir okçuluk lisansı."

"Garsonlardan biri. Belki Sinhurma adına Mulrooney'yi göz altında tutan oydu – Restoran telefon kayıtları işte burada, birileri iki kırk üçte tesise telefon etmiş."

"Mulrooney öldürülmeden az önce."

"Doğru. Telefonu eden her kimse Mulrooney'nin koşarak tuvalete gittiğini görmüş, Sinhurma'ya telefon ederek kurbanının sunağa çıktığını haber vermiş olmalı..."

"Birnevi...hemenardındandaSinhurmaMulrooney'yi arıyor. Ama neden uğraşsın ki? Sinhurma'nın söylemesi gereken bu kadar önemli olan şey neydi?"

"Söylediği önemli değil Eric; söylediği şey muhtemelen 'Beni yüz üstü bıraktın ve öleceksin,' türü şişirilmiş, melodramatik bir cümleydi. Hayır, Sinhurma için asıl önemli olan şey Phillip Mulrooney'nin bu dünyada duyduğu en son şeyin kendi sesi olmasıydı... ve Mulrooney'nin de bunu anlamasıydı."

"Peki ya bir sonraki adımımız ne olacak?"

"Ferra'nın evi için bir arama emri çıkaracağız. Onu yayla eşleştirebilir miyiz göreceğiz."

"Tesiste yaşamıyor mu?"

"Belki artık orada yaşıyordur, ama onunla ilk kez konuştuğumuzda başka bir adres vermişti. Hâlâ orayı evi olarak görüyor... Ve bir şeyler saklamak isteyeceği en olası yer de orasıdır."

Ferra'nın verdiği adres, ailesinin Hialeah'ta meşhur yarış pistine çok yakın olan evlerinin adresiydi. Bu mahallede ağırlıklı olarak Kübalılar yaşıyordu; sokaklar gösterişsiz, kırmızı kiremit çatılı tipik banliyö evleriyle çevriliydi. Ferra'nın ebeveynleri, bıyıkları özenle taranmış kısa boylu bir Kübalı adamla iri yarı, kalın çerçeveli gözlükleri olan bir kadın, Horatio elinde arama emriyle polis arabasından indiğinde çok sinirlendiler. Horatio arama yaptığı süre boyunca dışarıda İspanyolca olarak sinirli bir şekilde bağırdıklarını duymuş ve orada durup bunlara katlanmak zorunda olan polis memuruna acımıştı.

Tipik bir orta-sınıf ailesinin evine benzeyen bu ev, rahat ancak son derece ucuz mimari yapıtlarda rastlanabilecek evlere benziyordu. Görünüşe göre Ferra ailesi Amerikan vatandaşı olmayı oldukça ciddiye alıyordu; çatıda büyükçe bir bayrak vardı ve ön girişte bir başka bayrak vardı; ayrıca eski ABD başkanlarının resimlerine ayrılmış koskoca bir duvar vardı. Franklin Mint[14] bu insanları çok seviyor olmalı diye düşündü Horatio.

İşe Julio Ferra'nın yatak odasıyla başladı. İlkgençlikten yetişkinliğe geçmekte olan bir çocuğun odasına benziyordu: Sanki tuttuğu nefesini bırakmaktan korku-

---

14 Exton, Pensilvanya'da kendi tasarımı olan küçük oyuncaklar üreten bir şirket. Özellikle de ABD tarihiyle ilgili oyuncaklarıyla meşhur. ç.n.

yor gibi, terk edilmişlikle her an bir şeylere gebeymiş gibi görünmek arasında gidip geliyordu. Duvarlarda Miami Dolphins takımının pon-pon kızlarıyla başka takımların rozetleri vardı; Yıldız Savaşları filmindeki savaş gemilerinden biri olan Millennium Falcon'un bir maketi ipe bağlanarak tavandan sarkıtılmıştı.

Bu Julio'nun odasıydı. Özenli bir şekilde toplanmış bir yatak ve en küçük bir toz dahi olmayan şifoniyerin üzerine düzgün bir şekilde yerleştirilmiş Julio'nun resimleri... buysa ebeveynlerinin odasıydı. Biraz vazgeçilmiş bir krizaliti birazsa bir mabedi andırıyor, diye düşündü Horatio. Boş Yuva Müzesi. Julio Ferra yirmili yaşlarının başındaydı ancak görünüşe göre ailesi onu henüz bırakmamıştı.

Tuhaftır ama işinin bu kısmı Horatio'ya cesetlerle uğraşmaktan daha büyük sıkıntı veriyordu. Kanıt toplamak onun işiydi ancak bir evi aramak, her ne kadar belirli bir amaç için olursa olsun, orada yaşayan insan hakkında istediğinden çok daha fazlasını öğrenmesine sebep oluyordu; Horatio sayabileceğinden çok daha fazla sayıda porno dergisi bulmuştu.

Genellikle bu yardımcı olurdu – birkaç çocuk tacizcisini bu şekilde yakalamayı başarmıştı – ama çoğunlukla bu onu sanki birini tuvalette rahatsız ediyormuş gibi tuhaf bir şekilde utandırırdı. Yine de her tür bilgi son derece faydalı olabilirdi ve her seferinde olabildiğince çok kanıt toplamaya çalışırdı.

Julio Ferra'yla ilgili çok şey öğrendi. Beyzbol kartları biriktirdiğini, küçük bir çocukken şişman, gençkense

114

iri yarı olduğunu, on bir yaşındayken bir yaz kampında düzenlenen okçuluk yarışmasında birinci olduğunu ve lise birinci sınıftayken Marcia Spring adında bir kızın ondan hoşlandığını öğrendi. Ayrıca, on dokuz yaşından beri okçuluk lisansı olduğunu ve babasıyla ava çıkmaktan hoşlandığını öğrendi.

Aradığı şeyi park yerinde buldu.

Geriye doğru eğilmiş eski bir fiberglas yay – muhtemelen yaz kampı günlerinden kalma – ve duvara asılı bir şekilde duran iki tane kompozit yay. Köşede de içi ok dolu bir okluk vardı. Horatio okluğu dokunmadan inceledi. İçindeki okların tüyleri elle yerleştirilmiş gibi görünüyordu.

"Tam on ikiden," dedi Horatio.

Eğer Zindelik Yöntemi ile bağlantısı olan herhangi biri daha önce uyuşturucu kullanmışsa da bu sebepten hiç tutuklanmamıştı en azından Delko'nun araştırması bunu gösteriyordu. Garsonlar, aşçı, bulaşıkçı... Hiçbiri narkotikle ilgili bir sebepten ötürü tutuklanmamıştı. Albert Humboldt içkili bir şekilde toplum huzurunu bozmaktan, Shanique Cooperville ise küçük bir dükkân soygunundan dolayı tutuklanmıştı; diğerleriyse, Sinhurma da dahil olmak üzere suç dosyası anlamında tertemizdi. Eğer Sinhurma uyuşturucu ticaretiyle bağlantılıysa bile geçmişinde bunu kanıtlayabilecek herhangi bir kanıt yoktu.

Ve daha sonra Delko, Calleigh'in görüştüğü tesisatçıyı hatırladı. Calleigh'in anlattıklarına göre parmak

izlerini verme konusunda oldukça çekimser davranmış-
tı...

Tesisatçının parmak izlerini AFIS'te aratınca anın-
da bir kayıt yakaladı. Samuel Templeton Lucent, Birin-
ci Derece bir uyuşturucu bulundurmaktan tutuklanmış:
Haşhaş.

"İşte şimdi bir yere varmaya başladık," diye mırıl-
danarak. Horatio'yu cep telefonundan aradı. "Mulro-
oney soruşturmasında bir şey buldum sanırım," dedi
Horatio'ya. "Yeni boruları döşeyen tesisatçı uyuşturu-
cudan tutuklanmış."

"Bu da onu restoranda bıçakları saklayan kişi ve
olay yeriyle ilişkilendiriyor. Güzel. Ben de oldukça ümit
verici kanıtlarla birlikte geliyorum. Az sonra görüşü-
rüz."

Delko'yu rahatsız eden başka bir şeyler daha vardı
ancak ne olduğunu bir türlü kestiremiyordu. Boşluğa
bakıp parmaklarıyla masaya vurduktan sonra cep tele-
fonunu alıp bir başka numara çevirdi.

Telefonu "Nasıl gidiyor Eric?" diye açtı Wolfe.

Delko kısa bir süreliğine de olsa arayan kişinin karşı
taraftaki kimse tarafından görünmesinin 'Alo' kelimesi-
ni sözlüklerden silebileceğini düşündü. "Neredesin?"

"Restorandan laboratuvara dönüyorum. Alet izleri
için test etmek üzere bir kutu dolusu kesici alet getiri-
yorum."

"Oradaki fırın... doğal gazla çalışıyor öyle değil
mi?"

"Sanırım. Elektrik olmadığı kesin."

116

"Ama propan da olabilir, değil mi?"

"Evet, olabilir. Neden?"

"Daha önce sıcak-bıçakçıların bıçakları ısıtmak için propan alevi kullandıklarını söylemiştin. Tıpkı tesisatçıların boruları lehimlemek için kullandıkları gibi." Delko Wolfe'a Samuel Lucent hakkında bulduklarını anlattı. "O bıçakların üzerindeki yanık kısımdan örnek alacağım. Propanla mı doğal gazla mı ısıtıldıklarını anlayabiliriz."

"Yani oraya geri gidip restorandaki fırının ne tip bir yakıtla çalıştığını öğrenmemi isteyeceksin, değil mi?"

"Şey, sen benden daha yakındasın..."

"Beynini on beş dakika önce çalıştırsan olmazdı, değil mi?" diyerek göğüs geçirdi Wolfe. "Pekâlâ, pekâlâ. Geri gidiyorum."

Delko teşekkür edip telefonu kapattı. Bıçakları çıkarıp yanık kısımlarından aldığı örnekleri Trace'e gönderdikten sonra bilgisayarın başına oturdu.

Delko, rahatlıkla itiraf edebileceği gibi, aşırı rekabetçiydi. Kendisini hem fiziksel hem de entelektüel olarak zorlamaktan hoşlanırdı. Kanıtların ne anlama geldiğini ve birbirleriyle nasıl bir bağlantı içinde olduklarını bulmak onun için itici bir güçtü ve işine olan ilgisini kaybetmemesini sağlıyordu. Her ne kadar bundan hoşlanmasa da Wolfe'u bir rakip olarak görmeden edemiyordu; Horatio bu yeni CSI'ı himayesi altına almış gibi görünüyordu.

Bu yüzden de kişisel bir şey olmamasına rağmen Wolfe'un sıcak-bıçakçılar hakkında anlattığı ve kendisinin bilmediği detaylar canını sıkmıştı. Böylece önemli bir kanıtı gözden kaçırmış olabileceği gerçeği onu daha da çok rahatsız etmişti.

Bu yüzden de bir şeyler onu rahatsız ettiğinde her zaman yaptığı şeyi yapıyordu; araştırma.

Evindeki kitap rafları baştan aşağıya referans kitaplarıyla doluydu. Ne zaman yeni bir yere taşınsa arkadaşları lanet okuyup tüm kitap ve dergilerini kendi taşımadığı sürece ona bir daha yardım etmeyeceklerini söylüyorlardı. "Ne," diye tepki veriyorlardı, "internet diye bir şey duymadın mı? Bir şey mi öğrenmek istiyorsun, Google'a yazman yeterli."

Her şey bu kadar basit değildi elbette. Tüm bilgiler internette yoktu ve polis yetkisiyle bile erişemediği bazı veri tabanları vardı. Ancak yine de sahip olduğu onca kitaba ve deneyime rağmen Delko'nun bir CSI olarak en çok başvurduğu kaynak internetti.

Eric Delko lisanslı bir dalgıç polisti; yani bir kanal ya da Biscayne Körfezi'ne yuvarlanmış bir araçtan ceset çıkarılması gerektiğinde onu ararlardı. Kaçamayacağı tüyler ürpertici detaylar olmasına rağmen yine de işini seviyordu. Sudan çıkarılan cesetler hiçbir zaman güzel görünmezdi ve yengeçlerden köpekbalıklarına kadar envai çeşit canlının saldırısına uğrama riski de durumu kolaylaştırmıyordu.

Ancak yine de suyun altında olmanın kendine özgü, sessiz bir büyüleyiciliği vardı. Güneş yükseldiğinde sığ sulara yansıyan ışıkların güzelliği; her şeyin görme mesafesinden uzaktaymış gibi göründüğü derinliğin koyu

118

yeşil gizemi... Bir keresinde Batı Palmiye Sahili'nde mercan kayalıklarını incelemek üzere dalmışken tam zamanında arkasına dönerek beş metre kadar uzağından bir kambur balinanın geçişine tanık olmuştu. Hiç beklemediği bir anda Greyhound[15] otobüsüyle karşı karşıya kalmış gibi hissetmişti.

İnternette bilgi aramak için sörf yapmanın sonsuz olasılıklarıyla yalnızlık duygusu ona dalgıçlığı hatırlatıyordu. Kullandığı tüm istasyonlarda sesi sonuna kadar kısardı; siteden siteye, dosyadan dosyaya atlarken rahatsız edici küçük müzikler, zil sesleri duymak istemiyordu. Yalnızlığın sessizliğini, bilgi denizinin saf, ağırlıksız varlığını, küçük baloncuklar gibi oluşup sönen düşüncelerin arasında yüzmeyi tercih ediyordu.

Bunun yanısıra haşhaş konusu bir kez daha açıldığında Wolfe'a gününü göstermek de istiyordu.

---

15 Greyhound Amerika'nın en çok kullanılan ulusal otobüs şirketidir. Tüm otobüsleri büyük ve gri renkte olduğundan aynı renkte olan balina benzetmesi yapılıyor, ç.n.

6

"BAY FERRA," dedi Dedektif Salas. "Lütfen oturun."

Julio Ferra, Horatio'nun karşısına oturdu. Yirmili yaşlarının başlarında, iri yapılı bir gençti; gözlerinin altında koyu çizgilerle gözden kaçmayan bir burnu vardı. Siyah saçları modaya uygun bir şekilde kısacık kesilmişti ve her iki kulağında da küçük, metal halkalar vardı, bunlar küpeden ziyade derisine geçirilmiş küçük çelik çöreklere benzeyen disklerdi. Başını doğru açıyla çevirdiğinde pencereden sızan ışık bu halkaların arasından geçip boynuna ulaşarak bir keskin nişancı tarafından vurulacakmış izlenimi uyandırıyordu. Üzerinde diğer Zindelik Yöntemi üyelerinin giydiği mavi gömlek vardı. Ferra'yı klinikten getirmişlerdi.

Aynı zamanda Horatio, yerinde duramadığını fark etti. Rahat görünmeye çalışmasına rağmen bir şeyler saklamaya çalışan bir kimsenin göstereceği tüm bulguları gösteriyordu: Horatio'yla göz göze gelmekten kaçınıyor, kendini kasarak oturuyor ve ne zaman bir soru yanıtlasa çenesini ya da burnunu kaşıyacakmış gibi ellerini yukarı kaldırıyordu. Bunu Salas da fark etmişti; yanında ama hafifçe arkasına doğru duruyor, görüş açısından uzak durarak dengesini bozmaya çalışıyordu. Horatio, Salas'ı uyguladığı bu şeyi daha önce de görmüştü; ne de olsa birlikte çok fazla şüpheliyi sorgulamışlardı. Bu her zaman nazik bir dansa benziyordu; iyi polis/kötü polis tangosundan çok, işaretler, tüyolar ve sezgi alışverişine dayanıyordu.

"Çok iyi bir okçu olduğunuzu öğrendik," dedi Horatio.

"Bir zamanlar öyleydim," dedi Julio çekimser bir şekilde.

"Öyle mi?" dedi Salas. Öne eğilip sesini hafifçe yükselterek, "Artık atış yapmıyor musun?" diye sordu.

"Avlanmıyorum, hayır. Spor ya da yiyecek için hayvanları öldürmek karmanızı etkiler." Yanıtı, körü körüne inanılan bir görüşün ayinsel tekrarıymış izlenimini veriyordu.

"Peki ya insan öldürmek? Bu senin için sorun değil mi?" diye sordu.

"Ne? Tabii ki hayır..."

"Şey, bu biraz komik bir durum Julio. Birlikte çalıştığın iki kişi çok kısa bir arayla öldü ve içlerinden biri de kompozit bir yaydan çıkan bir okla öldürüldü. Şu anda araştırmacılarımız ailenin evindeki garajda bulunan kompozit yayla okları inceliyorlar... Sence ne bulurlar?"

121

Julio onunla göz göze geldiğinde bakışlarını çevirmedi. Bu, abartılı hareketlerin doğruyu söylemekle eşdeğer olduğunun farkında olmayan çoğu yalancının sıklıkla yaptığı bir davranıştı. "Kısa bir zaman önce kullandığımı bulacaklardır," dedi meydan okurcasına. "Zaman zaman klinikteki okçuluk alanında hedef atışı yapıyorum. Ama hepsi bu."

"Tabii," dedi Salas. Ses çıkarmadan diğer tarafına geçmişti. "Peki bugün sabah saat onda neredeydin?"

"Klinikte havuzun çevresinde koşuyordum."

"Tek başına mı?" diye sordu.

Julio ona bakıp gülümsedi. Horatio bir an için ailesinin evindeki fotoğraflarda gördüğü şişman, mutlu çocuğu görür gibi oldu. "Hayır. Televizyon izliyor musunuz?"

Tuhaf bir soruydu ancak Horatio Julio'nun bunu neden sorduğunu anladığını düşünüyordu.

"Pek fazla değil, hayır," diye yanıtladı Salas.

"O halde TV Rehberi'nin bir kopyasını alsanız iyi olur," dedi Julio. "Saat onda bu haftaki rehberin kapağındaki çocukla birlikteydim. Ve onun kız arkadaşıyla. O da bu ayki Vogue dergisinin kapağında ya da belki de geçen ayki... unuttum."

"Bunu araştıracağım," dedi Horatio sakin bir şekilde. Julio'nun doğruyu söylediğini biliyordu. "Ama öyle olsa bile bu işimizin bitmiş olduğu anlamına gelmiyor."

"Ne demek istiyorsunuz?"

"Doktor Sinhurma'nın yöntemleri senin için gerçekten işe yaramış; eskiden teraziye çıktığında ibre iki yüz elliyi geçiyormuş. Yaklaşık olarak doğru değil mi?"

"Şu anda yüz yetmiş beşim. Her gün yüz tur koşuyorum." Savunmaya geçmiş birinden çok, incinmiş biri gibi konuşuyordu ancak Horatio onu zayıf noktasından yakaladığını biliyordu.

"Tabii ki, bunu görebiliyorum. Ünlülerle takılıyorsun, iyi görünüyorsun, seni takdir eden insanlarla çevrilisin... tüm bunların sona erecek olması çok kötü."

"Beni suçlayacak bir kanıtınız yok," dedi Julio, kafası karışmış gibi konuşuyordu.

"Ben bunu kastetmedim. Klinikten bahsediyorum. Çok yazık, gerçekten de... Doktor Sinhurma'nın iyi işler çıkardığını görebiliyorum. Ama Julio şunu anlamalısın ki bu işlerin başarılı olmasını istemeyen bazı insanlar var."

Horatio duraksayıp Salas'a anlamlı bir şekilde baktı. Salas'ın yüzündeki ifade nereye varmak istediğiyle ilgili hiçbir fikri olmadığını ancak bunu öğrenmek istediğini gösteriyordu. Julio onun tepkisini göremiyordu fakat gözlerinde bir şüphe oluşmuştu. "Kimmiş bu insanlar?"

"Benim hesap verdiğim insanlar Julio. Burası Miami; nasıl olduğunu bilirsin. Bir el diğerini yıkar, iyilikler yapılır ve karşılıklar alınır. Benim konumumdaki biri... şey... sadece çok fazla iyilik borçluyum diyelim." Horatio sesini alçaltmıştı. "Yani şunu söylediğimde lütfen bana inan: Sinhurma'nın işi bitti. Verdiği mesaj çok tehditkâr. Kliniğini kapatmam söylendi ve korkarım ben de bunu yapacağım." Sesinde varla yok arası bir pişmanlık sezilebiliyordu.

Horatio'nun bilgilerine göre tarikatlar bazı duyguları üyelerine aktarmak için manevi manipülasyon yöntemini kullanıyorlardı. Neredeyse daima kullanılan birkaç teknik vardı: Tarikat liderinin sahip olduğu ve üyelere aktarıldığında onları sonsuza dek mutlu edecek bilgilerin varlığı; tarikat üyelerinin özel insanlar olduğu ve bunu yalnızca tarikatın algılayabilecek bilgeliğe sahip olduğu; yüksek mevkilerdeki karanlık kişilerin tarikattan nefret ettiği, onu parçalamak istediği ve bunu atlatabilmenin tek yolunun üyelerin sonsuz sadakati olduğu.

Ancak duygusal manipülasyon iki yönlü de işliyordu... ve Horatio, Julio'nun suni olarak yaratılan paranoyasını sonuna dek kullanmakta kararlıydı.

"Bunu yapamazsınız," dedi Julio. Sesinden şaşırdığı anlaşılıyordu ancak Horatio'nun istediği şey şok olmasıydı.

"Waco," dedi Horatio yumuşak bir şekilde. Julio'yla göz göze gelip onu inanması için zorlayarak gerçekten üzülüyormuş gibi bakıyordu. "Ruby Ridge..."

"Branch Davidians," diye ekledi Salas.

"Hayır!" dedi Julio ve Horatio onun oltaya geldiğini anlamıştı.

"Bu delilik!" diye bağırdı Julio. "Bu bahsettiğiniz yerler tarikattı. Zindelik Yöntemi tıbbi bir klinik...

"Saçmalığı kes Julio," diye araya girdi Horatio. "Sadece bir klinik mi? Bu kadar insanın salak olduğunu mu düşünüyorsun? Sinhurma'nın söylediği gibi bir gücün gerçekten de fark edilmeyeceğini mi sandın? Böyle mi düşündün?"

Julio'nun yüzünde kapana kısılmış bir hayvanın bakışları vardı ancak Horatio'nun onun için üzülme lüksü yoktu. "Orada gerçekten neler döndüğünü ben de biliyorum sen de biliyorsun. Dönüşüm." Horatio duraksayıp hafifçe öne eğildi. "Oraya ilk gittiğindeki insan değilsin. Bu çok açık. Ve işte bazı kişilerin istemediği şey de bu tür radikal dönüşümler..."

Julio sinirli, tike benzeyen hareketlerle başını sallıyordu ancak Horatio onun söylenenleri onayladığını görebiliyordu. "Ama... ama biz bir tarikat değiliz," diye yeniden denedi. "İnsanlar var – ünlü insanlar – oraya tedavi için geliyorlar. Mümkün değil!"

"O insanlar da şu esnada uyarılıyorlar," dedi Horatio. "Gerçekten de hayatlarını riske atacaklarını mı düşünüyorsun? Onlar senin gibi değiller Julio; onlar zaten zengin, çekici ve ünlü. Onlardan kaçı senin gibi tesiste yaşıyor?"

"Hiçbiri," diye itiraf etti.

"Bu doğru. Onlar senin kadar sadık değiller; – tam olarak anlayamıyorlar." Horatio ayağa kalkıp pencereye yürüdükten sonra altıgenlerin arasından dışarı bakmaya başladı. Bekliyordu.

"Bir şey... yapabileceğiniz bir şeyler olmalı."

"Keşke olsaydı," diyerek göğüs geçirdi Horatio. "Bunu içtenlikle söylüyorum. Ama iki kişi öldü Julio; bu öyle kolaylıkla hasır altı edilebilecek bir şey değil. Eğer onlara katili verebilsem yetebilir; hakkınızda çok kötü haberler çıkar ancak bu SWAT ekibinin ellerinde tüfeklerle tesisinizi basmasından daha iyidir..."

125

"Ben... ben katil hakkında hiçbir şey bilmiyorum. Yayım klinikte kaldı... bir süre. Onu herkes ödünç almış olabilir."

Ve cinayetten hemen sonra da gerisingeri ailenin otoparkına döndü öyle mi? diye düşündü Horatio ama yine de bunu sormadı. Pekâlâ, katili ele vermiyor; vereceğinden de kuşkuluydum zaten. Bakalım başka şeyler öğrenebilecek miyiz?

"Aklından neler geçirdiğini biliyorum," dedi Horatio arkasına dönerek. "Kendini kurban etmeyi düşünüyorsun. Bu gayet anlaşılır ancak işe yaramaz. Çok güvenilir bir görgü tanığın vardı öyle mi?"

Julio'nun yüzünde bir an için beliren suçluluk duygusu Horatio'ya aklından bunun geçmediğini söylüyordu... ki bu da iyi bir şeydi. Bu genç adamın kendini koruma içgüdüsü ne kadar çok devreye girerse Horatio için o kadar iyiydi.

"Bu çok kötü," dedi Horatio. "O nüfuzlu insanlardan aldığım duyumlara göre okkalı bir skandalla yetinebilirler. Şahsen Zindelik Yöntemi'nin kötü reklamı kaldırabileceğini düşünüyorum ancak burada kararları veren kişi ben değilim."

"Peki ya... ya uyuşturucular?" diye sordu Julio yavaşça.

İşte başlıyoruz.

"Ne olmuş onlara?" diye sordu Salas.

"Bir uyuşturucu skandalı yeterli olur mu?" diye sordu Julio umutlu bir ses tonuyla.

"Olabilir," diye yanıtladı Horatio. "Ne tip uyuşturuculardan bahsediyoruz Julio?"

126

"Haşhaş. Siyah haşhaş."

"Bir çeşit azizliğe kalkışmıyorsun öyle değil mi?" diye sordu Horatio. Ellerini masanın üzerine koyup öne eğilerek Ferra'nın yüzüne baktı. Sesi katı ve soğuk bir şekilde çıkıyordu. "Herkesi kurtarmak için kendini kuyuya atmıyorsun değil mi? Çünkü ben aptal değilim, patronlarım da öyle. Umarım bana söylediğin hiçbir şey vaktimizi boşa harcatmaz çünkü bana verdiğin her bilgiyi çok ama çok detaylı bir şekilde araştıracağım."

"Hayır. Yani, hayır, bunu yapmaya çalışmıyorum. Bu başka biriyle ilgili."

"Kim?"

"Albert Humboldt."

"Bulaşıkçı Humboldt," diyerek ellerini masadan çekti Horatio; ancak yine de Ferra'nın kişisel alanından çıkmamıştı.

"Her zaman bulaşıkçı değildi. Klinikte çalışırken Sinhurma'nın asistanlarından biriydi. Hemşirelik okulundan mezun."

"Ve uyuşturucuya bulaşmıştı."

"Odasında küçük bir pipodan haşhaş içiyordu. Bir keresinde yakalandı ve Doktor Sinhurma çok sinirlendi, her tür uyuşturucuya son derece karşıdır."

Horatio bu düşüncenin bazı ünlü müşterileri arasında nasıl karşılandığını düşündüyse de bunu sormadı. "Onu yakalayan sen miydin Julio?"

"Hayır. Ruth'tu."

"Peki Bay Humboldt'ın buna tepkisi nasıl oldu?"

"Şey, restoranda bulaşıkçılık görevine verildi ve bundan pek memnun değildi."

127

"Hiç Ruth'u tehdit etti mi? Ödeşeceklerini söyledi mi?"

"Hayır! Üzgündü ama aynı zamanda da deli gibi pişmandı. Yapmış olduğu şeyi yapmamış olması gerektiğini biliyordu. Hatasını... telafi etmeye çalışıyordu."

Neredeyse "günahını" diyecektin değil mi... "Peki ya tesisatçı, restorandaki tuvalette çalışan? O ve Albert tanışıyorlar mı?"

"Evet. Evet, tanışıyorlar. Ara sıra restorana yemek yemeye gelir ve her seferinde sohbet ederler."

"Ne hakkında?"

"Bilmiyorum, hiç dikkat etmedim. Ama... –" Julio bir an için duraksadıktan sonra konuşmaya devam etti. "Sanırım bir keresinde Albert'ın tesisatçıya bir şeyler verdiğini gördüm. Gerçekten çok küçüktü ve bakır bir folyoya sarılıydı."

Horatio bir an için bunu düşündü. "Seninle açık konuşacağım Julio. Bunun kaçınılmaz olanı erteleyip erteleyemeyeceğini bilmiyorum... ama..."

"Elimizden geleni yaparız," dedi Salas.

"Tamam," dedi Julio. "Gidebilir miyim?"

"Henüz değil. Anlattıklarını kontrol ettireceğimi söylemiştim ve şu anda bunu yapacağım..."

"Kompozit yay," dedi Calleigh Horatio'ya en son ortaya çıkarılmış olan kanıtı havaya kaldırarak. Standart bir yaya benziyordu, tek fark yayın her iki uca yerleştirilmiş olan tekerleklerin içinden geçirilmiş olmasıydı. "İyi bir teknoloji. Basitçe, çalışmasında kaldıraç sistemini esas alıyor. Geriye kıvrık yaylar, yay gerilip üç-

128

ları okçuya doğru eğildiğinde enerji depolar. Kompozit yaylarsa enerjiyi farklı bir şekilde depolar: Yayın uçları geriye doğru geleceğine birbirlerine doğru gelirler."

Yayı gererek söylediklerini gösterdi. "Bir kompozit yayı germe cesareti gösterdiğinde tekerlekleri döndürürsün: bunlara dış merkezli kam denir. Dış merkezli kam aslında sadece bir çift kaldıraçtır, biri kam kayışından aksa, diğeriyse yaydan aksa kadar uzanır. Kam, aynı anda hem mesnete doğru hem de dışa doğru hareket eden iki farklı ağırlıktan oluşan bir terazi gibidir.

"Gördüğün gibi tutması o kadar da güç değil. Kayış aksın tam yanına geldiğinde yaydaki gerilim maksimum olur; ağırlıklardan biri terazinin bir ucundayken mesnetin tam yanındaki daha ağır olan ağırlığı dengeler."

Yayı bırakıp ilk baştaki konumuna geri gelmesini sağladı. "Yayı bıraktığında enerji bir anda açığa çıkar. Hedefine ne kadarlık bir kinetik enerji atıyor olduğunu hesaplamak için grain[16] cinsinden ok ağırlığını 450,800'e bölüp feet bölü saniye kare cinsinden ok hızıyla çarpılır."

"Bu da Ruth Carrell'ın kalbini delip geçmek için yeter de artar bile," dedi Horatio. "Peki ya oklar?"

"Onlar epey eski... ferrules üzerine yapıştırılmış, modern okların çoğundaysa vidalama sistemi olur. Ruth'un ölümüne sebep olan ok başının yakın bir zamanda eski bir oka eklendiğini düşünüyorum. Ama şu ana dek cinayet mahallindeki okun gövdesiyle Ferra'nın garajında bulduklarınızın eşleşip eşleşmediğini söyleyemiyorum."

---

16 Eczacı tartısında 0,65 gram, ç.n.

"Peki ya boya?"

"Diğer oklar da boyalıydı; ama hiçbiri yeşil değildi. Yeşil boyayı yayın üzerine geçmiş boyayla eşleştirmeyi düşünüyordum ama şuna bak." Yayı uzatıp sapın kenarındaki küçük bir montaj deliğini işaret etti. "Taze çizikler... Görünüşe göre atıcımız yayın üzerine önce bir ok desteği koyup işi bitirdikten sonra geri çıkarmış. Oktan gelecek olan her tür boya onun üzerinde olacaktır."

"Ya katilimiz tam olarak ne yaptığının bilincindeydi," dedi Horatio düşünceli bir şekilde, "ya da teknolojik bir desteğe ihtiyaç duyacak kadar gerginmiş ve ona yardımcı olacak kadar usta bir dostu varmış."

"Belki de yeterince usta değildir. Okların normalde durması gereken yeri iyice inceledim ve tam düşündüğüm gibi boya kalıntıları vardı. Yeşil renk değildi ancak siyah ve kahverengiyi eşleştirebildim. Çok değil ama el koyduğumuz okların bu yay tarafından atıldığını ispatlayabilirim."

"Her şey işe yarar."

"Aynı zamanda vernik ve ip örneklerini de Trace'de araştırdım. Her ikisi de Ferra'nın oklarıyla eşleşiyor; – ama her ikisi de son derece yaygın. İp elle kesilmiş bir aletle değil, o yüzden üzerinde alet izi de yok. Jürinin suçlamasına yetecek şeyler değil."

"Peki ya tüyler?"

Calleigh göğüs geçirdi. "Ne yazık ki eski tüyleri kullanarak DNA parmak izi araştırması yapamıyorsun; çoğunluğu keratin, saç gibi. Saçın gövdesi boş olur ve bazen içlerinde DNA olur ama tüyün yapısı – quill'in base'i – kesilmiş. Üzgünüm H."

"Endişelenme," dedi Horatio. "Suç aletini bulduk, bu da doğru yolda olduğumuzun göstergesi. Atıcıyı bulmak sadece an meselesi... Ve senin sayende üzerine eğileceğimiz farklı bir bakış açısı var." Ona tesisatçıyı ve Ferra'nın söylediklerini anlattı.

"Yani Humboldt ve Lucent uyuşturucu arkadaşlarıymış öyle mi?" dedi Calleigh. "Ve Humboldt'ın tencere tava yıkamasının sebebi de Ruth'muş. Sence bu onu öldürmesi için yeterli neden mi?"

"Bunu söylemek güç. Sözünü ettiğimiz kişiler öyle ya da böyle duygusal sınırları zorlamak durumunda bırakılmışlar, buna paranoya da dahil; tüm bunların üstüne bir de uyuşturucu eklersen... neler yapabileceklerini kestirmek çok güç olur," diye cümleyi tamamladı Calleigh. "Doğru. Peki ya sırada ne var? Sorgulamak için Lucent'i mi çağıracağız?"

"Henüz değil. Onu çağırdığımızda elimizde daha fazla bilgi olmasını istiyorum... Tesisatçı dükkânında arama emri çıkarmamıza yardımcı olacak bir şeyler gördün mü?"

"Delil olabilecek bir şey yok; lisansı olmadan toz toprak yetiştirmeyle suçlamak istemiyorsan."

"Ben daha çok uyuşturucu bulundurmayla suçlamayı düşünüyordum..."

"Sanırım sana bu konuda yardım edebilirim H.," diye araya girdi Delko, elinde bir klasörle yürürken. "Bıçaklara yapılan kütle spektrofotometresi üzerlerinde eser miktarda yanmış doğal gazla MAPP gazı olduğunu gösteriyor."

"MAPP gazı mı?" diye sordu Calleigh.

"Bu metilasetilen-propadien ile sıvı ham petrolün bir karışımı. Yanıcı, zehirli olmayan bir gaz ve kullanım alanı da..."

"Dur tahmin edeyim," dedi Horatio gülümseyerek. "Metal boruları lehimlemek değil mi?"

"Tam üstüne bastın H. Lehim ve kaynak işlerinde kullanılıyor, özellikle de tesisatçılar tarafından."

"İşte bu bayanlar ve baylar," dedi Horatio, "Sızıntıadam Tesisatçılık'ın elindeki tüm boruları incelememiz için bir arama emri çıkarmaya yeter."

"O borulardan bazılarının üzerinde esas amaçlarının dışında kullanıldıklarını gösterecek bir şeyler bulacağını mı düşünüyorsun?" diye sordu Calleigh masum bir şekilde gözlerini irileştirerek.

"Buna hiç şaşırmam," diye yanıtladı Horatio.

Sızıntıadam Tesisatçılık tam Miami Kanalının üzerindeydi; Hummer'ını park ederken dükkânın arka tarafında derme çatma bir kayıkhane gördü.

"Şansımız yaver gidecek mi sence H.?" diye sordu Delko arabadan inerlerken.

"Öyle bir şey yoktur," dedi Horatio güneş gözlüklerini çıkarıp göğüs cebine koyarken. "Sadece hazırlık ve fırsat vardır."

Samuel Lucent tezgahın arkasında, eski püskü bir katlanan sandalyeye oturmuş, tahta bir kaptan kötü kokulu körili bir yemek yiyordu. İçeri girdiklerinde kaşığını tasın içine koyup ayağa kalktı. "Evet? Sizin niçin ne yapabilirim sevgili memur beyler?"

132

"İyi polis radarın var öyle mi?" dedi Horatio. Arama emrini çıkarıp uzatınca Lucent eğilip inceledi. "Burayı aramak için geldik Bay Lucent."

Başka bir odadan yüksek bir telefon sesi geldi. "Elbette, elbette," dedi Lucent. "Bir saniye, buna cevap vermeliyim." Dönüp sallana sallana arka tarafa yürüdü.

"Bayım? Burada kalmanızı istemek zorundayım..."

Lucent koşmaya başladı.

Horatio bir saniye içinde tezgahın üzerinden atlayıp silahını çıkarmıştı bile. "Eric! Arkayı al!" diye bağırdı.

Bir kapı kapandı ve çıkan ses Horatio'nun hoşlanmayacağı kadar toktu. Lanet olsun! Ekip aracıyla gelmeliydik, diye düşündü Horatio Glock marka silahını kapıya nişanlamış şekilde ilerlerken. Görünüşe göre Sammy'nin saklayacak bir şeyleri varmış.

"Samuel Lucent!" diye bağırdı. "Kapıyı açıp dışarı çık, hemen!"

Kapı diğer odanın içindeydi ve Horatio kapının sanayi tipi menteşelerle ağır bir çelik çerçevenin içine yerleştirilmiş olduğunu görebiliyordu. Belinden telsizini alıp koçbaşıyla[17] birlikte bir ekip otosunun gelmesini istedi ancak onlar buraya gelene kadar Lucent'in çok değerli kanıtları yok etmiş olabileceğini de biliyordu.

Oda ıvır zıvırla doluydu; parçalanmış bir Jet-Ski tabanın büyük bir kısmını kaplarken, 3 metre yüksekliğinde, tekerlekli çelik bir iskeletse tabanın geri kalan kısmını kaplamıştı; iskeletin en üstündeki ağır payandadan yağlı bir zincirli kaldıraç sarkıyordu. Horatio bu-

---

17 Kapıları kırmaya yarayan bir alet, ç.n.

nun arabalardan motor sökmeye yarayan taşınabilir bir motor-taşıyıcı olduğunu anladı. Aklına bir şey gelmişti.

Bir köşede beline kadar gelen paslı bir oksiasetilen tüpü duruyordu. Horatio hızlı bir şekilde silahını beline geri yerleştirdikten sonra tüpü motor-taşıyıcının yanına kadar yuvarladı. Zinciri tüpün çevresine doladıktan sonra onu bir torpido gibi yere paralel vaziyette bel hizasına kadar kaldırmak birkaç saniyesini aldı.

Motor-taşıyıcısını, kaynak tankının tabanı öne bakacak şekilde kapının yanına getirdi. Çelik tüpü çekebileceği kadar geriye çektikten sonra tüm gücüyle öne doğru itti.

Çarpma gerçekleşince öyle bir ses çıktı ki sanki birisi balyozla bir posta kutusunu parçalıyordu. Kapının metal kısmında büyük bir göçme oldu. Horatio tüpü yeniden geriye çekip bir kez daha ittirdi.

BAMMM!

BAMMM!

BAM – -ÇATIRT!

Dördüncü vuruşta kilit kırıldı ve kapı içeriye doğru açıldı. Horatio silahını çıkarıp dikkatli bir şekilde ilerlemeye başladı.

Odaya girdiğinde göz ucuyla duvarların birinin altına sıra sıra dizilmiş beyaz kovalar, diz hizasını geçmeyen küp şeklinde birkaç metal makina, üzerinde mutfak aletleriyle üst üste yerleştirilmiş uzun tepsiler olan plastik bir örtüyle kaplı bir masa gördü. Aynı zamanda açık duran bir başka kapı daha vardı. Görünüşe bakılırsa Lucent bu kapıdan geçmişti.

Horatio Delko'nun "Olduğun yerde kal!" diye bağırdığını duyar duymaz aynı anda bir Jet-Ski motorunun da çalıştığını duydu. Kapıdan geçip kayıkhaneye girdiğinde Lucent'in elinde siyah bir çöp poşeti olduğu halde Jet-Ski'nin kıç pervanesi suları yararak ilerlediğini gördü.

Horatio, Glock marka tabancasını biraz aşağıya doğru nişanlayıp tetiği çekti. Bir, iki, üç kez. Jet-Ski öksürüğe benzer sesler çıkararak kanalın ortasında durdu. Lucent suya atlayıp karşı kıyıya yüzmeye çalıştıysa da Delko çoktan suya atlamış ve güçlü kulaçlarla yolu yarılamıştı bile.

"Bay Lucent karşı kıyıya çıktığınızda lütfen ellerinizi başınızın üzerine koyup partnerimi bekleyin," diye bağırdı Horatio. "Yoksa bir sonraki kurşun şu gürültülü oyuncağınızı parçalamaktan çok daha fazlasını yapacaktır."

Lucent söyleneni yaptı. Çok da fazla beklemesine gerek olmadı; Delko kıyıya ondan önce ulaşmıştı. Birkaç saniye içinde Lucent'in elleri kelepçelenmişti bile.

Şimdi, diye düşündü Horatio, bakalım o odada neler varmış...

"Torba marihuana doluydu," dedi Delko. O ve Horatio Lucent'in bir zamanlar güvenli olan odasındaydılar; Lucent ise dışarıda bekleyen bir ekip aracının içine kilitlenmişti. "Hem de kalitesi çok yüksek, kokusundan öyle anlaşılıyor."

"Görünüşe bakılırsa dostumuz Samuel tesisatçılıktan çok botanikle ilgileniyor," dedi Horatio ellerini beline koyup odayı incelerken. "Ya da kimya mı demeliydim..."

"Aslında bu tıpkı bir değirmencinin yaptıklarına benziyor," dedi Delko. Eğilip yerden bir tutam yeşillik alarak Horatio'ya uzattı. "Yaprağın üzerinde, sanki don yemiş gibi görünmesine neden olan şu beyaz kılcıkları görebiliyor musun? Bunu mikroskobun altında incelersen trikom[18] adı verilen mantar şeklinde torbacıklar görürsün. Bunlar tetrahidrokanabinol ile doludur, bu da haşhaştaki psikoaktif maddedir. Bitkinin çoğu kısmında vardır ancak en yoğun olarak dişi bitkinin çiçek veren kısımlarında bulunur."

"Yani şu meşhur yasak bitki," diye mırıldandı Horatio.

· "Sanırım," dedi Delko gülümseyerek. "Her neyse, haşhaş temelde bu ilacın konsantre edilmiş halidir; reçineleşmiş bitki saplarıyla işlenmiş yaprakların karıştırılıp sıkıştırılmasıyla elde edilir, tıraşlanmış tahta parçalarının sıkıştırılarak tahta haline getirilmesi gibi."

"Yapıştırıcı ve tahta parçaları yerine kenevir bitkisinin farklı yerleri kullanılıyor."

"Doğru. Hem aynı sebeple yapılmaya başlanmıştı: atılacak malzemeleri kullanarak ucuz bir ürünle birkaç dolar fazla kâr elde edebilmek. Bitkileri toplayan işçilerin elleri yapış yapış olurdu, reçine ve yaprak parçalarıyla kaplanırdı; onlar da parmaklarını birbirine sürterek küçük, siyah yapışkan toplar elde ederdi."

Delko masaya yürüyüp tepsilerden birini aldı. Dikdörtgen şeklinde sıradan bir ahşap çerçeveydi, üzerinde uzun yeşil çizgiler olan parlak, sarı bir bez örtülmüştü.

---

18 Bitki zarının iç kısmından çıkan madde, ç.n.

"Tabii sonraları teknoloji ilerledi," dedi Delko. "İnsanlar bitkinin zarını ayırıp sadece onu sıkıştırdıklarında çok daha etkili bir ürün elde edeceklerini öğrendiler. Görünüşe göre Lucent hangi işlemi kullanacağına karar verememiş; burada birkaç işlem bir arada görünüyor."

"Şu ipek mi?" diye sordu Horatio.

"Evet. Geriye kalan parçaları ona sürüyorlar; bitkinin zarından elde edilenler ipeğin dokusundan geçebilecek kadar küçük oluyor ancak başka hiçbir şey geçemiyor. Kimi zaman da demir bir elek kullanırlar. Bu şekilde ince bir toz elde ederler ve bu tozu da şunu kullanarak ufak tuğlalar haline getirirler." Delko elindeki tepsiyi bırakıp üzerine bir yangın söndürücü takılmış mengeneye benzeyen bir şeyi işaret etti. "Hidrolik pres."

"Ah-hah. Peki ya şuradaki alet?" Başıyla metal bir kübü işaret etti.

"Fikir aynı, sadece mekanikleştirilmiş hali. Buna silindir makinası deniyor, içinde, üzerine bir elek yerleştirilmiş dönen bir silindir var. Temel olarak tıpkı bir kıyafet kurutucusu gibi çalışıyor."

"Tek farkı topladıklarını kullanarak kafa bulabilmen... peki ya mutfak ekipmanları?" Horatio masanın üzerindeki birkaç blender ve mikseri işaret etti.

"Blenderların farklı bir çalışma prensibi vardır, bitkinin zarından elde edilen maddeleri salgılayan torbacıklar sudan daha ağırdır, geri kalanlarsa daha hafiftir. Bunların içine buz ve su eklerler, böylelikle torbacıklar kırılgan hale gelir, sonrasındaysa karışımı karıştırarak onları kırarlar. "

"Marijhuanalı margarita tarifine benziyor."

"Görünüşü de öyledir. Karışım metal bir elekten geçirildikten sonra ayrılması için dolaba konur. Yarım saat kadar sonra bitkinin zarından elde edilenler dibe çöker. Üstte kalanları alıp attıktan sonra geriye kalanları şunları kullanarak filtrelerler." Delko masadan buruşuk kenarlı kâğıttan koniler aldı. "Sıradan kahve filtreleri. Geriye kalanlar kurutulup sıkıştırılırlar."

"Pekâlâ. Son olarak şu beş-galonluk plastik kovalar ne işe yarıyor Profesör Delko?"

"Biraz araştırma yaptım, ne olmuş?" dedi Delko, sesinde hem utanma hem de gurur vardı. "Her neyse, bunlar buzlu su ve elek yöntemlerini birleştirir. Bir el mikseri kullanarak buzlu su, su ve geri kalanları karıştırdıktan sonra çökmesini bekleyip şunları kullanarak filtrelerler." Delko kenarında 200 sayısı yazan küçük mavi bir elbise askısına benzeyen bir şey aldı. "İşte yine teknoloji. Elek sadece iki yüz yirmi mikron çapında; bu ilk filtre. Bunun ardından birbiri içine yerleştirilmiş bir dizi çanta kullanıyorlar, her biri daha sık dokunmuş; en sonuncusu yaklaşık yirmi beş mikron kadar. Giderek daha az istenmeyen madde geçiyor ve bu şekilde en son torbada toplanan madde en saf ve en güçlü olanı; kimi zaman 'balon haşhaşı' deniyor, çünkü o kadar saf ki aleve tutulduğunda köpürüyor."

Horatio dolaba yürüyerek kapağını açıp içine baktı. Dolabın üst raflarında alt kısımları beyaz bir çökeltiyle kaplı yeşilimsi bir su içeren kaplar vardı, alt raflardaysa kare şeklinde siyah maddeler vardı.

"Mikserler, blenderlar, kahve filtreleri ve kurutucular," diye mırıldandı Horatio. "Hepsi de evde bulunabilecek aletler. Anlamadığım tek şey miktarca çok olan kaynak maddeler... Bu tür bir operasyon çok malzeme harcıyor olmalı ve Lucent'in taşıdığı çanta yarım kilodan daha ağır olamaz."

"Çok düzenli sevkiyatlar yapıyor olmalı," dedi Delko. "Görünüşe göre onu haftanın sonunda yakaladık."

"Doğru. Şimdi sormamız gereken şey, ona malzemeleri kimin sağladığı... ve tüm bunların Ruth Carrell ile Phillip Mulrooney'nin ölmeleriyle bağlantısı ne?"

Horatio güneş gözlüklerini taktı. "Hadi, gidip ev yapımı uyuşturucu satıcımızın söyleyeceklerini dinleyelim..."

7

"BAY LUCENT," dedi Horatio ılımlı bir şekilde. "Yürüttüğünüz operasyon epey karmaşıkmış."

Samuel Lucent sorgu masasının bir ucundan Horatio'ya doğru nefretini saklamadan bakıyordu.

"Teşekkürler," dedi alaylı bir şekilde.

"Şimdi sorun şu, onu nasıl işlerseniz işleyin psiko-aktif içerik aynı, en azından hukuksal olarak. Elinizdeki miktara bakılarak ağır bir suç ve beş yıla kadar hapis istemiyle yargılanacaksınız."

"Bana bilmediğim bir şey söyle," dedi Lucent.

Horatio ona doğru hoşgörülü ve babacan bir şekilde baktı. "Söyleyeceğim. Bilmediğin şey, seni DEA yerine ben yakaladığım için ne kadar şanslı olduğun... Onlar önlerine çıkan her şeye el koyar – nakit para, arabalar, mücevher – ve açık arttırmada satarlar. Bu paranın nereye gittiğini biliyorsun herhalde değil mi?"

"Biliyorum," dedi Lucent asık bir suratla. "Onların bütçesine."

"Doğru. Yani ben bir DEA ajanı olsaydım, üzerine binip kaçmaya çalıştığın Jet-Ski'de delik açmak zorunda bıraktığın için üzülürdüm. Bu benim için hoş bir şey olmazdı. Ama – ne kadar şanslısın ki – ben bunlarla hiç ilgilenmiyorum. Hatta dolabında üst üste yığılmış uyuşturucularla bile ilgilenmiyorum."

Horatio adamın dikkat kesildiğini görebiliyordu. "Peki bunun nedeni nedir?" diye sordu şüpheli bir şekilde.

"Çünkü başka endişelerim var. İki kişi öldü ve benim görevim sorumluları yakalamak. Bu benim çok ciddiye aldığım bir iş... Ama senin gibi orta-sınıf bir laboratuvar faresini içeri tıkmak öncelik sıramda yok bile."

"Bana ne söylemeye çalışıyorsun?"

"Söylemeye çalıştığım şu, bildiğim kadarıyla haşhaş içmekten kimse ölmemiş. Ve kaçmaya çalışmış olsan da bana ateş açmadın; bu da benim kitabımda seni kurtarılabilir bir insan sınıfına sokar. Eğer destek olursan müsamaha göstermesi için yargıçla görüşebilirim."

Lucent bunu bir süre düşündü. "Ben hiçbir cinayetle ilgili hiçbir şey bilmiyorum," dedi en sonunda. "Ve kimseyi de ispiyonlayacak değilim..."

"Senin tedarikçin ya da müşterilerin beni ilgilendirmiyor," dedi Horatio. "Tabii bu cinayetle ilgili değillerse. Durum bu mu?"

"Sana söyledim. Cinayetle ilgili bir şey bilmiyorum..."

"Pekâlâ. Albert Humboldt'a gelelim."

"Ne olmuş ona?"

"Onu tanıyorsun öyle değil mi?"

Lucent rahatsız bir şekilde sandalyesinde kaykıldı. "Sanırım tanıyorum. Zaman zaman birlikte takılıyoruz."

"Bu, kafalarımız kıyak oluyor demenin bir başka yolu mu?"

"Hey, ben böyle bir şey... –"

Horatio elini kaldırdı. "Boşuna uğraşma. Humboldt'a bir miktar haşhaş verdiğini biliyorum. Umurumda değil. Humboldt sana çalıştığı yerdeki tuvaletle ilgili ne söyledi?"

"Neyle ilgili?" Tamamen şaşkına dönmüş gibi görünüyordu.

Horatio göğüs geçirdi. "Tuvalet, Samuel," dedi. "Dünyevi Bahçe için. Paslanmaz çelik evye, bakır borular."

"Ah... tabii, evet. İstediği şeyler son derece açıktı. Onun için özel sipariş geçmem gerekti."

"Sana bunu neden istediğini söyledi mi?"

Lucent'in kaşları çatıldı. "Ufak şakalar yapıp duruyordu. Sıcak bir koltukla ilgili, bunun da bence hiçbir anlamı yoktu; demir soğuk olur, anlarsın ya... Ama al bence tuhaf biri zaten."

"Öyle mi? Nasıl bir tuhaflığı var?"

"Tüm şu Zindelik Yöntemi olayı. Bence son derece tuhaf. Onu mutlu ve popüler yapacağını düşünüyordu ama bence tam tersine aptal ve akılsız yapıyor. Bedavaya bulaşık yıkıyor, anlarsın ya... Hepsi, şu büyük doktor onun ruhu için iyi gelecek dedi diye.

Horatio Lucent'in karşısındaki sandalyelerden birine oturdu. "Ve şu doktor, hastalarının uyuşturucu kullanmasıyla ilgili ne düşünüyor?"

"Ah, bundan hiç hoşlanmıyor," dedi Lucent kıkırdayarak. "Al, yakalandığında başı epey belaya girdi. Ama yine de içmeye devam ediyor, anlarsın ya..."

"Anlıyorum. Peki ya restorandaki diğer kişiler? İçlerinden içmeyi seven var mı?"

Lucent onu şüpheli bir şekilde süzdü. "Sanırım... Belki, evet. Benimle değil ama, anlarsın ya, ama Al'ın konuşmalarına bakılırsa zaman zaman bir cıgaralık isteyen oluyormuş."

"Görünüşe göre Doktor Sinhurma çok sağlam bir gemiye kaptanlık etmiyor..."

Lucent güldü. "Belki öyle ama çok güzel kadınlar var, anlarsın ya..."

Horatio gülümsedi. "Yani kliniğe gittin öyle değil mi?"

"Sadece bir kez. Her yerde güzel insanlar vardı! Ama benim için çok fazla; ben uykumu severim, anlarsın ya... O kaçıklar şafakla birlikte uyanıp şınav çekiyorlar, pirinç dışında hiçbir şey yemiyorlar. Bana göre değil."

"Bunun senin için neden kısıtlayıcı olduğunu anlayabiliyorum," dedi Horatio. "Yani şu küçük uyuşturucu dükkânına Sinhurma'yla ilişkili olan başka hiç kimse gelmedi öyle mi?"

"İmkânı yok."

"Umarım bana yalan söylemiyorsundur," dedi Horatio. "Çünkü biz bu konuşmayı yaparken adamlarım oranın her santimetrekaresini araştırıyor. Ve eğer yalan söylüyorsan yargıca fısıldayacağım şeyler çok farklı olur."

"Yemin ederim," dedi Lucent.

Ryan Wolfe plan odasında, üzerinde bıçaklar, satırlar ve farklı boy ve ebatlarda bıçaklar olan masanın başındaydı. Elinde, Horatio'nun roketin üzerinde bulduğu parçaya eş olabilecek kısa Kevlar kaplı bir tel vardı ve her bir aleti kullanarak telden küçük bir parça kesmeye çalışıyordu. Daha sonra da karşılaştırma mikroskobunu kullanarak her parçayı ilkiyle yan yana inceleyip eşleştirme yapmaya çalışıyordu.

Ama bir eş bulamadı.

Ancak bu seçeneklerinin bitmiş olduğu anlamına gelmiyordu. Delko'nun bıçakları gaz kalıntısı sayesinde tesisatçıyla bağdaştırması ona yeni bir fikir vermişti; eğer roketin yakıt karışımı Horatio'nun düşündüğü gibi özel yapımsa onu yapan kişiyi bulma şansı olabilirdi.

İnternette biraz araştırma yaptıktan sonra birkaç telefon etti. Ryan roketlerle bizzat ilgilenmemişti ancak okulundaki bazı arkadaşları da en az onun kadar ineklerdi; amatör roketçilikle ilgili doğru kontakları bulması fazla uzun sürmedi. Arkadaşı Ryan'a birkaç elektronik posta attıktan sonra geri döneceğini söyledi.

On dakika sonra kendi e-posta adresinde, içinde yer ve zaman belirten bir mesaj geldi. Adresi bir kağıdın üzerine yazıp Diet Cola'yla Cheetos almak üzere dışarı çıktı. Masaüstü oyunları da oynasalar, bilgisayarlarla ya da roket inşa etmeyle uğraşsalar bile bir araya gelen ineklerin bazı gereksinimleri vardı; Ryan bu tür şeyleri yanında götürerek polis olmasının getireceği kötü izlenimi ortadan kaldırmayı umuyordu.

Ancak büyük olasılıkla bu fark etmeyecekti. Birçok inek kendini asi olarak nitelendirse de çok azı değişik teknik bilgilere karşı koyabilirdi ve bir CSI olarak Wolfe bu konuda çok donanımlıydı.

Sadece silahıyla oynamak istemeyeceklerini umuyordu.

"Pekâlâ, öncelikle," dedi turuncu sakallı şişman adam, "biz maket roketçi değiliz. Biz amatör roketçiyiz."

Wolfe her iki kolluğu da gri koli bandıyla yapıştırılmış pejmurde, yeşil bir yaslanır koltuğa oturdu. Hemen karşısında daha da kötü durumda bir divan vardı; koyu kahverengi deri kaplı orta kısmındaki minderi dışında her yeri tamamen ekose kumaşla kaplanmıştı ve bu haliyle tek dişi eksikmiş gibi görünüyordu.

O esnada divanın üzerinde oturan üç adamın elinde de plastik bardaklar vardı ve bu bardakların içindeki Cola ürünleriyle koca bir akvaryum doldurulabilirdi. Divanın iki ucunda oturan adamlar Wolfe'a tam anlamıyla inek tipi tanımına uyuyormuş gibi görünüyordu; şişman, sakallı ve gözlüklüydüler; üzerlerinde de bir yazılım markasına ya da bir bilimkurgu filmine göndermeler olan bol pantolon ve tişört vardı. Birinin kabarık turuncu saçları diğerininse at kuyruğu yapmış olduğu siyah saçları vardı; bu farklılık dışında kardeş oldukları düşünülebilirdi.

Ortalarında oturansa diğer ikisinin tam tersine çok zayıftı, öyle ki kilosunun yarısını iki tarafında oturan arkadaşlarına ozmoz yoluyla aktarmış gibi düşünülebilirdi. Kemikli bir yüzü, beyaz saç kaplı parlak bir kafatası ve kırmızı damarlarla örtülü bir burnu vardı. Kısa kollu, açık mavi bir tişört üzerine damalı bir süveter giymişti ve kahverengi kadife pantolonla içine siyah çorap giymiş olduğu sandaletleri vardı.

"Farkı ne?" diye sordu Wolfe.

At kuyruklu olanı – Mark – gözlerini kaydırdı. İneklerin sözlüğünde göz kaydırma da sporcuların ellerini arkadaşlarınınkine 'çakmaları' gibi bir şeydi.

"Maket roketçilik çocuklar içindir," dedi Mark. "Roketi de motoru da dışarıdan satın alabilirsiniz, çok güvenlidir. Amatör roketçilikse yenilikten ibarettir; kendi tasarımlarını, yakıt karışımlarını, yüklerini hazırlamaktır. Denemelerimizin neredeyse yarısında yaptığımız roketler ya rampada ya da havada patlar."

"Bunun çok adil olduğunu düşünmüyorum," dedi ortada oturan, – Bruno. Her söylediğini bir soru cümlesine çeviren Güneyli bir aksanı vardı. "Yani, başarılı fırlatışlarımızın CATO'ya[19] oranı yetmişe/otuz gibi değil mi?"

"CATO mu?"

"Felaketle Sonuçlanan Fırlatma," dedi kızıl saçlı olan, Gordon. "Havaya uçan bir rokete böyle deriz."

"Yani siz kendi roketlerinizi kendiniz yapıyorsunuz."

---

19 Catastrophic Take Off : Felaketle Sonuçlanan Fırlatma, ç.n.

"Çoğunlukla," dedi Gordon. Plastik bardağının içine daldırmış olduğu mavi pipetten derin ve uzun bir yudum aldı. "Kimi zaman ticari tasarımları uyarlayarak çalışıyoruz, ne kadar büyük bir motor koyabileceğimizi görmeye çalışıyoruz, bunun gibi şeyler..."

"Pardon?" dedi Bruno. "Ben maket roketçiliğin sadece çocuklar için olduğunu söylemenin de doğru olduğunu düşünmüyorum? Bazı maket roketler çok güçlü oluyor?"

"Ne olmuş yani?" dedi Mark. "Hepsi önceden yapılmış ticari pislikler. Tıpkı bir cip almanın seni bir doğa insanı haline getirdiğini düşünmek gibi bir şey."

"Parası olan her salak bir hobi mağazasına girip sportif ölçekte bir maket alıp üzerine parlak kâğıtlar yapıştırdıktan sonra bir motor takabilir. Bu onu roketçi yapmaz."

Gordon güldü. "Mark gövdeyi PVC borulardan yapmış olmadıktan, yakıtı kendi ellerinle fırında karıştırmadıktan, kendi ellerinle boyamadıktan ve eski elektronik aletleri kullanarak hazırladığın bir fırlatma sistemini kullanarak roketi fırlatmadıktan sonra kimsenin roketçi olmadığını düşünür."

"Uzay Akbabası'yla dalga geçme," dedi Mark. "O bir zarafet ve onur timsaliydi."

"Yirmi feet kadar yan yatmış bir şekilde uçtuktan sonra komşunun köpek kulübesini ateşe verdi," dedi Gordon. "Üstelik köpek de içindeydi."

"Bilim özveri gerektirir," dedi Mark.

"Hmm, yani kulübün hepsi burada mı?" diye sordu Wolfe. İneklerin bir başka ortak özelliği de bir grup halinde toplandıklarında her tür sohbetin bir anda tuhaf bir yönde giderek alaylar, anekdotlar, teknik bilgiler, pop kültüründen alıntılar ve alakasız bilgilerle birlikte sürekli olarak yön değiştirmeye devam etmesiydi. Sohbeti yönlendirebilmek için dizginleri sürekli olarak elde tutmak gerekirdi yoksa bir anda kendinizi bir süper kahramanın iç çamaşır özellikleri hakkında konuşurken bulabilirdiniz.

"Hayır, biz seninle konuşmak için erken geldik," dedi Gordon. "Diğerleri yarım saat içinde pişirme partisi için gelir."

"Hımm. Şey," dedi Bruno aniden son derece rahatsız görünerek.

"Ah, bir hap al, kırmızı olanlardan," dedi Gordon. "Roger ona kefil oldu tamam mı? Hem pişirme partileri yasadışı değildir. Gerçekten de başımızın belaya gireceğini düşünsek onu davet eder miydik?"

"Ah, evet, evet," dedi Wolfe. "Bunun için endişelenmeyin. Gordon bana deponuzu gösterdi bile. Bir sorun yok."

Wolfe'un arkadaşı Roger'ın anlattıklarına göre pişirme partisi roketçilerin yakıt yapmak üzere bir araya gelmesi anlamına geliyordu. Dünyevi Bahçe'den fırlatılmış olan roketin artıklarında eser miktarda bulunan elementlerden biri olan amonyum perklorat kompozit ateşleyici Güvenli Patlayıcılar Kurumu tarafından 2002 yılında düşük sınıfta bir patlayıcı olarak sınıflandırılmıştı; roket inşa edenler yıllardır bu elementi kullanıyor olmasına rağmen bu sınıflandırmadan sonra bu elementi satın alabilmek için parmak izlerinin alınması, geçmişlerinin incelenmesi ve yerel ya da federal yetkililerce yakıt depolarının her an kontrol edilebilecek olmasını kabul etmeleri gerekiyordu. Bu yasayı aşabilmek için roketçiler düşük seviyede sınıflandırılmış olan patlayıcıların kişisel kullanım amacıyla üretilebilmeleri için bir başka yasa çıkarttılar; bu yasanın amacı çiftçilerin sulama kanalı açabilmek için yakıtla gübreyi karıştırabilmelerini sağlamaktı ancak yine de maket roket yakıtı yapma konusunda da işe yarıyordu.

"Gerçekten de benimle bu şekilde oturmayı kabul etmenizi çok takdir ediyorum," dedi Wolfe. "Sadece kısa bir süre için deneyiminizden yararlanmak istiyorum."

"Ne bilmek istiyorsun?" diye sordu Mark.

"Şey, özel bir roket yakıtının menşeini öğrenmek istiyorum. Bir roketi yaklaşık iki bin feet yükseğe çıkarmakta kullanıldı ve kimyasal karışımı da şöyledi." Kütle spektrofotometre sonuçlarını içeren kağıdı Gordon'a uzattı.

"Hmmmm. Şeker roketi," dedi Gordon. Bruno ve Mark da eğilmiş kâğıtta yazanları aynı anda okumaya çalışıyorlardı.

"APCP iticisiyle?" diye ekledi Bruno.

"En azından I sınıfı olmalı," diye mırıldandı Mark.

"Patronum muhtemelen J sınıfı bir motor olduğunu söylüyor," dedi Wolfe.

"En azından bir I sınıfı olması gerektiğini söyledim," diye itiraz etti Mark. "Muhtemelen J, hatta belki de K sınıfıdır."

"G'nin üzerindeki tüm sınıflar için sertifika gerekir," dedi Gordon. "G sınıfı motor saniyede yüz altmış Newton'u geçmeyecek şekilde seksen sekiz Newton'luk bir itiş gücü yaratabilen motor olarak tanımlanır."

"Ancak eğer yakıtı kendi hazırladıysa bunun için endişe etmesine gerek olmaz," diye belirtti Mark. "APCP sadece altmış iki buçuk gramın üzerindeki miktarlar için kontrol ediliyor. Görünüşe bakılırsa o kadar çok kullanmamış."

"Ve bu roket bir suça karıştı öyle mi?" diye sordu Bruno, en azından Wolfe bu kez sahiden bir soru sorduğunu düşündü.

"Evet, bu roket olay yerinin bir parçası," dedi Wolfe. "Daha fazlasını söyleyemem, üzgünüm."

"Bahse girerim uyuşturucu işidir," dedi Mark. "Birileri roketi eroinle doldurmuş ve oyun parkının ya da ona benzer bir yerin üzerinde patlatmış olmalı."

"Bunu neden yapsınlar?" diye sordu Bruno.

"Kaçakçılık," dedi Mark.

"Birkaç yüz metre kaçırmak için mi?" diye küçümsedi Gordon. "Bu hiç mantıklı değil. Bence uyuşturucu yapılan bir evdi ve oradakilerden biri de baskına karşı zulasını bir roketin içinde saklamayı akıl etmişti..."

"Eğer okyanusa düşürebilirsen işe yarayabilir," dedi Mark. "Hatta suya düştüğünde devreye girecek ikinci bir aşamayla roketi bir torpidoya dönüştürüp bulunmasını iyice imkânsız hale getirebilirsin... –"

"Ha!" diye bağırdı Gordon. "Gözümün önünde canlandırabiliyorum. DEA ajanları kapıdan içeri dalıyor ve esrarkeşin biri düğmeye basıp roketi pencereden dışarı fırlatıyor..."

"Ya polis? Muhtemelen havan topu falan olduğunu düşünmüşlerdir?"

"Ah," diye kıkırdadı Gordon. "Bu çok kötü bir fikir olurdu..."

"Arkadaşlar!" diye araya girdi Wolfe. "Uyuşturucuyla hiçbir ilgisi yoktu tamam mı?" Söyledikleri tam olarak doğru değildi ama havadan-denize güdümlü uyuşturucu yüklü bir roket tasarlamadan önce araya girmesi gerekiyordu. "Bilmem gereken şey şu, içinizde bu yakıt karışımını tanıyanınız var mı?"

"İnsanlar genellikle şeker roketleri amonyum perkloratla doldurmazlar," dedi Mark. "Demir oksit ya da kömür, belki, o da yanma hızını arttırmak için."

"Ben de böyle bir şey gördüğümü hatırlamıyorum."

"Üzgünüm adamım," dedi Gordon. "Ama insanlar sürekli olarak farklı karışımlarla deney yaparlar. Kimlerin APCP alma yetkisi olduğunu araştırabilirsin, sanırım; ama birçok roketçi kayıtlı olmayacaktır. Sadece zaman zaman havaya küçük tüpler fırlatmayla ilgili bir hobimiz olduğu için bir polisin ya da federal ajanın evlerimizi izinsiz bir şekilde arama yetkisine sahip olmaları fikri bizi biraz rahatsız eder. Yakıt karıştırma partilerinin asıl amacı da budur zaten."

"Havaya küçük tüpler fırlatmak bir uçak nasıl düşürülürün çok masum bir yanıtı olabilir," dedi Wolfe alçak sesle.

"Elbette, ama tabii uçağı gerçekten vurabilmek için karmaşık bir güdüm sistemiyle APCP'den çok daha uçucu bir yakıtın varsa," dedi Mark. "Kullandığımız şeyler gazyağından bile daha az uçucu, Tanrı aşkına! Ve bu ülkedeki tüm molekülleri kayıt altına almayı başarsanız bile herhangi bir terörist şu sizin adamınızın yaptığı şeyi yapabilir, şeker kullanabilir! Hükümet o zaman ne yapacak, şekeri mi yasaklayacak?"

"Ben... söylemek istediğini anlıyorum," diye kabullendi Wolfe. "Ancak bu o kadar basit değil..."

"Şey, hayır, yakıt yapımı daha komplike bir iştir," dedi Mark, Wolfe'un kastettiği şeyi anlamayarak. "Elbette ki bir oksitleyiciye ihtiyacın olur. Sizin adamınız potasyum nitrat kullanmış, oldukça standart ve bulması da çok kolay. Gübrelerde, etin bozulmasını önlemek için ve hatta diş macunlarında bile kullanılır. Bunu yakıta bağlayabilmeniz gerekir, bunun için de dekstroz..."

"Bu da ilginç sayılır aslında," diye araya girdi Gordon. "Çoğu şeker roketinde sukroz kullanılır. Dekstroz da iyi bir seçimdir, ama... daha düşük bir ergime noktasına sahiptir ve daha az karamelleşir."

"Doğru," dedi Mark. "Karışımı hazırlarken işe yarar."

"Karışım mı?" diye sordu Wolfe.

"Oksitleyici ve yakıt karışımı. Ancak öncelikle her ikisini de toz haline getirmeniz gerekir. Ardından onları birlikte ısıtabilir ya da karıştırarak kurutabilirsiniz. Ancak kurutmaya kalkarsanız çok dikkatli olmanız gerekir, karışım o noktada çok patlayıcıdır."

"Yani ısıtarak karıştırmak daha güvenli öyle mi?" diye sordu Wolfe.

"Dikkat ettiğiniz sürece evet," diye yanıtladı Mark. Divanda kaykılıp plastik bardağını bacaklarının arasına sıkıştırdı. "Bu tür işler için derin bir tava kullanırım, dışarıyla temas edebilecek bir ısıtma düzeneği yoktur ve sıcaklığı da tam olarak kontrol edebilirsin. Her neyse, bitmiş ürünün soğumasını bekledikten sonra şekillendirirsin ve temel olarak hepsi de budur. Onu bir gövdeye doldurup birkaç nikel krom kaplı kablo sıkıştırıp diğer ucunu da bir pile taktığında roketi tamamlamış olursun."

Wolfe başını aşağı yukarı salladı. "Yani bu karışımı her kim yaptıysa ne yaptığını biliyormuş. Deneyimli bir roketçiymiş öyle değil mi?"

"Kesinlikle," dedi Gordon. Diğer ikisi de onaylarcasına başlarını salladılar.

"O halde," dedi Wolfe çekimser bir şekilde, "üye listenizin bir kopyasına ihtiyacım olacak."

Ani bir sessizlik çöktü. Gordon şaşkına dönmüşe benziyordu. Bruno olanlara anlam veremiyor gibi görünüyordu ancak Mark bunu başından beri bekliyormuş gibiydi.

"Parmak izlerimizi de isteyecek misin?" diye sordu Mark alaylı bir şekilde.

"Buna gerek olmayacak," dedi Wolfe.

Bir olay yerinde çalışmak roman yazmaya benziyor diye düşündü Horatio. Akla ilk gelen bunun çok düz bir süreç olduğudur: A gerçeği bizi B gerçeğine ulaştırır o da sonuç olan C gerçeğine bağlanır vs. vs. Başlangıç noktasından sonuca kadar uzanan dümdüz bir çizgi...

Ancak pratikte – tıpkı yaşam gibi – tamamen farklıdır. Tıpkı roman örgüsünde her kıvrımın yazarın hayalgücünü bambaşka olasılıkları araştırmaya itmesi gibi bulunan her kanıt da farklı yönlere uzanır.

Ancak hayalgücü sonsuz olasılık barındırdığı gibi sonsuz sonuç da içerir. Neyse ki kanıtlar için böyle bir şey söz konusu değildir; onu er ya da geç ya bir sonuca ya da çıkmaz bir sokağa ulaştırır. Üzerinde çalıştığı bir olayın detaylarını düşünmeye başladığında aklında sonsuz dalları olan bir ağaç imgesi canlanır.

O esnada üzerinde bulunduğu dal Samuel Lucent'le yaptığı konuşmayı içeriyordu. Horatio onu cezalandırmak ya da tedarikçilerini ispiyonlamasını sağlamakla ilgilenmediğini söylemişti, ancak bu sadece Lucent'i konuşturmak için gerekliydi. Tam aksine Horatio, Lucent'in haşhaş haline getirdiği hammaddelerin nereden geldiği ve kimin tarafından getirildiğiyle yakından ilgileniyordu; bu tür bir operasyon da çok para olmalıydı ve bir cinayeti araştırırken asla göz ardı edilmemesi gereken şeylerden biri de paradır.

Yine de kartlarını doğru şekilde oynadığını düşünüyordu. Lucent'i her zaman sıkıştırabilirdi.

Calleigh'e uğramak için laboratuvara gitti. O esnada Calleigh Lucent'in atölyesinden aldıkları ekipmanları inceliyordu. Tam içeri girdiğinde parmak izi almak üzere bir blenderın sapına toz döküyordu.

"Nasıl gidiyor?" diye sordu.

"Ah, bir kadının işi asla bitmez," diye yanıtladı Calleigh. "İş aletlerinden mutfak aletlerine, bana bir şey mi anlatmaya çalışıyorsun H.?"

"Bunu senin yapacağını umuyordum."

"Şimdiye kadar Lucent doğruları söylemiş gibi görünüyor; bulduğum tek parmak izi onunkiler. Ancak henüz kurutucuyu incelemedim."

Horatio blenderı dikkatli bir şekilde inceledi. "Bu çöpte bulduğumuzun aynısı değil mi?"

"Bilmiyorum. Bir bakayım... Hmmmm. Tam olarak değil. Aynı marka ama farklı bir model."

Horatio biraz daha ilerleyip masadaki el mikserini inceledi. "Bunlarla da aynı; belki bir bağlantı vardır. Dünyevi Bahçe'nin hangi restoran aletleri satan tedarikçiyle çalıştığını bulup onları kontrol eder misin?"

"Tamamdır."

"Eric nerede? Onun da yardım edeceğini düşünüyordum."

"O bilgisayar laboratuvarında, bir simülasyon yapacağını söyledi."

Horatio Eric'i tam da söylediği gibi bilgisayarın başında kollarını kavuşturmuş vaziyette ekranı incelerken buldu. "Eric? Nasıl gidiyor?"

"Ah, merhaba H. Olay yerini başlangıçtan bitişe kadar yeniden oluşturmak istedim; böylece daha net bir resim elde edebiliriz."

"İyi düşünmüşsün. Ne kadar ilerledin?"

"Göstereyim." Delko öne eğilip bir düğmeye bastı. Ekranda çizgilerden oluşturulmuş basit bir grafikle restoran belirdi. Banyo çerçevenin iç kısmında maviyle belirginleştirilmişti, mutfaksa kırmızıydı. Ekranın alt kısmında küçük bir dijital saat vardı.

"Pekâlâ, aksiyon yaklaşık saat ikide başlıyor." Dijital saat 02:00'yi gösteriyordu. "Shanique Cooperville, Phil Mulrooney'e izlediği yolun ne kadar yanlış olduğunu göstermek için ona et katılmış Meksika fasulyesi veriyor. İkiyi çeyrek geçe Albert Humboldt öğle yemeği molası veriyor. Saat iki buçuk olduğunda Mulrooney kendini kötü hissetmeye başlıyor. İki kırkbeşteyse koşarak tuvalete gidiyor."

Delko bir başka tuşa bastı. Çatıda tel grafiklerden oluşan bir roket belirdi. "İki kırk üçte Doktor Sinhurma, Mulrooney'yi cep telefonundan arıyor."

"Ama Mulrooney'nin tuvalette olduğunu nereden biliyor?" diye sesli bir şekilde düşündü Horatio.

"Birileri ona telefon edip haber vermiş olabilir," diye önerdi Delko. "Restoran ve kliniğin telefon kayıtlarını inceleyeceğim, bakalım neler bulacağız."

"İyi fikir. Yani bu noktaya geldiğimizde Sinhurma'nın nerede olduğunu biliyoruz; olay yerinden kilometrelerce uzakta, görgü tanıklarının arasında."

"Doğru. Yaklaşık olarak ikiyi kırk dört geçe birileri düğmeye basıp roketi çatıdan fırlatıyor."

Horatio artık ekranı seyretmiyordu. Olayı aklında canlandırıyordu: Elektriğin tel boyunca ilerleyip rokete ulaşması, motor çalışmaya başladığında oluşan ısı ve ışık...

"Roket fırlıyor. Onunla birlikte Kevlar-kaplı bir tel de fırlıyor..."

Bir tür tabana tutturulmuş olan makara gökyüzüne ince bir bakır teli uzatmak için delice dönmeye başlıyor... iki bin feet yukarı çıkıyor ve arkasında yüklü elektrik parçacıkları bırakıyor. Yere doğru gitmekte olan bir yıldırım rokete çarpıyor. Telden geçerken aynı zamanda onu buharlaştırıyor..."

Yıldırım rokete çarpınca gürleyerek yeryüzüne doğru inmeye başlıyor, bakır ve Kevlar'ı kızgın bir köpekbalığının oltayı yemesi gibi yiyip bitiriyor...

"Duvardaki bakır borudan, çelik klozetten geçip Phil Mulrooney'ye ulaşıyor. Cesedin konumundan anlaşıldığı kadarıyla sol elinden girmiş, cep telefonunu sağ eliyle tutuyormuş. Akım koldan geçip derinin üzerinden camda kayan cıva gibi kayıp gidiyor, yakmak için fazlasıyla hızlı ancak teri anında buharlaştırabilecek kadar da güçlü. Akımın bir kısmı engelleri aşarak sinir uçları, damarlar ve kemiklere ulaşıyor. Kalp kasına vurduğu darbeyle onu sessizliğe gömüyor...

Yıldırım yerdeki su birikintisine çarpıp metal drenajdan dışarıya ulaşıyor. Yalnız..."

"Yalnız, yolun üzerinde bir duvar prizine çarparak blenderı yakıyor," diye tamamladı Horatio.

"Evet. Duvarla priz arasındaki her neyse onun aracılığıyla."

Horatio alnını ovdu. "Ama bir başka sorun daha var. Otopsiye göre Mulrooney hem yıldırım çarpması hem de evdeki akım tarafından çarpılma bulguları gösteriyor."

"Yani... birden fazla yöntem, birden fazla katil mi var?"

"Belki de... ya da yalnızca çok dikkatli davranma yaklaşımıdır. Araştırmalarıma göre yıldırım en güvenilir silahlar listesinde üst sıralarda bulunmuyor; çoğu

157

zaman öldürücü değil ve hatta bir roket kullanarak yıldırımı tetiklemenin başarı yüzdesi sadece yüzde elli."

Delko başını salladı. "Yani birileri işini sağlama almak istemiş. Bir nevi fırtına sigortası yaptırmış."

"Olabilir... Bu noktada eksik olan iki fiziksel kanıt var. Birincisi roketin ateşleme sistemiyle fırlatma rampası. İkincisiyse duvardaki prizi Phil Mulrooney'ye bağlayan her neyse o."

"Bir de roket yakıtı var; eğer özel yapılmışsa bir yerlerde hazırlanmış olmalı."

"Wolfe şu anda bunu araştırıyor," dedi Horatio.

"Peki ya Carrell cinayeti? Okla ilgili şansımız yaver gitti mi?"

"Korkarım hayır. Bulduğumuz okların birlikte depolandıkları yaydan atıldıklarını ispatlayabiliyoruz, ama hepsi bu."

"Peki sırada ne var H.?"

Horatio'nun cep telefonu çaldı. Telefonu yanıtlarken işaret parmağını havaya kaldırıp Delko'ya beklemesini işaret etti.

Horatio Caine dikkatli bir şekilde dinleyip, "Gerçekten mi," dedi. "İyi iş çıkardınız Bay Wolfe. Onu sorguya alacağım."

Telefonu kapatıp Delko'ya dönerek, "Görünüşe göre konuşacağımız birileri varmış..." dedi.

8

DEDEKTİF SALAS masanın karşısına bakıyordu. Işık, sorguladığı kişinin yüzünde altı kenarlı gölgeler oluşturuyordu. "Caesar," dedi. "Bu sık rastlanmayan bir isim. Ailenin senden büyük beklentileri mi vardı?"

Sinhurma'nın ikinci adamı taşlaşmış gibi ona bakıyordu. "Bay Kim yeterli, teşekkürler. Birbirimize ilk isimlerimizle hitap edebilecek kadar yakın olduğumuzu düşünmüyorum."

Salas'ın sağında oturan Horatio Kim'e gülümsedi. "Elbette Bay Kim... geldiğiniz için teşekkür ederiz. İsminiz araştırmamızın bir parçasında geçti ve bazı şeyleri aydınlatabileceğinizi düşündüm."

"Elimden geleni yaparım." Kim'in sırtı bir tahta gibi dimdikti, sesindeyse en ufak bir ton değişikliği yoktu.

"Bana biraz kendinizden bahsedin Bay Kim."

"Daha açık olabilir misiniz?"

"Canım isterse." Horatio beklemeye başladı. Sorguladığı şüphelinin bu bekleme yarışında onu alt etmeyi denemesinden çok hoşlanırdı; bu daima kazandığı bir yarışmaydı. Bir keresinde otuz yedi dakika boyunca şüphelinin karşısına oturup ona bakmıştı, en sonunda Horatio iki dakikalığına tuvalete gitmek üzere ayağa kalkıp, dönüşte gülümseyerek karşısına yeniden oturduğunda şüpheli konuşmaya başlamıştı.

Salas'ın yüzü bir kaya kadar ifadesizdi. Beklemekten nefret ederdi ancak eğer Horatio'nun istediği buysa aksini söyleyene kadar orada bir heykel gibi otururdu... Tabii sorgudan sonra da onu haşlardı.

Görünüşe bakılırsa Kim'in içinde bulunduğu durumun farkına varması için o kadar beklemesine gerek yoktu. "Ne bilmek istiyorsunuz?" dedi buz gibi bir sesle.

"Ah, bilirsiniz işte, her zamanki şeyler: Favori renginiz, ne tür yiyeceklerden hoşlandığınız – ama bir dakika, bunu zaten biliyorum – ya da ne tür hobilerinizin olduğu..."

"Yeşil rengi tercih ederim. Hobilere gelince, hiç hobim yoktur." Hafifçe gülümsedi. "Okçuluktan bile hoşlanmam."

"Ah, ama ben okçuluğu düşünmemiştim. Yani sizin gibi duyguları bastırılmış birinin kendisini daha erkekçe bir şekilde ifade edeceğini düşünüyorum; tabii okçulukta da delici bir ok söz konusu... ancak yine de bence sizin için daha aktif bir katılım gerektiriyor. Hayır, siz daha gösterişli bir şey seçerdiniz bence. Sizi..."

160

Bunu söylerken Horatio ellerini birleştirip öne eğildi, "bir roket adam olarak görebiliyorum."

Kim, yavaşça ve son derece bilinçli bir şekilde gözlerini kırptı. "Roketçilik bir bilim dalıdır, hobi değildir," dedi.

"Ah... O halde ilgi alanlarınızdan biri olduğunu kabul ediyorsunuz."

"Sanırım ediyorum," dedi Kim.

"Hmmmm. Sanırım bu durum isminizin Florida Model Roketçiler Birliği'nde kayıtlı olmasını da açıklar öyle değil mi?"

"Kendi kendisini açıklıyor zaten."

Horatio arkaya eğilip masadan bir dosya aldı. Dosyayı açıp inceliyormuş gibi yaptı. "Hmmm. Kendi kendisini açıklayan birden fazla şey var Bay Kim. Örneğin ekibimin araştırmaları esnasında bulduğu şu finansal bildirim raporları. Dünyevi Bahçe restoran zincirine oldukça fazla para yatırmışsınız öyle değil mi?"

"Bu halka açık bir bilgi," diye yanıtladı Kim sakin bir şekilde.

"Evet öyle. Bu aynı zamanda Zindelik Yöntemi'nin bir iş yeri olarak para kazanmaya devam etmesiyle yakından ilgilisiniz anlamına geliyor."

"Bunda bir tuhaflık mı var?"

"Halka açık kayıtlar ilginçtir," dedi Salas. "Bazı kayıtlar halka diğerlerinden daha çok açıktır. Örneğin telefon kayıtlarından anlaşıldığı kadarıyla Phillip Mulrooney ölmeden on dakika önce Dünyevi Bahçe'den Doktor Sinhurma'nın özel hattına telefon edilmiş."

161

"Bu konuda bilgim yok."

"Elbette olmaz," dedi Horatio. "Sizin uzmanlık dalınız roketçilik, telefon hatları değil."

"Uzman olduğumu söyleyemem..."

"Sadece konuya ilgi duyan bir kişisiniz," dedi Salas.

"Bu doğru."

Horatio bir süre adamı inceledi. Artık Kim'i mıhlamış olduğunu düşünüyordu; adam daha az duygusal tepki gösterdikçe daha çok şey saklıyor olma olasılığı yükseliyordu. Horatio sakladığı şeyin ne olduğunu bildiğini düşünüyordu.

"Lütfen Bay Kim... roketin itiş gücünün temel ölçü biriminin ne olduğunu bana söyler misiniz?"

Yine gözlerini kırptı, bu kez belirgin bir şekilde hızlıydı. "Bunun konuyla ne ilgisi olduğunu anlayamadım."

"Siz söyleyin lütfen."

Kim kayıtsız bir şekilde ona baktı; ancak bakışlarındaki boşluk, kabuğuna çekilen bir kaplumbağanın bakışına benziyordu. Horatio bunun rahatsız edici bir hal almaya başladığı ana kadar bekledikten sonra, "Peki ya roketin sabit bir şekilde uçmasını sağlamak için önerilen minimum fırlatma hızını söyleyebilir misiniz?"

"Ben... ben şu anda gerçekten hatırlayamıyorum..."

"Hayır mı? Pekâlâ, o zaman çok daha kolay bir tane sorayım. İlk fırlatışından sonra bir ilkokul çocuğunun dahi bilebileceği bir şey. Mesela... sertifikasız bir şekilde alabileceğiniz en güçlü roket motoru hangi sınıftır?"

Sessizlik.

evet... ancak eğer bu bir suçsa birçok satış elemanının hapiste olması gerekirdi. Organizasyonuna üye olan herkes yapmaya çalıştıklarını korumak için onun adına adam öldürecek kadar aklını oynatmış olabilirdi; bu Sinhurma'nın doğrudan sorumlu olduğu anlamına gelmiyordu.

Ancak dolaylı yoldan sorumluluğun bile bir bedeli vardı. Horatio'nun durumunda, yalnızca birkaç saatlik ömrü kalmış olan genç bir kıza söylediği son sözlerin silinmek bilmeyen hatırasıydı.

Kendini pazarlamak; böyle söylemişti. Yaptıklarını, ne şekilde kullanılıyor olduğunu anlaması için onu şok etmek istemişti ancak belki de fazla ileri gitmişti. Ruth Carrell öldüğünde onun katı, önyargılı bir polis olduğunu ve ne duyguları ne de kendisi hakkında endişe etmediğini düşünüyordu. Bu mümkündü... ancak bunu asla bilemezdi.

Bazı polisler omuz silkerek bunun önemli olmadığını söyleyebilirdi; o ölmüştü ve katili yakalamak Horatio'nun işiydi. Bazılarıysa bunu bir saplantı haline getirerek öldükleri güne dek düşünürdü. Ancak Horatio bu tür bir polis değildi. Suçluluktan kaçmıyordu bu duygunun kendisini boğmasına da izin vermiyordu. Hislerini kucaklayıp analiz ediyor ve ondan yeni şeyler öğreniyordu. Duygusal acıyı bir atletin fiziksel acıyı kabullenmesi gibi kabulleniyor ve onu daha da güçlenmek için kullanıyordu.

Ölüm varken kimin dopinge ihtiyacı olur ki? diye düşündü.

"Yanıtlar elbette ki şöyle: Newton-saniye, saniyede kırk dört feet ve 'G'," dedi Horatio. "Bunları bilmediğinizi söylemeniz çok ihtiyatlı bir davranış... Bu gerçekleri bilmiyor olamazsınız değil mi?"

"Sanırım," dedi Kim belli belirsiz bir şekilde gülümseyerek, "biraz paslanmışım. Suç sayılmaz değil mi?"

"Sayılmaz," diye onayladı Horatio. "Ancak bize tam olarak gerçeği söylemediğinizi gösterir Bay Kim. Ayrıca model roketçiliğin bir cinayet soruşturmasında söz konusu olmasını olağandışı bulmadığınızı da görüyorum."

"Sadece bir tür metafor yapacağınızı düşünüyordum."

"Ben gerçekleri sembolizme tercih ederim Bay Kim. Ve sözünü ettiğim roket, sizin de farkında olduğunuza emin olduğum üzere, çok gerçek bir obje... hatta şu anda Miami-Dade suç araştırma laboratuvarında bulunan bir obje. Dünyevi Bahçe'nin çatısından fırlatıldığını ve bir yıldırım çarpması yaratmak için kullanıldığını biliyoruz. Aryıca bu yıldırımın Phillip Mulrooney'yi öldürmek üzere yaratılmak istendiğini de biliyoruz."

"Bu kulağa biraz tuhaf geliyor," dedi Kim. "Jürilerin de böyle düşüneceğine eminim."

Horatio gülümsedi. "Tuhaf şeyleri nasıl çok olağanmış gibi gösterirsiniz biliyor musunuz Bay Kim? Kanıtlarla. Olağandışı olayı adım adım kanıtlarla açıklarsınız. Ve benim tecrübelerime göre eninde sonunda jüri bunu kabul eder..."

Miami-Dade suç araştırma laboratuvarının hemen dışında ilginç bir bekleme odası vardı. Siyaha boyalı bir duvara dayalı uzun, alçak ve üzeri takviyeli bir bankın tam karşısında kırk-beş derecelik açıyla tabandan tavana kadar uzanan camlı bir pencere vardı. Burası Horatio'ya hep piramitleri andıran bir mezarda ya da ölüler için yapılmış bir bekleme odasında olduğu hissini veriyordu.

Şu anda oda boştu. Tek başına oturmuş, açılı pencereye bakıyor ancak onu tam olarak görmüyordu. Gördüğü bambaşkaydı: Çarpıcı yeşil gözler.

Ruth Carrell.

Ona Tampa'dan geldiğini söylemişti. Sadece rüyalarını gerçekleştirmek isteyen bir başka kilolu genç kız: Zayıf, güzel ve popüler olmak. Kabul görmek.

Ve Doktor Sinhurma ondaki potansiyeli görerek üyeliğe kabul etmişti. Fazla parası yoktu ancak genç, güvensiz ve istekliydi; bu da piyon olarak kullanılacak bir asker için gereğinden fazlaydı. Mali destek ve yüklü bağışlarla manşetleri kandırmadan önce başarı hikayelerinin inceleme için hazır olması gerekliydi; ön sıraları, sıkı vücutlar ve ışıldayan gülümsemelerle bağlılıklarını gösteren bir toplulukla doldurmanız gerekliydi. Onların hayranlığından güç alıyor ve bu yansıma da sizi olduğunuzdan çok daha büyük ve etkileyici gösteriyordu.

Ve bu bağlılık bir saniye için dahi etkilense, Noel ışıklarının arasına karışmış bozuk bir lambaymışçasına onu anında atıyordunuz. Çünkü şüphe kabul edemeyeceğiniz tek lükstü... ve genç, güvensiz kızlar narenciye kadar ucuz ve kolay bulunuyordu.

Bu güvensizlik Sinhurma'ya Ruth'un düşüncelerini şekillendirme olanağı vermişti; yapmasını istediği şeylerin aslında kendi fikirleri olduğunu düşündürmesini sağlamıştı. Ve görünüşe bakılırsa yapmak istediği şey sürüye bir başkasını daha katmaktı, genç ve çekici bir kızın ilgisinden kolaylıkla etkilenebilecek birisini. Ama kimdi bu? Ve Sinhurma onları neden istiyordu?

Doktoru yanlış değerlendirmişti. Sinhurma'nın yalnızca bir sosyopat olduğunu düşünüyordu, her tür merhamet ve insani duygudan yoksun, ancak Horatio'nun şimdiye dek uğraştığı iş adamlarından daha kötü olmadığını düşünüyordu.

Ama yanılıyor olabilirdi. Eğer sorumlu Sinhurma ise hayal dünyasında yaşayan bir sosyopattı, yani bir psikopat. Bu da onun için iki ya da yirmi kişi öldürmenin aynı anlama geliyor olması demekti.

Tabii eğer sorumlu oysa.

Sokaktaki her polis hislerinize güvenmenizi söylerdi. Her bilim adamıysa kişisel önyargıları bir kenara bırakarak gerçekleri kanıtların anlatması gerektiğini söylerdi. Horatio hem polis hem de bilim adamıydı ve sürekli olarak bu ikisi arasındaki dengeyi sağlamaya çalışıyordu. Şu anda da hisleri, Sinhurma'nın bir rahibin uyuşturucu çiftliğinden uzak olduğu kadar doğru yoldan uzak olduğunu düşündürüyordu... ancak deliller kesinlikle koşullara bağımlıydı.

Bu yüzden de Horatio bekleme odasında tek başına oturmuş düşünüyordu. Ne yazık ki Sinhurma'nın cinayetten suçlu olduğunu düşünmüyordu. Manipülasyon,

Bu düşünce de onu soruşturmaya ve uyuşturuculara geri döndürdü. Eğer Zindelik Yöntemi'ndeki biri uyuşturucu trafiğiyle bağlantılıysa, Ruth Carrell ya da Phillip Mulrooney öğrenmemeleri gereken bir şey öğrendikleri için ölmüş olabilirlerdi. Yine Sinhurma bu konuyla bağlantılı da olabilirdi, ancak olmayabilirdi de.

Köşeden Calleigh gözüktü. "Horatio? Bir dakikan var mı?"

"Elbette. Neler oluyor?"

"Ben de sana aynısını soracaktım." Tek kaşını kaldırdı. "Yalnız kalmak mı istiyorsun?"

Horatio gülümsedi. "Hayır, sorun değil. Sadece soruşturmayı düşünüyordum."

Calleigh gelip yanına oturdu. "Evet, bu tuhaf bir soruşturma. Ama burası Florida... Eninde sonunda birileri yıldırım ya da roket kullanarak birini öldürmeyi deneyecekti. Yine de..."

"Eminim okla vurulmak Ruth Carrell'ın kendisi için düşündüğü olası sonlar listesinde üst sıralarda değildi."

Calleigh göğüs geçirdi. "Oklar, yıldırım... bu insanlar tabanca denen şeyi hiç duymamışlar mı?"

Kaşını kaldırma sırası Horatio'daydı.

Calleigh hafifçe kızardı. "Üzgünüm H. Sadece öfkemi dışa vuruyorum. Şu oku yayla tam olarak eşleştirememiş olmak beni çok rahatsız ediyor. Herhangi bir kovanı tercih ederdim."

"İyi tarafıysa oradan geçmekte olup da vurulan birileri olmaması."

167

"Bu doğru. Yaylar ve fırlatma rampaları hakkında en iyi şey... çok düşük ateşleme hızları olması."

"Belki de insanları yöntem değiştirmeleri için ikna etmeliyiz."

"Şey, o zaman silah saklamak tarihe karışırdı. Ve Cape Canaveral'ı ziyaret etmek de çok başka bir şeye dönüşebilirdi." Horatio'ya kendisine özgü geniş gülümsemesiyle baktı; Horatio da kendini tutamayıp gülümsedi.

"Tabii insanlar birbirlerini vurmaya devam edecektir," diye ekledi Calleigh. "Her tür silah kontrolüyle alakalı bir sorundur bu, kontrol edilmesi gereken şey silahlar değildir."

"Silahlar insan öldürmez mi?" diye sordu yanıtı bildiği halde.

"Elbette hayır," diye yanıtladı Calleigh. "İnsanları kurşunlar öldürür. Bunu benden iyi bilen yoktur."

Horatio gülümseyerek başını iki yana salladı.

"Gerçekten de," dedi Calleigh, "insanları katile dönüştüren şeyin silahlar değil insan doğası olduğunu biliyoruz. Eğer silahları ortadan kaldırırsan birbirlerini öldürmek için başka bir yol bulacaklardır."

"Çok daha zorlu yöntemler olacaktır herhalde..."

"Doğru, ateşli silahla birini vurmak çok kolaydır," diyerek kabul etti. "Vurulmaları bilgisayar suçlarına benzeten bir arkadaşım var, işaret et ve düğmeye bas, anlıyorsun değil mi? Ancak silahların hep aramızda olacak olmasının sebebi bu değil."

"Öyle mi? Sebep neymiş peki?"

"Eğer insanların vazgeçmekte zorlandığı tek bir şey varsa o da kontroldür. Bir silah sahibi olmak kişiye yaşam ve ölüm arasında kontrolü sağlama olanağı verir; insan bu duyguyu bir kez tattı mı – birisini öldürmelerine gerek yok, sadece öldürebileceklerini bilmeleri yeterli – bundan vazgeçmek zordur. İnsanların silah sahibi olmalarını önlemek onlara silahı verdikten sonra geri almaya çalışmaktan çok daha kolaydır."

Horatio başını sallayarak onayladı. "Her şey güçle alakalı öyle değil mi? Birinin kontrolünü sorgulayıp gücünü elinden almakla tehdit ediyorsun. Ve o noktada mantık dışı davranmaya başlıyorlar, değil mi?"

"Benim deneyimlerimde değil. Yaşamı bir tampon yazısına indirgemekten nefret ediyorum ancak silah kontrolüyle ilgili olarak gördüğüm en dürüst söz 'SİLAHIMI ALABİLİRSİN, ANCAK ÖLÜ VE SOĞUK PARMAKLARIMIN ARASINDAN ÇEKİP ÇIKARMAN GEREKLİ' sözüdür. Tam olarak kabul ettiğim bir fikir değil – özellikle de şimdiye dek bu söyleneni kaç kez yapmış olduğum düşünülecek olursa – ancak yine de kişisel savunma, hedef atışları ve avcılıkla ilgili tüm fikirleri tek bir gerçekte topluyor: İnsanlar bir silah sahibi olmanın onlara verdiği güç duygusundan vazgeçmek istemiyor."

"Duygusal neden, duygusal tepki," dedi Horatio. "Ve duygusal davranan insanlar hata yapar..."

"Sen bu soruşturmada hata yapmadın Horatio," dedi usulca. "En azından gördüğüm kadarıyla."

"Teşekkürler," dedi Horatio, "ancak gerçek şu ki, beni dostumuz Doktor Sinhurma hakkında daha çok şey düşünmeye sevk ettin. Belki de gücünü tehdit edersek biraz sarsılabilir."

"Duygusal davranmasını bekleyip hata yapmasını mu umacaksın?"

"Kesinlikle. Sorun şu ki cephane olarak ne kullanacağımı bilmiyorum."

"Keşke yardımcı olabilseydim," dedi Calleigh ayağa kalkararak. "Ben sadece şu Lucent olayında ele geçirdiğimiz eşyaları incelemeyi bitirdiğimi söylemeye gelmiştim. Onunkilerden başka parmak izi yok. Sırada mutfak aletleri var, bakalım aynı yerden mi geliyorlar."

"Tamam."

Calleigh laboratuvara geri döndü. Horatio bir süre daha oturduktan sonra kalkıp Alexx'i ziyarete gitti.

Calleigh el mikserleriyle blenderları California'daki bir şirkete bağlayabildi. Florida'da çok fazla iş yapmıyorlardı ancak iki sene önce iflas eden Georgia'daki bir restorana birkaç ekipman satmışlardı. Onlar da aletlerin çoğunu, iflas eden işletmelerden alet edevat satın alıp bunları yeniden satan Charette ve Oğulları adlı bir tasfiye şirketi aracılığıyla satmışlardı.

C ve O'nun deposu Opa-Locka'daki bir sanayi bölgesindeydi, buralar eskiden çok daha nezih yerlerdi. Yirmili yıllarda Glenn Curstiss adlı bir şehir planlamacı tarafından tasarlanan bu bölge, Coral Gables'ın Akdeniz stilini Doğu tarzıyla – kesin bir şey söylemek gerekirse Ortadoğu – birleştirerek bir üst seviyeye çıkarmayı hedeflemişti. Belediye binası, Mağribi kubbe ve minarele-

170

riyle oldukça sıradışı olsa bile yıllar geçtikçe bu bölgede gelir düzeyi düşük aileler yaşamaya başlamıştı. Ve Calleigh her zaman Ali Baba Yolu'ndaki bir McDonald's restoranında yemek yemekle ilgili bir tuhaflık olduğunu düşünüyordu.

Charette ve Oğulları'nın teşhir salonu SızıntıAdam Tesisat'ınkinden çok daha temizdi. Geniş, iyi aydınlatılmış bir odanın duvarlarından birinde sanayi tipi fırın ve evyeler, diğerinde tabandan tavana uzanan ve üzerinde çeşit çeşit mutfak aleti olan raflar, bir diğerindeyse üzerinde bir bilgisayar olan ve uzun, cam bir tezgah vardı. Tezgahın altında ışıl ışıl parlayan bıçaklar, satırlar ve başka mutfak aletleri vardı.

Üzerinde kısa kollu, beyaz bir gömlek olan, armuta benzeyen bir adam yuvarlak, pembeleşmiş yüzünde bir gülümsemeyle ona doğru geldi. "Merhaba! Aradığınız belli bir şey var mı?" Güney aksanıyla konuşuyordu ve Calleigh'in aksanından en az iki Kentucky vadisi kadar daha derindi.

"Şey, umarım," dedi harika bir şekilde gülümseyerek. Kendi aksanını da kuzey aksanından biraz uzaklaştırdı; insanlar kendilerine yakın hissettikleri ya da en azından aynı gruba dahil olduklarını düşündükleri kişilere karşı daha rahat davranırdı. "Müşterilerinizden bazılarıyla ilgili birkaç soru sormak istiyordum." Neredeyse özür dilermişçesine rozetini gösterdi.

"Şey, tabii ki de sorabilirsiniz," dedi adam gülümseyerek. "Ne bilmek istiyorsunuz?"

"Dünyevi Bahçe adlı bir restorana hiç mal sattınız mı?"

"Kayıtlarımı incelemem gerek," dedi adam. Tezgaha yürüyüp bilgisayarı kendisine doğru çevirdikten sonra suratını astı. Kalın parmaklarından biriyle bir düğmeye bastıktan sonra elini kaldırdı. Bu kez gözlerini de kısarak parmağını bir başka tuşun üzerinde gezdirdikten sonra vazgeçti. Eli şişman bir kuş gibi yavaş bir şekilde klavyenin üzerinde geziyordu.

"Özür dilerim Bayım..."

"Charlessly, Oscar Charlessly. Bana Oscar diyebilirsiniz." Adam ona doğru gülümsedikten sonra yeniden bilgisayara dönüp yüzünü ekşitti. "Ah Tanrım," diye mırıldandı. "Ben bilgisayarlardan pek anlamıyorum. Bu tip işlerle genellikle Kari ilgileniyor ama o da bugün hasta olduğundan izinli."

"Bakmamda sakınca var mı?"

"Lütfen, buyrun," diyerek geri çekilip eliyle bilgisayarı işaret etti. "Dili bana çok yabancı."

Dosyalama sistemini anlaması birkaç saniyesini aldı ancak müşteri listesine girmeye çalışırken ekranda bir şifre istendiği belirtildi.

"Şifreyi girebilir misiniz?" diye sordu.

"Tabii... eğer ne olduğunu bilseydim," dedi neşeli bir şekilde. "Dediğim gibi bu tip işlerle Kari ilgileniyor. Ben, ben sadece malzeme satarım. Fırınlarımızdaki harika kampanyalardan bahsedebilirim ama muhasebe beni biraz aşıyor."

"Peki ya işyeri sahibi? Bay Charette buralarda mı?"

"Hayır, o emekli gibi... Ara sıra gelip bakıyor ama oğulları işi bıraktıktan sonra o da ilgisini yitirdi. Sanı-

172

rım hayatlarını kullanılmış fırın ve dolap satarak geçirmek istemediler."

"Anlıyorum. Peki Kari ne zaman geri döner?"

"Ah, telefonda sesi çok hasta geliyordu; – kötü bir gribe yakalanmış olmalı. Bu hafta gelmeyebilir." Özür dilermişçesine omuz silkti. "Kusura bakmayın."

"Şey, sanırım yapacak bir şey yok. Ancak belki siz bana yardımcı olabilirsiniz. Bahse girerim sizin gibi bir satışçı tüm müşterilerini hatırlıyordur."

Bir kahkaha patlattı. "Şey, elimden geleni yaparım. Kimi arıyordunuz?" "Aslında üç isimden biri olabilir: Sızıntı adam Tesisat, Dünyevi Bahçe adlı bir restoran ya da Zindelik Yöntemi adlı bir klinik."

Charlessly'nin tombul yüzünden aklının biraz karıştığı anlaşılabiliyordu. "Şey, sanırım restoran olabilir, doktorlar ya da tesisatçılarla fazla iş yapamayız. Ve şu Bahçe yerinin de bizden bir şey satın aldığını pek hatırlayamadım."

"Şu Kari'yi arayamaz mıyız? Belki şifreyi ondan alabiliriz?"

"Arayabilirim... ama bana telefonun sesini kısıp ilaç aldıktan sonra yatacağını söylemişti. Onu uyandırabileceğimizi sanmam."

"Pekâlâ," dedi Calleigh göğüs geçirerek. "Sanırım sonra yeniden gelmem gerekecek. Yardımların için teşekkürler Oscar."

"Daha fazla yardımcı olamadığım için üzgünüm," dedi ciddi bir şekilde, hemen ardından gülümsedi. "Ne zaman isterseniz gelebilirsiniz."

173

Doktor Alexx Woods birçok şeye inanıyordu. Aileye, dostluklara, topluma faydalı olmaya inanıyordu. Her yaşamın değerli olduğuna ve bireylerin bir farklılık yaratabileceklerine; her gün birlikte çalıştığı insanlarda bunu görüyordu ve hepsiyle gurur duyuyordu.

Aynı zamanda ölülere de inanıyordu.

"Ölüler hikaye anlatmaz mı?" derdi kimi zaman. "Tatlım, eğer bu doğru olsaydı benim tüm profesyonel kariyerimin bir anlamı olmazdı." Ölülerin öğretecek çok şeyi vardı; tek yapılması gereken dikkat etmekti. Alexx onların söylediklerini duyabilme konusunda çok iyiydi, zaman zaman bazı cesetlerin onun bir şeyleri fark etmesini istediklerine yemin dahi edebilirdi.

Bugün Ruth Carrell'in cesedi ona önemli bir şey söylemişti.

"Sebep mi istiyordun?" dedi Alexx Horatio'ya bir kâğıt uzatarak. "İşte sebebin: Ruth Carrell'ın toksisite analiz sonuçları henüz ulaştı."

Horatio kağıdı inceledi ve ıslık çaldı. "Alexx, bu doğru mu? Bu liste bir eczane alışveriş listesi gibi."

"Sen ne diyorsun... Anti-depresanlar, uyku ilaçları, uyarıcılar... bu şimdiye kadar gördüğüm en tuhaf liste. Sinhurma'nın hastalarının kendilerinden geçmiş olmalarına şaşmamalı: yaptırdığı iğneler onları daimi bir kimyasal mutluluk içinde tutacak şeyler."

"Ve bunları vitamin desteği diye yutturuyor. Hastaları uykusuzluk ve oruçtan dolayı öylesine yorgunlar ki biraz mutluluğa hiçbiri hayır demiyor... Phil Mulrooney'nin öldürülme sebebi bu olmalı. İğneleri yaptırmıyordu ve düşünceleri temizlenmeye başlamıştı.

Neler olduğunu anladıktan sonra tüm üçkağıdı ortaya çıkarması sadece zamana kalmıştı."

"Bunu ispatlamak ayrı bir sorun," dedi Alexx. "İnsanlara bu ilaçları vermek teknik olarak yasadışı değil: geçerli bir tıbbi lisansı var. Bununla ilgili yalan söylemek lisansının elinden alınması için yeterli ancak görgü tanıklarımızın beyinleri öylesine yıkanmış ki ne derse onu yapacak durumdalar. Ruth Carrell'a iğneyi yapanın Sinhurma olduğunu bile kanıtlayamayız."

"Bu kanıt olmayabilir Alexx, ancak yine de başka bir şey olarak düşünülebilir," dedi Horatio.

"Bu ne olabilir?"

"Cephane..."

"Doktor," dedi Horatio kibar bir şekilde. "Beni görmeyi kabul etmeniz çok nazik bir davranış."

Doktor Sinhurma bir Japon bahçesinin ortasındaki küçük kürsünün başında bağdaş kurmuş bir şekilde oturuyordu. Çevresine yerleştirilmiş olan bambu ağaçları bahçeyi tesisin geri kalanından gizli bir şekilde ayırıyordu; hemen arkasında kalan, çeşmesi bir pagoda[20] şeklinde küçük bir yapay gölden gelen su sesi duyulabiliyordu. Öyle bir şekilde oturmuştu ki sudan yansıyan güneş ışığı başının üzerinde bir ışık halesi oluşturarak yüzünü görmeyi güçleştirmişti. "Hiç önemli değil Horatio," dedi sakin bir şekilde.

Horatio güneş gözlüklerini takıp doğrudan ona baktı. "Teğmen Caine," dedi.

---

20 Uzakdoğu tapınağı, ç.n.

"Çok huzursuz görünüyorsunuz Teğmen. Bir sorun mu var?"

"Hem de çok huzursuzum Doktor. Belki vereceğiniz ruhani önerilerle bana yardımcı olabilirsiniz." Horatio bahçeyi çevreleyen, yassı döşeme taşlarıyla döşeli bir yolun üzerinde duruyordu; her iki yanında kalan beyaz mıcırlardan oluşturulmuş bölgeler düzgün ve kıvrımlı bir simetri meydana getirecek şekilde düzenlenmişti. "Biliyor musunuz, başı büyük derde girmek üzere olan birini tanıyorum. Ancak maalesef kendisi işlerin bu kadar kötüleşmek üzere oluşuna karşı çok kayıtsız."

"Bu durumda uyarılması gerekiyor, öyle değil mi?" diye sordu Sinhurma sakince.

"İşte, benim sorunum da bu. Bakın, bu kişinin gerçeklik anlayışı o kadar sağlam değil... Oluşabilecek her tür sonucun ötesinde bir yerde olduğu sanrısına kapılmış durumda, bu da onunla yapılacak her tür mantıklı görüşmeyi manasız kılıyor."

"Belki de manasız olan mantıktır."

"Hatta köşeye sıkıştırıldığında birinci sınıfta okuyan felsefe öğrencilerinin üç bira içtikten sonra söyleyebileceği tarzda şeyler söylüyor... bu yüzden de görünüşe bakılırsa onu daha ciddi bilimlerle tanıştırmak zorunda kalacağım. Sadece hangisinden başlasam bilemiyorum."

Sinhurma'nın bakışlarında en ufak bir sıkıntı yoktu. "Belki de arkadaşınız sizin düşündüğünüzden daha fazlasını anlıyordur."

Horatio'nun gülümseyişi buz gibiydi. "Onun arkadaşım olduğunu söylemedim."

"O halde kaderi sizi alakadar etmez..."

"Fizik iyi bir başlangıç olabilir. Her etki eşit ve karşı yönde bir tepki doğurur. Örneğin Florida'da birini öldüren kimse Eyalet yasalarına göre idamla cezalandırılır."

"Sanırım İnsanın kanunlarıyla Doğa kanunlarını karıştırıyorsunuz..."

"En uygun yöntem elektrikli sandalye olur, ancak zehirli iğne de aynı işi görecektir..." Horatio ayağının hemen yanındaki küçük, gri bir taşa vurarak beyaz mıcırların üzerine düşmesini sağladı. "Mükemmel simetri çok nadiren yakalanabilir, öyle değil mi? Ne kadar dikkatli bir şekilde planlarsanız planlayın."

Sinhurma'nın yüzünde hâlâ sakin bir gülümseme vardı ancak Horatio sesindeki gerginliği duyabiliyordu. "Mükemmelliğin doğasını tam olarak anlayabildiğinizi düşünmüyorum."

"Peki ya kimya? Belki de asit ve bazları kullanarak doğru yolu görmesini sağlayabilirim..." Horatio başını iki yana sallayıp özür dilermişçesine elini kaldırdı. "Hayır, haklısınız, bu çok ezoterik[21] olur, daha dolaysız olmalıyım; sadece Ruth Carrell'ın kanında ne bulduğumuzdan bahsetmeliyim."

Sinhurma duraksadı. "Ruth... sorunluydu, öyle değil mi?" diye araya girdi Horatio. "İftira ettikleri birinin deli ya da uyuşturucunun etkisinde olduğunu söylemek isteyen herkesin kullandığı kelime budur."

---

21 Yalnızca belirli bir bilgiye sahip olanlar tarafından anlaşılabilecek bilgi, ç.n.

"Eğer Ruth uyuşturucu kullanıyorduysa da bundan haberim yoktu."

"Ah, evet. Ruth'u öldürmek bir hataydı Doktor. Onun rızası ve bilgisi olmadan kanına karıştırdığınız her tür uyuşturucu hakkında bilgimiz var ve bunu kanıtladığımızda hem tıbbi lisansınıza hem de bu güzel kliniğinize veda etmek zorunda kalacaksınız. Ve bunu kanıtlayacağız çünkü bunu hâlâ yapmaya devam ediyorsunuz."

Horatio bir adım öne atıp doktora doğru hafifçe eğildi. "Artık bunu yapmak zorundasınız. Onlara uyuşturucu vermek zorundasınız yoksa her şey darmadağın oluverecek. Bağımlı olan sizsiniz... ve ben de bağımlı olduğunuz şeyi almanızı engelleyeceğim. Hapiste çok fazla inanan bulabileceğinizi sanmıyorum Doktor."

Sinhurma hafifçe gülümsedi. "Bence hayal gören sizsiniz Teğmen Caine. Ben hapse gitmiyorum. Eğer gideceğim bir yer varsa orası daha iyi bir yerdir, daha kötü değil. Ben başarılı, herkesin iyi bildiği ve çok dostu olan biriyim; hayatım dopdolu ve böyle de kalacak. Ruth'a olanlar bir trajediydi ancak Miami tehlikeli bir yer. Karma, başlangıçlarımızı belirttiği gibi sonumuzu da belirtir."

Horatio çoğu kişiyi ürkütecek gülümsemelerinden birini takındı. "Burada durup sizin o ruhani saçmalıklarınız hakkında konuşacak değilim Doktor. Buraya sizi uyarmaya geldim. Henüz bunu yapabiliyorken kendinizi çevrelediğiniz şu güvenli cennetin tadını çıkarın... – çünkü bir dahaki görüşmemizde size haklarınızı okuyor olacağım."

Horatio arkasını dönüp uzaklaştı.

178

Calleigh içeri girdiğinde Maxine Valera her zamanki gibi mikroskobun başında bir şeyler inceliyordu. Doğrulup, "Dur tahmin edeyim," dedi. "Bir oktan aldığın tüy DNA'sını incelememi istiyorsun."

Calleigh acınacak bir şekilde gülümsedi. "Bunu yapabilme olasılığın var mı?"

"Olağan PCR teknikleriyle yapabilmem olası değil. Araştırmacılar yakın zamanda çok eski saç numunelerinden DNA çıkarma yöntemleri geliştirdiler, bu da çevresindeki keratinin test etmeye yetecek kadar hücre kalmışsa olabilir... ancak bu yöntem henüz tüy üzerinde denenmedi."

"Ve sen de bunu deneyen ilk kişi olmak istiyorsun doğru mu?"

"Bırak da bitireyim," dedi Valera gülümseyerek. "Saçın gövdesinin içi boştur, tüylerinkiyse doludur. Tüy sapının tabanı olmadığı sürece..."

"Ki yok..."

"bu yöntem işe yaramaz. Aynı zamanda Düşük Kopya Numara testini de düşündüm."

"Ama LCN ile ilgili sorun bulaşıcı olması," dedi Calleigh göğüs geçirerek. "Ve bu tüyler – her ne kadar Taş Devri'nden kalma olmasalar da – oldukça eski. LCN ile elde edeceğimiz her sonuç çok şüpheli olacaktır ve bunları kanıt olarak kullanmak neredeyse imkânsızdır."

"Doğru. Görünüşe bakılırsa sen olayları çözmüşsün bile."

"Evet. Bulduklarım beni çok memnun etmedi, bu yüzden de başka bir şey düşündüm." Elindeki büyük,

179

kahverengi zarfı alıp, çalışma masasının üzerine daha küçük birkaç zarf bıraktı.

Valera zarflardan birini alıp içindeki yeşil yapraksı maddeleri dikkatle inceledi. "Bana rüşvet olarak uyuşturucu vermen gerçekleri değiştirmez," dedi ciddi bir şekilde.

"Gerçekten mi? Bu tür bir koleksiyon bile mi?" Calleigh zarftan bir kâğıt çıkarıp uzattı. "Son altı ayda Miami'de gerçekleştirilen her uyuşturucu baskınından alınan örnekler. Mulrooney soruşturmasında takip ettiğim bir uyuşturucu bağlantısı var ve bunun işe yarayacağını umuyorum. Elinde tuttuğun numune haşhaşla ele geçirdiğimiz bir şüpheliden alındı; bu DNA'yı bir başka baskındakiyle eşleştirebileceğini umuyorum, böylece uyuşturucuyu nereden alıyor olduğunu bulabiliriz."

"Denemeye değer," dedi Valera. "Okun aksine."

"Off," dedi Calleigh.

9

WOLFE ROKETİN izini bulmuştu. Şimdiyse onu fırlatan sistemi bulmak istiyordu, – yani fırlatma rampasıyla ateşleyiciyi.

Seramik patlama deflektörü kırılmış ya da yeni değiştirilmiş bir raylı sistem arıyor olduğunu biliyordu. Roketi yapan kişinin kullandığı yakıt karışımını biliyordu. Nasıl bir fırlatma sisteminin kullanıldığını bilmiyordu ancak bunların hepsi elektrikli olurdu ve genellikle de fiziksel olarak bir kontrolöre kabloyla bağlanırlardı. Uzaktan kumandalı sistemler vardı ancak bunlar çok daha nadiren görülürdü, pahalıydılar ve parazit olasılığı her zaman vardı; ayrıca fırlatma sistemi uzaktan başlatılabilir olsa bile yine de roketi ateşleyen elektrik akımının rokete ulaşması için tellerden geçmesi gerekliydi.

Bu da çatıdaki fırlatma rampasından yakındaki bir kontrol paneline uzatmaları gerektiği anlamına geliyordu, bu kontrol paneli muhtemelen o an Wolfe'un içinde bulunduğu mutfaktaydı. Bu iş için en olası yol Calleigh'in daha önce duvarın tepesinde gördüğü pencereydi; muhtemelen pencereden iki set tel geçirilmişti, biri yukarıdaki fırlatma rampasına gidiyordu, diğeriyse fırlatma rampasından bakır boruya açılan ilkyardım çantasının arkasındaki deliğe uzanıyordu.

Problem şuydu ki bahsi geçen kablolar – kontrolörle birlikte – görünür durumda olmalıydı. Mutfak büyük sayılmazdı ve garsonlar siparişleri yetiştirmek için sürekli olarak ellerinde dolu tepsilerle mutfağa girip çıkıyor olmalıydılar. Orada birinin elinde ucundan sarkan kabloları pencerenin dışına uzanan bir elektronik aletle durması kesinlikle dikkat çekerdi.

Bu durumda, diye düşündü Wolfe, *görünür olmadıklarını varsayalım. Ama nasıl?*

Çevresine baktı. *Belki tekerlekli bir şey kullanılmıştır.*

Köşelerin birinde uzun, birçok rafı olan ve genellikle unlu mamülleri taşımak için kullanılan alüminyum bir el arabası vardı. Wolfe bu el arabasına uzanıp pencerenin önüne kadar itti. En üst raf, pervazı kapıyordu ve ilk yardım setinin de görünmesini engelleyebilecek kadar genişti.

Arabanın rafları her iki yanında da açıktı. *Kontrol mekanizması orta raflardan birinin üzerinde, tam arkada olabilir. Önüne birkaç somun ekmek yerleştirirsen görünmesi imkânsız olur. Tabii tüm bunları hazırlayabilmek için de bir zaman gerekiyor. Bu düzeneği restoran açılmadan hazırlarsan tüm gün orada durması ve*

fark edilme riski artmış olur. Olay bittikten sonra da
hepsini yok etmen gerekir.

El arabasını ittirip bir sandalye alarak duvara dayadı. Sandalyenin üzerine çıkıp pervazı dikkatlice inceledi.

"Hmm," dedi kendi kendine. "İlginç."

İlginç olan şey orada olan bir şey değil, tam aksine olmayan bir şeydi...

"Yanık izleri," dedi Wolfe Horatio'ya. Bilgisayar laboratuvarına geri dönmüşlerdi, Horatio büyük, düz ekranda bakır borunun ucunun resimlerini inceliyordu.

"Ben görmedim," diye devam etti Wolfe. "Yıldırımın onu rokete bağlayan kabloyu buharlaştırdığını söylemiştin değil mi?"

"Kaynaklarım böyle söylüyor."

"Eğer Kevlar kaplı tel direkt olarak boruya gidiyorsa izlediği yolda yanık izleri görürdük... – Pervazla, duvarla ve muhtemelen deliğin ucuyla temas halinde olurdu. Yani hiçbir yanık izinin olmaması..." "bağlantıyı yapmak için daha kalın bir tel kullanılmış olduğunu gösteriyor," diye tamamladı Horatio. "Elbette. Ben de aynı sonuca varmıştım."

"Sen de... bu sonuca varmıştın demek. Hmm."

Horatio sabırlı bir şekilde gülümsedi. "Güzel fikir. Ancak sorun şu ki ne tür bir tel aradığımızı... ya da nerede olduğunu bilmiyoruz."

Wolfe ekrana baktı. "Alet izlerini mi inceliyorsun? Calleigh eski izlerle yenilerini ayırt etmek konusunda zorlandığını söylemişti."

"Üzerinde epey iz var," diye itiraf etti Horatio. Borunun üzerinde çizik izleri vardı, bu izler uçlara doğru yoğunlaşıyordu. "Ancak bir teorim var. Şu oyukları görüyor musun?" Ekranda bir noktaya dokundu.

Wolfe işaret edilen yeri bir süre inceledi. "Sanki dişli bir şey tarafından yapılmış gibi... mengene ya da kerpeten olabilir."

"Ben de böyle düşündüm. Boru takılırken ya da kesilirken dahi olmuş olabilir. Ama Calleigh tesisatçı ya da bir başkasının kullandığı aletlerle eşleştiremedi."

"Yani ne düşünüyorsun?"

"Aradığımız şeyin ucunda – hatta her iki ucunda da – kıskacı olan kalın bir tel olduğunu düşünüyorum."

"Atlama kablosu[22] mu?" diye şansını denedi Wolfe.

"Atlama kablosu. Miami'de ülkenin soğuk kesimlerindeki kadar sık kullanılmıyor ama burada bile zaman zaman araçların akülerini ateşlemek gerekebiliyor."

"Şu anda bir kanalın dibinde olabilir."

"Doğru. Ama bu aramaktan vazgeçeceğimiz anlamına gelmiyor."

Wolfe duraksadıktan sonra, "Üzgünüm," dedi. "Negatif yaklaşmak istememiştim."

"Negatif de pozitif de eşit derecede yanlıştır Bay Wolfe. Objektif, dikkatli ve sabırlı olmamız lazım."

"Doğru. Sırada ne var?"

"Hâlâ fırlatma sistemini bulmamız ya da en azından tanımlayabilmemiz gerekiyor. Bu konuda herhangi bir gelişme var mı?"

---

22 Jumber kablosu olarak da bilinen akü kablosu, ç.n.

"Sanırım restoranda nereye yerleştirilmiş olduğunu biliyorum ama hepsi bu. Ve roketçilik topluluğundaki bağlantılarım sanırım... patladı."

"Pekâlâ. Benim de bir kontağım var, bakalım o bu konuyu aydınlatabilecek mi. Eş zamanlı olarak da atlama kablosu arıyoruz; bu da araçları kontrol etmemiz gerektiği anlamına geliyor. Kliniğe son gidişimde dışarıya park etmiş büyük, beyaz bir minibüs gördüm ve Sinhurma'nın hastalarını restorana götürüp geri getirmek için onu kullandığına bahse girerim."

"Bir arama emri alabilir miyiz sence?"

Horatio gülümsedi. "Almamıza gerek yok. Mutfakta bulduğumuz bıçaklarla, restoranda Lucent ve Humboldt arasında gerçekleşen bir uyuşturucu alışverişine tanık olduğuna dair Ferra'nın verdiği ifade Dünyevi Bahçe'yi haşhaş operasyonuna bağlıyor. Böylece Florida Kaçakçılık Ceza Kanunu'na göre uyuşturucu kaçakçılığından kazanılan parayla alınmış olabilecek bu işyerine ait her şeye kanunen geçici olarak el koyabiliriz, özellikle de söz konusu olan mallar taşınabilirse. Bu kural minibüs için kesinlikle geçerli; ve bu da arama emrine ihtiyacımız olmadığı anlamına geliyor."

"Ve bir kez el koyduktan sonra içindekileri incelemeye kanunen yetkimiz olur," dedi Wolfe. "Ancak Sinhurma'yı şu uyuşturucu kaçakçılığı işiyle bağlantılandırabilmenin o kadar kolay olacağını düşünmüyorum."

"Olmayabilir," dedi Horatio. "Ama şu anki hedefimiz bu değil. Eğer bu, doktoru endişelendirirse ne âlâ, bizim için bir artı olur..."

185

Jason McKinley'nin Atmosfer Araştırma Teknolojileri'ndeki düzenli ve geniş ofisindeki tek yayıntı bilgisayar ekranının üzerine ve çevresine dizilmiş olan çizgi roman kahramanlarının oyuncaklarıydı. Duvarların biri boyunca yerleştirilmiş üzerinde birçok bilgisayar çıktısının iğnelendiği mantar bir pano olan uzun bir dosya dolabıyla, üzerinde bilgisayarının durduğu bir çalışma masası vardı.

Jason masanın arkasında oturuyordu ve Horatio içeri girdiğinde elini sıkmak üzere ayağa kalktı. Odada başka koltuk olmadığından Jason otururken Horatio ayakta kaldı.

"Eee, başımın etini yemeye devam etmeye mi geldin?" dedi Jason. Sesi kalın ve balgamlı geliyordu, gözleriyse kıpkırmızıydı. "Buna devam edersen hiç kalmayacak ona göre."

"Pardon ama biraz... dağılmış görünüyorsun," dedi Horatio.

Jason kullanılmış bir kâğıt mendil çıkarıp burnunu sildi. "Kusura bakma," dedi. "Alerjilerim. Kimilerininki ilkbaharda azar, benimkilerse sonbaharı bekliyor. İlaç alırsam bir bardak kahve yaparken bile konsantre olamaz hale geliyorum, bu yüzden de acı çekiyorum. Her neyse, neye ihtiyacın var?"

"Bana fırlatma sistemleri hakkında bilgi verebileceğini umuyordum."

"Elbette. Oldukça basit aslında. İki tür vardır, çubuk ve ray..."

"Bu raylı bir sistem."

"Ah. Tamam o zaman, birkaç farklı seçenek var, hemen hemen hepsi de elektrikli. Roketi eski moda bir dinamit lokumu gibi fırlatmak için yeşil fünye ya da Jetex fitili denen bir şey kullanabilirsin – bilirsin ya, hani fitili kibritle yakıp ellerinle kulaklarını tıkarsın – ama hem kanuna aykırı hem de güvenilir değildir. Kullanımı da pek sık görülmez.

"Fire Star adı altında satılan bir ateşleyici takımı vardır ki oldukça popülerdir. İçinden karıştırman gereken bir solüsyon çıkar, bu solüsyonu hazırladıktan sonra telleri içine batırırsın; fırlatma için gerekli olan voltaj kullandığın telin kalınlığına göre değişir."

"Ne kadarlık bir voltajdan bahsediyoruz?"

"Altı ila on iki volt arası. *Hapşuuuu!* Pardon. Şimdi, eğer tek bir kompozit motorsa bakır başlıklı bir şey kullanmış olabilirler; ince bir Mylar'la[23] ayrılmış iki bakır telden meydana gelir. Ancak çok fazla güç çeker, en azından on iki volt kadar ve pek güvenilir değildir."

"On iki volt," dedi Horatio alaylı bir şekilde, "Motosiklet aküsü gibi mi?"

"Evet, onlar çok sık kullanılır; araba aküsünden küçüktür ve barutu ateşleyebilecek kadar da akım üretebilir. Ya da Magnelite kullanabilirsin, o kadar güç harcamaz ve magnezyum uçlu kablolar kullanır; çok aşırı ısınırlar, tekli yüksek güçlü motorlar için idealdir." Bir kez daha burnunu sildi.

"Peki ya düşük güçlü sistemler?" diye sordu Horatio.

---

23 General Motors firmasına tescilli bir madde, ç.n.

"Hmm, Electric Match vardır, sadece iki yüz miliampere ihtiyaç duyar. Ya da gerçekten minimal olmak istiyorsan el feneri ateşleyicisi de kullanabilirsin. Onlar elli miliamperdir ve Thermalite bir fünyeyi ateşleyebilirler. Ancak onları kullanırken dikkatli olmalısın, el fenerleri tehlikeli olabilir. Ne yaptığını bilmiyorsan kazara ateşleme riski çok yüksektir."

"Peki yeni başlayanlar için kolay taşınabilir bir fırlatma sistemi tasarlıyor olsaydın muhtemelen Magnelite ateşleyiciyle dokuz ila on iki volt arasında güç kullanan bir sistem tasarlardın, belki de bir fener pili öyle mi?" diye sordu Horatio.

"Belki," dedi Jason. "Roketi bulabildin mi?"

"Aslına bakarsan bulduk," dedi Horatio. "Aşağı yukarı tanımladığına benziyor."

"Yardımcı olabildiysem ne mutlu," dedi. "Biliyor musun? Sanırım pes edip antihistaminik bir ilaç alacağım. Kendi sümüğümde boğulmaktansa beynimin pişmesini tercih ederim."

"Peki o zaman seni rahat bıraksam iyi olacak," dedi Horatio gülümseyerek. "Seni uyuşturucu bir ilacın etkisi altında araştırma yapıyor olduğun için tutuklamak istemem."

Jason gülmeye çalıştı ama çıkan ses daha çok bir vızıltıyı andırıyordu. "İlk kez olmaz..."

Horatio Jason'ın yanından ayrıldıktan sonra bir süre arabayla dolaşıp düşündü. Bir çok CSI soruşturması bu şekilde ilerliyordu; toplanan onca veriden sonra oturup bunların gerçekten ne anlam ifade ettiğinin düşünülmesi gerekiyordu. Eric koşu yaparken düşünüyordu, Calleigh en iyi fikirlerin aklına atış poligonunda geldiğini söylüyordu. Horatio ise araba kullanırken düşünmeyi tercih ediyordu. Vücudun daha önce milyonlarca kez yapmış olduğu bir aktiviteyi tekrarlamanın meditasyonu andıran bir yanı vardı. İradeyi odaklarken aklı serbest bırakıyor böylelikle de problemlerin çözülmesini kolaylaştırıyordu.

Her zamanki gibi Meridian Bulvarı'ndaki Holocaust Anıtının önünden geçti ve her zamanki gibi bu kırk iki feet yüksekliğindeki heykele bakarken içinin acıdığını hissetti. Yeşile boyalı bronzdan bir el hem umut hem de umutsuzluğu temsil edermişçesine gökyüzüne uzanıyordu, neye tutunmaya çalışıyordu peki? Yardım istediği açıktı ancak kimden yardım istiyordu? Tanrı'dan mı yoksa İnsan'dan mı?

Heykelin kolundan başlayıp tabanına kadar uzayan bir dizi numara – toplama kampı dövmesi – vardı, ayrıca üzerinde acı çeken, çıplak bir insan topluluğu da vardı: Erkekler, kadınlar, çocuklar, bazıları birbirine sarılmış, bazıları tırnaklarıyla bulundukları yeri kazıp kaçmaya çalışan, bazılarıysa başkalarına yardım eden insanlar... Cehenneme kısa süreli bir bakış. Horatio ne zaman bu heykelin önünden geçse etkilenirdi ve o gün yanıtı olmayan soruları düşünmeye sevk etmişti.

Ancak bu sorular dinle ilgili değildi. Öyle görünse bile bu soruşturmanın dinle ilgisi yoktu: Horatio'nun düşüncesine göre bu soruşturma yalnızca bir üçkâğıtçıyla ilgiliydi, her şey bu kadar basitti: kurbanlarının yaşamına yalanları ve telkinleriyle girip onları tehdit etmeye başlayan bir üçkâğıtçıyla... Bunu durdurmak istiyor-

du... çünkü önünde sonunda kurbanların kime uzanma-
ya çalıştığı fark etmiyordu.

Fark eden tek şey birilerinin o uzanan eli yakalayıp
çekmesiydi.

"Bitkilerde üç çeşit DNA vardır," dedi Valera. O ve
Calleigh DNA laboratuvarındaki verilerin üzerinden ge-
çiyorlardı. "Kloroplast, mitokondri ve çekirdeksel. Tür-
leri tanımlamak için çekirdeksel hücreleri kullanırız ve
belirli bir bitkinin profilini çıkarmak içinse kloroplastı
PCR[24] işlemine tabi tutarız."

Calleigh başıyla onayladı. Polimeraz Zincir Reak-
siyonu, DNA kopyalaması için kullanılan bir terimdi.
Hücreden DNA'yı çıkarıp moleküler fotokopi olarak da
adlandırılan bir şekilde kendi kendini milyonlarca kez
çoğaltması sağlanırdı.

"Bir insandaysa," diye devam etti Valera, "analizi
derinleştirmek için Kısa Aralıklı Tekrar yöntemini kul-
lanırdım." STR[25] yönteminde aynı anda farklı DNA ör-
neklerini ayrıştırıp tanımlayabilmek için Çoklama adı
verilen bir proseste elektroforez jel ya da kapiler cihaz-
lar kullanılıyordu.

"Doğru," dedi Calleigh. Kanun adamları tarafından
belirli bir kişinin kimliğini belirlemek için kullanılan on
üç DNA merkezine aşınaydı.

"Ancak adli tıpta kullanmak için bitkileri çokla-
mak insanların genetik parmak izini çıkartmak kadar
gelişmiş bir bilim dalı değil," dedi Valera. "Polimor-

---

24 Polymerase Chain Reaction: Polimeraz Zincir Reaksiyonu, ç.n.
25 Short Tandem Repeat – Kısa Aralıklı Tekrar, ç.n.

fik gözenekler o kadar sağlam temellere oturmuş durumda değil ve çoklamayı bırak, henüz fiziksel olarak kromozomlarla haritalandırılmamış durumdalar. PCR primerlerinden oluşan rasgele dizilerin eklenmesi, oligomerlerin kalıba bağlanması ve ardındansa bir şerit şekli meydana getirmek için jeli etidyum bromürle karıştırılmasını gerektiren RAPD testini yapabilirim, ancak bu yöntemle ilgili bazı sorunlar yaşanmıştı. Farklı laboratuvarlar farklı sonuçlar elde etti, muhtemelen ısı devir hızlarında farklılıklar vardı."

"Sonuçların kullandığın aletlerin izin verdiği kesinliktedir," dedi Calleigh.

"Ben de bu yüzden AFLP[26] yöntemini kullandım. Bu yöntemde PCR kullanılarak kısıtlayıcı parçacıklar eklenen adaptör oligomer dizileriyle kuvvetlendiriliyor. Işınır bir boya kullanıyoruz, PCR primerlerinin oligomerlerle bağlandığı an uygulanan bu boya farklı boyutlardaki DNA parçacıklarını kuvvetlendiriyor. Lazerli bir DNA ardıştırıcısı boyanın ışımasını sağlayarak bir şerit şekli meydana getiriyor. Bu da CCD'li bir kamera tarafından kayıt ediliyor ve tüm bunları bir analiz programından geçirdiğimizde program bu şerit şeklini yorumluyor."

"Oldukça ileri bir teknolojiye benziyor," dedi Calleigh.

"Şey, aslında bu yalnızca insan DNA'sının testinde kullanılan teknolojinin bir tür uyarlaması... ama yalnızca bilimkurgu filmlerinde görebileceğin sonuçlar elde

26 Amplified Fragment Length Polymorphism
(Kuvvetlendirilmiş Parçacık Uzunluk Polimorfizmleri), ç.n.

edebilirsin." Calleigh Valera'nın uzattığı iki kağıdı alıp yanyana inceledi.

"Eş genetik diziler," dedi. "Klonlar."

"Doğru. Kırk yıldır uyuşturucu madde yetiştirenler farklı ırkları çaprazlayarak daha rafine bir ürün elde etmeye çalışıyor; gerçekten çok kaliteli bir ürün elde ettiklerinde bir aşı dalı ayırıp aynısından daha fazla üretiyorlar. Ve tohumları paylaşmakta bir sakınca görmeseler de aşı dallarına çok daha fazla sahip çıkıyorlar."

"Ödüllü safkan tazı sahibi olmak gibi bir şey," dedi Calleigh. "Onu damızlık olarak kullanabilirsin ancak orijinaline sahip olmanın getirdiği bir gurur vardır."

"Şey, getirdiğin numunelerin hiçbiri aynı klasmanda sayılmaz."

Calleigh'in kaşları çatıldı. "Ama bu ikisi eş."

"Evet, ama sol elinde tuttuğun, bana verdiğin numunelerden çıkmadı. Wisconsin'deki bir laboratuvar uzun süredir marihuana DNA'larını içeren bir veri tabanı oluşturmaya çalışıyor; şimdiden Connecticut, Florida, Iowa, Wyoming, West Virginia, Tennessee..." Valera bir süre duraksadıktan sonra devam etti, "Kentucky, Vermont, Georgia, Kanada ve Tayvan'dan örnekler almışlar. Bu konu üzerinde çalışanlardan biriyle aynı okula gitmiştim ve bana erişim sağladı. Veri tabanlarındaki profillerden biri senin getirdiğinle eşleşiyor, ben de dosyasını araştırdım." Valera bir dosya uzattı.

Calleigh dosyayı açıp ilk sayfayı inceledi. "Hmmm. Bu gerçekten çok ilginç. Görünüşe bakılırsa gölü ziyaret etmem gerekecek..."

Salas yanına geldiğinde Horatio, Bellum Hala'nın Yeri adlı restoranda tam Küba sandviçini ısırmak üzereydi.

"Katılmamın bir sakıncası var mı?" diye sordu Salas.

"Lütfen," dedi Horatio.

Salas Horatio'nun karşısına oturdu. "Yalnız mı yiyorsun Horatio? Kimse yemeğini senin o hoş sohbetinle paylaşmak istemiyor mu?"

Horatio sandviçini elini alırken gülümsedi. "Sen buradasın işte."

"Evet ama ben cezalandırılmayı seviyorum. Muhtemelen diğer insanlardaki Caine eşiği benimki kadar yüksek değildir."

"Bana söylemek üzere olduğun şeyden hiç hoşlanmayacağımı hissediyorum."

Salas elini uzatıp parmak patateslerinden birini alarak kırmızı ojeli parmakları arasında bir süre tuttu. "Bu değişir. Eğer maaşını ödeyen insanları sinirlendirdiğinin söylenmesinden hoşlanıyorsan mutluluktan havaya uçabilirsin."

Horatio sandviçini ısırıp düşünceli bir şekilde çiğnedikten sonra yutkunup yanıt verdi, "Lütfen söyler misin bana neden kızmış olacaklar?"

Salas ona şüpheli bir şekilde bakıt. "Bilmediğini mi söylemeye çalışıyorsun?"

Horatio buzlu çayından bir yudum aldı. "Bunu söylemedim," dedi bardağı bırakırken. "Sadece kötü haberleri senin ağzından da duymak istiyorum."

"Bu sabah bir süpermodel belediye başkanına bağırdı."

"Görüyor musun işte! Söylemeye çalıştığım da bu," dedi Horatio gülümseyerek. "Bağıran bir süpermodel işi elime yüzüme bulaştırdığımın söylenmesinden çok daha eğlendirici."

"Horatio, eline yüzüne bulaştırdın."

"Öyle mi?"

Salas parmak patatesi suçlarmışçasına Horatio'ya doğru salladı. "Biliyor musun, iki lafından birini soru işaretiyle bitirmen çok sinir bozucu olabiliyor. Ve 'Gerçekten mi?' dersen seni vururum."

"Pekâlâ, o halde kesin cümleler kurmaya çalışacağım. Birinci kesin cümle: Ne yaptığımı biliyorum. İkinci kesin cümle: Eminim ki belediye başkanına profesyonel bir mankenden çok daha korkutucu kişiler bağırmıştır. Ve üçüncü kesin cümle: Gergin insanlar hata yapar."

"Yani Zindelik Yöntemi'ndeki her araca el koymak sadece bir korkutma taktiği miydi?"

"Tüm araçlar değil. Sadece Sinhurma'nın üzerine kayıtlı olanlar."

"Bu da tüm araçlar anlamına geliyor; – maddi durumu çok iyi olmayan hastaları ödeme yapmak yerine araçlarını güvence gösteriyor, zengin hastalarıysa ona arabalar hediye ediyor."

"Evet, üç tane Mercedes'e el koyduk," dedi Horatio. "Delko onları parçalamak için sabırsızlanıyor."

"Ah, lütfen şu yüzündeki gülümsemeyi siler misin... Gerçekten de Sinhurma'nın üzerinde baskı kurmak için

194

uyuşturucu kaçakçılık yasasını kullanabileceğini mi düşünüyorsun?"

"Onu sarsmaya ihtiyacım vardı Yelina. O tuhaf tesiste ona tapan insanlarla çevrili bir vaziyetteyken kendini dokunulmaz biri sanıyor. Bu görüş açısını hiçbir şey, tesisine yanaşıp oyuncaklarını elinden alan birkaç devriye arabasından daha hızlı bir şekilde yerle bir edemez."

"Ve senin de başarmak istediğin bu öyle mi? Onu sarsmak?"

Horatio başını iki yana salladı. "Hayır. Daha çok kanıt bulmayı umuyorum. Özellikle de Mulrooney cinayetiyle ilgili olarak."

"Uyuşturucu olayını mahkemenin kabul etmesini sağlayamazsan bunların hiçbiri bir işe yaramaz."

"Sinhurma hastalarına onların rızası olmadan ilaç veriyor ve bundan da büyük paralar kazanıyor. İşe yarayacak."

Salas göğüs geçirdi. "Pekâlâ. Ben sadece elçiyim; kişisel olarak umarım o lanet olası herifi haklarsın. Ama dikkatli ol; Sinhurma'nın çok nüfuzlu dostları var."

"Uzun süre için değil..."

Üzeri çizik dolu masada Calleigh'in tam karşısında oturan adamın üzerinde portakal rengi bir tulum, hapishanelerde verilen bir ayakkabı ve yüzünde de sinirli bir ifade vardı. Gözleri mavi, saçları kafatasını şeftali tüyleri gibi kaplayan sarı tüylerden ibaretti; kalın-dudaklı, yakışıklı bir adamdı. Adı Joseph Welfern Junior'dı ve Dade Hapishanesi'nde ikamet ediyordu.

"Bay Welfern," dedi Calleigh. "Size birkaç sorum olacak."

Adamın yüzündeki sinirli ifade bir gülümsemeye dönüştü. "Sor bakalım, yapacak daha iyi bir işim yok."

Calleigh elindeki dosyaya baktı. "Marihuana taşırken yakalanıp tutuklandığınızı görüyorum."

"Lanet olsun, o sadece kendi kişisel kullanımım için küçük bir stoktu." Ses tonu dostaneydi.

"On dört pound öyle mi?" dedi Calleigh. "Marihuanayı ne için kullanıyorsunuz? Isı yalıtımında mı?"

Güldü. "Tamam, tamam. Ama ben sadece şofördüm tamam mı? Yetiştirici ya da satıcı değildim. Ne taşıdığımın bile farkında değildim, ama bu polislerin kamyonetime el koymasını engellemedi."

"Evet, mahkemeye söyledikleriniz bunlar ama sanırım buna inanmakta güçlük çekmişler. Ben de aynı durumdayım."

Welfern omuz silkti. "Ne isterseniz ona inanın. Benim için pek farkı yok."

"Farkı olabilir. Bir polisten gelecek olan öneri mektubu şartlı tahliye mahkemesinde çok işe yarayabilir... ve senin mahkemen de iki hafta sonra."

"Evet öyle," diye onayladı. "Peki tam olarak ne bilmek istiyorsun?"

"Senin taşıdığın marihuananın Miami'deki bir uyuşturucu yapım operasyonuyla bağlantısı olduğunu bulduk. Uyuşturucunun nereye gidiyor olduğunu biliyoruz ama nereden geldiğini öğrenmek istiyoruz."

Sinirli bir şekilde homurdandı. "Hepsi bu mu? Vaktini boşa harcıyorsun güzel bayan. Bana sordukları ilk

196

şeyin bu olduğunu bilmiyor musun? O zaman buna yanıt veremediysem neden şimdi vereyim ki?"

Calleigh gözlerinin içine baktı. "Belki de yanıt veremeyecek durumda değildin, sadece yanıt vermek istemiyordun. Güçlü ol, cezanı çek. Ama bir süredir hapistesin, sana ne gibi bir faydası oldu? Eminim zamanının çoğunu yakalanmamış olanları, hapse girmemiş olanları düşünerek geçiriyorsundur. Onların yapabiliyor olduğu ancak senin yapamadığın şeyleri düşünüyorsundur..."

Sözlerinin etkisini göstermesi için bir süre bekledikten sonra sıcak bir şekilde gülümsedi. "Eminim ki o şartlı tahliye duruşması yaklaştıkça bunları daha sık düşünmeye başlayacaksın. Ve seni serbest bırakmamaları ne kadar da korkunç olur. Baştan beri büyük bir hata yapıyor olduğunu düşünebilirsin... ama iş işten geçmiş olur öyle değil mi? Bir anlaşma yapma şansını çoktan kaybetmiş olursun. Ne kadar üzücü."

Yüzündeki gülümseme silindi. "Bu işlerin nasıl olduğu hakkında en ufak bir fikrin yok," dedi.

"Yok mu sahiden? Tutuklandığında konuşursan kimin konuştuğu bellidir. Ama şimdi konuşursan kimse farketmez. Özellikle de baskın farklı bir konuyla ilgiliyse, ki bu durumda bir cinayet soruşturmasıyla ilgili."

Bir süre Calleigh'e baktı. "Ve konuşmazsam şartlı tahliye davasında dışarı çıkamamamı sağlarsın öyle değil mi?"

"Hayır," dedi Calleigh. "Buraya sizi tehdit etmeye gelmedim Bay Welfern, iyi bir şeyler yapabilmenizi sağlamak için geldim. Bununla ilgilenip ilgilenmemek size kalmış."

Sandalyesine yaslanıp yarı-kapalı gözlerle ona doğru baktı. "Şartlı tahliye davama gelecek misin?"

"Hatta etek giyip geleceğim," dedi Calleigh.

Yeniden gülümsedi. "İşte bu harika..."

"Güzel arabalar," dedi Wolfe. O ve Delko iş tulumlarını giymiş Zindelik Yöntemi tesisinden getirilen araçlara bakıyorlardı. Wolfe'un gözlerini alamadığı araçsa hoş bir mor renge boyalı bir Dodge Viper'dı.

"Esas almadıklarımızı görmen lazım," dedi Delko. "Dizi film yıldızlarından biri günlük iğnesi için oraya bir Maserati'yle geldi. Dışarı çıkmasını bekleyip uyuşturucuyla araba kullanmaktan dolayı tutuklamayı düşündüm."

"Neden yapmadın?"

"Hey, bu H.'in planı. Zaten tesisi bastığımız için çok eleştiri almış durumda; Entertainment Tonight gazetesinin manşetine haber olmamızı istemiyorum."

Wolfe kollarını göğsünde kavuşturdu. "Yani öylece gitmesine izin mi verdin?"

Delko gülümseyip başını iki yana salladı. "Hayır; ona, eğer oraya tıbbi bir müdahale için geldiyse eve dönerken aracı başka birinin kullanmasının iyi olacağını söyledim."

"Bunu nasıl karşıladı?"

"Büyük ve profesyonel bir gülümsemeyle. Sanırım bir polisin ona ceza yerine öneri vermesi durumuyla ilk kez karşılaşmıyor."

Çalışmaya başladılar. Her aracın baştan sona incelenip içindekilerin listelenmesi gerekiyordu; bu süreç boyunca da çoğunlukla tükenmez kalemler, lastik basıncı ölçen cihazlar, haritalar, taraklar ve kutu mendiller gibi sıkıcı detayların da yazılması gerekiyordu.

Büyük beyaz bir minibüsün yedek lastiklerinin bulunduğu yerde bulmayı umdukları şeyi buldular: yedek lastiğin üzerine turuncu bir yılan gibi kıvrık vaziyette bırakılmış, her iki ucu da başlıklı bir atlama kablosu.

Wolfe timsah-dişine benzeyen kıskaçları alıp dikkatle inceledi. "Sanırım burada kıskacın arasına sıkışmış bir şey var," dedi.

Delko diğer ucu alıp inceledi. "Burada da bir şey var, bakıra benziyor. Bunları laboratuvara götürüp daha yakından inceleyelim..."

Darcy Cheveau, polis sorgu odasında da Horatio'nun onunla Dünyevi Bahçe'de ilk konuştuğu anki kadar sakin görünüyordu. Horatio ve Salas içeri girerken onlara bakıp sanki her gün gördüğü birini selamlıyormuş gibi "Hey," dedi.

"Bay Cheveau," dedi Horatio otururken. Salas her zamanki gibi ayakta kaldı. "Sanırım Zindelik Yöntemi minibüsünü çoğunlukla kullanan kişi sizsiniz."

"Her zaman değil," dedi Cheveau. "Genellikle restorana giderim, oradan da geri gelirim."

"Ah-hah. Peki ya bakım? Minibüse bakım yapmak, sigortaları değiştirmek gibi işler yapmanız gerekmez mi?"

Cheveau başını iki yana salladı. "Hayır adamım. Ben aşçıyım, araba tamircisi değil. Doktor bu işleri profesyonellere yaptırır."

"Yani düzgün mü çalışıyor? Hiç sizi yarı yolda bıraktığı olmadı mı?"

"Hayır... ah, bir dakika. Tekerlek değiştirmek sayılır mı? Bir kez yapmak zorunda kalmıştım."

"Evet, sayılır tabii ki," dedi Horatio. "Peki ya Albert Humboldt? Size yardım etti mi?"

"Hayır. Kendim değiştirdim, Albert orada bile değildi. Neden ki?"

"Yani yedek lastiklerin durduğu yerde bulduğumuz atlama kablosunun üzerinde sizin değil de Albert'in parmak izlerinin olmasını nasıl açıklayabilirsiniz?"

Cheveau birkaç saniye ona baktıktan sonra kıkırdadı. "Bilmiyorum adamım. Albert bir düzen hastasıdır. Ben yokken Doktor ondan minibüsü düzenlemesini istemiş olabilir."

"Ayrıca atlama kablosunun üzerinde epitelyal hücreleri de bulduk. Sizi şüpheli listesinden çıkarmamız için DNA numunesi almamızın bir sakıncası var mı?"

Cheveau omuz silkti. "Elbette. Ne yapmanız gerekiyorsa yapın." Gerinip esnedi. "Ama her ne yapacaksanız çabuk olun olur mu? Geri dönmem lazım."

Horatio eczalı pamuk hazırlarken *Cheveau'ya uzaktan bakan asla bir tarikat üyesi olduğunu düşünmez* diye geçirdi içinden. Sadece kötü huyları olan bir başka erkeğe benziyordu, bir kolunda daima güzel bir kadın diğerindeyse daima bira şişesi olanlara. Salas'ın ona bakışından onun da bu tür bir şey düşündüğü belli olabiliyordu. Asla geleceği düşünmeyen, sağlığı, itibarı ya da bir sonraki gün ne olacağını takmayan tiplerdendi. Onun gibi olanlar genetik olarak kanun kaçağı bir mo-

200

torsikletli, bir sörfçü ya da bir rock grubunda bas gitarist olmaya programlanmış olur; ruhani doygunluktan anladıkları tek şeyse bir bira reklamının içindeymiş gibi yaşamak olurdu.

Bu da gösteriyor ki diye düşündü Horatio *Cheveau'nun açtığı ağzından içeri pamuğu sokarken, yüzeyin altına inmedikçe gerçekte neler olup bittiğini anlamak imkânsızdır.*

"Bu eski bir OH-58 Kiowa," dedi Florida Ulusal Muhafızı, Calleigh'e. "Keşif ve İmha Birliği için özel olarak hazırlanmış."

"RAID[27] dedi Calleigh. Parlak öğleden sonra güneşinde helikoptere bakabilmek için elleriyle gözlerini gölgeliyordu. Mat siyah rengi, oval gövdesi, sivri uçlu burnu ve giderek incelen arka kısmıyla ona uçan bir aletten ziyade yüzen bir canlıyı andırıyordu. "Siz askerler kısaltmaları çok seversiniz."

Kendini Şef Subay Stainsby olarak tanıtan uzun ince, karga burunlu adam sevgi dolu bir şekilde pilot kapağını okşadı. Bize 'Grim Reefers'[28] derler."

Calleigh gülümsedi. "Ortadan kaldırdığınız marihuana tarlalarının sayısını düşününce bu pek de uygunsuz değil. Gidelim mi?"

"Sizden sonra," dedi Stainsby kapıyı açarken.

---

27 Reconnaisance and Interdiction Detachment : Keşif ve İmha Birliği anlamına gelir, ç.n.

28 İngilizce'de 'Grim Reaper' Azrail anlamına gelir, 'Grim Reefer' ise 'Aman Vermez Esrarlı Sigara İçenler' olarak çevrilebilir; burada yazar bir kelime oyunundan faydalanıyor, ç.n.

"Size tekrar teşekkür etmek istiyorum," dedi Calleigh motorlar çalışmaya başlarken. "Aldığım yön talimatları çok net değil. Bana tarifi veren kişi oraya yalnızca bir kez ve geceleyin gitmiş ve oraya nasıl gideceğini de yanındaki kişi tarif etmiş. Eğer burayı arabayla bulmaya kalksaydım sanırım umutsuz bir şekilde kaybolurdum."

"Evet, buradaki yolların bazıları sadece küçük patikalardan ibarettir," dedi Stainsby yükselen motor sesine karşı bağırarak. "Ama biz yol aramayacağız."

"Tam olarak ne arayacağız peki?" diye sordu Calleigh havalanırlarken.

"Normalin dışında olan bir şeyler. Ama çok dikkatli bir şekilde bakmalısınız; yetiştiriciler her tür üç kağıda başvurur. Kimi zaman haşhaş bitkisini saklamak için başka bitkiler kullanırlar, mısır ya da domates gibi. Ancak şu anda gittiğimiz yöne bakılacak olursa muhtemelen bir çam ormanının ortasında yetiştiriyorlar. Haşhaş çamdan biraz daha açık yeşildir ama fark etmek için deneyim gerekir."

"O halde iyi ki sizinle birlikte gidiyorum," dedi Calleigh.

Kolluk kuvvetleri yıllardan beri, Florida'nın Ulusal Muhafız helikopterlerini uyuşturucu mahsüllerinin yetiştirildiği konusunda şüphelenilen alanları havadan kontrol etmek için kullanıyorlardı. Calleigh ve Stainsby Georgia/Florida sınırındaki bir alanı hedefliyorlardı; Calleigh, uyuşturucu yetiştiricilerinin eyalet sınırlarını tercih ettiklerini ve sınırın bir tarafında yaşamlarını sürdürürken diğer tarafına da mahsülleri ekerek hangi eyaletin yargılama yetkisinde olacağı konusunda bir karışıklık yaratmak istediklerini biliyordu.

Bir süre boyunca hiç konuşmadan uçtular, helikopterin pervanelerinin çıkardığı ses konuşmayı neredeyse imkânsız kılıyordu. Altlarındaki manzara alçak, kumlu tepelerle aralarında selviler, kara sakız, defne ve akçaağaçların kapladığı bataklık alanları vardı. Tepelerde uzun ve kısa yapraklı çamlardan palmiyelere ve ara sıra da olsa görülen hasır otlarına kadar çok çeşitli bir bitki örtüsü hakimdi.

"Bu tepelerden bazılarında bubi tuzaklarının olduğunu duymuştum," dedi en sonunda.

"Ah, evet. Ben bu tuzaklardan birine rastlamadım – biz daha ziyade yalnızca hava keşifi yaparız – ama anlatılan çok hikaye duydum. Olta kancaları, sivrileştirilmiş kazıklar, ayı tuzakları... hatta patlamaya hazır bir şekilde kurulmuş çifteler bile."

"Oldukça korkutucu."

"Polisler umurlarında değil, hırsızları durdurmak istiyorlar. Yedi feet uzunluğundaki bir bitkinin ederi birkaç bin dolar olabiliyor; bu da yatırımımı korumak için oldukça geçerli bir sebep. Birçok yetiştirici artık kapalı mekanları tercih ediyor. Hem bulunmaları daha güç hem de korunmaları daha kolay."

"Ama yine de polisler için tehlike aynı," dedi Calleigh. "Bir keresinde haşhaş yetiştiricilerinin çelik bir kapıya elektrik verdiğini, içeri girenlerin kafasından aşağı nitrik asit dökülmesini sağlayacak bir düzenek kurduklarını ve hareket dedektörlerini kimyasal bir spreye bağladıklarını okumuştum. Ve tabii bir de şu sürüngen var."

"Pardon?"

"Timsah monitörü... Komodo ejderinin akrabası sayılır. Komodo dünyadaki en büyük sürüngendir; ağırlıkları üç yüz elli pound'a kadar çıkabilir; on feet'ten daha uzunları görülmüştür. Aynı zamanda da en uzun dişli sürüngenler de onlardır, ve sanırım bu yüzden haşhaş yetiştiricilerinden biri bu hayvanın çok iyi bir hırsız uzaklaştırıcı olabileceğini düşünmüş... Hey! şunu gördünüz mü?"

Yaklaşık beş yüz feet yüksekte, çam ağaçlarıyla kaplı tepelerin üzerinde uçuyorlardı. "Sanırım aşağıda bir parlama gördüm," dedi Calleigh dürbüne uzanarak. "Daire çizerek biraz alçalabilir misiniz?"

"Tabii ki."

Dürbünü parıltının geldiğini düşündüğü yöne doğru çevirdi. Yeşilden başka bir şey görmüyordu ki aniden iki insan gördü. Biri ayakta, diğeri çömelmiş vaziyetteydi.

Parıltı ayaktaki adamın yerdekinin başına doğrultmuş olduğu silahın gümüş namlusundan geliyordu.

"İnelim!" diye bağırdı Calleigh. "Hemen!"

"Bay Humboldt," dedi Horatio. "Geldiğiniz için teşekkürler."

Humboldt endişeli bir şekilde sorgu odasını inceledi. "Bu uzun mu sürecek? Klinikte akşam yemeğinin hazırlanmasına yardım etmem gerekiyor..."

"Biraz pirinç haşlamak ne kadar sürebilir ki?" dedi Salas. "Ama endişelenmeyin... fazla uzun sürmeyecek.

204

Sadece aklımıza takılan bazı şeyleri açıklığa kavuşturabileceğinizi düşünmüştük."

"Ne bilmek istiyorsunuz?"

"Önce bildiklerimle başlayalım," dedi Horatio. "Zindelik Yöntemi'nin minibüsünün sürülmesi ya da bakımıyla hiçbir ilginiz olmadığını biliyorum. Doğru mu?"

"Bu... bu gerçekten de benim alanıma girmiyor, hayır." Humboldt hızlı bir şekilde birkaç kez göz kırptı. Salas onu güçlendirmek istermişçesine gülümsedi.

"Ve minibüsteki atlama kablolarının çatıdaki roketi tuvaletteki boruya bağlamak için kullanıldığını biliyorum," diye devam etti Horatio. "Kıskaçların birinde Kevlar, diğerindeyse bakır parçaları bulduk... ve biraz da deri. Sanırım bağlantıyı yaparken biraz dikkatsizdin ya da kıskacı duvardak; o delikten geçirip boruya takmak zordu ve elin kaydı."

"Bunu... bunu ispatlayamazsınız."

"Ama ispatlayabiliyorum. Kablodaki parmak izlerini bulduk bile... ve çok yakında DNA'sını da bulacağız."

Horatio masanın üzerine bir kâğıt bıraktı. "Bu yetki yazısının hazırlanmasının asıl sebebi de bu," dedi. "Sanırım sana bir özür borçluyum Albert; aslında sana soracağım bir soru yok. Ama senden" diye devam etti bir yandan eczalı pamuğu çıkarırken, "istediğim bir şey var..."

10

"NEREYE İNEBİLİRİM ki?" dedi Stainsby. "Hiçbir yer..."

"Solunda bir açıklık var!"

Elbette ki adamlar helikopteri fark etmişti; sessiz oldukları söylenemezdi. Elinde silah olan iri yarı, sakallı, üzerinde kot pantolon, çizme ve kot yelek olan adam bir şeyler bağırarak silahını sallıyordu. Dizlerinin üzerinde olanınsa üzerinde kamuflaj renginde eğitim üniformasıyla siyah bir beyzbol şapkası vardı. Helikopter ağaçların arasına alçalmadan önce Calleigh'in görebildiği tüm detaylar bundan ibaretti.

"Buraya inemeyiz... çok engebeli!" diye bağırdı Stainsby. Yaklaşık on feet yüksekteydiler.

Calleigh atladı.

Sert bir şekilde yere düşüp yuvarlandı. "Buraya destek getir!" diye bağırdıktan sonra ayağa kalkıp silahını çıkararak iki adamın bulunduğu yere doğru koşmaya başlamıştı bile.

"Miami-Dade Polisi!" diye bağırdı. "Silahını indir!"

Bir silah sesi duyuldu.

Çam ağaçlarının birinin arkasına geçti ancak çok fazla korunaklı bir yer olduğu söylenemezdi. Kiowa uzaklaşmıştı bile; birkaç dakika içinde motorunun sesi uzaktan gelen bir ağaçkakan sesine dönmüştü. Stainsby'nin silahın menzilinin dışına çıktığının farkındaydı, silah uygun bir yer hedeflendiğinde helikopteri düşürebilecek büyüklükteydi.

Akıllı davrandı, diye düşündü kendi kendine. Kendi yaptığından çok daha akıllı bir davranış olduğu kesindi; ormanda, buraları kendisinden çok daha iyi bilen ve üstüne üstlük bir de rehinesi olan silahlı bir manyakla tek başınaydı.

Ve bubi tuzakları... *Bubi tuzaklarını unutmamalıyım*, diye kendi kendine hatırlattı. Otuz saniye içinde bir şekilde, helikopterin güvenli ortamındaki bir izleyiciden Rambo filminin Florida versiyonunun başrolüne geçivermişti.

Babam her zaman çok düşüncesizce davrandığımı söylerdi, diye düşündü. *Sanırım haklı olduğunu söylemem gerekecek.*

Yavaş bir şekilde ilerlerken bir yandan da dikkatlice çevreyi dinliyordu. Kuş ve böcek seslerinden başka bir şey yoktu. Alçak bir tepeyi tırmanınca üzerinde kamuflaj renginde bir kıyafet olan birinin tepenin diğer tarafında yatıyor olduğunu gördü. Bu uzaklıktan bile başından vurulmuş olduğu anlaşılabiliyordu.

"Lanet olsun," diye fısıldadı. Çok geç kalmıştı.

En azından bir rehine durumuyla karşı karşıya değildi. Her tür etkisiz hale getirme operasyonu gergin geçerdi, ancak bu kez destek kuvvetinin gelmesine en azından bir saat vardı. Bu da eli silahlı biriyle yüzleşmek için çok uzun bir süreydi.

Tabii artık katilin yanında bir rehine taşıması gerekmiyor. Bir tilki kadar sessiz ve hızlı olabilir... Muhtemelen şu anda 4x4 aracından çiftesini çıkarıyordur. Uzun menzil dürbünü ve lazer nişangahı olan bir çifteyi.

Başını iki yana sallayıp dikkatini toplamaya çalıştı. Silahlı çatışmaya girmektense kaçmaya çalışması daha muhtemeldi. Tek yapması gereken çevreyi çok dikkatli bir şekilde dinlemekti; kuvvetle ihtimal bir motor sesi duyacak ve nerede olduğunu anlayabilecekti.

Ancak duyduğu ilk ses motor sesi değildi. Ormanda yankılanan bu ses vahşi bir devden çıkıyora benzeyen kalın bir kükremeydi: "SENİ ÖLDÜRECEĞİM!"

Pek kaçacağa benzemiyor...

"Bayım?" diye bağırdı. "Ben bir Miami-Dade Polisiyim. Silahınızı atmanız gerekiyor... –"

"BUNU İLK SÖYLEDİĞİNDE DUYMUŞTUM!" diye bağırdı adam. "SEN POLİS DEĞİLSİN, YANINDAKİLER DE ÖYLE!"

"Ah ne kadar harika," diye mırıldandı. Şimdi ne yapacaktı, elini kolunu sallayarak yanına gidip rozetini mi gösterecek? Yoksa Polis Yemini mi edecekti?

"Helikopteri görmedin mi?" diye bağırdı.

"POLİS HELİKOPTERİNE BENZEMİYORDU! DAHA ÇOK İKİNCİ EL ASKERİ ARTIĞA BENZİYORDU!"

208

Aman Tanrım, diye düşündü. Karşısında en tehlikeli suçlulardan biri vardı: Tamamen salak olan suçlulardan biri.

"HEM NE TÜR BİR POLİS BURAYA TEK BAŞINA GELİR Kİ? ARKADAŞIN BİLE BIRAKIP GİTTİ! HERHALDE O HURDA YIĞINI KUŞUNUN VURULMASINDAN ÇEKİNDİ!"

Göğüs geçirdi. Onunla tartışamam bile... birazcık aklı olan hiçbir polis böyle bir duruma düşmezdi.

"Adın ne?" diye şansını denedi.

"ADIMIN NE OLDUĞU FARK ETMEZ! BEN SENİ O SOĞUK, KARA TOPRAĞA SOKACAK ADAMIM, BUNU BİLMEN YETER!"

Harika. Beni vurmasa bile birileri gelene kadar testosteron zehirlenmesinden ölebilirim. "Ama sana bir şekilde hitap etmeliyim."

Kısa bir bekleme.

"DOOLEY!"

"Pardon?"

"BENİM ADIM! DOOLEY!"

"Pekâlâ! Benim adım... –"

"ADIMI ANLADIN MI!"

"Evet, evet, Dooley! Anladım! Peki sen benim adımı öğrenmek istiyor musun yoksa bir yabancıyı mı vurmayı tercih edersin?"

Bu soru Dooley'i böğürmekten kısa bir süre de olsa alıkoydu.

"EMİN DEĞİLİM!" diye bağırdı sonunda. "BELKİ SANA SADECE TOST DERİM!"

"Adım Calleigh! CALLEIGH DUQUESNE!" diye bağırdı.

Aldığı yanıt bir silah sesiydi. "NASIL İSTERSEN TOST!"

"Harika," diye mırıldandı Calleigh.

"Roketi ben fırlatmadım," dedi Humboldt.

Horatio ciddi bir şekilde ona bakıyordu. "Bunu söyleyip duruyorsun Albert. Sanki inanmamı beklermiş gibi."

"Bu doğru. Bu... Benim yaptığım bu değildi." Sözcüklerin oluşturduğu bir ipte yürüyormuşçasına tane tane ve dikkatlice konuşuyordu.

"Ah, ne yaptığını biliyorum Albert. Yakalandın... Doktor Sinhurma'nın evinde uyuşturucu kullanırken yakalandın. Ve bundan hoşlanmadı öyle değil mi? Seni restoranda tencereleri tavaları yıkama işine atadı. Bunun seni durdurabileceğini düşündün, ama hayır... bunu yapmaya devam ettin. Çevrede kimse yokken dostum Samuel Lucent'le birlikte uyuşturucu kullandınız. Ne yaptın, restoranı temizlemek için geç saatlere kadar kalıp tesise kendi arabanla mı döndün yoksa seni o mu bıraktı?"

"Söylediklerine inanmamalısınız. O... o..."

"O ne? Sizden biri değil mi? Hayır, o da kendi adına düşünebiliyordu... ama ona ihtiyacın vardı değil mi? Birilerinin sana uyuşturucu satmasına ihtiyacın vardı. Phil Mulrooney'yi öldürme fikri o zaman mı oluştu? Şu roket ve yıldırım senaryosu, kafası bir dünya olan birinden gelecek bir fikre benziyor..."

210

"Böyle olmadı."

"Gerçekten mi? Kanıtlar böyle söylemiyor. Kanıtlar o atlama kablolarını senin eline yerleştiriyor..."

"Onları ben taktım, tamam mı?" Humboldt ona üzüntülü bir şekilde baktı. "Kıskaçları boruya ve çatıdaki bir cihaza taktım. Ama bu bir suç sayılamaz."

"Tüm bunların Phillip Mulrooney'nin kalbinin durmasına sebep olan olaya neden olduğunu düşünecek olursan jürinin seninle aynı fikirde olacağını sanmıyorum... Ama diyelim ki doğru söylüyorsun, yaptıklarını nasıl anlatacaksın?"

"Sadece bana verilen bir görevi yapıyordum. Roketle hatta borunun nereye bağlı olduğuyla ilgili hiçbir bilgim yoktu. Ve bunu yaptığımda Phillip tuvalette bile değildi. Bu cinayet sayılmaz."

Horatio bir süre onu dikkatlice inceledi. "Peki sana verilen görevin amacının ne olduğunu düşünüyordun?"

"Bilmiyordum. Bilmeye ihtiyacım yoktu." Humboldt gülümsedi. "Bu daha büyük bir şeyin parçasıydı, kalbim doğru şeyi yaptığımı söylüyordu."

"Doğru. Askeriyenin buna ne dediğini biliyor musun? Makul inkar. Yaptıklarının sonuçlarının ne olacağını bilmediğini, 'olayların dışında' olduğunu iddia ediyorsun. Ama birileri sana o kabloları takmanı söyledi... ve bunun kim olduğunu bulacağım."

"Tek istediğin bu mu?" dedi Albert, gülümsemesi neredeyse tüm yüzüne yayılmıştı. "Neden sadece bana sormayı denemiyorsun."

Horatio da ona gülümsedi.

"Dooley! Dinle, ben gerçekten bir polis memuru-yum..."

"ÖYLE Mİ? POLİSLER ELLERİNDE ÇALINTI UYUŞ-TURUCUYLA ÇEVREDE Mİ DOLAŞIR?"

"Bende uyuşturucun falan yok Dooley!"

"AMA ARKADAŞINDA VARDI! ONU YAKALADI-ĞIMDA EN İYİ BİTKİLERİMDEN ON BEŞİNİ PARAM PARÇA ETMİŞTİ!"

"Bak, vurduğun adamla bir alakam yok!"

"EVET ARTIK YOK... TABİİ CENAZESİNE GİTMEYİ DÜŞÜNMÜYORSAN! HEM BUNU YAPMA ŞANSIN DA OLMAYACAK ZATEN!"

Bir silah sesi yankılandı. Ağacın arkasına tam ola-rak saklanmaya çalıştı ama ağaç bu kadar kalın değil-di; daha iyi bir siper bulması gerekiyordu.

Çıkan sese bakılırsa tek silahı bir tabancaydı ki bu iyi bir haberdi. Tabancayı sadece uzaktan görme şan-sı olmuştu ama büyük bir silah olduğunu anlamıştı; namlunun altını tamamen kaplayan sapa ve paslan-maz çelik yapısına bakılırsa muhtemelen bir Colt King Cobra'ydı.

Boş ağırlığı iki nokta altı pound. Altı silindirli, çift etkili ve yaklaşık yüz elli feet menzili olan bir silah. Onu bir 38 kalibrelik olarak da düşünebilirsin ama o bir kovboy silahı; – 357 Magnum kullanıyor olacaktır. Altı inçlik namlusu var; – hiç fena değil, dört inç olsa hedefe isabet kesinliği azalırdı. Ama şu ana kadar da boşluktan başka bir şey vurmuş değil.

Çevresine baktı. Solundaki devrik ağaç kütüğü iyi bir siper gibi görünmesine rağmen değildi, çürüyen bir ağaç kütüğü 357'yi durduramazdı. Onu gizlerdi ancak hepsi buydu ve onun arkasına saklandığını görürse şansı kalmazdı.

Ama devrik kütüğün hemen ötesinde, ucunda iri bir kaya olan hafif bir eğim vardı. Bu ikisi birleşince onu koruyabilirdi... ama oraya varmak için atış menzilinden geçmesi gerekliydi.

Muhtemelen silahını doldurmuştur. Hırsızın dikkatini çekmek için bir el ateş edebilirdi ama hayır... Dooley daha çok 'önce ateş et sonra soru sor' düsturunu izleyecek birine benziyordu. Bana iki el, hırsıza de bir el ateş etti, bu da ona üç el daha bırakıyor... tabii şu anda silahını doldurmuyorsa. Ona bu şansı vermemeliyim.

Onun olduğu yere doğru hızlı bir şekilde iki el ateş etti. Beklediği gibi iki el ateşle karşılık geldi ve anında devrik kütüğe doğru koşmaya başladı.

Kütüğe isabet eden son kurşun ayaklarının dibine çürük ağaç parçaları fırlattı, hemen ardından gri kayanın arkasına saklanmıştı.

"NEREYE GİDİYORSUN TOST? BURALARDA DİKKATLİ OLMAN GEREK. NEYLE KARŞILAŞACAĞIN HİÇ BELLİ OLMAZ!"

Tuzaklar. Tuzaklardan bahsediyor.

Dikkatli bir şekilde çevresine baktı ve donakaldı.

Yerde yattığı yerin bir feet kadar uzağında, yerden altı inç kadar yüksekte asılı duran, neredeyse görülemeyecek kadar ince bir ip vardı. O kadar inceydi ki önce örümcek ağı olduğunu düşündü... ama ipi bir ağaç kütüğüne kadar gözleriyle takip etti. İçinde bir şey vardı;

213

saklı olan her ne idiyse dışarıdan yalnızca metal köşelerinden biri görülebiliyordu. Bu metal parça da asker yeşiline boyanmıştı.

Bu saklanan nesnenin neye benzediğini çok iyi biliyordu: Metal, ayakkabı kutusundan küçük, üzerinde de BU YÖNÜ DÜŞMANA BAKACAK yazan bir kutu.

Antipersonel mayını. Bu adam işi sonuna kadar götürmeye kararlı.

"EĞER BUGÜN ORMANA GİDERSEN SENİ BÜYÜK BİR SÜRPRİZ BEKLİYOR..."

Ve bir yandan da "Küçük Ayı'nın Pikniği" şarkısını söylüyor. Neredeyse mayına gönüllü olarak basacağım...

"EĞER BUGÜN ORMANA GİDERSEN KAŞLARININ ARASINA YERSİN!"

Pekâlâ o zaman, daha fazla koşturmaya gerek yok. Olduğu yerde kalıp onun çıkmasını bekleyecekti. Eninde sonunda Stainsby destek kuvvetiyle gelecekti, tek yapması gereken o zamana kadar beklemekti. Belki bu süre zarfında bir şeyler bile öğrenebilirdi.

"Hey Dooley! Beni öldürmeden önce seranat mı yapacaksın?"

Buna cevaben kayanın üzerinde bir kurşun patladı. Demek nerede olduğunun farkındaydı ve kesinlikle fazla mermisi vardı.

"BURAYA GELDİĞİNE PİŞMAN OLACAKSIN TOST!"

Tek pişman olduğum şey yanımda daha fazla kurşun olmaması... "Kendine burayı nasıl bulmuş olduğumu sormalısın Dooley!"

Sessizlik.

Ardından, "BU DA NE ANLAMA GELİYOR?"

"Düşün biraz!" diye bağırdı. *Tabii bu mümkünse.*

Bu göze alınabilecek bir kumardı. Dooley, Joseph Welfern'a dair bilgiye sahip olduğunu düşünebilirdi, ancak bu doğru bir tahmin olurdu ve şu ana dek Dooley çok fazla doğru tahmin de bulunmamıştı. Ancak eğer şu ana kadar yaptığı gibi yanlış tahminlerde bulunmaya devam ederse... –

"O LANET OLASI ARMUT KAFALI O... ÇOCUĞU! ONU ÖLMEKTEN BETER EDECEĞİM! KİMSE BENİ SATAMAZ!"

Calleigh gülümsedi.

"Peki sana neden inanmalıyım?" diye sordu Horatio. "Şüpheciliğimi mazur gör ama görünüşe bakılırsa Doktor Sinhurma'nın öğretilerinden biri de bağlılık... ona bir anda ihanet etmeni ne sağlamış olabilir?"

Humboldt ona vakur bir şekilde baktı. "Aslında hiçbir zaman gerçek anlamda bizden biri olmamıştı. En iyi strateji, düşmanının gücünü ona karşı kullanmaktır, bu da onlara katılmama izin vermesinin tek sebebi."

"Onu işe almandaki tek sebep yani..." Horatio'nun kaşları çatıldı. "Bu Ruth Carrell'ın işiydi öyle değil mi? Onu davet edip Sinhurma'dan aldığı emirlere dayanarak kendini rahat hissetmesini sağladı."

"Doktor Sinhurma'nın bununla hiçbir ilgisi yoktu."

"Unut bunu Albert. Bu köpek avlanmaz. Her şeyi bir aziz gibi kabullenebilirsin ama bu gerçekleşmeyecek."

"Neden bahsettiğini bilmiyorum," dedi Humboldt ciddi bir şekilde. "Bana o kabloları takmamı söyleyen kişi organizasyonumuzdan nefret ediyor ve onu mahvetmek istiyor."

"Kalbinin sesini dinlediğini sanıyordum Albert. Hangisi? Liderinizin emriyle doğru şeyi mi yapıyordun yoksa gerçeklerden haberdar olmadığın için yanlış şeyi mi yapıyordun?"

"Ben... ben bana söyleneni yapıyordum."

"Kimin tarafından söyleneni?"

Humboldt'ın bakışları Horatio'nunkilere kilitlendi. "Adı McKinley. Jason McKinley, roket uzmanı."

Calleigh, Dooley'nin nerede olduğunu artık aşağı yukarı kestirebildiğini düşünüyordu. Sesinden ve gelen kurşunların açısından yüz yard uzaklıkta geyik avcılarının saklanmak için kullandığı kafeste yerden yirmi feet yükseklikte olduğunu düşünüyordu. Şanslıydı; arazi onun bulunduğu yere doğru yükseldiğinden onun yükseklik avantajını yok ediyordu; aksi halde sabırlı bir şekilde bekleyerek onu kolaylıkla haklayabilirdi. Ancak şu anda neredeyse aynı seviyedelerdi.

Tek fark onun ağacın tepesindeki bir kafeste olmasıydı.

Ağaçların arasında daha koyu renkte görünen kare şeklindeki kafesi seçebiliyordu; kafes muhtemelen kamuflaj renginde bir ağla örtülüydü. Neden hâlâ Magnum'u kullandığını düşündü; onun gibi gözcü konumuna yerleşmiş birinin en azından dürbünlü bir tüfek kullanıyor olması beklenirdi.

216

Belki de kullanıyordur. Belki de daha iyi bir atış yapabilmek için ona yaklaşmamı bekliyordur.

Belki de konuşmasından anlaşıldığı kadar aptal değildir.

"SENİ ALMAYA GELİYORUM TOST! SAKLANACAK YERİN YOK!"

Gelen sesten mesafesini koruduğu anlaşılabiliyordu. Onun bir tavşan gibi tuzaklarından birine çarpmasını beklediği çok açıktı; bu da ona yeni bir fikir verdi.

"Olduğun yerde dur!" diye bağırdı. Olabildiğince korkmuş gibi bağırmaya çalışıyordu. "Arkadaşlarım geliyor!"

"TABİİ Kİ! ONLARLA TANIŞMAK İÇİN SABIRSIZLANIYORUM!"

İpe çarpmamaya dikkat ederek yana doğru sürünüp mayını inceledi. Yüzlerce farklı antipersonel mayını vardı ve hepsini çok iyi bildiği söylenemezdi; ancak şansına bu mayın daha önce karşılaşmış olduğu türlerdendi. Basit bir tetikleme sistemi olan bir M18 Claymore'du: Teli çek, mayını patlat. Derin bir nefes aldıktan sonra uzanıp metal kutuyu alıp yavaşça havaya kaldırdı.

Hiçbir şey olmadı. Nefesini bırakıp kutuyu ondan uzağa bakacak şekilde yavaşça yere koydu, ip artık gergin değildi. Daha sonra alçakta kalmaya çalışarak ipin diğer ucunun bağlı olduğu yere kadar süründü. Cebindeki bir çakıyla ipi kesip diğer ucunu eline aldı.

"Uzak dur!" diye bağırdı, bir yandan da sürünerek kendini göstermeden mayından uzaklaşabileceği kadar uzaklaştı ve ipi çekti.

BOOOMM!

Bir Claymore'un içinde 150 feet uzaktaki bir hedefi dahi kevgire çevirecek yüz çelik bilye vardı. Ancak şansına bu bilyeler şarapnellerini öne doğru bir yarım daire şeklinde fırlatırdı; tek zarar verdiği şey bitki örtüsü oldu.

"HA! SÜRPRİZLERDEN BİRİYLE Mİ KARŞILAŞTIN TOST!"

Hiç ses çıkarmadı.

"TOST?"

Pekâlâ Bay Dooley, hamle sırası sende. Aşağı inip kendin bak istersen.

Ve sana hazırladığım sürprizle karşılaş...

"Şu söylediğin isim neydi H.?" diye sordu Wolfe.

"Jason McKinley," dedi Horatio.

Wolfe roketçiler kulübünden aldığı üye listesini hızlıca taradı. "McKinley, McKinley... evet, burada. Jason McKinley. Kim bu?"

"Şu anda bir numaralı şüphelimiz," dedi Horatio. "Onunla roket ateşlemeli yıldırım hakkında konuştum ancak o esnada soruşturmayla herhangi bir bağlantısı yoktu, sadece bir bilgi kaynağıydı." *Ve en son konuştuğumuzda alerjik bir durum yaşamıyordun öyle değil mi? Ağlamıştın... Ruth için. Nasıl olduysa bu konuşma esnasında kendini tutup benden olabildiğince çabuk bir şekilde kurtulmuştun.*

Horatio harekete geçmiş, koridor boyunca ilerleyip merdivene ulaşmıştı. Wolfe adımlarını ona uydurmak için hızlı bir şekilde yürüyordu.

218

"Görünüşe bakılırsa onun uzmanlığından faydalanan tek kişi sen değildin," dedi Wolfe. "Eğer Kim roketler hakkında söylediği kadar bilgisizse bu roketi inşa eden kişi McKinley olmalı."

"Bu da organizasyona neden alındığını açıklıyor," dedi Horatio merdivenleri ikişer ikişer çıkarken. "Birileri Ruth Carrell'ı güdümlü bir roket gibi ona yönlendirdi... ve Ruth'un bana anlattıklarına bakılırsa bunu yapan Sinhurma'nın ta kendisiydi."

Wolfe ve Horatio binadan birlikte çıktılar. "Ne yapmamı istiyorsun?" diye sordu Wolfe.

Horatio dosdoğru Hummer'ına yöneldi. "Jason'ın ev adresi için bir arama emri çıkar," dedi kapıyı açıp içeri otururken. "Seninle orada buluşurum. Önce çalıştığı yeri kontrol edeceğim."

Büyük gri araç gürültülü bir şekilde uzaklaştı. Wolfe koşarak içeri girdi.

"Lanet olsun," diye mırıldandı Horatio. Şu üyelik listesini birebir incelemeliydim. Soruşturmalarda ele geçirilen her bilgiyi tek tek gözden geçirebilmesinin mümkün olmadığını biliyordu – ve McKinley'i bir şüpheli olarak görmek için ortada bir sebep yoktu – ama bu kadar önemli bir şeyi atlamaktan nefret ediyordu.

Ya da bu kadar önemli birini.

Şimdiki soru Jason'ın bu olayla ne kadar ilişkili olduğuydu. Zindelik Yöntemi'nin diğer hastaları gibi dış görünüş ve popülerlikle alakalı değildi, ancak onu kolay bir hedef haline getiren de bu olmalıydı. Ruth gibi birinin ona ilgi göstermesi ihtiyacı olacak tüm itici gücü sağlamış olmalıydı: uyuşturucu ya da oruca gerek yoktu.

Bilimkurgusal yanlarına rağmen roket güdümlü yıldırım gerçekleştirmesi o kadar da güç bir şey değildi. Jason'ın sadece bir bilgi kaynağı olarak kullanılmış, roketi bir başkasının inşa edip fırlatmış olması da çok muhtemeldi. Tabii...

Tabii başkaları özel bir yakıt karışımı kullanmazdı. Bu ne yaptığını bilen ve bunu her seferinde daha da iyi yapmaya çalışan birinin işaretine benziyordu.

Jason'ın suçlu olduğuna inanmak istemiyordu. Onu bir katilden çok bir kurban olarak görmek çok daha kolaydı: Bilgi ve deneyimi için kullanıldıktan sonra bir kenara fırlatılan biri olarak.

Belki de Jason suçsuzdu. Ya da belki Sinhurma'nın etkisi onu Horatio'nun tahmin edebileceğinden çok daha fazla zedelemişti... ve onun aklını kurcalayan sorunun asıl merkezi de işte buydu. Kendi halinde, rasyonel bir genç adamın – hem de bir bilim adamının – Sinhurma'nınkiler gibi ucuz, benmerkezcil saçmalıklarına kanmış olabilmesini Horatio bir türlü anlayamıyordu.

Ama yalnızlık herkesi eninde sonunda etkileyebilirdi. Akıl ve mantık, geceleri seni yatakta ısıtmaz... ve fizik kurallarının tüm kesinliğiyle simetrisi, bir çift yeşil gözün derinliklerinde yok olabilir.

Jason'ın bu batağın ne kadar derinine saplandığını bilmiyordu.

Ama bunu bulacaktı.

220

Kyle "Dooley" Dolittle aptal biri değildi.

Hayır efendim. Claymore'un patladığını duyduktan sonra o küçük serseri hırsızın bacaklarının parçalandığına neredeyse emin olmuştu ancak bu işini şansa bırakacak olduğu anlamına gelmiyordu. Hayır, bizzat kendisi gidip cesedi görecekti. Ondan sonraysa... neyse, şimdilik sonra ne yapacağı konusunda karar vermemişti. Belki de yüklenebildiği kadar çok bitki alıp buradan sıvışacaktı, belki de biraz daha bekleyip gelen olursa onları da buracaktı.

Geyik siperi bu işe yarıyordu. Eğer orada otura otura sıkılıp kurşunları kuşlarla sincaplar için harcamamış olsaydı daha da iyi olurdu; buraya birilerinin gelip onu soymaya kalkışacağını aklının ucundan bile geçirmemişti. Ve hâlâ Cobra'sını taşıyordu. Bu iri yarı silah, uzun menzilde hiç iyi değildi ancak yakın menzilde gayet güzel işliyordu. İlk hırsızı vurmak için çok işine yaramıştı ve yoluna çıkan başka biri olursa onu da hiç düşünmeden ortadan kaldırabilirdi.

Silahı kot pantolonunun beline takıp ağaçtan aşağıya indikten sonra birkaç metre yüksekten yere atladı. Anında silahını çıkartıp ağaçtan ağaca hızlı bir şekilde ilerlemeye başladı. Eğer hâlâ yaşıyorsa onu vurmaya çalışabilirdi; ve buna saygı duyuyordu, ancak bu planlarının arasında yoktu.

Işık olması gerekenden çok parlak görünüyordu; salgıladığı adrenalin ve iki gündür kullandığı uyuşturucular yüzünden kalbi, dağ yolunda ilerleyen bir Harley Davidson kadar güçlü bir şekilde atıyordu. Tüyleri diken diken olmuştu ve saçlarının dahi dikleştiğini hisse-diyordu.

Helikopterdeki adamın kim olduğunu düşündü. Her kimse Dooley onun izini sürüp iki gözünün ortasına bir kurşun sıkacaktı, kimse ama kimse onu tongaya getire-mezdi. Helikopteri olan biri bile.

Peki ya alçalacaklarını nereden anlamışlardı aca-ba? Bırakın helikopter indirilebilecek bir açıklığı, bu-raya uzanan bir keçi yolu dahi yoktu. O ve jimbo tüm mahsülü elleriyle taşımak zorunda kalmışlardı ve hasat zamanı bu kadar yaklaşmışken yedi gün yirmi dört saat değişmeli bir şekilde nöbet tutuyorlardı.

Bir an için duraksayıp Jimbo'nun onu satmış olup olamayacağını düşündü. Onu yirmi yıldır tanıyordu ve onunla birlikte hapis de yatmışlardı, ancak yine de her şey mümkündü. Belki de cesetleri gömdükten sonra ar-kadaşıyla bir konuşma yapsa iyi olurdu.

Dikkatli bir şekilde ilerliyordu. Mayının patladığı alanın yakınındaki ağaçlar sanki çifteli birinin hedef tahtası gibiydi.

İlginç, diye düşündü, *sanki Claymore'u doğuya ba-kacak şekilde yerleştirmiştim...*

"Silahını at Dooley," dedi hemen arkasındaki Güney aksanlı kadın. "Seni başından vurmaya beni zorlama."

Küfrederek Magnum'u yere attı.

"Şimdi arkanı dön." Yavaşça arkasını döndü.

Orada kimse yoktu.

"Ve yukarı bak."

222

Ağacın dallarından sarkan sarışın bir kadın ona silah doğrultmuştu. "Yüksekte olmak daima iyi bir fikirdir ama her zaman bir platforma ihtiyaç duymazsın. Gençken çok iyi ağaca tırmanırdım." Göğüs geçirdi. "Ama mutlu değilim Dooley. Pantolonum mahvoldu."

"Sanırım şimdi beni vuracaksın öyle değil mi?"

Hemen ayağının yanına metalik bir ses çıkaran bir şey düştü. "Belli olmaz. Eğer kendini en yakındaki ağaca kelepçeleyip destek ekibi gelene kadar uslu duracağına söz verirsen muhtemelen vurmam." Sesi daha ciddileşti. "Ama eğer bana bir kez daha *'Tost'* dersen acımam."

11

"ÜZGÜNÜM," DEDİ Doktor Wendall Horatio'ya, "ama iki gündür Jason'ı görmedim. Ortadan kayboldu."

Horatio, Wendall'ın Atmosfer Araştırma Teknolojileri'ndeki ofisindeydi. Bilim adamı kel başını ovuşturduktan sonra ekledi, "Nerede olabileceği hakkında gerçekten bir fikrim yok. Bana daha önce bahsettiğiniz şu soruşturmayla mı alakalı?"

"Henüz bir şey söyleyemem," dedi Horatio. "Söyler misiniz, Jason son zamanlarda tuhaf davranıyor muydu?"

Wendall bir an tereddüt ettikten sonra, "Şey, evet," dedi. "Hepimiz bunun bir kızla ilgili olabileceğini düşündük, sanki aşıkmış gibi davranıyordu. Anlarsınız ya, biraz havai, daima neşeli, giyimine daha fazla özen gösteren biri olmuştu ama iş yerinde değil, burada hâlâ eskisi gibi giyiniyordu, ben işten sonrasını kastediyorum. Hatta bir keresinde onu takım elbiseyle bile gördüm."

"Anladım. Peki ya yemek düzeni? Bir değişiklik olmuş muydu?"

"Sanırım son zamanlarda vejetaryan oldu."

Horatio başıyla onayladı. "İnançlarıyla ilgili bir değişiklikten bahsetti mi hiç?"

Wendall'ın yüzü asıldı. "Anlamıyorum. Başka türlü bir araştırmaya yönelmek gibi mi?"

"Hayır. Dini ya da metafizikle ilgili görüşlerini kastediyorum."

"Hayır. Hayır, böyle bir şeyden hiç bahsetmedi."

Bu iyi bir işaretti. Eğer Jason yeni görüşlerini çalışma arkadaşlarıyla paylaşmadıysa bu, onlarla ilgili şüpheleri olduğunu gösterirdi. Belki de kendini tamamen Sinhurma'ya teslim etmemişti...

"Çok daha mutlu görünüyordu," dedi Wendall, suratını asarken iri kaşları birbirine iyice yaklaşıyordu. "İş yerinde sadece canı sıkkın ve üzgün insanlara dikkat etmemiz gerektiğini düşünüyordum, – ani bir mutluluk da artık bir uyarı işareti mi sayılıyor?"

"Bu tür bir mutluluğun çok yüksek bir bedeli olur," dedi Horatio. "Jason'ın ödemek istemeyeceğini düşündüğüm kadar yüksek bir bedeli..."

"Ne kadar?" diye şaşkın bir şekilde yeniden sordu üzerinde pembe bir tişört ve beyaz bir takım elbise ceketi olan adam.

"Kapak yirmi papel," diye tekrarladı fedai. "Eğer kuyrukta beklemek istiyorsan ve aptal değilsen. Ya da elli dolarlık ek ücreti ödeyebilirsin."

"Peki ya o ne için?" diye sordu adam. Otuzlu yaşlarının sonlarında olduğu halde yirmili yaşlarının ortasındaymış gibi görünmeye çabaladığı çok açıktı; ve tıraşsız çenesiyle Ray-Ban marka güneş gözlüğüne bakınca hâlâ Miami Vice dizisinin çok popüler olduğunu düşündüğü anlaşılabilirdi.

"Bu senin sıranın başına geçmeni, benimse salaktespit yeteneklerimi kullanmamamı sağlar," dedi fedai. Adı James Collinson'dı; yaklaşık bir doksan boyundaydı, saçları dalgalı ve kahverengiydi, kollarıysa güneşte bronzlaşmış bir çift ağaç kütüğüne benziyordu. "Ki şu anda bu yeteneğimi çok fazla kullanmam gerekiyor. Üzerindeki ceketi ucuzluktan mı aldın? Yoksa lise mezuniyetinden beri saklıyor musun?"

Adam Collinson'a baktı, bakışlarını göğsünde kavuşturduğu meşe ağacını andıran kollarına çevirip boynunu bükerek şansını Okyanus Bulvarı'nın daha aşağılarında denemeye karar verdi.

Fedai onun ardından bile bakmadı. Collinson bu tip insanlarla her gece uğraşıyordu, bu tip insanlar çekiciliklerinin, kibirlerinin ya da – çok gülünç ama – kibarlığın kendisinin korduğu kapıdan onları geçirebileceğini düşünüyorlardı. Şu sayılanların hiçbiri onu etkilemiyordu. Bakışları sırasıyla önce üzerlerinde çok az kıyafet olan seksi kadınlara, ünlülere ve paraya kaymaya meyilliydi, hatta para bile onu pek fazla etkilemiyordu. İşini sevmesinin nedeni kazandığı para değil getirdiği avantalardı, bunların başlıcaları da seks ve güçtü.

Gerinirken her iki kolundaki iri kaslar da ortaya çıktı. Gece sıcak ve nemliydi, yağmur yağması bekleniyordu ancak içeriye girmeyi bekleyenlerin oluşturduğu sıra her zamanki gibi çok uzundu. Garth'ın Yeri sahildeki en yeni ve en popüler mekandı ve eğer içeri girmek istiyorsan ön kapıdaki dev adamı içeri girmeye yetkin olduğun konusunda ikna etmen gerekiyordu. Hayat güzeldi.

Elindeki sayaca baktı – bu sayaç kaç kişinin içeriye girdiğini kaç kişiyiyse içeri almadığını gösteriyordu – ve caddeyi inceledi; bakışları kadife ipin arkasında sanki orada değillermiş gibi duran insanlardaydı. Güney Sahili yolu her zamanki gibi çok eğlenceliydi; caddede ağır ağır ilerleyen araçların arasında siyah ve beyaz limuzinler, kiralık araçlardan çevreyi inceleyen turistler ve kapkara camlı jiplerin altından geçebilecek kadar küçük İtalyan spor arabaları vardı. Binaların art-deco tarzındaki ön cepheleri pembe, yeşil, turuncu ve mavi ışıklarla aydınlatılmıştı; caddenin hemen karşısındaki körfezdeyse binlerce teknenin ışığı sarhoş yıldızlar gibi yalpalayıp duruyordu.

Ancak bu gece her şey çok sıkıcı görünüyordu. Cebinden okumakta olduğu kitabı çıkarıp kaldığı sayfayı açtıktan sonra okumaya başladı.

"O Zindelik Yöntemi değil mi?" diye sordu bir ses. Sesin genç bir bayana ait olması Collinson'ın başını kaldıran şey oldu.

"Üzerinde öyle diyor," diye yanıtladı. Soruyu soran bir kadındı ama ne güzel böyle bir şeyin imkânsızlığının ne genç ne de dekolteliydi; onu, bir Miami gece kulübünün havasını solumak isteyen ancak farkında olmayan orta yaşlı bir turist olarak gördüğünden, ilgilenmedi. Ancak ona tanıdık gelen bir şeyler vardı...

"Ben de o kitabı yeni bitirdim!" dedi kadın. "Vejetaryen misin?"

Tam çıkışacakken, *Hayır, ama sen birkaç hamburger daha az yesen iyi olur* – kadın şişman değildi, ama Collinson rahatsız edilmekten nefret ediyordu – kadını nereden tanıdığını anladı. Yüzüne bir gülümseme yayıldı.

Collinson kendisini şanslı biri olarak görüyordu. Miami'de geçirdiği kısa zamana rağmen daima dört ayağının üzerine düşmüştü; çok para kazanmış, zamanının çoğunu partilerde geçirmiş ve çok güzel kadınlarla birlikte olmuştu, hatta bunların arasında bir iç çamaşır mankeni bile vardı. Ama o an, tadını çıkarmak üzere olduğu anın yanında hepsi salaş bir bar masasındaki küçük bir bira gibi kalıyordu.

Dikkatli ol, diye düşündü. *Yavaş ol. Bu kutsal anın tadını çıkar çünkü bir daha asla yaşayamayabilirsin.*

En güzel ve çekici gülümsemelerinden birini takınarak, "Hey, seni bir yerden tanıyor muyum?" diye sordu.

Kadın da ona gülümseyip hafif bir Güneyli aksanıyla, "Sanmıyorum," diye yanıtladı.

"Emin misin? Adım James, bir şey ifade ediyor mu?"

"Üzgünüm ama hayır."

"O zaman... ne iş yapıyorsun? Belki de o sayede tanışmışızdır."

"Memurum."

"Tıpkı benim gibi," dedi kollarını iki yana açarak.

Gülümsedi. "Hayır, sana katılmıyorum. Benim işim çok daha sıkıcı."

"Emin misin," dedi Collinson. "Bence çok keyif alıyorsundur... Ben çok keyif alıyorum mesela. Uzun zamandır mı bekliyorsun?"

"Sanki hep buradaymışım gibi hissetmeye başladım."

Güzel, güzel, diye düşündü. *Burada ne kadar uzun zaman geçirdiyse o kadar daha kalacaktır.* "Evet, ne demek istediğini anlıyorum," dedi. "Benim yerimi alacak kişi gelir gelmez çıkacağım."

"Şanslısın. Mmm... sanırım biri daha çıktı," dedi kapıyı göstererek. Sesinde az da olsa bir umut vardı.

"Bizim işimizin en iyi yanı ne biliyor musun?" diye sordu dostça. "Başka insanların yaşamlarını kontrol edebiliyor olmamız. Yani kimsenin kaderi elimizde falan değil, ama kısa süreçte büyük bir etkimiz olabiliyor. Sanki insanların kafasında yalnızca iki seçenekli bir düğme var: 'iyi gün' ve 'kötü gün'. Ve işte biz de o düğmeyi çevirebilen kişilerdeniz. İçeri girmelerine izin veriyorum, iyi bir gün geçirmiş oluyorlar; çekip gitmelerini söylüyorum, kötü bir güne dönüşüyor. Anlıyor musun?"

Kadının gözlerinde şüphe belirmişti. Yanıt verdiğinde sesinde çok iyi anımsadığı o soğuk, rahatsız olduğunu belli eden ton vardı. "Pek değil, hayır."

"Anladığına eminim. Sen de benim gibi o düğmeyle her gün oynuyorsun. Ancak aramızdaki fark senin o düğmeyi 'kötü gün' konumuna benden daha fazla getirmen."

İşte böyle. En son buluştuklarında gözlerindeki o ifadesiz bakış onu boğma hissini uyandırmıştı. *Ama bu çok daha iyi olacak...*

"Her şey güçle alakalı öyle değil mi?" dedi. "Yani, evet, insanları mutlu etmek güzel, falan filan... ama asla birilerini gerçekten kötü hissettirdiğinde aldığın zevki vermiyor. Bunu hak edip etmedikleri fark etmez, ne yapmış oldukları ya da kim oldukları da fark etmez... çünkü bu onlarla alakalı değildir öyle değil mi? Bu seninle alakalıdır."

"Ben..."

"İşte, seninle ben çok ayrıcallıklıyız," dedi; kendini tamamen kaptırmıştı. "İnsanlarla ilgilenmesi gereken diğer meslek dallarındakiler her gün çıldıracak raddeye gelir çünkü müşterilerine saygılı davranmak zorundadırlar. Aynı soruya kaç kez maruz kalırlarsa kalsınlar yutkunup gülümsemeye devam ederek yanıt vermek zorundadırlar. Ama biz öyle değiliz." Öne eğilip yüzüne yaklaştı. "Hayır, biz tam olarak ne hissettiğimizi onlara söyleyebiliriz. Akşamdan kalmaysak, komşumuza sinirlendiysek ya da dünyanın adil bir yer olmamasına kızdıysak sırada bekleyen kişiye tüm kinimizi kusabiliriz. Ben bunu işte burada yapıyorum... sense Federal Bina'da."

Gitmek istiyordu, buna çok emindi, ama ikilemdeydi; uzun süredir bekliyordu ve belki onun yerine gelecek olan fedai daha iyi biri çıkardı. *Hem zaten asıl istediği ona bu şekilde saldırmam, diye düşündü. O buna alışık. Hadi o zaman, göster kendini bakalım.*

"Bak, ben sadece işimi yapıyorum," dedi soğuk bir şekilde. "Senin durumun benim suçum değil..."

"Ne durumu?" diye araya girdi. "Böcek gibi davranılmaktan hoşlanmamam mı? Daha önemli şeyler yapmanı engelleyen bir baş belasıymışım gibi davranılması mı? Hadi, dürüst ol... İşin sayesinde insanlara pisliklermiş gibi davranabiliyorsun ve bunu koltuk altını tıraş ettiğinden daha sık yapıyorsun."

Gözleri irileşti, onu zorlayıp sinirlenmesini sağladığını anlamıştı. *Geç bile kaldı.*

"Kim oluyorsun da benimle bu şekilde konuşuyorsun?" diye sordu. Sözel bir tirada başlayacağının farkındaydı ancak buna katlanmak gibi bir niyeti yoktu; kendi meslek grubu mensuplarının onun meslek grubunda bulunanların yapamadığı bir şeyi yapma şansları vardı.

Öne çıkıp kadının arkasında sırada bekleyen insanlara – çoğu zaten bu tartışmayı ilgiyle dinliyordu – seslendi, "Hey! Kaçınız devletten kazık yedi?"

Sırada bekleyenlerden birkaç "Evet!" nidası yükseldi.

"Gelir vergisi? Herhangi bir şey için alınması gereken izin belgeleri?" diye bağırdı. Kalabalığın sesi yükselerek kadının söylemek istediklerini bastırdı.

"Evet, biliyorum!" diye bağırdı. "İşte bu kadın Motorlu Taşıtlar Bürosunda çalışıyor!"

Bu kez yükselen seslerin arasında küfür ve yuhalamalar da vardı. Kadının gözlerinden alev çıkacak gibiydi.

"Sizce onu içeri almalı mıyım?" diye bağırınca *hayır* ve küfür sesleri yükseldi. Böyle bir kalabalığın ortaokul öğrencileri gibi davranmalarını sağlamak çok kolaydı.

"Sizce bizimle eğlenmeyi hak ediyor mu?"

"HAYIR!"

"Ne? Onun yeterince iyi biri olmadığını mı düşünüyorsunuz?"

Gelen yanıtlar çirkinleşiyordu. Kadına bakınca yüzünü ekşittiğini gördü.

"Sence seksi değil mi?"

Daha çok küfür yükseldi. Kilosu, kıyafetleri ve ailesiyle ilgili yorumlar duyulabiliyordu. Yoksa gözündeki yaş mıydı?

Ani bir ilhamla elindeki kitabı havaya kaldırıp bağırdı, "Bu kitabı yeni bitirdiğini söylüyorsun öyle mi? Ben henüz bitirmedim ama okuduğum kadarıyla, 'İnsanın içindeki çirkinlik dışına yansır' diyor. Bu da seni şimdiye dek gördüğüm en çirkin kadın yapıyor... bakın, benim burada bir sorumluluğum var. Bazı insanların kulübe girmesini engellemek için buradayım ve sen tatlım işte o insanlardansın. Burada kimse senden hoşlanmıyor, seni istemiyor ve senin ağzından çıkacak lanet olası hiçbir cümleyi duymak bile istemiyor."

Bu, bardağı taşıran son damla oldu. Koşarak uzaklaştığında neredeyse ağlamak üzereydi. Yüzünde bir gülümsemeyle onun uzaklaştığını izlerken kazandığı zaferin tadını çıkarıyordu. Lanet olası bir motosiklet ehliyeti için beni altı ay bekletirsin öyle mi? Bakalım sebepsiz yere itilip kakılmak hoşuna gidecek mi? "Ne zaman istersen gelebilirsin," diye bağırdı arkasından. "Bütün gece buradayım..."

Ne kadar yüce gönüllü olduğunu göstermek için sıradaki üç kişiyi içeri aldı; içeri girenler bir yandan onu tebrik edip "bunu hak etmişti" diye tekrarlarken o da gülümseyerek başını sallıyordu. Hayat sadece güzel değil, harikaydı.

Ve sonra çirkin takım elbiseli adam geldi. Vücut yapısı eski bir defans oyuncusununkinden farksız olan bu adamın yüzü de yapısına çok uygundu. "Tüm memurlar için böyle mi düşünüyorsun?"

"Sadece ahmak olanları için," dedi Collinson.

"Evet, bu söylediğini merkezdeki memura da iletirim," dedi adam ceketinin cebinden bir rozet çıkararak. "Teğmen Frank Tripp. Bunu çok daha önce yapacaktım aslında ama o kitabı havada sallamaya başlayınca işime yarayacak bir şeyler söyleyebileceğini düşündüm. Polyannacılık yani anlayacağın."

"Ne, bu mu? Bunu bir arkadaşım verdi."

"Evet, kim olduğuna dair de iddiaya girerim," diye yanıtladı teğmen. Cebinden kelepçe çıkarıp fedainin kollarını arkasında kavuşturarak kelepçeledi. "James Collinson, tutuklusun."

"Neden?" diye bağırdı Collinson. "İntikam almaya çalıştım diye mi?"

"Marihuana yetiştirmek ve kaçakçılıktan," dedi teğmen. "Gidelim Jimbo."

Lanet olsun, diye düşündü fedai kapıdan uzaklaşırken, sanırım düğme 'kötü gün' konumuna geçti...

Horatio Doktor Wendall'a kartını verip Jason'dan haber alır almaz ona haber vermesini söyledikten sonra Hummer'ına binip Wolfe'u aradı. Daha şanslı günleri olmuştu, Jason da evde değildi ama CSI onun evi için bir arama emri çıkarmıştı bile.

Horatio onunla art-deco tarzı inşa edilmiş ve açık yeşile boyalı evin önünde buluştu. Üzerinde çiçek desenleriyle kaplı bir elbise, gözlerindeyse koyu renk camlı gözlükleri olan şişman bina sorumlusu onları içeri aldı.

Jason'ın evi Horatio'nun beklediğinden çok farklıydı. Halı bembeyazdı, mobilyalarsa kıvrımlı krom ve ahşap kullanılmış özel üretim modern bir Danimarka tasarımıydı. Tavanda raylı ışıklandırmalar, duvarlardaysa gümüş çerçevelerle asılmış zevkli bir seçimi yansıtan posterler vardı. Kitap raflarında Lucite panel ve alüminyum payandalar kullanılmıştı.

"İnek tipli biri için fazla gösterişli," dedi Wolfe çevresine bakarak.

Horatio kitaplığa yürüdü. "Sadece görünüşte öyle Bay Wolfe." Eldivenli eliyle uzanıp raftan bir kitap alarak başlığını yüksek sesle okudu: "Dungeons&Dragons Oyuncularının El Kitabı."

"Odaya pek uymuyor," dedi Wolfe.

"Oda da içinde yaşayana pek uymuyor," dedi Horatio. "Bakalım evin geri kalanı da aynı mı?"

Kısa bir koridorun sonundaki yatak odası çok farklıydı. Yatak dağınık, duvarlar yırtık posterlerle kaplı (Apollo 13, Vampir Avcısı: Buffy), Japon manga animasyonlarından fırlamış üzerlerinde çok fazla kıyafet olmayan kadın kahramanlar. Yerde üst üste yığılmış kirli çamaşırlar, dergi ve kitapların üstündeyse içlerinde yemek kalıntıları olan tabaklar vardı. Pencerelerden

234

birinin hemen önünde, üzerinde düz ekran bir monitör ve bilgisayar olan bir masa vardı, penceredeyse perde yerine gelişigüzel asılmış bir havlu vardı.

"Burası bana anlattığın adama daha çok uyuyor," dedi Wolfe.

"Evet, öyle," dedi Horatio. "Oturma odası resmi ve yapay; dış dünyaya yansıtmaya çalıştığı imaj bu. Bu odaysa asıl kişiliğini yansıtıyor."

"Sence bizimle oyun mu oynuyor H.?"

"Hayır. Bence onunla birileri oyun oynuyor... hem de dış görünüşün önemini öğretileyen birileri."

Wolfe odayı inceledi. "Bu öğreti pek işe yaramış gibi görünmüyor."

Umarım yaramamıştır, diye düşündü Horatio. "Bakalım kanıtlar ne diyor..."

Wolfe oturma odasını araştırırken Horatio da yatak odasında kaldı.

Horatio incelemesini tamamladığında, Jason eğer Ruth Carrell'la birlikte olmuşsa bile bunun kendi yatağında gerçekleşmediğine kanaat getirmişti. Yatak örtüleri uzun süredir değiştirilmemişti ve üzerinde herhangi bir fiziksel aktivite yapıldığına dair en ufak bir kanıt yoktu. Bu mantıklıydı; eğer Ruth Jason'ı baştan çıkardıysa bu işi tesisteki bir odada yapmış olmaları gerekirdi.

"Hey, H.? Şuna baksana."

Wolfe oturma odasının hemen yanındaki küçük mutfaktaydı. İçinde çok sayıda kirli bulaşığın durduğu evyenin yanında, Formika tezgahın üzerindeki bir fritözü

235

gösteriyordu. "Bir tarz geliştirmiş olabilir ama hijyen anlayışı pek fazla gelişmemiş," dedi Wolfe. "Roketçilerden biri bana yakıtı fritözde yaptığından bahsetmişti. Şuna baksana."

Horatio fritözün içine baktı. Kenarları sarımsı, mumlaşmış bir malzemeyle kaplıydı; parmağıyla küçük bir parça çıkarıp kokladı.

"Şeker," dedi. "Ve bahse girerim test ettiğimizde yüzde on amonyum perklorat da bulacağız. Roket için yakıtı hazırladığı yer burası."

"Fırlatma sistemi de burada mı sence?"

"Bakmadan bilmemize imkân yok değil mi?"

Apartman dairesinin her odasını tek tek aradılar. Roketçilik üzerine kitaplar, eski roket parçaları ve evyenin altında da küçük bir alet çantası buldular. Üzerine gelişigüzel bir şekilde dağıtılmış tel ve plastik parçalarına bakılacak olursa Jason mutfak tezgahını çalışma masası olarak kullanıyor olmalıydı.

Daha rahatsızlık verici olansa aradıklarını bulamamış olmalarıydı. "Diş fırçası yok, tıraş takımı yok," dedi Horatio. "Yatak odasındaki dağınıklık yüzünden emin olmak güç ama bahse girerim kıyafetleriyle bavulu da yoktur. Kaçmış... ama fazla uzağa gitmiş olmadığını tahmin ediyorum."

"Zindelik Yöntemi tesisine mi? Sinhurma'nın onu saklamaya çalışacağını mı düşünüyorsun?"

"Bunu düşünüyorum," dedi Horatio ciddi bir şekilde, "ama Jason'ın umduğu şekilde değil."

Calleigh, Charette ve Oğulları'nın kapısından içeri yüzünde büyük bir gülücükle girdi. Oscar Charlessly sanki iri bir köpekmiş gibi okşadığı büyük bir sanayi tipi dolabın yanındaki yeşil süveterli kadınla konuşuyordu. Kadın başını aşağı yukarı sallayarak gülüyordu, belli ki halinden çok memnundu.

Tam bir satışçı, diye düşündü Calleigh.

Yanlarına gidip, "Tekrar merhaba," dedi.

Oscar ona doğru dönüp gülümsedikten sonra, "Seni görmek çok güzel! Bir saniye bekler misin tatlım, burada işim bitmek üzere... –"

"Üzgünüm Oscar," dedi tatlı bir ses tonuyla, "ama biraz acelem var. Eğer işinin bitmesini bekleyecek olursam bütün bün burada kalabilirim."

Oscar gülümsedi. "Zaman mevhumum pek yok öyle değil mi? Pekâlâ Bayan Duquesne, sizin için ne yapabilirim?"

"Bunların içine ne kadar kurutulmuş marihuana konabileceğini söyleyebilirsin," dedi neşeli bir şekilde dolabı işaret ederek. "Bir çeşit özel yapım taşıma aleti öyle değil mi? Sanırım aynı iş için bu tip büyük boy aletlerin hepsi kullanılabilir; fırınlar, bulaşık makineleri, kurutucular..."

Kahkahası arttı. "Bak, bak, bak! Şortumda da kokain taşıyorum öyle değil mi? Orada da yeterince büyük bir alan var!"

Yeşil süveterli kadın da gülümsedi ama tereddüt ediyor gibiydi.

"Hayır, bence yalnızca yeşil ve yapraklı olan maddeyle kendini sınırladın," dedi. "Eski aletleri bulmak güçtür; senin içinse çalışmalarına bile gerek yoktu öyle değil mi? Georgia sınırından Miami'ye gidip gelen büyük bir kamyon kullanman için yeterli bir mazeret yaratıyorlardı. Miami'ye Karayipler'den o kadar çok miktarda uyuşturucu girişi oluyor ki diğer taraftan getirerek şüpheleri üzerine çekmeyeceğini düşündün. Yerel bir tedarikçi kullanarak ucuza mı satıyorsun? Jamaika ganja'sından daha düşük kalitede bir ürün, ama yüksek kalitede klonlar kullanarak bunun üstesinden geldin, bir tür özel tasarım gibi. Ve son olarak da malın bir kısmını haşhaşa çevirerek kârını en üst seviyeye çıkardın, tıpkı bir şarap imalatçısının kötüleşen üzümlerden brendi yapması gibi. Hatta saçları rastalı bir satışçın bile vardı. Pazarlamanı kuvvetlendirmek için onu seçtin öyle değil mi? Gerçekten de Oscar, tam bir ticaret adamısın."

Yeşil süveterli kadın hayretle onlara baktı. Calleigh ona dönüp gülümseyerek, "Gidebilirsiniz," deyince kadın dışarı çıktı.

Charlessly başını iki yana sallıyordu ama hâlâ neşeli görünüyordu. "Ne söyleyeceğimi bilmiyorum Bayan Duquesne... bu harika bir hikaye. Sanırım avukatımın her şeyi toparlaması gerekecek..."

"Ah, ona birçok iş imkânı vereceğinize eminim. Ama önce sizinle halletmemiz gereken bir iş var." Arka cebinden katlanmış bir kâğıt çıkarıp ona uzattı. "Bu kaldığınız yeri, kullandığınız araçları ve bilgisayar kayıtlarınızı inceleyebilmemiz için bir arama emri. Eski aletlerle ilgili tek sorun sizin de bildiğiniz gibi içlerinde birçok köşe, kenar ve flanş olması. Anlarsınız ya; yağ, toz ve farklı atık maddeleri tutmaya meyilli parçalar. Acaba bunlara bir bitki parçası da takılmış olabilir mi?"

"Öyle olsa bile," dedi, "kullandığım tüm aletler ikinci el. Jürinin beni eski bir buzdolabının tarihçesinden sorumlu tutacağını düşünmüyorum... –"

"DNA sonuçlarını değiştiremezsin Oscar. Klonları kullandığın için bulacağım her iz daha önceki üç tutuklamaya bağlanacaktır: Kuzey Florida'daki, haşhaş laboratuvarı ve Kyle Doolittle'ın yürüttüğü yetiştiricilik. Ve Dooley de bize oldukça fazla şey anlattı..."

Yüzündeki gülümseme öylece donup kalmıştı. Calleigh eliyle kapının önünde bekleyen iki memura işaret edince içeri girdiler.

"İyi bir işadamı olmanın belirleyicilerinden biri de düzgün kayıt tutmaktır," dedi Calleigh. "Kayıtlarına ulaştığımızda – hani şu şifresini hatırlamadığın – birçok şey bulacağımızı düşünüyorum."

Charlessly'nin buna verecek yanıtı yoktu.

Bir satıcıyı susturmak, diye düşündü Calleigh. Bu neredeyse pantolonunu mahvetmeye değmişti.

Zindelik Yöntemi'nin büyük dökme-demir kapısı kilitliydi. İçeriye yapılan aramalar yanıtsız kalıyordu. Horatio daha direkt yöntemler kullanmak zorundaydı.

"Kırın," dedi. Polis aracının direksiyonundaki memur başını sallayıp vitesi taktıktan sonra gaza bastı.

Aracın tamponundaki şahmerdan kapıya okkalı bir CLANG sesiyle çarpar çarpmaz kapı açıldı.

Kurşun geçirmez yelekli Horatio silahını çekip polis aracının arkasından içeri girdi. Hemen yanında dört tane SWAT polisi vardı.

Çevrede kimse yoktu. Polisler çevreye dağılıp okçuluk alanını, havuzu ve oditoryumu kontrol ettiler. Hepsi boştu.

"Bu iyi değil," diye mırıldandı Horatio. Yatakhanede karşılaşacağı manzaradan korkuyordu... ama orada tek bulduğu küçük, düzenli yatakları düzgün bir şekilde yapılmış odalar oldu.

Sinhurma'nın ofisiyle yaşam alanları da terk edilmişti. Horatio'nun doktorla en son görüştüğü yer olan Japon bahçesinde üzerine küçük, gri bir taş yerleştirilmiş katlı bir kâğıt buldu. Kâğıdın üzerinde, birkaç fırça darbesi ve siyah mürekkeple oluşturulmuş Japonca ideogram vardı. Horatio ne anlama geldiğini bilmiyordu... ama onun için hazırlanmış olduğuna emindi.

"İdeogramlar *sayanora* anlamına geliyor," dedi Delko. "Hoşçakalın."

O, Wolfe ve Horatio kliniği araştırıyorlarken Calleigh hâlâ Charette ve Oğulları'yla meşguldü.

"Japonca biliyor musun Eric?" diye sordu Horatio.

"Çok az. Tokyo'lu bir değişim programı öğrencisiyle bir süre çıkmıştım, bana küçük notlar bırakırdı. Eğer ne anlama geldiklerini bilirsem karşılığında bir ödül olurdu."

240

"Bizim alacağımız ödül bir katliamı engellemek olur," dedi Horatio. "Eric, sen yatakhanelerden başla. Wolfe, sen kliniği al. Her ikiniz de güvenlik merkezine dikkat edin, tüm bu kameraların bağlı olduğu bir yer olmalı. Ben Sinhurma'nın özel odasına gideceğim. Nereye gittikleri ya da ne yapmaya çalıştıklarıyla ilgili herhangi bir ipucu arıyoruz. Her tür program tablosu da işe yarayabilir. Hadi gidelim."

Delko koşarak uzaklaştı. Wolfe bir an duraksadıktan sonra, "Gerçekten de bir tür toplu intihar olayı olabilir mi sence?" diye sordu.

"Söylemek güç," dedi Horatio. "Sinhurma insanları kolay ikna ediyor; bu sadece bir aldatmaca da olabilir. Onu rahatsız edip bir hata yaptırmaya çalışıyordum; aynı stratejiyi benim üzerimde kullanmayı deneyecek kadar zeki biri. Eğer aşırı tepki verirsek kamuoyunu kullanarak bizim sadece 'paranoyak özel tim' üyeleri olduğumuzu iddia edebilir; bunlar benim değil yargıcın cümleleri. Arama emri alabilmemiz bile büyük şans."

"Ama Sinhurma'nın gerçekten de ciddi olabileceğini düşünüyor musun?"

"Onu, bulup kendisine sormamız gerektiğini düşünüyorum," dedi Horatio. "Hem de hemen."

Yatakhaneler ne kadar manastır havasındaysa Sinhurma'nın özel yaşam alanı da o kadar gösterişliydi. Büyük bir oturma odasının tamamen camlı olan bir bölümü Japon bahçesine bakıyordu; Horatio'nun en son ziyaretinde buradaki jaluziler kapalı olduğundan şu anki manzarayı görememişti.

Cilalı parke olan zeminin üzerindeyse filleri dahi kaplayabilecek büyüklükte İran halıları seriliydi. Duvarın bir tarafındaki gömme raflarda birçok farklı eşya vardı: mücevherli bir hançer, alevler tarafından yutulan bir kuş heykeli, Mısır'dakileri andıran altın bir maske. Odanın çevresinde gelişigüzel bir şekilde yerleştirilmiş devasa sırma kaplı yastıklar vardı; odadaki tek eşyaysa pencere kenarına yerleştirilmiş, üzerinde ince bir sümen olan yükseltilmiş bir platformun üzerindeki şeffaf Lucite[29] masaydı. Sinhurma'nın tahtı.

Tam burada oturdun; Miami'nin gün ışığı üzerine vuruyordu doğru zaman yakalanırsa başının arkasında batan güneş görülebilirdi. Şu Lucite platformla sanki havada uçuyormuşsun gibi görünüyordun öyle değil mi?

Buraya yalnızca sana en yakın olanlar girebiliyor ve her biri de yere oturup seni görmek için yukarı bakmak zorunda kalıyordu. Yorucu egzersizler ve az yemek yiyerek geçirdikleri bir günün sonunda şu büyük yastıklar onlara cennette oldukları hissini veriyor olmalıydı... ve işte tam böyle anlarda evrenin sırlarını açıklardın. Elbette ki tüm müritlerini ilaçlarla uyuşturduktan sonra...

Dikkatli bir şekilde odayı inceledi ancak Sinhurma'nın müritlerini nereye götürmüş olabileceğiyle ilgili herhangi bir ipucuna rastlayamadı.

Sırada Sinhurma'nın yatak odası vardı. Öylesine sıradan bir odaydı ki, Horatio önce misafirler için ol-

---

29 Dayanımı sayesinde teknelerde de kullanılan bir sentetik polimer markası, ç.n.

duğunu düşündüyse de diğer odaları gördükten sonra gerçeği anladı.

Yatak elbette ki büyük boydu ve üzerinde mor renkli bir kadife yorgan vardı. Odada koyu renk, cilalanmış ahşaptan yapılma antik bir makyaj masasıyla çekmeceli masa vardı. Pahalı takım elbiselerle ayakkabıların bulunduğu dolabın dışında ipek kıravatlarla dolu bir raf vardı. Kıyafetlerin dışında oda boş bir otel odası kadar sterildi.

Horatio şimdiye kadar birçok yatak odası aramış, farklı hayatların yaşadığı bu odaların her köşesini araştırmıştı. İlk kez böylesi bir boşlukla karşılaşıyordu. Sanki birileri bu odaları bir çeşit kozmik elektrikli süpürgeyle süpürerek her tür kişisel detayı ortadan kaldırmıştı. Hazırlanarak gerçekmiş izlenimi vermek için bekleyen bir mobilya dükkânı vitrinine benziyordu.

Bu sen değilsin. Bu, yalnızca benim bulmam için bıraktığın bir hayal ürünü. İnsanların kendilerini savunma güçlerini nasıl siliyorsan bu odadan da kendini o şekilde silmişsin. Tıpkı insanların yaşamlarını sildiğin gibi.

Ama Horatio kandırılması kolay biri değildi.

Takım elbiselerle ayakkabılar dışında en ufak bir kişisel eşya yok. Onları da yanında götürebilirdi, neden bıraksın ki?

Bir mesaj vermek için.

Bir başka "hoşça kal" mesajı, ama bu kez hedef kıyafetlerin temsil ettiği şeydi. Toplumun ana akımının eğilimleri, toplumda tutunanların muhafazakâr kıyafet-

243

leri. Her nereye gittiysen orada bir daha takım elbise giymeyi düşünmüyorsun.

Yatak odasının hemen dışındaki banyoda da hiçbir yaşam belirtisi yoktu. Ne bir ilaç, ne bir banyo malzemesi ne de bir havlu vardı. Eğer Sinhurma'nın ortadan kaybolması planlı bir organizasyonsa hiçbir detay atlanmamıştı.

Wolfe ve Delko'nun kendisinden daha şanslı olduklarını umuyordu.

Sinhurma'nın ofisi Wolfe'un beklediğinin aksine ahşap panelli ve duvarları kitap raflarıyla kaplı bir ofis değildi. Tam aksine tabandan camlı tavana kadar çiçeklerle kaplıydı, bir köşede küçük bir çeşme ve odanın ortasından akan yapay bir dere vardı. Üzerinde kablosuz bir klavye duran masanın hemen arkasında aynı malzemeden yapılmış bir sandalye vardı. Monitör ve kasa, bambudan bir dolap olarak kamufle edilmiş duvar bölmesinin içindeydi; çift kanatlı kapıların arkasında hava geçirmez şekilde kapatılmış, iklim kontrollü cam bir dolabın arkasında odanın nemini kontrol eden bir ünite vardı. Bir başka bambu kaplı çekmeceli dolap aynı şeyi kitaplarla çekmecelerdeki belgeler için yapıyordu; tabii eğer içinde herhangi bir belge bırakılmış olsaydı. Çoğu tıbbi metinlerden oluşan kitaplar bırakılmıştı ancak tüm dosyalar alınmıştı.

Bilgisayarı açmaya çalıştıysa da hiçbir şey olmadı. Cihazı hızlıca inceleyince cam bölmeyi açmayı başardıktan sonra – tüm sürücülerinin çıkarılmış olduğunu gördü. Kablolardan da tüm güvenlik kameralarının bu cihaza bağlı olduğu anlaşılabiliyordu. Çevresinde hiçbir disket yoktu.

Wolfe göğüs geçirdi. Saksıdaki palmiyeler konuşmaya başlamadığı sürece odadan herhangi bir ipucu bulabilecekmişe benzemiyordu.

Ve tam o sırada resmi fark etti.

Masanın sağ tarafındaki duvarda asılıydı. *Duvara asılan resimlerin ilginç yanı,* diye düşündü Wolfe, *onları her gün görmendir. Ve bir süre sonra onları görmemeye başlarsın, odanın bir parçası olurlar.*

Yaklaşıp resmi yakından inceledi. Resimde gülümseyen bir Sinhurma'nın çevresine toplanmış neşeli hastalar vardı, anne tavuğun çevresine toplanmış civcivler gibi görünüyorlardı. Hızlıca resimdeki yüzleri sayıp toplam yirmi altı kişinin olduğunu çıkardı.

Ruth Carrell ve Phillip Mulrooney yanyana duruyorlardı. Her ikisi de vakur ve mutlu görünüyordu.

"Bir de resimler yalan söylemez derler," diye mırıldandı Wolfe.

Delko yatakhane odalarının hepsinde aynı manzarayla karşılaştı: portatif bir karyola, çekmeceli bir şifonyer, boş bir dolap. En azından ilk bakışta odaların hepsi böyle görünüyordu.

Alternatif Işık Kaynağı'nın altındaysa durum bambaşkaydı. Kan yoktu, ama başka vücut sıvılarına rastladı, spermal ve vajinal. Birkaç yastığın üzerinde farklı renkte saç ve yatağın altında temizliği her kim yaptıysa gözden kaçırdığı kullanılmış bir prezervatif vardı. Yatakların darlığına rağmen orada yaşayanlar aynı yatakta birbirlerine yer yaratmışa benziyordu.

Ortak banyoda boşaltılmamış bir çöp tenekesi vardı, içinde de çok sayıda kullanılmış tuvalet kağıdı.

"Ya birisi nezleydi," diye mırıldandı, "ya da çok fazla ağlıyorlardı..."

Aldıkları notları karşılaştırmak için mutfakta buluştular.

"Ofis temizlenmiş," dedi Wolfe. "Bilgisayarların disket sürücüleri yok, ders metinleri dışında hiçbir belgenin kopyası yok, kamera kayıtları da dahil."

"Peki ya klinik?" diye sordu Horatio.

"Tıbbi malzeme ve ekipman buldum ama her şey sterilize edilip temizlenmiş. İlaç yok, şırınga yok, pamuk ya da tıbbi atık da yok. Ama şunu buldum." Horatio'ya resmi gösterdi.

"Yatakhaneler mi?" diye sordu Horatio.

"Boş, ama pek temiz değil," dedi Delko. "Kullanılmış tuvalet kâğıtları, bir prezervatif ve cinsel aktivite izleri buldum. Hem de hemen hemen her yatakta."

"Yani ya gece yarısı partileri yapıyorlardı," dedi Horatio, "ya da bunun son şansları olduğunu düşünüyorlardı."

"Peki ya bu oda?" diye sordu Wolfe.

"Baştan aşağıya inceledim," dedi Horatio. "Taze meyve ya da sebze yok, konserve ya da kurutulmuş yiyecek de yok. Birkaç tabak ve görünüşe bakılırsa

246

yanlarına almak istemedikleri bazı mutfak aletlerinden başka bir şey bulamadık."

"Bu iyiye işaret," dedi Delko. "Toplu intihar planı yapan kişiler akşam yemeğini düşünmezler."

"Tabii onlarla Sinhurma'nın planları aynı değilse," dedi Horatio. "Sorun şu ki bu planların ne olduğu hakkında hiçbir fikrimiz yok. Sinhurma'nın ne düşündüğünü anlamalıyız...

"Wolfe, laboratuvara dön. Zindelik Yöntemi'nin internet sitesinin hâlâ aktif olup olmadığını kontrol edip en son eklenen yazıları incele. Eğer ciddi bir şeyler planlıyorsa bunu duyurma isteğine karşı koyamayacaktır.

"Delko, sen de dışarıdaki binalarla bahçeyi incele. Ben Dünyevi Bahçe'ye gidip orada neler olup bittiğine bakacağım."

Hem James "Jimbo" Collinson hem de Oscar Benjamin Charlessly'i tutuklayan memur, buldog inadı ve sabit fikirliliğini Calleigh'in çok iyi bildiği huysuz, kel biri olan Teğmen Frank Tripp'ti. Calleigh Charlessly ile sorgu odasında konuşurken o da yanlarındaydı, masanın karşısından şüpheli şahısa öfkeli bir şekilde bakıyordu. Calleigh Frank'i severdi; sigara içilmesinden hoşlanmamasına rağmen ne zaman Frank'i düşünse onu dişlerinin arasına sıkıştırdığı bir puroyla hayal ederdi.

"Evet Oscar," dedi neşeli bir şekilde, "görünüşe göre kötü niyetli birileri senin kullanılmış cihazlarını yüksek kalitede uyuşturucuyla doldurmuş."

247

Satışçı duruşunu değiştirmemişti; avukatının orada bulunması konusunda ısrar etmesine rağmen birkaç soruya yanıt vermeyi kabul etmişti.

"Bu korkunç bir şey," dedi gülümseyerek. "Ama bu konuda size nasıl yardım edebileceğimi anlayamadım."

"İyi de benim yardım istediğim konu bu değil ki," diye yanıtladı. "Bilmek istediğim şey Samuel Lucent, Kyle Doolittle ve onun arkadaşı olan James Collinson dışında bir ortağın olup olmadığı."

"Keşke olsaydı," dedi Charlessly. "Jimbo'yu da yakaladınız öyle mi?"

Solgun tenli, kıvırcık saçlı ve ıslak bakışlı biri olan avukatı, "Müvekkilim bu bahsettiğiniz kişileri tanımıyor..." dedi.

"Ah, rahatla George," dedi Charlessly. "Sadece gayri resmi bir şekilde sohbet ediyoruz, doğru değil mi Bayan Duquesne?"

"Elbette Oscar. Yani başka biri yoktu öyle mi?"

"Korkarım hayır," dedi nazik bir şekilde. "Yani eğer suçu dağıtabiliyor olsaydım bunu yapardım; ama tüm balıkları tek seferde yakalamışa benziyorsunuz, öyle değil mi? Bu arada tüm bunların içinde benim kesinlikle küçük balık olduğumu da belirtmeliyim; kamyonetlerimin yasadışı maddelerin taşınmasında kullanıldığını nereden bilebilirdim ki? Taşıma ya da yüklemelerin hiçbirisini ben yapmadım, bu tamamen Jimbo'nun işiydi. Samuel ise sadece birkaç mikserle blender sattığım biriydi. Bana soracak olursanız," dedi öne eğilip fısılda-

248

maya başlayarak, "bu operasyonun beyni Dooley'dir."
Göz kırptı.

Calleigh kendini zorlamasına rağmen gülümsedi.
"İyi deneme Oscar. Bilgisayarında bulduğumuz dosyalar bu operasyondan ne tür bir gelir elde ettiğini gösteriyor ve herkes de bunun senin fikrin olduğu konusunda hemfikir."

Omuz silkerek arkasına yaslandı. "Sanırım mahkemede herkes birbirini işaret edecek bu durumda. Bana inanın, eğer ölü-beyinli iki motorcuyla rasta saçlı bir tesisatçının dışında bir yönetici gösterecek olsaydım, bunu yapardım."

"Şaşkınım Oscar," dedi Calleigh. "Senin gibi kurnaz birinin daha hazırlıklı olacağını düşünürdüm."

Oscar kıkırdadı. "Tüm avanakları kandırdığımı mı düşünüyorsunuz yani? Bayan Duquesne, ne yazık ki ben o kadar katı kalpli biri değilim. Bir miktar uyuşturucu kaçakçılığı yapmış ya da yapmamış olabilirim ama bu beni bir canavar yapmaz."

"Belki de hayır," dedi Calleigh, "ama iyi insanlar yatırımlarını korumak için Claymore mayınları döşemezler."

Horatio Dünyevi Bahçe'yi kapalı ve kilitli vaziyette buldu. Suç mahalli statüsü bir gün önce bitmişti ancak görünüşe göre henüz açılmamıştı. Ön pencereden içeriye baktı ancak içeride daha öncekinden farklı bir şey göremedi. Zaten arama emri restoranı kapsamıyordu ve çevrede içeri girmek için izin isteyebileceği kimse de yoktu.

Gökyüzünde gri bulutlar toplanıyordu, Phillip Mulrooney'nin öldürüldüğü geceki gibi şimşekler çakıyordu. Horatio suç araştırma laboratuvarına geri dönerken her an yağmurun başlamasını bekliyordu; şimşekler çakıp duruyor ancak hiddetli bir ses dışında başka bir şey çıkarmıyordu.

Sinhurma'ya çok mu yüklenmişti?

Yatakhanede iki düzine insanı barındıracak kadar yer vardı. Sinhurma'yla birlikte yirmi beş kişi. Jonestown tarikatı gibi siyanürlü Kool-Aid mi içmişlerdi yoksa daha kötü bir şey mi planlıyorlardı? Japonya'daki Esas Gerçek adlı kıyamet günü tarikatı metroya sarin gazı vererek on iki kişinin ölümüne binlerce kişininse yaralanmasına sebep olmuştu... Yoksa buna benzer bir şey mi yapacaklardı? Sinhurma'nın tıp diploması ona her tür ilaca erişim imkânı veriyordu; eriştiği ilaçları dağıtacak yirmi dört gönüllüyle birlikte yapabileceği şeyleri düşünmek bile korkunçtu.

Sinhurma'ya çok mu yüklenmişti?

Gökyüzü bu konuda kendi fikrini belirtiyordu; Horatio ne anlama geldiğini bilmiyordu ancak yaptıklarını onaylamış gibi görünmüyordu...

12

TELEFONU ON kez çaldıktan sonra açıldı. "Bayan Murayaki lütfen," dedi Horatio. "Teğmen Caine deyin."

"Merhaba Horatio," diye yanıtladı Sun-Li'nin sakin sesi. "Asistanım izinli ve ben de sahadayım; aramalar bana yönlendiriliyor. Yardım etmek isterdim ama şu anda biraz meşgulüm..."

"Bir başka Cennet Geçidi olayını engelleyemeyecek kadar meşgul müsün?"

Çok kısa bir duraksama oldu. "Pekâlâ, seni dinliyorum. Durum nedir?"

"Ortadan kaybolan bir tarikat var. İki düzine kadarlar. Liderleri, bir cinayet şüphelisi ve korkunç bir şey yapmaya karar vermeden önce onu bulmalıyım."

Karşı hattan gelen donuk ses, yanıtını böldü. "... net olsun. Horatio? Orada mısın?"

"Evet. Ama ne dediğini duyamadım."

"Bak, bunu yüz yüze konuşmalıyız. Buluşabilir miyiz?"

"Tabii ki. Neredesin?"

"Şu anda ters bir yerdeyim. Yolu tarif etmem lazım."

Kalem kâğıt çıkarıp adresi not aldı. "Yarım saat kadar sonra görüşürüz," diyerek telefonu kapattı.

Gitmesini söylediği yer Florida City'nin ilerisindeki bir narenciye çiftliğiydi; portakalın o hoş kokusunu bir mil öteden almaya başlamıştı. Gece henüz çökmüştü ve cırcırböcekleri o kadar çok ses çıkarıyordu ki neredeyse şehri istila etmek üzere harekete geçecekleri düşünülebilirdi.

Hummer'ı küçük bir çiftlik evinin önüne park etti. Murayaki onu evin girişindeki üç yanı da kapatılmış sundurmada bekliyordu. Eski moda bir bahçe salıncağına oturmuş elindeki şişeden su içiyordu. Bol bir kot pantolon ve üzerinde UNIVERSITY OF CHICAGO yazan kapşonlu pamuklu tişörtüyle bir önceki görüşmelerine göre çok daha spor giyinmişti.

Araçtan inip merdivenleri çıktıktan sonra sundurmanın gıcırdayan kapısını açtı. "Bayan Murayaki," dedi. "Görüşmeyi kabul ettiğiniz için teşekkürler. Rahatsız etmiyorum ya?"

"Sanırım içeride aklını başına toplaması için bağladığımız kendini kaybetmiş bir tarikat üyesi var mı diye sormak istediniz." diye sordu. "Böyle bir durum varsa sizi hem hiç istenmeyen hem de kanunsal yükümlülüklerinize ters düşen güç bir durumla karşı karşıya bırakmış olurum öyle değil mi?"

Gülümseyip ellerini beline koydu. "Şey, konuyu açmışken..."

Murayaki de gülümsedi. "Merak etmeyin... – artık bunu yapmıyoruz, mahkeme kararı ya da yasal ebeveynlerin çocukları için istedikleri durumlar dışında. Güçlü tarikatlar bizden çok daha fazla avukat tutabiliyorlar ve yıllardır bizimle savaşıyorlar."

"Peki neden bu ücra mekan?"

"Ailesi burada yaşıyor," diye yanıtladı. "Herkes Miami Sahili'nde bir ev alamıyor maalesef." Horatio oturmasını işaret ettiği bahçe salıncağına oturunca salıncağın ağırlığına göre kendisini ayarlayan bir hayvana binmiş gibi hissetti.

"Görüşmek için şehre gelirdim ama şu anda sürecin çok kritik bir aşamasındayız," dedi. "Güven bağı oluşturmak çok önemlidir ve bu da yakınında olmayı gerektirir."

"Ne kadar süre boyunca?"

"Ortalama dört gün, tabii kişiye göre değişir. Tarikatta ne kadar uzun süre kaldıysa bu süreç de o kadar güçleşebilir. Belli bir noktadan sonra yalnızca tarikattan ayrılmakla kalmayıp dostlarını, sevgililerini hatta bazen çocuklarını bile bırakıyorlar."

"Peki siz ne yapıyorsunuz? Yoksa bu meslek sırlarını açığa çıkarmak mı olur?"

Arkasına yaslandı, salıncak hafifçe sallanmaya başladı. "Aslında bunun gizemli bir yanı yok. Tüm tarikatların yapmaya çalıştığı şey eleştirel düşünce gücünü insanın elinden almaktır; ben sadece bunu geri veriyorum."

"Bu kadar kolay mı? Yani ne de olsa bir atı suya götürebilirsiniz... ama düşünmesini sağlayamayabilirsiniz. Neyse ki üzerinde çalıştığım kişiler sizin şu atınızdan çok daha zeki, sadece bazı şeylerin hatırlatılması gerekiyor. Benim yaptığım da aslında bu; insanlara kendileri için düşünmeyi yeniden öğretiyorum."

"Dört günde."

Omuz silkti. "N'olmuş, zor işleri severim."

Horatio öne eğilip kollarını dizlerinin üstüne koyarak ellerini birleştirdi. "Detayları sağlama konusunda çok yardımcı olduğunuzu düşünmüyorum."

Horatio'ya sertçe bakıp göğüs geçirdi. "Bakın, tek yaptığım üzerinde çalıştığım kişilere gerekli bilgileri vermek. Hepsi bu. Konuyu Hıristiyanlık'la kapatmaya çalışan müdaheleciler var ama çoğumuz dini inançlar yerine nesnellik ve dürüstlüğe güveniyoruz. Hem dini temel alan her tür argüman eninde sonunda hiçbir gerçek kanıt olmaksızın bir başka inançla çarpışır. Ben yanımda mantığın olmasını isterim; hiçbir şey bir tartışmada kesin bir gerçeğin yerini alamaz."

"Söylediklerinize bakılırsa," dedi Horatio, "size muhalif olan yalnızca polisler değil."

"İnsanlar beni çocuklarının elini tutmam için çağırmıyor," dedi. Elindeki şişeyi salıncağın dayanağına bıraktı. "Benim aslında kim olduğumu biliyor musun? Ben bir kiralık katilim. Tarikat eski kişiliğin üzerine bir yenisini inşa eder – hatta ona bir de isim verir – ve o kişilik kocaman, kan emici bir asalaktan başka bir şey değildir. Toplumdan para, sorgusuz sualsiz bir işgücü ve daha çok kurban emen bir parazittir. Ne kadar uzun süre yaşarsa gerçek kişilik de o kadar zayıf düşer. Benim işim o paraziti öldürmektir... ve evet bu benim çok hoşuma gidiyor."

Sesi oldukça düzgündü ancak Horatio salıncakta vücudunun titrediğini hissedebiliyordu; her iki eliyle de ayağının dibindeki tabureyi kavramıştı. "Başlarda hep aynıdır," dedi alçak bir sesle. "İnek gibidirler, inatçı, aptal ve yavaş; sorduğun her soruya ezberlenmiş bir yanıt alırsın. Parmaklarını sokabileceğin bir çatlak, bir açıklık bulup zorlamalısın."

"Hiç fazla zorladığın biri oldu mu?"

"Bu konuyla alakalı bir soru değil. İş tanımım hepsini fazla zorlamamı gerektiriyor."

"Yani hiç aşırı tepki veren biriyle çalışmadın mı?"

"Ne gibi... fiziksel saldırı gibi mi?"

"Aslında kendisine zarar veren var mıydı diye merak ediyorum," dedi Horatio.

Suratı asıldı. "Sadece bir kez. Zor bir işti, daha sıkı önlem almış olmam gerekirdi. Ama henüz işimde yeniydim ve neye bulaştığımın farkında değildim."

"Ne demek istiyorsun? Senin eskiden tarikatlara üye çektiğini sanıyordum."

Göğüs geçirip arkaya yaslandı. "Evet ve karşı tarafa geçince ters yöne doğru gidebileceğim kadar gittim. Kimse sigaradan eski bir sigara tiryakisi kadar nefret etmez biliyor muydun? Yani o zamanlardaki davranışlarım tarikat karşıtıydı."

"Şu an tarikatlara karşı çok iyi davrandığın düşünülecek olursa..."

"Ah, o zamanlar çok daha kötüydüm. Öyle ki muhakeme gücümü kaybettiğim oluyordu." Su şişesine uzanıp bir yudum aldı. "Göremediğim – görmeyi reddettiğim – şey bazı insanlar için tarikatların geride bıraktıkları yaşamlarından daha iyi olmasıydı."

Horatio'nun kaşları kalktı. "Buna inanmak güç."

"Bir tarikata katılmanın iyi bir seçim olduğunu söylemiyorum," diye ekledi hızlı bir şekilde. "Asla değildir. Ama bir insanı dikkatli bir şekilde kontrol edilen bir ortamdan çıkarırsan gidebilecekleri başka bir yer olmalı. Yoksa ipleri kesilmiş bir kuklaya dönerler."

Horatio bunu bir süre düşündü. *Zindelik Yöntemi'ndeki insanlar... gidecek daha iyi bir yerleri var mıydı?*

Elbette ki var. Arkadaşları, aileleri var; Sinhurma onları sokaktan toplamadı ki, parası olan insanları hedef aldı.

Sorun gidebilecekleri daha iyi bir yer olmaması değildi; Sinhurma'nın hastaları o yere vardıklarını düşünüyorlardı. Tesis, doktorun hazırladığı küçük bir ütopik dünyaydı, insan yapımı bir güzellik, gençlik ve neşe abidesi. *Peki Zindelik Yöntemi vaat edilen cennetse, şu anda neredeler?*

"Bakın," diye devam etti Murayaki, "çoğu tarikat üyeleri, popüler görüşün aksine, yıkılmış ailelerden ya da kötü bir çocukluktan kaçmıyorlardır. Genellikle maddi ve eğitim durumları çok iyidir. Ama zaman zaman istisnalar da olur..."

"Ki böyle bir istisnaya rastladınız."

Bir süre düşünceli bir şekilde sessiz kaldı. "Beni yanlış anlamayın," diye konuşmaya başladı yeniden, "Tarikat onu kurtarmış falan değildi; gruplarının hayatta kalmasından başka bir şey düşünmezler. Ama bu adam... psikolojik sorunları vardı. Ailesi yoktu, arkadaşı yoktu, devletten aldığı özürlü maaşıyla zar zor geçiniyordu. Tarikat onu bir sokak köpeğini eve alır gibi aldı, tek fark onu kullanmak için bir yol buldular. Bağış toplamak ve insanlara ne kadar güvenilir ve iyi kalpli olduklarını göstermek için bulunmaz bir fırsattı."

"Peki ya bunu gösterecek kimse olmadığında?"

Acı acı güldü. "Ah, yani onu dövüp kafesine kapatarak artıklar dışında yemek vermedikleri zamanları mı kastediyorsun? Keşke o kadar basit olsa. Hayır, muhtemelen ona tarikattaki herkesten daha iyi davranılıyordu, istediklerini yaptırabilmek için onu aç bırakmalarına ya da beynini yıkamalarına gerek yoktu. Tek yapmaları gereken ona biraz ilgi göstermekti ve o da karşılığında ne derlerse yapıyordu. Evet, kullanılıyordu ama hayatında hiç olmadığı kadar mutluydu."

"Ve sen de bunu ondan aldın."

"Evet," dedi alçak bir sesle. "Aldım. Ona aldıkları paraların nereye gittiğini göstermeye çalıştım ama bu çok karmaşıktı. Eski tarikat üyeleriyle görüşmesini sağlayıp onların tarikattan ayrılmaları için yaptığımız seansların kayıtlarını izlettirdim. Sonunda ona en çok dokunan şeyse, kâr elde etmek için onu bir aptal gibi göstermeleri oldu. O lanet olası kalın kafasına bunu sokana kadar gerçekleri tekrarlayıp durdum."

Eskisinden bile daha sinirli görünüyordu. Horatio bekledi.

"Bir gün boyunca ağladı. Koca bir gün. Daha sonra bir bardak kırıp bileklerini kesmeye çalıştı."

"Ama başaramadı."

"Hayır. Bileklerini diktirip rehberlik seansına soktum. Masraflarını karşılayan bir kişi bile yoktu – daha önce de söylediğim gibi ne ailesi ne de arkadaşı vardı – bu yüzden tüm masrafları kendi cebimden karşıladım. Ve daha sonra o küçük dairesine ve o küçük yaşamına geri döndü."

"Eğer onu kurtarman için kimse para vermediyse, en başında neden buna kalkıştın?" diye sordu Horatio.

Ona durgun ve soğuk bir şekilde baktı. "Bir meydan okuma olduğunu düşündüm. Ve haklıydım; sadece ne tür bir meydan okuma olacacağını anlayamamıştım."

Horatio onu inceledi. "Peki ya şimdi nasıl?"

"Bildiğimi nereden çıkarıyorsun?" diye sordu

"Önsezi diyelim."

Yüz ifadesi yumuşadı. "İyi, sanırım. Dama oynamaktan hoşlanıyor."

"Onu ne kadar sıklıkla ziyaret ediyorsun?"

Bir an duraksadıktan sonra, "Her Perşembe," dedi.

"O halde en azından bir arkadaşı var öyle değil mi?"

"Bir işe yarıyorsa evet." Gözlerini kıstı. "Ama bunca yolu yaptığım kötü seçimlerle ilgili konuşmak için gelmedin değil mi?" En ufak bir geçiş olmadan aniden ciddileşivermişti. "Toplu intihara hazırlanıyor olabilecek bir tarikattan bahsetmiştin."

"Olabilir." Ona Sinhurma'dan, onunla yüz yüze konuşmalarından ve terk edilmiş klinikten bahsetti. Cinayet soruşturmasıyla ilgili detaylara girmedi ancak Sinhurma ve yandaşlarının baş şüpheliler olduğunu söyledi.

"Anlıyorum," dedi düşünceli bir şekilde. "Ve nereye gitmiş olabilecekleriyle ilgili bir fikrin yok öyle mi?"

"Bu konu üzerinde çalışan adamlarım var. Senden istediğim onu bulduğumuzda karşılaşabileceklerimiz hakkında biraz bilgi vermen."

"Tahmin etmek güç. Tarikat liderleri söz konusu olduğunda paranoyaklık neredeyse kesin bir olgu, ancak bu onun intihara kalkışacağı anlamına gelmez. Onu, yapmış olduğun gibi zorlamak bir tepki almayı garantiliyor ama beklediğin tepkinin bu olduğunu düşünmüyorum."

"Pek değil."

Omuz silkti. "Öte yandan bazen birisine ulaşabilmenin tek yolu onlarla yüzleşmektir. Bir diyalog başlatabilmek için dikkatlerini çekmen gerekir ve görünüşe göre sen bunu başarmışsın."

"Ancak yüzleşilen kişi ortadan kaybolursa bir diyalog başlatmak imkânsız hale geliyor," dedi Horatio.

"Bu bana ne ifade ediyor biliyor musun? Endişelendiğini... Bu adamın egosu konusunda haklısın ve eğer bahsettiğin bağlantıları varsa saldırıya geçmiş olabilir. Birkaç kişiden yardım istemiş, dini saldırıya maruz kaldığını söylemiş ya da bunun gibi şeyler yapmış olabilir. Olduğu yerde durmaması üç anlam ifade edebilir."

"Nedir bunlar?"

Parmaklarından birini kaldırdı. "Birincisi, seninle oynuyor olabilir. Mümkün – ne de olsa insanların düşünceleriyle oynamak iyi yaptığı bir şey – ama pek olası değil. Bir grubun ortadan kaybolmasını sağlamak hazırlık gerektirir, oysa tepkisel taktikler daha spontan gelişir."

İkinci parmağını kaldırdı. "İkincisi, gerçekten de ona ulaşmayı başardın ve kaçmaya başladı. Yine peşinde bir grubun olması onu yavaşlatır ve ortadan kaybolmasını güçleştirir; eğer gerçekten gitmek istese muhtemelen bir uçağa atlayıp suçluların geri iade edilmediği bir ülkede uzun bir tatile çıkardı."

Üçüncü parmağını da kaldırdı. "Ve üçüncüsü, daha ücra bir yere çekildi. Tarikatlar genellikle ücra yerlerde mülk sahibidirler, buralarda yeniden güç toplamaları kolaydır, böylelikle insanların giriş çıkışlarını kontrol de edebilirler."

"Yani sadece taşındı öyle mi?"

Başını iki yana salladı. "O kadar basit değil. Ortadan kaybolma oyunu zaten bir kaçış planı olduğunu gösteriyor, belki de önceden üzerinde çalıştıkları bir şeydir. Bu da tehlikeli bir düşünce tarzını gösteriyor."

"Nasıl tehlikeli?"

"Jim Jones gerçek olaydan önce müritlerinin sahte intihar teşebbüslerinde bulunmalarını sağlıyordu. Başlangıçta içtikleri tek şey Kool-Aid'di..."

"Ve sonra," dedi Horatio, "daha bitirici bir şey yaptılar."

"İşin sonu buraya varabilir, evet."

"Başka bir şey daha var," dedi Horatio. "Üyelerden birinin yeni alındığını, hatta daha önce karıştığı bir suç yüzünden özellikle seçildiğini düşünüyorum. Ona nasıl ulaşabileceğimle ilgili verebileceğiniz bir tavsiyeniz var mı? Yapmamam gereken şeyler nedir?"

"Kimileri yeni bir tarikat üyesini ikna etmeye çalışmanın daha tehlikeli olduğunu düşünür. Buna balayı evresi derler, tarikata yeni katılmış olan kişi o ilk güzel duyguların etkisinden henüz kurtulmamıştır. Ama ben buna katılmıyorum; tarikatta ne kadar uzun süre kalırlarsa tarikatla olan bağlarının güçlenmesi, kendilerinin eski yaşamlarından soyutlamaları daha kolaydır. Eğer bu kişiyle görüşme şansın olursa dürüstlük en güçlü silahın olacaktır. Onu kandırmaya ya da bir şeyler gizlemeye çalışmayın, sadece doğruları söyleyin. İlk başta bunu kabullenmek istemese de bir yanı söylenenleri anlayacaktır."

"Ne kadar acı verici olsa da mı?"

Bir yudum daha su içti. "Evet. İnsanlar gerçeğe ihtiyaç duyar. Bazen beni dinlemelerini sağlayan tek şeyin bu olduğunu düşünüyorum, liderlerinin onlara söylediği onca yalandan sonra biraz gerçeklik ararlar."

Saatine baktı. "Bak, içeri dönmeliyim. Ama... bir saniye bekler misin? Hemen döneceğim."

Horatio da onunla birlikte ayağa kalktı. İçeri girdikten az sonra elinde bir DVD kabıyla döndü. DVD'yi Horatio'ya verirken, "Gerçek bir seansa neden katılmana izin veremeyeceğimi anlayacağına eminim, ama kayıt ettiğim eski seansları izlemene izin verebilirim. Bazı müşterilerim oğulları ya da kızlarına rehberlik yapmam için beni tuttuklarında neyle karşılaşacaklarını bilmek ister. Bu sana kullandığım tekniklerle ilgili fikir verebilir... belki işe yararlar."

"Teşekkürler," dedi Horatio. "Ve iyi şanslar."

"Size de..."

CSI ekibinin dalgıcı olmasına rağmen Eric Delko'nun tercih ettiği egzersiz koşmaktı. Günde en azından bir saat koşmaya çalışıyordu, genellikle de sabahları; her ne kadar Miami gün batımlarıyla ünlenmiş olsa da gün doğuşları da görülmeye değerdi. Bu onu özel bir kabilenin üyesi yapıyordu, şafak koşucuları kabilesinin: Üzerlerinde tişört, şort ve spor ayakkabı dışında başka bir şey görmediği birtakım insanlar vardı. Her zaman sosyal bir kabile değildi; – çoğu zaman nefes, konuşarak harcanamayacak kadar değerliydi ve koşarken müzik dinlemeyi sevenlerin sayısı oldukça fazlaydı; – bu yüzden de kabile üyeleri arasındaki iletişim el sallama, gülümseme ve baş hareketleriyle sınırlı kalıyordu.

Zindelik Yöntemi tesisi sakinleri egzersizin birleştirici bir tören olma fikrini çok daha ciddiye alıyorlardı. Delko bazı Japon işyerlerinde güne ortak yapılan jimnastik hareketleriyle başlandığını biliyordu ancak bu fikri çok rahatsız edici buluyordu; koşmasının bir nedeni özgürlük hissinden hoşlanmasıydı ve bunu sabahın erken saatlerinde yapmasının nedeniyse yalnızlık duygusuydu. Saat sabahın beşinde iPod'undan müzik dinleyen bir yabancıdan isteyebileceği en fazla iletişim baş sallamasından ibaretti.

Yine de her şeyi birlikte yapan bir grup, içlerinden birinin nerede olduklarıyla ilgili bir tür iz bırakma olasılığını katlayarak çoğaltıyordu. Delko tesis arazisinin ana binadan daha çok bilgi sağlamasını umuyordu.

Ana binanın hemen yanındaki yüzme havuzuyla soyunma odalarında da ilginç bir şey yoktu. Aynı şey okçuluk alanı ve tiyatro salonu için de geçerliydi.

Daha sonra bahçıvan kulübesini buldu.

Neredeyse kulübenin ne olarak kullanıldığını anlayamayacaktı çünkü tamamen boşaltılmıştı; sadece yerdeki bir miktar gübreyle duvardaki kancalar kulübenin asıl amacını ortaya çıkarıyordu. İçeri girince kulübede bahçe aletlerinden daha fazlasının saklandığını gördü; duvardaki kancalardan anladığı kadarıyla orada çekiçten testereye kadar birçok alet de bulunduruluyordu. Ama hiçbiri orada değildi.

Her yüzeyin resmini çekip neyin eksik olabileceğini bulmaya çalıştı. Yerdeki gübreyle ön kapının hemen yanında birkaç tekerlek izi gördü; tekerleklerin önce gübreden geçtiğini ve ön kapıdan çıkarken bir miktar gübreyi yola serpiştirdiğini düşündü. İzlerin birbiriyle kesişmesinden anladığı kadarıyla tek-tekerlekli birkaç alet olmalıydı. *El arabaları*, diye düşündü.

Kulübenin hemen arkasında bir başka ilginç şey buldu; – toprakta birkaç çöküntü vardı ve oradaki çimenler ezilip sararmış durumdaydı. O bölgede yakın zamana kadar ağır bir şey duruyor olmalıydı ve çöküntülerin şekline bakarak Delko bunun birkaç tahta palet olabileceğini çıkardı.

Kliniğin araçlarına el koymuşlardı ancak görünüşe göre Sinhurma'nın daha fazlasına erişimi vardı; Delko topraktaki çöküntülerin yanında başka tekerlek izleri de buldu. İzlerin boyutu, lastik dişleri ve dingil açıklığına bakılacak olursa büyük bir araçtı, muhtemelen bir SUV ya da kamyonetti.

Yani bir şey yüklenip götürülmüştü. Bunu yapmak için alet edevata ihtiyaç duydukları bir şey olmalıydı.

Çöküntünün çevresindeki toprak her şeyi anlatıyordu; bıçkı tozu ve birkaç küçük kıymık, yüklenen kargonun kereste olduğunu gösteriyordu. *Bir şey inşa ediyorlar, ama ne?*

Laboratuvara geri dönerken bunu düşündü ve bir şeyler yemek için yolunu değiştirmeye karar verdi.

Horatio DVD'yi bilgisayar laboratuvarında izledi. Ekranda şirketin amblemi gözüktü: Zihinsel Özgürlük Vakfı; daha sonraysa kamera Sun-Li'ye döndü. Üzerinde kabarık, beyaz bir gömlekle iş ceketi vardı ve masasının köşesine dayanmış durumdaydı. – *Aynı anda hem profesyonel hem de sıcakkanlı görünmeye çalışıyor* diye düşündü Horatio.

"Merhaba," dedi. "Az sonra izleyecekleriniz tipik telkin seanslarından biri. Telkin edilmeye çalışılan şahıs her an gitmekte özgür; bunu yapmamasının nedeniyse kanıtlamak istediği bir şeyin olması. Ancak şans ondan yana ve benim elimde onda olandan çok daha fazla kanıt var."

Ekranda bir oturma odası belirdi. Arka planda bir şömine, kahverengi deri bir üçlü koltuk ve ona uygun şişkin sandalyelerle koyu renk cilalı bir masanın üzerinde içi çiçeklerle doldurulmuş büyük bir seramik vazo vardı. Oda doğal ışıkla aydınlanıyordu.

Sun-Li koltukta oturuyordu, üzerinde siyah koşu eşofmanlarıyla kapşonlu gri bir pamuklu kazak vardı. Tam karşısında, sandalyelerin birinde saçları kazınmış, üzerinde togayla iş önlüğü arası beyaz bir kıyafet olan genç bir adam oturuyordu.

"Pekâlâ Brad... demek lideriniz Rahip Joshua dürüst biri," dedi Sun-Li. Sesi oldukça sakin ve doğaldı.

"Tabii ki öyle," dedi Brad. Sesi sakin, neredeyse uykulu çıkıyordu. "O Doğru'ya inanıyor. Ve benim adım artık Abraham."

Sun-Li hemen yanında duran kalın dosyayı açıp içinden bir gazete küpürü çıkardı. "O zaman bunu nasıl açıklıyorsun?" diyerek küpürü uzattı.

Kayıt Horatio'nun beklediği kadar dramatik değildi. Ne Brad'in kaçmasını engelleyen güvenlik görevlileri, ne de gözyaşı ve bağırmalar vardı. Brad'a gazete haberleri, devlet belgeleri, video kayıtları ve hatta polis kayıtları şeklinde birçok bilgi veriliyordu. Her soru için Sun-Li'nin bir yanıtı vardı. Metafizik tartışmalara girmekten kaçınıyor, tartışmayı sürekli olarak kanıtlanabilir gerçeklere çekiyordu. Birkaç kez yemek getirmek için Brad'in ailesi de göründü; getirilen yemeklerin proteince zengin olduğu Horatio'nun dikkatinden kaçmadı. Brad bunalmaktan şikayet ettiğinde bir süre kestirmesini önerdiler. Kayıt durduktan bir süre sonra yeniden devam ediyordu.

Dramatik bir sonu da yoktu; Brad bir anda yaptıklarının yanlış olduğunu görmüyordu ya da ağlamaya başlayıp ailesine sarılmıyordu. Bunun yerine sorduğu soruların şekli değişmeye başlamıştı. Sun-Li'yi zorlayıcı olmaktan çok ciddi bir şekilde daha fazla bilgi isteyici sorular soruyordu. Kaydın sonuna doğru Brad'in oldukça rahatsız olduğu belliydi; Horatio neredeyse beyninin tam hız çalıştığını görebilecekti.

Son görüntüde Sun-Li ofisindeydi. "Bu süreç beş günden fazla sürdü, ortalama süreden biraz daha fazla. Brad ailesiyle konuşmaya devam ederek grup seanslarına katılmayı kabul edip en nihayetindeyse tarikattan ayrıldı. Bu tür bir iyileşmenin altı ila on sekiz ay arasında sürebileceği tahmin ediliyor ancak çok daha fazla da sürebilir... ancak yeniden kendi kendilerine düşünmeye başlayabildiklerinde bir daha durmak istemiyorlar."

Kamera yüzüne yaklaştı. "Sadece," diye devam etti, "bundan vazgeçmelerini gerektirecek bir neden olmadığına emin olun."

"Amin," dedi Horatio.

Yelina planlama odasına girdiğinde Horatio'yu masanın üzerindeki eşyalara bakarken buldu: kanlı bir tişört, bir çift şort, çorap ve iç çamaşırla birlikte bir çift spor ayakkabı. Ruth Carrell'ın eşyaları.

"Onları bulacağız Horatio," dedi.

"Buna hiç şüphem yok," dedi, "Tek sorun önce mi sonra mı bulacağımız."

"Sonra' diye bir şey olmayabilir," dedi Yelina.

"Keşke buna inanabilseydim..."

"Uyuşturucu bağlantısıyla ilgili bir gelişme var mı?"

"Korkarım hayır. Calleigh tüm yetkilileri sorguladı ama ne kliniğin ne de Sinhurma'nın bağlantısı yok gibi."

"Sence onu koruyorlar mı?"

Horatio bir lam seçip mikroskobun altına yerleştirdi. "Eğer öyleyse, bunun sebebini anlayamıyorum. Tarikat üyesi değiller ve Sinhurma'nın ihtişamlı ilüzyonuna rağmen onların korkudan susmalarını gerektirecek bir şey yok. Hayır, sanırım başka bir şeyleri ortaya çıkaracak kadar derine indik."

Yelina esnedi. "Özür dilerim... uzun bir gün oldu. Peki başka bir gelişme var mı?"

Horatio mikroskoptan bakıp odağı ayarladı. "Olabilir..."

"Neye bakıyorsun?"

"Ruth Carrell'ın ayakkabılarında bulduğum kum tanelerine. Eğer onları tanımlayabilirsek Sinhurma'nın nereye gitmiş olabileceğiyle ilgili bir şeyler bulabiliriz."

"İyi şanslar. Dışarıda yeni bir gelişme olursa seni haberdar ederim."

Normal şartlarda Bellum Teyze'nin Yeri'nde tavanın bir köşesinden sarkan televizyonda maç skorları dışında ne olduğu Delko'nun ilgisini çekmezdi; ancak bugün bir kutu jambalaya[30] yemek üzereyken 'Miami-Dade adli tıp laboratuvarı' cümlesini duyunca başını kaldırdı.

---

30 jambon, tavuk, sosis, karides veya istiridyeli bir pirinç yemeği, ç.n.

Renkli ekranda gördüğü yüz neredeyse ünlü aktörler kadar tanıdıktı. *Bu o adam,* diye düşündü Delko. *Seinfeld'deki o lanet adamla Friends'deki o tuhaf adamı oynayan aktör. Yoksa Everybody Loves Raymond'da mıydı?* Adamın ismini hatırlamıyordu ama bunun önemi yoktu; hep aynı rolü oynuyordu, daha ilk görüldüğünde sevilmeyen ve üçkâğıtçı araba satıcısı, huysuz müdür ya da kötü giden bir ilk buluşmadaki sevgili olarak bir reklam kuşağından diğerine kadar dudak büküyor, söylenip duruyordu.

Sözcü olarak iyi bir seçim değil, diye düşündü Delko, ancak adam dizilerdeki kadar itici görünmüyordu. Kariyer seçimi ne olursa olsun bir şeylere üzülmüş gibiydi ve üzüldüğü şeyin Zindelik Yöntemi kliniğinin kapatılması olduğunu duymak Delko'yu şaşırtmadı. Garsondan sesi açmasını isteyince garson sandalyenin üstüne çıkmak zorunda kaldı; ya uzaktan kumandayı kaybetmişlerdi ya da televizyon, kumandası olmayacak kadar eskiydi.

"Gerçekten sorunun ne olduğunu anlayamıyorum," dedi aktör. "Doktor Sinhurma'nın seanslarına altı haftadır katılıyorum ve bence harikalar. Hayatımda kendimi daha iyi hissettiğim bir dönem olduğunu hatırlamıyorum."

Buna eminim, diye düşündü Delko.

"Klinikten randevumun herhangi bir sebep belirtmeden iptal edildiğini bildiren bir e-posta aldım ve oraya gittiğimde polis içeri girmeme izin vermedi. Neler olup bittiğini anlayamıyorum."

Kamera kliniğin giriş kapısıyla hemen önündeki polis arabalarına dönerken spikerin sesi duyuldu, "Kliniğe açılan telefonlar yanıtsız kaldı ve röportajı reddeden bir polis yetkilisi Zindelik Yöntemi'nin devam etmekte olan bir soruşturmanın parçası olduğunu söylemekle yetindi."

"O kadar uzun sürmedi," diyerek göğüs geçirdi Delko. Tezgahın üzerine bir miktar para bırakarak yemeğine başlamadan dışarı çıktı; işe geri dönmesi gerekiyordu ve yemeğini paketletmeye bile zamanı yoktu.

Hem laboratuvara yemek sokmak yasak, diye düşündü karşıdan karşıya geçerken. *Birileri o aktöre Zindelik Yöntemi'ninki yerine CSI diyetini denemesini önermeli...*

Delko Horatio'yu Dünyevi Bahçe'de buldukları kanıtları incelerken buldu. "Merhaba H.," dedi. Tesiste bulduklarını ve izlediği haberleri hızlı bir şekilde anlattı.

"Artık medya bu işin üzerine çullanır," dedi Horatio. "Ve durum giderek kötüleşecektir. Her neyse, endişelenmemiz gereken başka şeyler var."

Delko'nun çöplerden birinde bulduğu yanık blenderı inceledi. "Ruth büyüme planlarını anlatmıştı ancak başka bir tesisten bahsetmemişti. Ayakkabısında kum buldum ve Trace topuk kısmından alınan örnekleri analiz ediyor; umarım bu bizi bir sonuca götürür."

"Bu yüzden mi restoranda bulunanları bir daha inceliyorsun? Nereye gitmiş olabilecekleriyle ilgili bir şey olabileceğini mi düşünüyorsun?"

269

"Ne yaptıklarını biliyorum," dedi Horatio. "Çılgına döndüler... Hayır, şu fişte bulduğun yanık iziyle eşleşen bir iz bulmaya çalışıyorum."

"Bıçaklardan biri olduğuna emindim," dedi Delko. "Ama iz çok ince ve kütleşmiş."

"Evet öyle," dedi Horatio. "En azından açıktaki uçta öyle." Yanmış bıçaklardan birini keskin kısmından tutup diğer eliyle tahta sapını tuttu. İkisini birbirinden ayırmaya çalıştıysa da başaramadı.

Ancak ikinci denediği bıçağı sapından ayırmayı başardı. Keskin kısmın tabanı ince ve küttü.

"Sence bu mu?" dedi Delko metal taban kısmına işaret ederek.

Horatio dikkatli bir şekilde inceledi. "Bunu anlamanın tek bir yolu var," dedi.

"Cennetin Bahçesi," dedi Wolfe.

"Pardon?" dedi Calleigh.

Wolfe dikkatli bir şekilde incelediği ekrandan başını çevirdi. "Kusura bakma, orada olduğunu fark etmemişim," dedi.

"Üzerimde bir yılandan başka bir şey olmasa ve sana bir elma versem işe yarar mıydı acaba?"

"Ne? Ah, doğru. Hayır, yani Sinhurma'da şu Cennetin Bahçe'si takıntısı olduğunu söylüyorum. İnternet adresini daha önce incelediğimde bunu fark etmemiştim. O kadar çok ahkâm kesiliyor ki bazı gerçekleri göz ardı etmişim. Ama internet sitesini incelerken dönüp dolaşıp bundan bahsettiğini fark ettim."

"Ne de olsa bu hem din hem de yiyecek içeren bir hikaye," dedi Calleigh. "Bu doktorun ilgi alanına giriyor."

"Daha çok takıntı alanına. Eğer doğru yorumluyorsam elma yalnızca ilk günahı ya da kişisel farkındalığı sembolize etmiyor; o bunun, kötülüğün insan bedenine nasıl girdiğinin bir göstergesi olduğunu düşünüyor."

"Meyvelerle mi?"

"Yiyeceklerle. Bazı yiyecekler diğerlerine göre daha şeytani ve yiyeceklerin belli şekillerde hazırlanması içlerindeki kötülüğü azaltabilir de arttırabilir de... bu giderek tuhaflaşıyor. Ama önemli olan kısım bu değil."

Birkaç düğmeye bastı. Calleigh yaklaşıp omzunun üzerinden ekrana baktı.

"İşte şuradaki paragraf," dedi Wolfe.

"Çünkü Cennetin Bahçesi'ne hâlâ erişebiliriz," diye okumaya başladı, *Hâlâ yaşıyor, sadece kalbimizde değil aynı zamanda Dünya üzerinde de. Onu yeniden bulmamızı bekliyor, tıpkı bir çocuğun annesine dönmesi gibi onun kollarına geri dönmemizi bekliyor.* Sanki belli bir yerden bahsediyormuş gibi."

"Ben de böyle düşünüyordum. Daha ilerilerde Sonsuz Gençlik efsanesinin gerçek olduğu sulak ve yemyeşil bir cennet'ten bahsediyor."

"Dur bir dakika," dedi Calleigh. "Bu tanıdık geliyor."

"Elbette," dedi Wolfe. "'Çeşme' kelimesini 'vaat' ile değiştirirsen..."

"... Ponce de Leon'a bir göndermeye dönüşüverir," diye tamamladı Calleigh. *Gerçekleşen efsane* Zindelik Çeşmesi'ne dönüşüverir. Bunun da..."

"Everglades'de olduğu düşünülüyor," dedi Wolfe. "Ormandaki açık alanın Cennetin Bahçesi olduğunu düşünüyor. Oraya gitmiş olmalı."

"Bu da sadece altı bin kilometrekarelik bir alanı aramamız gerektiği anlamına geliyor," diyerek göğüs geçirdi Calleigh. "Çimen Nehri'nde bir yerde... ama nerede?"

"Sable Burnu," dedi Horatio.

Laboratuvarın konferans odasında bir toplantı istemişti ve herkes büyük, ahşap masanın bir köşesinin etrafına toplanmıştı. "Ruth Carrell'ın ayakkabısından alınan örnek bir *Chamaesyce garberi* [31]," dedi Horatio. Yorgun bir şekilde gözlerini ovuşturdu. "Aynı zamanda Garber's Spurge olarak da biliniyor. Ulusal, nesli tükenmekte olan bitki türlerinin arasında... sadece Florida'daki beş yerde yetişiyor. Biri Big Pine Key, diğer dördüyse Glades'de."

"Hangisi olduğunu nereden biliyorsun?" diye sordu Calleigh.

"Garber's spurge çamlık tepelerde, kıyı şeritlerinde ve sahil şeritlerinde bulunur, ya açıktaki kireçtaşında ya da Pamlico kumunda bulunur. Ayakkabısında Pamlico kumu buldum ve Sable Burnu'nda bu kumdan yeterince var." Pamlico kumu kum, kireç taşı ve buzul çağından kalma *eolianites* olarak bilinen küçük, karbonlu fosillerden meydana gelir; Florida'nın çoğu kesiminde yeraltında mevcuttur ve bazı yerlerde de yerüstüne çıkmıştır.

---

31 Bir çeşit bitki.

272

"Sable Burnu aynı zamanda Ponce de Leon körfezindedir," diye belirtti Calleigh.

"Orada ne yapıyorlar?" diye sordu Wolfe.

"Görünüşe bakılacak olursa marangozluk," diye yanıtladı Delko. "Tesiste depolanmış çok miktarda kereste buldum ve kerestelerle birlikte tüm alet edevatları da gitmiş."

"Belki de Nuh'un gemisi gibi bir gemi yapıyorlardır, olamaz mı?" dedi Calleigh.

Masadaki herkes dönüp ona bakınca omuz silkip gülümsedi. "Tarikat, marangozluk, sahil şeridi... En az söylenen diğer her şey kadar mantıklı bence."

"Belki de Miami Hayvanat Bahçesi'ndeki güvenlik önlemlerini arttırmalıyız," dedi Delko gülümseyerek.

"Sanmıyorum," dedi Wolfe. "Sinhurma'nın saplantısı Cennetin Bahçesi'yle ilgili Nuh'la değil. Eğer takip ettiği dini bir kitap varsa o da eski Ahit'in ilk kitabı, yani şey değil... Nuh, hangi kitaptaysa o."

"Nuh da eski Ahit'in ilk kitabındaydı zaten," dedi Calleigh.

"Vahiy inmediği sürece sorun yok," dedi Horatio. "Eğer ormanda çırılçıplak koşturup Adem'miş gibi davranmak istiyorsa iyi. Ama orada yalnız değil... ve başka kimseye zarar vermesine göz yummayacağım."

13

SABLE BURNU Florida'nın güney ucunda, Ever-
glades'in batı kıyısındaydı. Kıyı boyunca kamp yapma-
ya müsait birkaç sahil vardı ancak burnun çoğu vahşi
yaşamı barındıran bir mangrov bataklığından ibaretti.

Horatio'nun aklında birkaç yaklaşım şekli vardı. De-
nizden gidebilirlerdi ancak bu, tarikat üyelerine onları
görebilmeleri için yeterince zaman verirdi. Bunun ye-
rine mümkün olduğunca kara yoluyla gidip kalan yolu
hava-botuyla almaya karar verdi.

Delko, Wolfe ve Calleigh'e hazırlanmalarını söyledi.
İki sebepten ötürü tüm takımının da onunla birlikte ol-
masını istiyordu: İlk neden soruşturma boyunca birlikte
çalışmış olmalarıydı, ikinci nedense inceleyecek iki dü-
zineye yakın ceset olma olasılığıydı.

"Sizinle gelmememin sakıncası var mı Horatio?"
diye sordu Calleigh.

"Sorun ne?" diye sordu Horatio. "Şu ağaç tırmanma macerandan sonra Vahşi Doğa'yla iç içe olmak istemiyor musun?"

"Onunla alakası yok," diye yanıtladı. "Ama laboratuvarda araştırmam gereken bir fikir var."

"Elbette. Sorun değil."

Yanlarına römorklarla üç tane hava-botu bir de SWAT ekibi aldılar. Horatio, Delko ve Wolfe Hummer'la giderken iki farklı polis aracı da onları takip ediyordu.

"Sence ne buluruz H.?" diye sordu Delko. Ön koltukta oturuyordu, Wolfe ise arkadaydı.

"Eğer şanslıysak," dedi Horatio Hummer'ın vitesini takarken, "vücutları sivrisinek ısırıklarıyla kaplı on iki sağlıklı insan."

"Peki ya değilsek?" diye sordu Wolfe.

"Aynı sayıda insan," diye yanıtladı Horatio, "ama daha çok sayıda sinek…"

Calleigh Duquesne kolay vazgeçecek bir kadın değildi.

Ruth Carrell'ın ölümüne sebep olan oku Julio Ferra'nın garajında bulunan oklarla eşleştirememek onu hâlâ rahatsız ediyordu. Charlessly'i yakalatıp uyuşturucu işine son vermiş olmasına rağmen çıkmaz sokağa dönüşen bir iz haline dönüşmüş olmasını göz ardı edemiyordu.

Ancak kimi zaman seni istediğin yere çıkarmayan bir patikayı izlediğinde daha ilginç yerlere ulaşabilirsin. Bir ağacın tepesinde, peşindeki manyak katilin geyik avına çıkan avcıların saklanmak için kullandıkları yerden inip onu aramaya gelmesini beklerken Julio Ferra'yı düşündüğünü fark etmişti. Horatio'ya göre, ok atmayı babası öğretmişti; birlikte avlanmaya gitmişlerdi. Okların tüylerini kimin taktığını düşündü, baba mı yoksa oğul mu... bu, çocuğuna öğreteceğin türden bir şeydi.

Ferra'nın garajında bulunan oklar yeni değildi. Aşınmışlardı, tozluydular ve üzerlerindeki boya atık durumdaydı. Uçları modern oklar gibi vidalı değil, yapıştırılmıştı. Tüm kanıtlar bu okların seksenlerin sonunda ya da doksanların başında yapıldığını gösteriyordu ve üzerlerindeki tüylerin baba–oğulun çıktığı bu tür avcılık gezilerinden birinde yapılmış olduğuna dair iddiaya girmeye hazırdı. Eğer bu av gezisi için yakınlarda bir yere gitmişlerse de tüylerin Florida'daki kuş türlerinden birine ait olduğu kesindi.

Tüm bunlar ona bir fikir vermişti ancak tam o esnada Dooley elinde büyük bir silahla gelerek bir iki saat boyunca meşgul olmasına sebep olmuştu.

Ancak şimdi doğru düşünüp düşünmediğini görmek için yeterince zamanı vardı.

Ölüme sebep olan okla Ferra'nın oklarından birinin tüylerinden birer örnek aldı.

"Pekâlâ çocuklar," diye mırıldandı. "Yeşil Dev Hulk zamanı..."

Hava-botları gürültülüydü. Arkalarına büyük bir pervane takılı olan bu iri iskiflerin alt kısımları düzdü ve üzerine iri kıyım bir pervane takılmış sörf tahtalarına benziyorlardı. Daha geniş omurgalı ya da standart motorlu bir teknenin çok kolay bir şekilde saplanıp kalacağı sığ bataklık kıyılarında ilerlemek için çok kullanışlıydılar, ancak Cessna tipi bir uçak boyutundaki bir sineğin çıkarabileceği kadar çok ses çıkarıyorlardı.

Bu yüzden de Horatio daha bir mil uzaktayken motorları kapattırıp kalan yolu uzun çubuklar kullanarak almalarını istemişti. Ön tarafta, elinde bir GPS cihazıyla doğru yolda ilerlediklerinden emin olurken Wolfe ve Delko kas gücüyle tekneyi ilerletiyordu. Arkalarındaki iki teknede sessiz bir şekilde onları takip eden SWAT ekibi, kısa kollu tişörtlerle kurşun geçirmez yelekler ve güneşten korunmak için taktıkları koyu mavi şapkaları olan yarım düzine kaslı adamdan oluşuyordu. Oysa korunmayı gerektirecek kadar güneş yoktu, tam aksine havadaki yağmur bulutları çok kısa bir süre sonra yağması beklenen sağanak yağmuru muştuluyordu. Havada büyük bir fırtına öncesinin o ağır, yoğun durgunluğu vardı ve harcanan fiziksel güç havadaki nemle birleşerek herkesi terden sırılsıklam yapmıştı.

"Geldiğimizi duymuşlar mıdır?" diye sordu Wolfe fısıltıyla. "Durgun suda ses çok ilerler..."

"Ve buralarda hava-botu kullanılıyor olmasından daha doğal bir şey yoktur," dedi Delko. "Ses çok yakından gelmediği sürece endişelenmeye gerek olmaz."

Çimen Denizi'nin yanından geçerken bıçkı çimenleri rüzgârda sarı dalgalar gibi salınıyordu. Gökte bir leylek sürüsü uçuyordu; uzun, beyaz kanatları neredeyse ağır çekimde hareket ediyor gibiydi. Everglades yaşamın ağır çekim aktığı bir yerdi. Okeechobee Gölü'nden ge-

277

len taşkın, ağır ağır Florida Körfezi'ne giderken geniş bir bataklık araziden geçiyordu; üzerinde ilerlemekte oldukları suyun derinliği kimi yerlerde yalnızca bir metreydi. Bu sıvı salyangoz hızıyla ilerleyen, bu telaşsız akışında geniş bir yaşamı barındıran bir akıntıydı. Horatio birçok yönden onu bir kasırganın tersi olarak düşünüyordu, yaşama son vermek yerine onu besliyor, yok etmek yerine yaratıyor, hırçın olmak yerine sakin bir şekilde akıyordu.

Yoksa Sinhurma'nın buraya gelmesinin sebebi bu mu? Burayı ölümün değil yaşamın başladığı yer olarak mı görüyor?

Bu yolun sonunda ne bulacaklarını merak ediyordu. Tarikatın bunca yolu intihar etmek için gelmiş olabileceklerine inanamıyordu; Sinhurma'nın egosu kameraların önünde intihar etmekten başka bir yöntemi kabul edemezdi. Tabii onun peşinden gelerek istediği ilgiyi sağlamış oluyorlardı...

Ama bizim işimiz bu. Sonucunda ne bulursak bulalım en karanlık yerlere ışık tutarız. O karanlıktan beklenmedik bir şey çıkacak diye geri kaçacak değiliz; uyuyan şeytanların yatmasına izin veremeyiz.

Bıçkı çimenleri yerlerini mangrov adacıklarına bıraktı; adalarda, üzerinde kuşlarla bromeliadların olduğu dev ağaç kütükleri vardı. Yanlarından geçen bir timsah soğuk bakışlarla onları süzdükten sonra suyun dibinde kayboldu.

Cennetin Bahçesi. Peki Sinhurma kimi yılan olarak görüyor? Kendisi için yazdığı o tuhaf kutsal kitaba benim adım da yazıldı mı acaba?

278

Bunu bilmiyordu. Aynı zamanda Ruth Carrell öldürüldükten sonra Jason'ı onlara katılmak için nasıl ikna ettiğini de bilmiyordu, sessiz kalması için öldürülmüş olduğu çok açıktı.

Ama belki de uyuşturucu verilen biri için bu o kadar da açık değildir. Ve Murayaki, kaybetmiş oldukları sevdikleri birinin yasını tutan kişilerin potansiyel tarikat üyesi olabileceğini söylemişti.

Böylelikle Sinhurma ortaya çıkıp Ruth'un ölümünün yarattığı boşluğu dolduruyor. Ani bir şekilde acı verici sorularla dolan yaşamına, huzur veren yanıtlarla giriveriyor... ve Jason'ı bir şekilde bunlardan tarikatın sorumlu olamayacağına inandırıyor.

Ama bundan birileri sorumlu. Ruth'u öldüren gökten gelen bir yıldırım değildi, bir oktu. Jason onun öldürüldüğünü biliyor olmalı; peki onu kimin öldürmüş olabileceğini düşünüyor?

Sinhurma kimi işaret ediyorsa onu.

Kim yılan olarak görülüyorsa onu...

Calleigh zaman zaman olaylara dışarıdan bakar ve içten içe 'Tanrım, sanki bir bilimkurgu romanında yaşıyor gibiyim," derdi. Çalışırken düzenli olarak kullandığı onca son teknoloji ekipmana rağmen zaman zaman bir süreç ya da yeni bir teknoloji ona gerçeküstü gelirdi.

Tıpkı bir kanıtı radyasyon bombardımanına tutmak gibi.

Bu sürece nötron aktivasyon analizi adı veriliyordu. Kullanım amacı herhangi bir maddedeki gamma ışınlarını tespit edip ölçmek ve böylelikle içindeki elementleri tespit etmekti.

Önce her numuneyi koyu renk bir şişeye yüzde 25'lik iyonik olmayan bir deterjanla birlikte koyup karıştırdı. Bunu tamamladıktan sonra numuneleri plastik bir forsepsle alıp deiyonize suyla beş kez yıkadı. Ardından kurumaları için her birini desikatöre yerleştirdi.

Hazır olduklarında her birini reaktöre girebilecek polietilen kaplara koyup bombardıman için pnömatik ışın reaktörüne yerleştirdi. Burada nötron yakalama reaksiyonu adı verilen bir reaksiyonla termal nötronlar hedefe çarparak bileşik çekirdeği meydana getirecekti. Yeni çekirdek uyarılmış bir durumda olduğundan bir ya da daha çok sayıda gamma ışını yayacaktır; gamma ışın dedektörü ve bilinen diğer radyoaktif maddelerin yarı-ömürleriyle eşleştirme yapmak için bir bilgisayar programı kullanarak hangi elementin ışıdığını kesin bir şekilde belirleyebilirdi.

Horatio'nun elindeki GPS ünitesi doğru yere yaklaşıyor olduklarını gösteriyordu. Okyanus çok yakındaydı, onu göremeseler bile sahile çarpan dalgaların sesini duyabiliyorlardı; rüzgar hızlanmış ve barometrik basınç düşmüştü. Sahil şeridine paralel şekilde ilerlemeye devam ettiler.

"Dikkatli ve sessiz olun," dedi Horatio. "Onları görmeden önce duyabiliriz, onların bizi daha önce duymalarını istemeyiz."

Uzakta aniden çıkan bir çıtırtı duyuldu. Horatio gözlerini kısıp dikkatli bir şekilde dinledi. Hemen ardından birkaç çıtırtı daha geldi.

"Silah sesi mi?" diye sordu Wolfe.

"Sanmıyorum," diye yanıtladı Horatio. "Daha çok kayaya vurulan çekiç sesine benziyor..."

Sesi takip ettiler. Horatio yeterince yaklaştıklarını düşününce tekneleri 'çamurlu bir kara parçasına bırakıp silahlarını çekerek yürümeye başladılar.

Sahile çok yakınlardı. Geniş bir düzlüğe yayılmış olan Everglades'i çevreleyerek doğal bir bent oluşturan bir kireçtaşı tabakası vardı. Bu tabaka şimdi önlerindeydi ve tepesindeki yığınların arkasına saklanarak diğer tarafı gözlemleyebiliyorlardı. Sahile bakacak şekilde park etmiş, yüksek bir platformun üzerinde U şeklinde duran üç treyler gördüler. Uzun tahtalarla desteklenen ahşap bir kaldırım düz bir şekilde bu platformdan okyanusa, okyanusun üzerindeyse en az elli yard kadar uzanıyordu.

Tarikat üyeleri sıkı bir şekilde çalışıyordu. Çoğu sahilde ellerinde kazmalar, kürekler ve balyozlarla kireçtaşlarını kırmaya ya da bulundukları yerden çıkarmaya çalışıyordu; kimileriyse iri kaya parçalarını el arabalarına koyup bir rampadan çıkardıktan sonra ahşap kaldırım boyunca ilerleyip denize boşaltılacakları yere bırakıyordu. Horatio'ya çalışkan karıncaları hatırlattılar.

"Ne yaptıklarını düşünüyorsun?" diye sordu Wolfe şaşkın bir şekilde.

"Cenneti inşa ediyorlar," dedi Horatio. "Eğer tahminimde yanılmıyorsam Sinhurma bir ada inşa etmeye çalışıyor."

"Bu saçmalık," dedi Delko kısık sesle.

281

"Sinhurma gibi bir kontrol delisi için mantıklı sayılır," dedi Horatio. "Kendi küçük ülkeni kurmak gibi..."

"Tabii tek fark bu küçük ülkenin ulusal bir parkın sınırları içinde olması," dedi Delko. "Bu da olayı yasadışı yapmaya yetiyor bile."

"Bu suçu da diğerlerinin yanına ekleriz," dedi Horatio. "Aşağıda on yedi kişi saydım ama Jason McKinley'i, Caesar Kim'i ya da doktoru göremiyorum. Treylerlerden birinde olmalılar."

"Bu kadar şeyi buraya nasıl getirdiler ki?" diye sordu Wolfe.

"Mavna kullanmış olmalılar," dedi Delko. "Önce destek yapısını kurmuş, sonra sular yükseldiğinde gelip treylerleri boşaltmak için de vinç kullanmışlardır."

SWAT ekibinin lideri olan siyah, gür sakallı Hernandez isimli adam Horatio'nun yanına geldi. "Bunu nasıl yapmak istiyorsunuz?" diye sordu.

"Böl ve ele geçir," dedi Horatio. "Onları üç takımla ele geçireceğiz; adamlarının yarısı sahildekileri, diğer yarısıysa ahşap kaldırımın üzerindekileri ayırsın. Biz de treylerlere odaklanacağız."

"Köprüdekiler kolay olur," dedi Hernandez. "Suya atlamak dışında gidebilecekleri başka bir yer yok. Ama kıyıdakilerde silah olabilir, orada çok yüksek otlar var. Ve o treylerlerin içinde her şey olabilir."

"O zaman dua edelim de doktor kötü bir nişancı çıksın," dedi Horatio.

Horatio aralıksız olarak çakan şimşeğe minnettardı çünkü diğer sesleri bastırıyordu. Onları şaşırtabilmek için her şey yolunda giderse hiç kan dökmeden tüm grubu gözaltına alabilirlerdi.

Hernandez'in takımlarından ilki sürünerek yerlerine geçip sahildeki gruba yaklaşabilecekleri kadar yaklaştılar, ancak hâlâ Horatio'nun görüş alanındaydılar. Arkadan gelen ikinci SWAT takımıyla birlikte harekete geçerek ahşap kaldırımdaki tarikat üyelerini kıstıracaklardı.

"Şimdi," diye seslendi Horatio.

"Horatio buralarda mı?" diye sordu Alexx başını kapıdan içeri uzatarak.

Calleigh çay bardağını masaya koydu; test sonuçlarının çıkmasını beklerken kısa bir mola vermişti. "Hayır, şu anda Everglades'de bir yerde kötü adamların peşinde. Dışarıdaki havaya bakılırsa umarım yağmur malzemelerini yanına almıştır demekten kendimi alamıyorum."

Alexx dinlenme odasına girip bir sandalye çekti. "O halde sana söyleyeyim. Ruth Carrell'ın toksisite sonuçlarını bir daha inceledim, Sinhurma'nın tam olarak ne yapmaya çalıştığını anlamaya çalışıyordum. Sonuçlarda çıkan bazı ilaçlar önceleri anlamsız gelmişti. Belki de başka ilaçların yan etkilerini bastırmak için eklendiklerini düşündüm. Ancak içlerinden birinin ne olduğunuysa bulamadım... mefloquine."

"Ne işe yarıyor?"

"Bir kere çok zehirli bir madde. Baş ağrısı, mide bulantısı, baş dönmesi, uyku güçlüğü, gerginlik, tuhaf rüyalar ve rahatsızlık verici görsel imgelerin görülmesi gibi etkiler yapabiliyor. İçimden bir ses Sinhurma'nın internet sitesine bakmamı söyledi... – orada çok sık seyahat ettiği yazıyor. Hatta daha kısa bir süre önce Mozambik'ten gelmiş."

"Yani?"

"Yanisi şu: Mefloquine sıtmaya karşı kullanılan bir ilaç."

"Ve Mozambik gibi ülkelerde sıtma vakalarına çok sık rastlanıyor," diyerek yüzünü ekşitti Calleigh. "Yani Sinhurma bu ilacı alıyorsa Ruth Carrell'ın kanında ne işi var? Sinhurma'yla birlikte seyahat etmiyordu değil mi?"

"Bildiğim kadarıyla hayır, pasaportu bile yok hatta. Ama bir teorim var ve bu iyiye işaret değil. Mefloquine'in birçok nörolojik yan etkisi var: bazı vakalarda depresyon, kriz, hatta psikoz bile. Zaten etkin bir Mesih kompleksi olan biri daha da kötüleşebilir... ve bazı dinlerde Tanrı'yla konuşmak için kimyasal yollara başvurulduğu biliniyor. Eğer Sinhurma ilaca olan tepkisini metafiziksel bir şekilde yorumladıysa bunu müritleriyle de paylaşmak istemiş olabilir... – ve ilacın vücuttan atılması çok uzun zaman alıyor. Aylar bile sürebiliyor. Phillip Mulrooney'nin toksisite analiz sonuçlarını inceledim ve beklediğim gibi onun kanında da bu ilaca rastlandı."

"Yani bu ilaç Sinhurma'yı delirtiyor ve o da bunu hastalarına veriyor," dedi Calleigh. "Bu, birini roketle öldürme kararının mantıklı olarak karşılanmasını açıklayabilir."

"İşte beni endişelendiren de bu," dedi Alexx. "Eğer Sinhurma hastalarına da kendi kullandığı ilacı veriyorsa onlara verdiği ilaç karışımının aynısını kendisi de alıyor olabilir. Ve eğer bu doğruysa Sinhurma da en az onu takip edenler kadar mantıksız davranabilir..."

Her şey çok hızlı oldu.

Hernandez'in ilk ekibi tepeyi tırmandı, ekip üyelerinden ikisi tepeden aşağı hızla inerken keskin nişancılardan biri de tepeden onları koruyordu. Horatio ve diğer herkes silahlarını çıkarıp treylerlere doğru koşmaya başladılar.

"Olduğunuz yerde kalın!" diye bağırdı Hernandez.

Horatio'nun dikkati treylerlerdeydi. Pencereleri vardı ancak içlerinde herhangi bir hareket göremiyordu. Horatio sağdaki treylere giderken Delko ve Wolfe tam arkasındaydı. Horatio kapının hemen yanındaki duvara yaslanıp bağırdı, "Doktor Sinhurma! Treylerden hemen çıkın!"

Sahil ve ahşap kaldırıma doğru baktı. Hernandez'in takımları herkesi çevrelemişti; kimsenin elleri havada değildi ancak silahına davranan kimse de yoktu.

"Dur! İçeri girme!" Gelen ses Caesar Kim'e aitti ve korkudan titriyordu. "Hepimizi öldürecek!"

Horatio bağırarak yanıtladı, "Sakin olun Doktor! Dışarıdaki hastalarının durumu gayet iyi. Kimsenin ölmesi gerekmiyor..."

Ve o andan sonra kıyamet koptu.

Sahildeki tarikat üyelerinden biri "OROSPU ÇOCUKLARI!" diye bağırıp elindeki kazmayı havada sallayarak Hernandez'e doğru koşmaya başladı. Aynı anda kadınlardan biri yüksek çalıların arkasına atladı.

Hernandez elinde kazmayla koşan adamı göğsünden üç kez vurdu. Ortadan kaybolan kadın çalıların arkasından elinde yarı-otomatik bir tüfekle çıktı; – anlaşılmaz şekilde bağırarak çevreye kurşun yağdırmaya başladı.

Ahşap iskeledeki tarikat üyeleri de bunu bir işaret olarak aldı. Onları kollayan SWAT ekibi üyeleri silah seslerine bakmak için arkalarını döner dönmez suya atladılar. Gidebilecekleri kadar hızlı bir şekilde sahile doğru ilerlemeye başladılar.

Tepede bekleyen keskin nişancı, elinde yarı-otomatik tüfek olan kadını tek bir kurşunla indirdi. Sahilde kalan diğer tarikat üyeleri de koşmaya başladı; ancak bu karmaşadan uzaklaşacakları yerde en yakın treylere doğru koşuyorlardı.

"Durdurun onları!" diye bağırdı Horatio. "İçeri girmelerine izin vermeyin."

Sahildeki SWAT ekibi bunu kaçanların silahlanarak geri gelecekleri şeklinde yorumlayarak ateş açtı. Koşarak uzaklaşan tarikat üyelerinden ikisini sırtlarından vurdu. Dört tanesi Horatio'nun en uzağındaki treylere ulaşmayı başardı. Sudaki tarikat üyeleri de sahile çıkmış ve aynı treylere doğru koşmaya başlamışlardı.

"Hayır! Ateşi kesin!" diye bağırdı Horatio. Silahını beline koyup ona doğru koşan gruba doğru koşmaya başladı. "Delko! Wolfe!"

Silahlarını kılıflarına koyarak onlar da Horatio'nun peşinden koşmaya başladı. Ne Horatio ne de Wolfe iri yapılıydılar ancak yine de hiç tereddüt etmeden forveti durdurmaya çalışan defans oyuncuları gibi tarikatçıların önüne geçtiler. Tarikat üyeleri yedi kişiyken onlar yalnızca üç kişiydi ancak yine de Horatio ve Wolfe birer kişi devirirken Delko iki kişiyi düşürmeyi başardı. Diğerleri düşen arkadaşlarına yardım etmek için durmayıp su fobisi olan yaratıklar gibi sahilden içeriye doğru koşmaya devam ettiler.

Horatio düşürdüğü tarikat üyesinin kolunu arkasına kıvırıp kelepçeledi. "Olduğun yerde kal!" diye bağırdıktan sonra gözlerinde çılgın bakışlar olan uzun, sarı saçlı bir kadınla boğuşan Wolfe'a yardıma koştu. Delko'nun hedeflerinden biri baygın vaziyette yerde yatıyordu; diğeriniyse boyunduruk altına almış "Dur! Lanet olsun, dur dedim!" diye bağırıyordu.

Diğerleri içeri girmeyi başardı. Kapı gürültüyle kapandı.

Birkaç saniye sonra treyler havaya uçtu.

Patlama öyle gürültülüydü ki Horatio sesi duyamadı bile. Oluşan şok dalgası görünmez bir yumruk gibi sırtına vurarak onu yere serdi; bir süre ıslak kumun üzerinde yüzükoyun bir şekilde yarı baygın yattı. Kulakları çınlamaya başladığında önce alarmının çaldığını düşündü. Sanki sahilde Amerikan futbolu oynadığı bir rüya görmüş gibiydi...

Sersemlemiş bir şekilde ayağa kalktı. "Eric! Ryan!" Kendi sesini bile zor duyabiliyordu.

"Ne?" demeyi başardı Wolfe doğrulurken. "Bu... ah, lanet olsun!"

Treylerden geriye kalanlar yanarken gökyüzüne simsiyah dumanlar yükseliyordu. Gökteki kara bulutların arasından şimşekler çakıyordu. İnsanlar koşuyor, bağırıyor, ağlıyordu.

Horatio kemerine takılı telsize uzandı, "Teğmen Caine'den Sahil Güvenlik Botu Alhambra'ya," dedi. "Destek ekibine ihtiyacımız var, hemen. Burada bir rehine durumuyla ve bombalı bir saldırıda yaralanan insanlarla karşı karşıyayız..."

Sıra tutsakları sayıp destek ekibi gelene kadar kimlerin yaralandığını belirlemekteydi.

Ve kalan iki treylerin akıbetinin de ilki gibi olmaması için dua etmek gerekiyordu.

Calleigh önündeki kompozit yay hakkında çok şey biliyordu. Çekiş ağırlığını, hangi maddeden yapıldığını ve hem ip takılıyken hem de takılı değilken bir uçtan diğerine kaç santim uzunluğunda olduğunu biliyordu. Bilmediği tek şey onu en son kimin kullandığıydı, tabii kendisinin dışında.

Elindeki ateşli bir silah olsa GSR (Gunshot Residue Test: Atış Tortu Testi) yapabilirdi. Parmak izi bulabilme umuduyla yayı iyice temizlemişti ancak daha önceden silinmişti. Ama yine de bir şeyler olmalıydı.

Bir çift eldiven taktıktan sonra yayı kaldırıp omzuna dayadı. Bir ok yerleştirip, yayı gererek elmacık kemiği hizasına kadar kaldırıyormuş gibi yaptı...

Kenara doğru baktı. Gözleri irileşti ve "Elbette," diye fısıldadı.

Yayı yavaşça geri bıraktıktan sonra masaya geri koydu. Yapması gereken bir test daha vardı...

"Şaşırtma taktiği buraya kadarmış," dedi Delko. Tıbbi ekipten biri alnındaki kesiğe müdahale ederken yüzünü buruşturdu.

288

"Daha kötü olabilirdi," dedi Horatio. Sahil Güvenlik personelinin hemen yanında, kum tepesinin diğer tarafında geçici olarak inşa edilmiş bir komuta merkezindeydiler. Sahile destek kuvvetleriyle ekipman getirip ağır yaralıları alan bir şişme botla gelmişlerdi. "Polislerden kaybımız olmadı; ölü olması gereken ama tutuklu olarak ele geçirilen dört kişi var. Ve yerleri tespit edilemeyen ancak hâlâ yaşadığını düşündüğümüz altı tane de tarikat üyesi var."

"Bunu nereye bırakalım?" diye sordu elinde ağır bir alüminyum kasa taşıyan üniformalı yedek askerlerden biri. Horatio kasayı elinden alıp mandallarını açtıktan sonra içinden kare şeklinde bir elektronik cihaz çıkardı.

"Evet, ama ne kadarlığına?" diye sordu Wolfe. Sanki arkasını görebilecekmiş gibi en yakındaki kum tepesine bakıyordu. "Şu anda siyanür alıyor olabilirler..."

"Hayır," dedi Horatio sert bir şekilde. "Kim hâlâ yaşıyor... sesini duyduk. 'Hepimizi öldürecek' diye bağırdı, demek ki Sinhurma da hayatta. Ve kendini vurarak ya da zehir içerek her şeye son verecek biri değil."

"Neden?" diye sordu Wolfe.

"Çünkü rolünün çalınmasına katlanamaz," dedi Horatio. "İlk treyleri havaya uçurmak için ne kullandıysa, kendisininkinde en az on katının olduğuna emin olabilirsin."

"Peki neden kullanmadı?" diye sordu Delko.

"Bilmiyorum..."

Horatio'nun cep telefonu cebinde titremeye başladı. Yüzünü buruşturup telefonu cebinden çıkardıktan son-

289

ra kimin aradığına baktı. "İşte bunu öğrenmek için bir şans," diyerek telefonu açtı.

"Merhaba Doktor," dedi.

"Merhaba Horatio," dedi Doktor Sinhurma. "Biraz konuşmamız gerektiğini düşündüm."

"Ta buralarda bile bir kabul töreni yapabiliyor olmana şaşırdım," dedi Horatio. "İyi bir planın olmalı... Ne hakkında konuşmak istiyorsun?"

"Bu gerçeklik boyutundan önlenemez ayrılışımı," dedi Sinhurma sakin bir şekilde.

"Bunu yapmak zorunda değilsin Doktor. Tüm bu insanlar ölmek zorunda değil..."

"Ölmek mi? Kimse ölmeyecek Horatio." Şaşırmış gibi konuşuyordu. "En azından müritlerimden hiçbiri ölmeyecek. Hepimiz geri döneceğiz."

"Anlamıyorum."

"Tabii ki anlamıyorsun. Şu anda kutsal toprakların üzerinde duruyorsun Horatio. Burası – tam burası – insan ırkının hayat bulduğu yer. İnsanoğlunun beşiğini bulmak için tüm dünyayı dolaştım ve işte en sonunda buldum. Dicle-Fırat nehrinde değildi, Etiyopya'da yahut Brezilya'da da değildi. Tam burada işte."

"Anlıyorum," dedi Horatio sakin bir şekilde.

"Hayır... anlamıyorsun," dedi Sinhurma ve sesi sinirlenmiş gibi çıkıyordu. "Hiçbir şeyi anlamıyorsun. Bataklık, timsahlar ve flamingolar görüyorsun. Servi ağaçlarının yapraklarını görüyorsun ama köklerini göremiyorsun. Horatio, çevremizdeki zengin ekosistem ölümün beslediği yaşamdan başka bir şey değil. Bir fener, önemli, hem de canlı bir mesaj olarak gerçekten

290

görme yetisine sahip olanları bekliyor. Ölümden yaşam doğar. Burada ölmek – gerçeği bilerek ölmek – eskiden burası nasılsa oraya geri dönmek demektir. Ruhlarımız zamanda geriye giderek yaşamın rahmine yani Cennetin Bahçesi'ne varacak..."

"İstediğin bir şey olmalı Doktor. Öyle olmasa şimdiye dek çoktan şu bahsettiğin gidişini gerçekleştirmiş olurdun."

"Doğru zaman geldiğinde gideceğim... ve o an hızla yaklaşıyor Horatio. Bir sonraki gün doğuşunu Cennet'te göreceğim. Ve ne istediğime gelince... bana katılmanı istiyorum Horatio."

Horatio yavaşça başını salladı. "Katılırsam ne olacak?"

"O zaman günahlarından arınırsın."

Elbette. Kutsal kitabında cennete dönmekle kalmayıp aynı zamanda iblisi de yola getiriyor. "Bu çok ilginç bir teklif Doktor. Beni düşmanın olarak gördüğünü biliyorum ama aslında birbirimizden çok da farklı sayılmayız. İkimizin de önceliği müritlerimizin iyi durumda olması... ve göz önünde bulundurmadığın bir şey olabilir."

"Neymiş o?"

"Gerçekten inananların burada ölmeleri durumunda Bahçe'ye ulaşacaklarını söylüyorsun. Peki ya şüpheleri olanlar? Onların ölümü anlamsız olacak."

"Benim yanımda olanların inançları tamdır."

"Gerçekten mi? Yakın zamanda onlara bu 'yaşam boyutu'ndan ayrılmanın kendilerini nasıl hissettireceğini sordun mu? Yoksa duymayı istediğin yanıtı duyama-maktan mı korkuyorsun?"

Horatio nefesini tuttu. Bu çok hassas bir oyundu ve oyunculardan birinin akli dengesi şüpheli durumdaydı. Sinhurma'yı fazla zorlamamalıydı... ama zorlamazsa sonuç alamazdı.

Alacağı tek sonuç incelemeye alınacak altı tane daha ceset olurdu.

Hattın diğer ucundan gülme sesleri geldi. "Rolünü iyi oynuyorsun," dedi Sinhurma. "Ama ne başarmayı umduğunu anlamıyorum. Müritlerimin akıllarına şüphe tohumlarının sokulmasına izin vermeyeceğimi biliyor olmalısın."

"Benimle konuşmalarını istemiyorsun. Bunu anlı-yorum. Ama senden istediğim şey bu değil. İstediğim şey... ikinci bir şans. Onlar için ikinci bir şans."

"Ne?"

"Eğer müritlerinden bazılarının aklında herhangi bir şüphe varsa – yani sana söylemeye çekindikleri bazı şüpheler – o zaman amaçsız bir şekilde ölmüş olacak-lar. Ve istediğinin bu olmadığını biliyorum." Duraksadı, düşündüklerinin doğru olduğunu umuyordu.

"Devam et," dedi Sinhurma; sesinde hiçbir ifade yoktu.

"Müritlerinin aklındaki her şüphe senin suçun. Onla-ra liderlik eden sensin, onlara her şeyi öğreten sensin. Kendi hataların için anlamsız bir şekilde ölmelerine göz yumamazsın öyle değil mi?"

"Ne öneriyorsun?"

292

"Bırak kendi kararlarını kendileri versinler. Şüpheleri olanlar gitsin."

"Müritlerimi yüzüstü bırakmayacağım..."

"Onları yüz üstü bırakmıyorsun Doktor, "dedi Horatio. "Onlara kurtulabilmeleri için bir şans veriyorsun. Çünkü istedikleri zaman geri gelebilirler öyle değil mi? Everglades – Bahçe – burada olacak. Sonsuza kadar, öyle değil mi?"

"Evet. Evet, Bahçe sonsuza kadardır... –"

"Belki bazıları daha hazır değildir. Belki onlara öğrettiklerini düşünüp gözden geçirmek için daha fazla zamana ihtiyaçları vardır..."

"Ah... Benim şu *New Age, şans kurabiyesi* saçmalığımı düşünmek için daha fazla zaman öyle mi?" Sinhurma'nın sesi katıydı.

"Konuyu ikimizle ilgili bir noktaya çekme Doktor..."

"Ama bu sen ve benle ilgili Horatio. Seninle ilk konuştuğumuz andan beri bunu biliyordum. Seni *tanımayacağımı* mı sanmıştın? Ya da *bilmeyeceğimi*. Belki de karma öyle bir şeydir ki senin de benim gibi başka seçeneğin kalmamıştır..."

"Doktor, beni dinleyin. Planladığınız şu erdem oyunundaki yılan ben değilim..."

Kulaklarında çınlayan kahkaha sesi neredeyse bir krize yakındı. "Yılan mı? Konuyla ilgisi olmayan şeylerle benim dikkatimi dağıtmaya çalışma Horatio. Kim olduğunu çok iyi biliyorum... Bay Caine."

Hat kesildi.

"Evet," dedi Horatio pişman bir ses tonuyla, "sanırım böyle olacağını tahmin etmem gerekiyordu..."

"Yani düşündüğümüzden bile daha deli," dedi Wolfe.

"Eğer Calleigh'in Horatio'ya söyledikleri kesinse, evet," dedi Delko. "Bir arkadaşım Afrika'ya giderken sıtmaya karşı bir ilaç almıştı; bundan sonra aylar boyunca geceleri kâbuslar gördüğünü söyledi."

"Kâbuslarla dini saçmalıklar arasında çok büyük fark var," dedi Wolfe. "Ve eğer Horatio Cain ise Abel[32] kim?"

Delko göğüs geçirdi. "Bana sorma. Sinhurma'nın aklında her şey başka türlü bir şekilde oynuyor olmalı; hatta Adem ve Havva porno yıldızı, elmaysa... ne bileyim bir muz bile olabilir."

Sahil Güvenlik'in yedek askerleri ekipmanları kurarken Wolfe ve Delko çadırın bir köşesindeki katlanan koltuklara oturmuş termostan kahve içiyorlardı. Horatio birkaç metre ötede telefonla konuşuyordu.

"Ama mantığı ne kadar yanlış olursa olsun yine de bir düzeni var," dedi Wolfe. "Rehine pazarlığı tamamen rehineleri tutan kişinin düşüncelerine girebilmekten ibarettir. Eğer ne düşündüğünü bulabilirsek başkaları ölmeden istediklerini sağlama şansımız olabilir."

Delko kahvesini üfledi. "Evet ama bu sadece söz konusu kişinin isteklerini karşılayabileceksen geçerlidir ya da en azından bunları yapabilecek gücün olduğuna ikna edebiliyorsan. Sinhurma gibi bir baş ağrısı söz konusuyken bu o kadar kolay olmayacak. Şimdiye dek tek istediği Horatio oldu."

"Sence bunu yapacak mı?"

---

32 Adem'le Havva'nın ikiz oğullarının isimleri., ç.n.

"Bize zaman kazandırmak için mümkün olduğunca uzatacaktır. Ama eğer başka seçeneğimiz kalmazsa... evet. Evet, bunu yapacağına eminim."

"Ama bu delilik. Horatio o treylere biner binmez havaya uçuracaktır."

Delko başını iki yana salladı. "Bunu Horatio da biliyor. Ve eğer bunun rehinelere bir dakika bile kazandırabileceğine inanırsa... bunu yapacaktır."

Horatio telefonla konuşurken yanlarına yaklaştı.

"... Pekâlâ Doktor. Evet, anlıyorum. Eğer sen kendi yapacaklarını yaparsan ben de yaparım." Hızlı bir hareketle telefonu kapattı. "Pekâlâ beyler," dedi, "çalışma zamanı."

"Ne yapmamızı istiyorsun H.?" diye sordu Delko.

"Üzerinde çalışmamız gereken bir olay yeri var Eric. Şu kum tepesinin arkasında."

"Yani şu patlayan treyleri mi kast ediyorsun?" diye sordu Wolfe. "Biz oradayken bir başka patlama daha yapmayacağını nasıl bilebiliriz?"

"Bilemeyiz," dedi Horatio sakin bir şekilde. "Ama diğer iki treylere yaklaşmadığımız sürece işimizi yapmamıza engel olmayacağını söyledi. Bu da cesetleri toplayıp alanı inceleyebileceğimiz anlamına geliyor. Umarım bunu yaparken bir şeyler de öğrenebiliriz."

"Bunu neden yapsın ki?" diye sordu Wolfe. "Yani, mantığını anlayamıyorum."

"Şu anda mantık ve doktor aynı cümlede kullanılabilecek durumda değil," dedi Horatio. "Ama onunla benim aramda bir çeşit bağ olduğunu düşünüyor ve ben de bunu cazip hale getirmeyi başardım."

"Pekâlâ," dedi Delko ayağa kalkarak. "Takımlarımı alayım."

"Hmm, H.?" dedi Wolfe; rahatsız görünüyordu.

"Evet Bay Wolfe?"

"Bunu söylemek bana düşmez ama... oraya bizimle gelmenin doğru olacağını düşünmüyorum."

Horatio gülümsedi. "Peki neden?"

"Eğer Sinhurma seni onunla birlikte götürebileceğini düşünüyorsa patlayıcıları kullanacaktır."

"Endişelerin için teşekkürler Bay Wolfe. Ben de aynı sonuca varmıştım... o yüzden bu kez kenardan izleyeceğim."

"Ah. Tamam o zaman."

Horatio'nun söylemediği tek şey onlar dışarıdayken nefesini tutuyor olacağıydı.

14

HORATİO'NUN BİRKAÇ sorunu vardı.

Öncelikle kimin hayatta, kimin ölü olduğunu bilmesi gerekliydi. Daha da önemlisi hangi treylerde kimin olduğunu bilmeliydi.

Kim, ilk treylerdeydi, bu kadarını biliyordu. Bunun yanısıra Sinhurma'nın sağ kolunun olayların gelişiminden hoşnut olmadığını da biliyordu. Muhtemelen Sinhurma da aynı treylerdeydi ancak bu kesin değildi; bir şekilde Kim'in oradan çıkması engellenmiş ve Sinhurma da diğer treylerde elinde bir uzaktan kumandalı patlatıcıyla bekliyor olabilirdi.

İşte ikinci sorunu da buydu: patlayıcılar. Havadaki kolayca ayırt edilen koku – cila ve badem karışımı bir kokuya benziyordu – ona patlayıcının muhtemelen TNT olduğunu söylüyordu... Ama daha ne kadar kalmıştı? Tam olarak neredeydi ve nasıl patlatılacaktı?

Tek umudu tüm grubun aynı treylerde olmamasıydı. Eğer Sinhurma'yı buraya kadar izledilerse muhtemelen sonuna kadar da izleyeceklerdi; ancak Sinhurma'nın varlığı her şeyi değiştirebilirdi. Eğer gruptan bazıları liderlerinden ayrıysa onlar üzerine yoğunlaşıp mantıklı düşünmelerini sağlayabilirdi. Süreç ne kadar uzarsa vücutlarındaki ilaçların etkisi de o kadar azalacaktı.

Peki ya Jason McKinley hâlâ hayatta mıydı?

Horatio onun ne iskelede ne de sahilde olmadığına emindi. Ama üçüncü treylerde olabilirdi... hatta onu havaya uçuran kişi bile olabilirdi. Delko ve Wolfe tüm cesetleri teşhis edene kadar bunu bilmesine imkân yoktu ve bir bombalama olayında ceset teşhisi uzun sürebilirdi.

Yeterince bilgiye sahip değildi... ve vakti azalmıştı. Sinhurma sonsuza dek beklemeyecekti.

Asıl soruysa *ne* beklediğiydi?

Delko ve Wolfe, tek bir SWAT keskin nişancısının yere yatmış, dikkatle karşı tarafı izlediği tepeye çıktılar. Patlamanın olduğu yerde hâlâ biraz alev vardı ancak çevrede tek hareket eden şeyler bu alevler ve dalgalardı. Yıldırım bile durmuş gibiydi.

Bir patlamanın gerçekleştiği yeri incelemek hiçbir zaman kolay değildi. Elbette ki karmakarışık bir haldeydi. Çevrede enkaz yığınları ve hatta bazı vücut parçaları bile vardı. Kömürleşmiş et kokusu yanık ahşap ve sıcak metal kokusuna karışmıştı. Bu karışıma Everglades de Atlantik'ten gelen tuzlu havayla kendi katkısını yapıyordu.

İşe öncelikle patlamanın etki çapını tahmin ederek başladılar, en uzaktaki enkazı bulup güvenli davranmış olmak için bu uzaklığa bir de yüzde elli eklediler. Numaralandırılmış bayraklar yerleştirerek çevreyi harita şeklinde böldüler. Delko olay yerinin ön incelemesini yaparken Wolfe da fotoğraf çekiyordu.

"Pekâlâ," dedi Delko. Bir enkaz yığınının yanına eğilmiş yeri inceliyordu. "Patlamanın merkezinin treyler olduğunu biliyoruz. Tam olarak nerede olduğunu bulabilirsek bize diğer iki treylerin nasıl bağlanmış olduğuyla ilgili bir fikir verebilir."

Wolfe diğer treylerlere doğru baktı; ortadaki otuz feet'ten daha uzakta değildi. Patlamanın gerçekleştiği yere bakan yan kısmı kararmıştı ve tüm pencereleri kırıktı ancak içerinin görülmemesi için birileri battaniye ve havlularla pencereleri kapatmıştı.

"Şuna bak," dedi Delko. Yığının arasından yukarı doğru çıkmış bir tahta parçasını gösteriyordu. "Çivilerin hepsinin aynı yöne doğru eğilmiş olduğunu görüyor musun?"

"Hmm, evet. Burada da aynı şey var ama tam ters yöne bakıyorlar." Wolfe fotoğraf çektikten sonra diğer treylere baktı.

"Yani bomba bu ikisinin ortasında bir yere yerleştirilmiş olmalı. Zemin neredeyse tamamen yok olmuş ama şunu görebiliyor musun?" Delko tuhaf bir açıyla dışarı doğru çıkmış olan bir boruya işaret ediyordu. "Boru döşeme tahtasının altında olmalı. Eğer bomba treylerde olsa aşağı, toprağa doğru dönmüş olurdu.

Buysa geriye ve yukarıya doğru dönük, yani patlama aşağıdan gelmiş olmalı."

Wolfe hâlâ ortadaki treylere bakıyordu. "Doğru. Bomba treylerin altındaydı."

Delko gülümseyip başını iki yana salladı. "Ona öylece bakmak işe yaramaz Wolfe. Ya patlar ya patlamaz, bunu düşünüp durmak olacakları değiştirmez. İşine yoğunlaşmaya çalış."

"Evet, pekâlâ. Üzgünüm."

Normal şartlarda CSI ekibi araştırmaya başlamadan önce her yer patlayıcı olma riskine karşın aranırdı ancak bu kez bu mümkün olmamıştı. Patlamanın gerçekleştiği alanı alet edevatlarıyla detaylı bir şekilde incelerken bile Sinhurma'nın onların çalışmasına daha ne kadar izin vereceğini düşünmeden edemiyorlardı.

Ve onları durdurmak için neler yapabileceğini.

Wolfe ve Delko cesetlere varana kadar Horatio çok şey öğrenmişti bile.

Treylerde kaç kişi olduğunu biliyordu: on üç. Biliyordu çünkü cesetlerden bazıları – cesetlerin parçaları demek daha doğru olacaktır – kum tepesine kadar ulaşmıştı. Geri kalanlar tepeden alanı dürbünle inceleyerek elde edilmişti. Gövdeler, başlar ve diğer vücut parçalarını inceleyerek treylerde on iki kişiden başka bir kişi daha olduğunu çıkarmıştı.

Yani. İkisi vuruldu, dördü göz altında, bir düzinesiyse havaya uçtu. Bu da geriye altı kişi bırakıyor: Sinhurma, Kim ve dört bilinmeyen kişi daha.

Kim onlar?

*Sinhurma gibi düşünmeye çalış. Gösterinin yıldızı
sensin, hangi treyleri seçerdin?*

Merkezdeki. Elbette.

*Sadık sağ kolun Bay Kim ona en çok ihtiyaç duydu-
ğun anda yanında değil. Neden?*

*Çünkü görünüşe göre onun inancı düşündüğün ka-
dar güçlü değil. Sürülmüş, dışlanmış, tek başına bıra-
kılmış. Onu cezalandırmak için sevginden mahrum bı-
rakılıyor.*

*Peki o halde yanında kimleri tutuyorsun? Güvendi-
ğin kişileri mi?*

Hayır. İhtiyaç duyduğun kişileri.

"Jason hâlâ yaşıyor," diye mırıldandı Horatio.

*Hâlâ yaşıyor çünkü işler kötü giderse yükleneceği
kişi o. Ve o da Sinhurma'yla birlikte ortadaki treyler-
de olmalı. Diğerinde muhtemelen Kim bağlanmış bir
vaziyettedir ya da belki de tek başınadır. Ne de olsa
onun şüphelerinin başkalarına bulaşmasını da istemi-
yorsun...*

*Kim tek başına. Eğer bir nöbetçi olsaydı Kim bağ-
lanmış olurdu.*

Ve bu da Horatio'ya bir fikir verdi.

SWAT görevlisi en uçtaki treylere uzak taraftan,
diğer treylerden görülemeyeceği şekilde yaklaştı. Elin-
de, pencelerin içine ve köşelerin ötesine farkedilmeden
bakmasını sağlayan ileri teknoloji bir TacView 1400
cihazı periskobu vardı. En altındaki on beş santimlik
ekrana bağlı olan teleskopik bir alüminyum çubuğun
üzerine yerleştirilmiş küçük bir kızılötesi/renkli kame-

301

rası vardı. Mikrofonlu kulaklığı aracılığıyla Horatio'yla konuşuyordu.

"Şu anda binanın yanındayım," dedi memur Eskandani yavaşça. "Bubi tuzağı görünmüyor. Bu duvarda kırık bir pencere var... içeri bir bakacağım."

"Yavaş ol," dedi Horatio.

Eskandani dikkatli bir şekilde çubuğu havaya kaldırdı. Kameradan görünen her iki tarafında da ranza yataklar olan uzun bir odaydı, bir kışla. Oda bomboştu ancak en uzakta yarı açık duran bir kapı vardı. Eskandani sandalyeye bağlı birini görür gibiydi; gördüklerini Horatio'ya aktardı.

"Pekâlâ," dedi Horatio. "Üzerinde herhangi bir tel ya da cihaz var mı?"

"Söylemek güç, tam olarak göremiyorum."

"Peki ya kışla? Herhangi bir tuzak var mı?"

"Kontrol ediyorum..."

Birkaç saniye geçti.

"Hayır," dedi Eskandani. "Herhangi bir tel ya da görünür bir şey yok. Ama zeminde basınç anahtarları olabilir."

"Ekibimdeki arkadaşlar ilk bombanın muhtemelen treylerin alt kısmına yerleştirilmiş olduğunu söylüyorlar. Kamerayla platformun altına bakmaya çalış ama içine girme."

Çapraz şekilde birbirini kesen ahşap çubuklar yükseltilmiş platformun ucundan yere kadar uzanıyordu. Eskandani kamerayı bu çubuklardan ikisinin arasına soktu.

"Pekâlâ. Çevreye bakıyorum... işte. Platformun altına takılı bir tür plastik kap var. Görebildiğim kadarıyla tel yok... oh."

"Ne var?"

"Köşelerden birinde bir kamera var. Şu anda izleniyoruz... –"

Horatio'nun cep telefonu çaldı.

"Oradan dışarı çık, hemen!"

Horatio telefonunu açtı. "Doktor ani bir şey yapma..."

"Beni hayal kırıklığına uğrattın Horatio. Bir anlaşma yaptığımızı düşünmüştüm. Ama sanırım güvenilir olmamak gibi bir huyun var."

"Bunu yapma Doktor. Eğer Kim'i öldürürsen büyük bir hata yaparsın."

"Bay Kim artık bizden biri değil. Onun akıbeti beni hiç ilgilendirmiyor."

"Eğer benim bildiklerimi biliyor olsaydın ilgilendirirdi."

"Bay Kim'le ilgili benim ilgimi çekecek ne biliyor olabilirsin ki?"

"O senin iş ortağın Doktor. Senden sonra onun varisleri de varlığının paylaşılmasında söz sahibi olacak. Hiç bunu düşündün mü? Bildiğim kadarıyla erkek kardeşinin fast-food restoran zinciri var. Altı ay sonra Dünyevi Bahçe hamburger ve milk shake satmaya başlayacaktır. Arkanda bırakmak istediğin şey bu mu?"

Horatio Kim'in erkek kardeşi olup olmadığını bile bilmiyordu, bu düpedüz bir kumardı, nefes almasını sağlayabilecek kadar zaman kazanmak için oynadığı bir kumar. Ancak eğer Sinhurma bunu fark ederse geri tepebilirdi.

"Bu hiç iyi olmaz," dedi Sinhurma, "ama bu sorunu çözebilecek bir şey düşünemiyorum."

"Bunu çözmek o kadar güç değil Doktor. Tek yapman gereken Kim'in kendi payını sana devrettiğine dair bir kâğıt imzalatmak. Bu belgeleri doğru yerlere ulaştıracağıma söz veriyorum."

"Ve ben de sana güvenmeliyim öyle mi? Hem de sözünü tutmadığın halde?"

"Planlarına karışmış değilim Doktor. Doğrulama istediğim için beni suçlayamazsın öyle değil mi? Söylediğin şeyleri yapabileceğini görmem çok daha iyi, böylelikle yanlış anlaşılma olasılığı ortadan kalkar."

"Anlıyorum. Sadece gerçeğin peşindeydin."

"Bu benim işim Doktor. İster inan ister inanma."

"Peki arkamda bırakacaklarım seni neden ilgilendirsin ki?"

Horatio yanıt vermeden önce dikkatli bir şekilde düşündü. "Belki iki taraf için de bahse giriyorumdur. Bu yaşamda oldukça başarılı olduğunu kanıtladın, diğer yaşamda da düşmanım olmanı istemem."

Sinhurma sert bir şekilde kahkaha attı. "Ah! Teğmen Caine, sen de çok dişli bir rakipsin. Karşılıklı satranç oynayamayacak olmamız ne kadar kötü, ama düşünecek olursan aslında tam da onu yapıyoruz. Pekâlâ, öne sürdüğün atını geri çekmene izin vereceğim... ve önerdiğin anlaşmayı düşüneceğim. Ama senin yerinde olsam acele ederdim Horatio; benim buradaki zamanım bitmek üzere."

Ve telefon kapandı.

Horatio derin bir nefes alıp yavaşça bıraktı.

Delko ve Wolfe çadırın içinde kurulmuş masanın iki yanındaydılar. Masanın üzerinde tüyler ürpertici bir şekilde farklı vücut parçaları vardı: kollar, eller, parmaklar... Masanın altındaki plastik torbalarda daha fazlası da vardı, ancak şimdilik onlara doğru bir kimlik teşhisi sağlayabilecek olanlar üzerine yoğunlaşmışlardı.

Her ikisinde de kablosuz IBIS cihazı vardı, bunlar alt kısmından ufak bir sapı olan büyük cep telefonlarına benziyordu. Bunları parmak izini bilgisayara okutmak için kullanıyorlardı, ardından bilgisayar merkezi AFIS sistemine bağlanıp eşleştirme yapmaya çalışacaktı. Aynı zamanda erkek ya da kadın eli olup olmadığına, ten rengine ve üzerinde dövme ya da yara olup olmadığına da dikkat ediyorlardı.

Tam bitirmek üzerelerken Horatio geldi. "Pekâlâ, ne buldunuz?"

"On üç cesedin de parçalarını bulduk, bir cesedin yalnızca tek parmağını bulabildik," dedi Delko. "Tam patlamanın olduğu yerde duruyordu herhalde. Altısını kadın dördünü erkek olarak teşhis ettik, üçünüyse teşhis edemedik. AFIS aracılığıyla sekiz cesedin kimliklerini teşhis edebildik." Horatio'ya bilgisayar çıktısını uzattı.

Horatio çıktıyı inceleyip başını aşağı yukarı salladı. "Geriye tanımlayamadığımız beş ceset ve içerideki dört tarikat üyesi kaldı."

"Biraz daha daraltabiliriz," dedi Wolfe. "Sinhurma'nın yerinde bulduğumuz fotoğrafa göre üç tarikat üyesi Afrika-Amerikalı, ikisiyse Asyalı. Bu bilgiyi elimizdekilerle birleştirirsek ölenlerden birinin Asyalı bir kadın, bir diğerininse zenci bir erkek olduğunu anlıyoruz."

"Geriye yedi bilinmeyen kalıyor," dedi Horatio. "Dördü içeride, üçü dışarıda. Ve biliyor musun? Sanırım içeridekilerin kim olduğunu biliyorum..."

Listeyi Delko'ya geri verdi. "O listede kimi görmediğini söyler misin?"

Delko listeyi inceledi. "İlk şüphelilerimizden hiçbiri yok," dedi. "Shanique Cooperville, Darcy Cheveau, Albert Humboldt ya da Julio Ferra."

"Doktorun iyi tarafına denk gelmişler gibi görünüyor," dedi Horatio. "Belki de sadece o gittikten sonra hikâyeler anlatmalarını istemiyordur."

Diğer masada, beyaz bir örtünün üzerine özenle yerleştirilmiş farklı enkaz parçaları vardı. Bir tarafta müzik seti büyüklüğünde gümüş-siyah renkli bir cihaz, üst kısmına üzerinde kırmızı bir grafikle rakamlar içeren bir tablo olan katlanan bir ekran vardı.

"ETD trinitrotoluen ve amonyum nitrat buldu," dedi Delko. Bu cihaz üzerinde mikro düzeyde ayrım yaparak gramın trilyonda biri hassasiyetinde patlayıcı ya da narkotik maddeyi tanımlayabilen İyon Değişkenlik Spektrometreli taşınabilir bir Gaz Kromatogramıydı.

"Amatol mü?" diye sordu Horatio. "Dumanın rengi onun için fazla beyazdı, yüzde ellilik bir karışım olmalı."

Wolfe oldukça etkilenmiş görünüyordu. "Kırk sekize/elli iki," dedi.

"Jason, Jason," diye mırıldandı Horatio. "Herhangi biri yarı yarıya kullanılırdı ama yo... sen illa ki bir şeylerle oynamalısın öyle değil mi?"

"Bunlar bulup tanımlayabildiğimiz tüm bileşenler," dedi Wolfe. Önceleri patlama esnasında bombanın tüm parçalarının yok olduğu düşünülürdü, ancak adli tıp uzmanları on yıllardır bunun doğru olmadığını söylüyorlardı; bu tip bir cihazın yüzde doksan beşlik bir kısmı dahi patlamadan kurtulabilirdi. Özel eğitimli araştırmacılar kurum şekilleri ve farklı şekillerdeki kırıklarla belirlenebilen bu parçaları tanımlayabilirdi.

Horatio dikkatli bir şekilde inceledi. "Üzerinde saat yok, bu da beni şaşırtmıyor... Ah." Küçük bir tel parçası aldı. "Bu tanıdık geliyor."

"Rokette bulduğumuz parçanın aynısı," dedi Wolfe. "Üzeri Kevlar kaplı bakır bir tel."

"Ki bu da mantıklı," dedi Horatio. "Maket roketler genellikle uzaktan kumanda yerine telle patlatılır. Diğer patlayıcıların uzaktan kumandalı patlatıcı kullanmak yerine telle bağlanmış olduğunu düşünüyorum."

"Bu da bomba frekans bozucumuzun bir işe yaramayacağı anlamına geliyor," dedi Delko. Horatio'nun Sahil Güvenlik botundan alınmasını istediği malzemelerden biri de bir bombayı patlatabilecek radyo frekansları üreten cihazları parazit oluşturarak etkisiz hale getiren bir elektronik savunma cihazıydı.

"Artık pek bir işe yaramaz," dedi Horatio. "Frekans bozucuyu çalıştırırsak cep telefonu sinyallerini de etki-

307

leriz. Şu anda doktorla görüşebilmek çok önemli... ve egosu itaatkar bir hale bürünmesini engelleyecektir. İnatçı bir şekilde pazarlık yapmak bir abluka zihniyeti oluşturacaktır ki bu da onu sınırın ötesine geçirebilir."

"Peki ya seninle konuşmasının tek sebebi frekans bozucuyu aktive etmeni engellemekse?" diye sordu Wolfe. "Hatta bombayı bir telefona dahi bağlamış olabilirler."

"Bunu sanmıyorum. Sinhurma paranoyak ve Jason akıllı, her ikisi de radyo frekanslarını etkisiz hale getirebileceğimizi biliyordur. Ve eğer bunu düşündülerse kolay bir şekilde engelleyebileceğimiz bir yöntem kullanmayacaklardır. Hayır, bence telle kontrol edilen bir sistemle karşı karşıyayız."

"Bu da telleri bulup kesme fırsatımız olduğu anlamına geliyor," dedi Delko.

Wolfe başını iki yana salladı. "Sinhurma o kadar yaklaşmamıza asla izin vermez. Eğer bombayı izleyen bir kamera varsa treylerler arasındaki boş alanı da izleyen bir kamera mutlaka vardır."

"Doğru," diye onayladı horatio. "Ama kesilebilecek bir bağ olduğunu bilmek iyi bir ilk adım."

"İkinci adımımız ne peki?" diye sordu Delko. Wolfe'un suratı asıldı, soru biraz küstahcaydı, sanki Horatio'nun bir sonraki adımın ne olduğunu bilemediğini ima eder gibiydi.

Aslında bu düşünülenin tam tersiydi; Delko Horatio'nun bir planı olduğuna o kadar emindi ki bu söylediğinin bilgi almak dışında bir anlama geliyor olabileceği aklına dahi gelmemişti.

"İkinci adımımız baylar," dedi Horatio, "kendi bağlantımızı oluşturmak..."

"Pekâlâ Doktor, istediğin formları internetten yükleyip çıktılarını aldım. "Dokümanları alabilmek için treylere Kim'le birlikte biri daha gidiyor. Kameranın bu kişinin üzerinde olduğunu düşünüyorum doğru mudur?"

"Varsayımlarınız doğrudur."

"O halde memurun size çok iyi davranacağından kuşkunuz olmasın. Kim'e hiçbir şekilde yaklaşmaya çalışmayacak, sadece formları görünür bir yere bırakacak."

"Ya sonra?"

"Eğer treylerden çıkmak istemiyorsan bunu anlarım. Orada yalnız olmadığını biliyorum; müritlerinden birini binaların arasında dolaşması için görevlendirebilirsin. Kim'in belgeleri imzalamasını sağladıktan sonra onları sana geri getirebilir. Sen de onları imzalayıp bana iletebilirsin."

Horatio dua etmeye başlamıştı. Sinhurma'nın Jason'ı yollamasına ihtiyacı vardı. Ama özellikle de bunu isteyemezdi yoksa doktor bir şeyler olup bittiğinden şüphelenebilirdi. Bayan olduğunu belirtmesi doktoru diğer yöne sevkedebilir, böylelikle Jason'ı seçme olasılığı da artmış olacaktı. Diğer üç adamdan Ferra en az olası olandı – çok dengesiz ve endişeli – ancak Cheveau ya da Humboldt'un her ikisi de olabilirdi. Cheveau da sarsılmaz görünürken Humboldt doğuştan bir takipçiydi.

"Peki ya saçma bir şey yapmaya kalkışmayacağından nasıl emin olacağım? Elçimin sağ salim geri döneceğine nasıl emin olabilirim?"

Doktorun eşi sakindi ancak Horatio farklı şeyler sezinledi. Doktorun elinde uzaktan kumandalı patlatıcı olduğu sürece tüm kartlar elindeydi; içinde Kim ve polis memuru varken treyleri havaya uçurup yine de üstünlüğü elinde tutabilirdi. Elçisinin korkacak bir şeyi yoktu ama Sinhurma yine de endişeliydi.

İşler bu noktaya gelince sinirlerin bozulmaya mı başladı Doktor? diye düşündü Horatio. *Sanırım olayların ne raddeye gelmiş olduğunu hatırlatmanın zamanı geldi.*

"Ama eğer seni – ya da müritlerini – öldürmek isteseydim pencereden bir el bombası atıp ne yapacağını görmeyi beklerdim. Gerçeği söylemek gerekirse bunu yapmamak için kendimi zor tutuyorum."

Bir duraksama. "Ama yapmış değilsin. Neden?"

"Emin değilim Doktor. Bunun sebebinin aramızdaki mistik bağ olduğunu düşündüğüne eminim ama bunun üzerinde daha fazla düşündükçe doğruluğundan da o kadar şüphe duyuyorum. Ben bilime inanan biriyim Doktor. Benimle birlikte çalışanlar da bilim adamı. Bağımız olan kişiler onlar... onlar için endişeleniyorum. Seninle bir tıp doktoru olduğun ve bir peygamber gibi kimseye zarar vermemeye yemin ettiğin için ortak yönümüz olabilir..." Horatio duraksadı. "Aziz olmak için birkaç mucizenin eksik olduğunu söyleyebiliriz."

"Anlıyorum. İnancın olmadığından dolayı bir işarete gereksinim duyuyorsun. Bir nevi ruhani teminat yani."

"Hiçbir şeye gereksinim duymuyorum Doktor; neler yapabileceğini gayet iyi biliyorum. Başkalarına zarar vermek hiçbir şey ispatla..."

"Bunun için çok geç Horatio. Ama anlıyorum, gerçekten anlıyorum. Hepimiz er ya da geç buna ihtiyaç duyarız. Benim işaretim çok yakında gelecektir... seninki de öyle." Sinhurma telefonu kapattı.

Horatio cebinden bir mendil çıkarıp alnında biriken teri sildi. İşe yarayacak mıydı? Elini açık etmeden yeterince ipucu verebilmiş miydi?

Ve Sinhurma gerçekten Jason'ı seçse bile bu bilim adamının nasıl bir ruh hali içinde olacağına dair hiçbir bilgisi yoktu. Yakın zamanda tarikata katılan biri olarak şu anda şüpheleri olabilir, mantıklı açıklamaları dinlemek isteyebilir, ama eğer Sinhurma Ruth Carrell'ın ölümünde Horatio'nun suçlu olduğuna inandırabildiyse nefret her şeyin önüne geçebilirdi.

Horatio gülümsememek için kendini zor tutuyordu. Alaylı bir şekilde olay başkasının mantıklı düşünebilmesine bağlıydı, kanıtlar olmadığında geçerli olan tek şey de inançtı.

Horatio'nun içgüdüleri Sinhurma'nınkilere karşı. Bilim batıl inançlara karşı.

Sonuçta olaylara nasıl bakılırsa bakılsın her şey inançta son buluyordu.

15

DÜZENLEMEYİ AZ da olsa gördükten sonra Eskandani'yi tekrar içeri gönderdiler. Tüm vücudunu kaplayan zırhı, bir elinde taşıdığı iki parça kâğıt ve diğer elindeki kalemle nükleer savaş sonrasından gelmiş bir avukata benziyordu. *Tek ihtiyacım olan yarı otomatik bir evrak çantasıyla elektrikli testereye dönüşebilen bir hesap makinesi,* diye düşündü.

Ancak Memur Eskandani'de bunların ikisi de yoktu; – yanında silah bile taşımıyordu. Ancak kurşun geçirmez yeleğinin altında gizli bir şey vardı.

Eskandani treylere yaklaşırken Teğmen Caine de bir dürbün kullanarak onu kum tepesinin üzerinden izliyordu. Caine Sinhurma'nın bir şeyler ispat edebilmek için treyleri havaya uçuracağını düşünmüyordu ancak bunun da olasılıklardan biri olduğunu göz ardı etmiyordu.

Eskandani de yürüyüşündeki duraksamayla bunu yansıtıyordu ki bu da olumlu düşünebilmesine yardımcı olmuyordu. Yine de yapabilse onun yerini Caine'in seve seve alacağını da biliyordu, Caine'in takımına karşı efsanevi bir bağlılığı vardı. Çevrede dolaşan bazı dedikodular vardı, çoğunluğu Caine'in kardeşinin yasadışı işlere karışmış olmasıyla ilgiliydi ancak Eskandani bunu pek önemsemiyordu. Eskandani kariyerine New Orleans'ta başlamıştı ve orada geçen birkaç yıldan sonra rüşvete bakış açısında değişiklikler oluyordu. Ona göre kayıt dışı bir miktar para kazanmanın ne kadar iyi bir polis olduğunla hiçbir ilgisi yoktu. İyi polislik tamamen kendini işine adamak, sadakat ve sevgiyle alakalıydı; rüşvet almak başkaydı, masum insanların acı çekmesine göz yummak başka.

Ortadaki treylere doğru baktı ancak havlularla örtülmüş pencerelerin arkasında herhangi bir hareket göremedi. Uzandı, derin bir nefes aldıktan sonra kapı kolunu çevirdi.

Kilitli değildi.

Kapıyı açıp içeri baktı. Hemen önünde penceresiz kısa bir koridor uzanıyordu. İçeri bir adım attı.

"Bay Kim?" diye seslendi. "Ben bir polis memuruyum. Lütfen panik yapmayın."

Sol taraftan gelen ses korku doluydu. "Çık buradan! Bomba var! İkimizi de öldürecek!"

"Her şey yolunda bayım! İçeri girmemize izin verdi!" Kısa koridorun ikiye ayrıldığı noktaya kadar ilerledi. Kim sol taraftaki penceresiz odalardan birindeydi, duvarların üçünde dolaplar, dördüncüdeyse tabandan tavana kadar uzanan bir ayna vardı. Patlamanın yarattığı şok etkisi aynayı çatlatmıştı; birkaç parçası hâlâ çerçeveye asılıydı ancak çoğunluğu odanın çevresine gümüş renkli parçacıklar halinde saçılmış durumdaydı.

Kim odanın ortasındaki bir sandalyeye bağlı haldeydi. Yüzünde, cam kırıklarının oluşturduğu birkaç çizik dışında yaralı değildi. "Beni buradan dışarı çıkar," dedi alçak sesle sinirli bir şekilde.

Eskandani kamerayı görebilmek için çevresine baktı. Kamera göremedi ama bu hiçbir şey ifade etmiyordu: muhtemelen dolapların birine yerleştirilmiş, küçük bir delikten Kim'i izliyordu.

"Üzgünüm efendim, bunu yapamam," dedi. "Eğer sizi serbest bırakmaya çalışırsam olacakları Doktor Sinhurma açık bir şekilde ifade etti." Çevresine baktıktan sonra elindeki kâğıt kalemi yere bırakmak için eğildi.

"O halde burada ne arıyorsun? Oraya ne bırakıyorsun? En azından şu ipleri çöz!"

"Sakin olun efendim," dedi Eskandani. "Sizi buradan çıkarabilmek için elimizden geleni yapıyoruz ancak şimdilik sakin olmanız gerekli. Bu belgeler Doktor Sinhurma'nın imzalamanızı istediği belgeler; size bunu yapmanızı öneririm."

"Ne? Belgeler mi? Bu... bu delilik. O tam bir kaçık... Peki ellerim bağlıyken herhangi bir şeyi nasıl imzalayabileceğimi düşünüyorsunuz?"

"Az sonra bunu halletmek için birisi gelecek. Doktorun bu odayı izlediğinin farkında mısınız?"

"Ben... evet." Kim endişeli bir şekilde sağ tarafındaki dolaplara baktı. "Ama bizi duyabildiğini düşünmüyorum... bu sadece görüntü."

"Güzel. Şimdilik istenilenleri yapın. Elimizden geleni yapıyoruz."

Eskandani arkasını dönüp odadan çıktı. Kameranın görüş açısından çıkar çıkmaz cebinden Black Berry'sini çıkarıp koridorda yere bıraktı. Hızlı bir şekilde binadan çıkıp kapıyı arkasından kapattı.

Horatio bekledi.

En sonunda Sinhurma'nın treylerinin kapısı açıldı ve elçisi dışarıya çıktı. Birkaç saniye sonra diğer binaya girdi. Horatio birkaç saniye daha bekledikten sonra Delko'nun cep telefonunu kullanarak Eskandani'nin bıraktığı PDA'yı aradı.

Çalmaya başladı. Bir, iki, üç kez çaldı. Horatio beklemeye devam etti.

On birinci çalıştan sonra biri cevapladı.

"Merhaba Jason," dedi Horatio.

Sessizlik.

"Doktorun sana neler söylediğini bilmiyorum," dedi Horatio, "ama senin gibi zeki birinin tüm gerçekleri öğrenmeden önce kararını vermiş olduğuna inanmıyorum."

Hâlâ yanıt yoktu. Bu kez Horatio beklemeye devam etti.

En sonunda, "Seninle konuşmamalıyım," dedi Jason. Sesi sinirli, şüpheci ve küstah çıkıyordu. Hata yap-

315

tığının farkında olup da bunu itiraf etmeyen bir ergen gibi davranıyordu.

"Neden? Şeytanın vücut bulmuş hali olduğum için mi? Başkalarının senin yerine düşünmesine izin verdiğini bilmiyordum."

"Düşünce çok abartılan bir olgu Horatio," dedi Jason ve bir anda sesi sinirli değil oldukça yorgun gelmeye başladı. "Tüm yaşamım boyunca düşünmekten başka bir şey yapmadım. Sürekli düşündüğün zaman ne oluyor biliyor musun? Hiçbir şey yapamaz hale geliyorsun. Verileri gözden geçirmek için o kadar çok vakit harcamaya başlıyorsun ki temsil ettiği durum anlamsız bir hal alıyor. Yaşam yanından akıp geçiyor. Hayata geçirilmeyen düşüncelerin hiçbir değeri yok."

"Peki yaşam Jason? Yaşamın hâlâ değeri var mı sence? Çünkü yaşamını kaldırıp atmak üzeresin."

Acı acı gülümsedi. "Her yaşam eşit yaratılmıyor Horatio. Ruth'la tanışmadan önce yaşamımın bir anlamı yoktu. Düşünebiliyor musun, yalnızca bir kadının ellerini tenimde hissedebilmek için ara sıra berbere gidip saçımı yıkatıp kestirirdim. Ve sonra her şey değişti, güzelleşti hem de öyle güzelleşti ki rüyada gibiydim ve sonra aniden kâbusa dönüştü, Ruth öldü ve her şey çok acı vermeye başladı. Her şeyin bitip gitmesini istedim. Ve doktor bana yardım etti, hepsi yardım etti, ihtiyacım olduğunda yanımdaydılar."

"Biliyorum Jason. Bunu anlıyorum..."

"Anlıyor musun? Gerçekten anlıyor musun? Doktor Sinhurma bundan senin sorumlu olduğunu söylüyor.

Ruth'un hepimize bir uyarı olması için öldürüldüğünü, mevcut durumu tehdit ettiğimizi söylüyor. Toplumun dışında kaldığımızı ve dışlananların daima suçlananlar olduğunu söylüyor."

"Peki ya Phil Mulrooney, Jason? Bunda da mı benim parmağım var?"

Uzun bir duraksama daha oldu. Jason yeniden konuşmaya başladığında fısıldıyor gibiydi. "Hayır. Bu... bu benim suçumdu."

Horatio kendini çok kötü hissetti. Bir sonraki soruyu sormak istemiyordu ama sorması gerektiğinin de farkındaydı. "Jason, Phillip Mulrooney'yi mi öldürdün yani?"

"Öldürmüş olabilirim," dedi Jason üzgün bir şekilde. "Roketi ben yaptım. Nasıl çalıştığını ona ben gösterdim. Ben... ben birilerinin öleceğini bilmiyordum."

"Kime gösterdin Jason?"

"Doktor Sinhurma'ya. Bana o roketi havai fişek fırlatmak için kullanacağını söyledi, büyük bir kutlamanın bir parçası olacaktı. Ama sonra Phil o... o kazada öldü."

"Beni dinle Jason, Mulrooney'nin ölümü bir kaza değildi. Her şey planlanmıştı..."

"O bir haindi!" diye araya girdi Jason. "Bize onu gönderen sendin! Gizlice aramızda ajanlık yapıyordu ve Tanrı onu cezalandırdı!"

"Mantıklı şeyler söylemiyorsun Jason. Phil'in ölümü kaza mıydı yoksa ilahi bir cezalandırma mıydı? Hangisi?"

"Kaza yok. Phil burnunu sokmaması gereken şeylere sokuyordu ve Tanrı da onu cezalandırmak için yıldırım gönderdi. Bir kaza gibi görünüyordu ama Doktor Sinhurma gerçeği görebildi. Bana ne yapmaya çalıştığını anlattı: Bizi yok edebilmek için suçlu olduğumuzu ispatlamaya çalıştığını. Ama Tanrı'yı suçlayamazsın... bu saçmalık olur! Bu yüzden de Ruth'u öldürdün..."

Neredeyse kendi içinde bir mantık bulunabilecekti. Tabii eğer yeterince paranoyaksanız, yeterince ilaç almışsanız ve acıyla kıvranıyorsanız.

"Kimseyi suçlamaya çalışmıyorum... hele seni hiç," dedi Horatio. "Şu anda bana güvenmediğini biliyorum ama yaşamın boyunca içinde taşıdığın bilime olan inancını da göz ardı edeceğini düşünmüyorum. Kanıtlar yalan söylemez Jason ve buna hâlâ inandığını çok iyi biliyorum."

"Neye inanmam gerektiğini bilmiyorum..."

"O halde verilere bir de sen bak. Kendin karar ver. Söz veriyorum ki düşüncelerini etkilemeye çalışmayacağım."

"Ne... gerçekler nedir?" Sesi çok yorgun geliyordu.

"İstersen önce neden bu kadar gevşemiş olduğunu ve neden düşünmenin bu kadar zor olduğuyla başlayalım. Size yapılan vitamin iğnelerinde uyuşturucu, uyarıcı, antidepresan ve başka etkili maddeler var. Bunu ispatlayabilirim Jason; Ruth'un kanında da aynı maddelere rastlandı."

"O... vitaminlerin geçici bir yan etkisi olduğunu söylemişti... –"

"Phillip Mulrooney o roketi kazayla ateşlemedi. Öldüğünde, duvardaki bir borudan roketteki Kevlar kabloya kadar uzanan atlama kablosuna bağlı olan çelik bir klozete tutunuyordu."

"Doktor, Phil'in rokete zarar vermeye çalışırken öldüğünü söyledi... –"

"Sana yalan söyleyen kişi Doktor Jason. Mulrooney'yi öldürdü çünkü Mulrooney iğne yaptırmayı bırakmıştı ve Sinhurma bu düzeneğin ortaya çıkmasından korkuyordu. Ruth bana geldiğinde bazı şüphelerinden bahsetmişti ve Sinhurma bu yüzden onu da öldürttü."

"Hayır... hayır böyle bir şey yapmış olamaz, Ruth'u çok seviyordu, hepimizi çok seviyor..."

"Sizi sevmiyor Jason. Sana anlattığım her şeyi tek tek ispatlayabilirim. Laboratuvar raporları, fotoğraflar, DNA örnekleri elimde."

"Bunlar... bunlar sahte olabilir."

"Buna mı inanmak istiyorsun? Her şeyin büyük bir oyun olduğunu, ekibimle benim gerçeği ortaya çıkarmak yerine zamanımızı bu tür detaylı saçmalıklar ortaya çıkarmak için harcadığımızı mı düşünüyorsun? Çünkü yolun çatallandığı yer işte tam burası; birini seçmek durumundasın ve ne yöne gittiğini anlamış görünmüyorsun. Şu an üzerinde ilerlediğin yol şimdiye dek öğrendiğin her şeyi, tüm yaşamını üzerine kurduğun temelleri yok sayman anlamına geliyor: Newton'ı, Galileo'yu, Kopernik'i, Einstein'ı. Sinhurma'nın anlattıklarına inanırsan tüm dünyan güvenilmez bir hal alacak; her şeyden şüphe edeceksin çünkü kimse güvenilir değil. Gerçekten istediğin şey bu mu?"

"Bana ona güvenebileceğimi söylemişti," dedi üzgün bir şekilde. "Cennetin Bahçesi'nde Ruth'la yeniden birleşeceğimizi söylemişti..."

"Güvenmek istediğin adam seni bir bombanın üzerinde oturtuyor Jason. Bunun sonucunda da sevdiğini iddia ettiğin on üç kişi öldü. Ben de burada yanık beden parçalarına, kopuk uzuvlara bakarak, ailelerine bunu nasıl açıklayacağımı düşünüyorum ve aynı şeyi senin ailene de yapmak istemiyorum."

Horatio duraksadı. Hattın diğer ucunda Jason'ı duyabiliyordu; ağlıyor gibiydi.

"Ne... ne yapmam gerekiyor?"

"Bana tetikleyici hakkında bildiğin her şeyi anlatmalısın. Kabloların nasıl bağlandığını ve Sinhurma'nın onu nasıl havaya uçuracağını."

"Görmem lazım Horatio," dedi Jason burnunu çekerek. "Kime güveneceğimi, kime inanacağımı bilemiyorum. Görmem lazım."

"O halde elindeki BlackBerry cihazının içindeki mönülere bak, şimdiye dek topladığımız tüm verileri içine aktardım: Ruth Carrell'ın kanı için yapılan toksikoloji sonuçları, atlama kablosundan aldığımız ve Albert Humboldt'unkiyle eşleşen DNA örneği, atlama kablolarıyla eşleşen borudaki alet izleri..."

Horatio'nun telefonu çalmaya başladı.

"Hepsi orada Jason," dedi Horatio. "Ama kararını çabuk versen iyi edersin. Şu anda beni diğer telefondan Doktor Sinhurma arıyor ve sana garanti ederim ki bizi sonsuza dek beklemeyecektir."

Horatio elindeki telefonu kapatıp diğerini açtı.

"Elçimi kandırmaya çalışmayacağına dair söz vermiştin," dedi Sinhurma sinirli bir şekilde.

"O treylerin yanına bile yaklaşmadım Doktor. Senin fino köpeğinin çağırıldığında gelmemesi benim suçum değil."

"Fino köpeği mi? İhanete uğramış gibi konuşuyorsun Horatio. Acaba Bay McKinley'nin sadakatini görmek seni rahatsız etmiş olabilir mi?"

"O kazanılacak bir ödül değil Doktor. O bir insan, tıpkı diğer müritlerin gibi. Bunu aklından çıkarma."

"Hiçbir şeyi aklımdan çıkarmış değilim Bay Caine. Ne yapmaya çalıştığının farkındayım. Kurt harekete geçmeden önce en güçsüz kuzuyu sürüden ayırır."

Horatio elini saçlarının arasında gezdirdi; saçları terden ıslanmıştı. "Sakin olun Doktor. Bay Kim o belgeleri imzalama konusunda biraz inatçı davranabilir. Bay McKinley'nin onu ikna etmeye çalıştığı çok açık ve bu biraz zaman alabilir. –"

"Düşündüğün kadar çok zamanın yok Horatio."

Ve telefon yeniden kapandı.

Horatio hemen diğer telefonu açtı. "Jason? Jason, seni zorlamak istemiyorum ama doktor senin için bir karar vermeden önce kendi kararını vermen gerekiyor."

Karşı taraftan hiçbir yanıt gelmedi. Ardından: "Horatio?"

"Evet?"

"Burada... burada çok fazla veri var."

"Bir anda hepsini incelemenin zor olduğunu biliyorum, ama..."

"Hayır, hayır, bu sorun değil... bana final sınavları için kahve üstüne kahve içip sabahladığım geceleri hatırlattı." Sesi neredeyse o günleri özlüyormuş gibi geliyordu. "Ben... çok etkilendim. Şu sizin laboratuvarda çok güzel aletler olmalı."

Horatio gülümsedi. "Çok fazla sayılmaz ama elimizden geleni yapıyoruz. Bir ara görmek istersen seni gezdirmekten mutluluk duyarım."

"Öyle mi? Ben... evet. Tamam. Ben... ben çok üzgünüm Horatio. Gerçekten çok ama çok üzgünüm." Sesi titriyordu.

"Her şey yolunda Jason. Tek yaptığın bilgi sağlamaktı, bu bilgilerin kullanılış yönteminden sorumlu tutulamazsın."

KA-THOOM!

Duyulan ses patlamanın değil gökgürültüsünün sesiydi. Statik cep telefonu sinyallerini etkiledi ve gökteki kapkara bulutlardan bardaktan boşanırcasına yağmur yağmaya başladı. Çadıra çarpan yağmur damlalarıyla hattaki statik seslerinin arasında Horatio Jason'ın söylemeye çalıştıklarını duymakta zorlanıyordu.

"... ona izin vermeyin... QZZZSSKKK... bomba... ZZXX... gömülü... CRKK... sinyali bekliyor..."

"Jason! Jason! Ne sinyali? Sinhurma neyi bekliyor?"

"KRZZXX, shazam..."

"Shazam," diye fısıldadı Horatio.

322

Aniden yağmura çıkıp kum tepesinin üzerinde bekleyen keskin nişancının yanına koştu. Telsize güvenemezdi. Oraya vardığında tepeden tırnağa sırılsıklam olmuştu bile.

"Sinhurma roket fırlatacak!" diye bağırdı. "Eğer bunu yaparsa o roketi vurmalısın!" Keskin nişancı sanki Everglades'de her gün roket vuruyormuş gibi rahat bir şekilde başını onaylarcasına salladı.

Saniyede kırk-dört feet, diye düşündü Horatio. *Vurması pek kolay olmayacak...* Keskin nişancının günlük antremanlarında trap çalışması ya da ara sıra sinekkuşu avına çıktığını umuyordu.

Koşarak çadıra geri dönerken bir yandan da Jason'a ulaşmaya çalışıyordu. En sonunda bağlantı sağlamayı başardı.

"Horatio?"

"Buradayım. Eğer roket çalışmazsa Sinhurma patlamayı manüel olarak başlatabilir mi?"

"Sadece kendi binasının altında olanı. Kablolar kuzeydoğu köşesindeki treylerlerin altında gömülü. Orada bir kamera var."

"Bunu tahmin etmiştim... Senin bulunduğun treylerin altındaki patlayıcıları içeriden etkisiz hale getirebilir misin? Sinhurma seni görmeden tabii."

"Ben... sanırım evet."

"Yap o zaman. Hem de *hemen.*"

Sinhurma'nın treylerlerinin üstünden bir ışık yükselmeye başladı. *Roket.* Hemen ardından üç el ateş sesi duyuldu... ama yıldıza benzeyen bu ışık yükselmeye devam etti. *Iskaladı. Artık her şey fırtınanın elinde...*

Elektriğin telden akıp büyük bir kaos başlatmasını bekledi. Bekledi. Bekledi...

Hiçbir şey olmadı.

Telsizi alıp, "Ortadaki treylere. Hemen *şimdi, şimdi!*" diye bağırdı.

Ve bundan sonra olaylar çok hızlı gelişti.

SWAT ekibi hızlı bir şekilde ön kapıdan girdi. Sinhurma Jason'ın arkasından kapıyı kilitleme zahmetine bile katlanmamıştı. Yağmur sesinin arasından silah sesleri duyuldu. Horatio treylerin havaya uçup herkesi de kendisiyle birlikte götürmesini bekledi.

Ama bu bir türlü gerçekleşmedi.

16

"ÖLDÜ," dedi Horatio.

Jason katlanır bir sandalyede oturmuş, terden sırılsıklam olmuş vaziyette bir battaniyeye sarınmış titriyordu. Elleri kelepçeliydi ama Horatio ellerinin önünde kelepçelenmesi konusunda ısrar etmişti. Jason günlerdir uyumamış gibi görünüyordu, gözlerinin altı mosmor ve şişmiş durumdaydı.

"Sinhurma'yı içeride bulduk," dedi Horatio. "Roketi patlatmayı başaramayınca kendisine iğne yapmış. İçeriğini bilmiyoruz. Oraya vardığımızda kriz geçiriyordu."

"Peki ya diğerleri?"

"Gözaltındalar. Shanique Cooperville bileklerini kesmeye çalıştı ama kendine fazla bir zarar vermeden yetişmeyi başardık. Geri kalanlar teslim oldu; görünüşe bakılırsa olanlardan tek şüphelenen sendin."

"Bana ne olacak?"

"Düşündüğün kadar fazla bir şey olmayacak. İşbirliğini ve tüm bunları yaparken bilgin dışında verilmiş bir uyuşturucunun etkisi altında olduğun düşünülecek olursa sanırım bir şeyler yapabiliriz."

"Roketi ben ateşlemedim Horatio... Phil'in ölümüne sebep olanı yani. Yemin ederim ki ben ateşlemedim."

"Biliyorum," dedi Horatio. "Bunu araştırdık; o gün Doktor Wendall'la çalışıyormuşsun ve Dünyevi Bahçe'nin yakınlarında bile değilmişsin. Hayır, roket restorandaki biri tarafından fırlatıldı."

"Kim?"

"Ruth'u öldüren kişi tarafından..."

"Bunu anlayamıyorum," dedi Delko.

O ve Wolfe treyleri inceliyordu. Sinhurma'nın cesedi yerde yatıyordu; ölüm, kibirli duruşunu silmiş gibiydi. Kolundan sarkan hipodermi fotoğraflanıp kanıt poşetine konulmuştu bile; doktorun yarı aralık ağzından çıkan köpük yere doğru akmıştı.

"Anlayacak ne var ki?" dedi Delko. İç kısmın fotoğraflarını çekiyordu. "Delinin tekiydi ve en sonunda kendini öldürdü."

"Bu değil," dedi Delko. "Shazam. Shazam da neyin nesi?"

"Billy Batson'ın Kaptan Marvel'a dönüşmek için söylediği sihirli kelime," dedi Wolfe. Yerdeki cesede odaklanıp birkaç fotoğraf çekti. "Ona süper kahraman güçlerini veren bir yıldırımı çağırmak için bu kelimeyi kullanır."

"Ah," dedi Delko. "Sanırım bu mantıklı, tabii kendini kaybetmiş Mesih-kompleksi olan biri için."

Treylerlerin alt taraflarına, su geçirmez korumaların içine yerleştirilmiş olan patlayıcılar Jason'ın yardımıyla Horatio tarafından etkisiz hale getirilmişti. Ancak fırlatma konsolu hâlâ Sinhurma'nın cesedinin yanındaki masanın üzerindeydi. Üzerinde yerel elektrik akımlarını gözlemleyebilmek için birkaç göstergeyle üç adet düğme vardı: biri roketi ateşlemek, diğer ikisiyse treylerdeki patlayıcıları ateşlemek içindi.

Wolfe onu havaya kaldırıp inceledi. Arka kısmındaki erişim panelini kaldırınca alttan bir adet on iki voltluk pil çıktı. "Şuna bak. Herhangi biri devreyi atlatmak için basit bir işlem yapmış olsa Sinhurma bu düğmeye basarak kendini havaya uçurabilirdi."

"Evet, ama bunu yapmadıkları için şükretmelisin. Sinhurma Tanrı'nın ondan yana olduğuna o kadar emindi ki son kararı fırtınanın vermesini istedi."

"Ama bu düzeneği Sinhurma yapmadı," dedi Wolfe. "Jason yaptı. Ve roketin yüzde ellilik bir oranla yıldırım yaratmayacağının farkındaydı."

"Yani?"

"Yani olayı Tanrı'nın eline bırakan Sinhurma değildi," dedi Wolfe. "Jason'dı."

"Çocuk bir CSI ajanı gibi düşünüyor," dedi Delko. "Güven... ama doğrula."

Calleigh ve Horatio sorgu sandalyesinde oturan turuncu tulumlu tutukluya baktı. Everglades'deki olaydan bu yana eyalet hapishanesinde tutuklu durumdaydı;

olası patlama sonrasında ufak parçalara ayrılmaktan son anda kurtulmuş olması Horatio'nun onu son gördüğünden bu yana tavırlarını değiştirmiş gibi görünüyordu. Küstahlığı gitmiş yerini boş gözlerle bakan bir endişe haline bırakmıştı.

Tabii, diye düşündü Horatio, *bunun tek sebebi günlük vitamin aşısını yaptıramamış olması olabilir.*

"Darcy Cheveau," dedi Horatio. "Yaşadığın için şanslısın."

"Evet. Evet," dedi Cheveau. "Onun ne kadar kaçık olduğunu bilmiyordum dostum. Sadece o anda... o anda her şey çok mantıklı görünüyordu, anlarsın ya..."

"Sanırım," dedi Horatio. "Ancak bu söylediklerini cinayet duruşmanda savunman olarak kullanmanı tavsiye etmem."

"Ne? Hey, neredeyse ben ölüyordum."

"Hâlâ da öyle olabilir," dedi Horatio ve bu kez sakin ses tonunun altındaki çelik sertliği hissedilebiliyordu. "Ama ölüm sebebin fanatik bir tarikat liderinin yaptırdığı el yapımı bomba yerine Florida eyaletinin koluna sapladığı bir iğne olur."

"Hayır. İmkânsız. Eğer birilerini öldüren biri varsa bu da Doktor'du..."

"Bu doğru değil," dedi Horatio, "ve bunu ikimiz de biliyoruz. Sinhurma cinayet gibi bir işe bulaşmaz. Bu tür işleri sadık müritlerine yaptırır."

"Neden bahsettiğini anlamıyorum," dedi Cheveau. Başını çevirip konuyu geçiştirmek istermişçesine elini havaya kaldırdı.

"Ruth Carrell'dan bahsediyorum," dedi Horatio. "Kolunu sıvar mısın lütfen. Sol kolunu."

"Neden?"

"Ya dediğimi yaparsın," dedi Calleigh, "ya da bunu yapması için bir polis memuru çağırırız."

Cheveau omuz silkti. "Neyse ne." Kolunu dirseğine kadar sıvadı.

"Oldukça kötü bir yara," dedi Calleigh. Cheveau'nun ön kolunun iç kısmında şişkin, kırmızı bir iz vardı.

"Sadece bir çizik."

"Evet öyle," dedi Calleigh. "Peki bana kolunu tam olarak neyin çizdiğini söyleyebilir misin? Okçuluk ekipmanları hakkında fazla bilgin yok değil mi Bay Cheveau?"

"Pek değil. Bu daha çok Julio'nun işi, sürekli olarak klinikteki okçuluk alanında atış çalışması yapıyordu."

"Sinhurma da onu bu yüzden kullanmadı," dedi Horatio. "Çok belli olurdu. Julio ekipmanı sağladı ama oku bir başkası kullandı. Acemi okçularda sendeki gibi yaralar olması normaldir; eğer yayı düzgün bir şekilde tutmazsan bırakıldığında kolun iç kısmına çarparak yara yapar."

"Tabii," dedi Cheveau. "Sanki bu yara milyonlarca başka şekilde oluşmuş olamaz."

"Bahsettiğin milyonlarca başka yol DNA'nın yayın iç kısmında bulunmasını açıklayamaz," dedi Calleigh. "Bize verdiğin DNA örneğiyle eşleşiyor. Yayı kullandığını ispatlayabilirim."

"Pekâlâ, Julio onu bana bir süreliğine verdi ve ben de atış alanında birkaç kez kullandım. Bu birilerini öldürdüğümü kanıtlamaz."

"Hayır, kanıtlamaz," dedi Calleigh. "Ve biliyor musun bu beni çok rahatsız etti. Yayı, bulunan oklarla eşleştirecek bir yöntem düşündüm ve seni yaya bağlayacak bir yol buldum, ama Ruth Carrell'ın ölümüne neden olan oku ne sana ne de bulunan yaya bağlayabildim. Ama kolay pes etmem... ve en sonunda bulutlar aralandığında gördüm biliyor musun?"

Cheveau zoraki bir şekilde gülümsedi. "Hiçbir fikrim yok."

"Kirlilik."

"Ne?"

"Florida'nın hava sisteminin eyaleti ülkenin fırtına merkezi haline getirdiğini biliyor muydun?" diye sordu Calleigh. Masanın üzerinde hemen önünde duran dosyayı açtı. "Ve bu gerçekten de böyle. Doğudaki sanayi bölgesinden gelen kirli havanın büyük bir kısmı kıyı şeridine doğru geliyor ve burada da Atlantik'ten gelen nemli havayla buluşuyor. Büyük fırtınalar oluşuyor ve gökyüzündeki kimyasalları temizliyor. Maalesef yalnızca onları bir ortamdan diğerine aktarabiliyor: – havadan ekosisteme. Toprak, su ve içinde ya da üzerinde yaşayan her şeye.

"1980'li yıllarda bu büyük bir sorundu. Tıbbi ve endüstriyel atıklar için yapılan özel fırınlar çok popülerdi ve pil gibi malzemeler için sıklıkla kullanılıyordu. Çevreciler en sonunda bir yasa çıkartmayı başardılar ancak kesin sonuçlar görülmeye başlanana kadar neredeyse yedi yıl geçti."

Cheveau sıkılmış bir şekilde ona bakmaya çalışıyordu. Horatio gülümseyerek bunu imkânsız bir hale getirdi.

"Ve bu sonuçların görülebildiği canlılardan biri de Florida kuşlarıydı," diye anlatmaya devam etti Calleigh. "1950 ile 1980 yılları arasında Everglades'deki kuş nüfusu neredeyse yüzde doksan oranında azaldı ve bunun büyük bir sebebi de orada toplanan toksik kimyasal maddelerdi, özellikle de civa. Bunu biliyorlar çünkü civa tüylerin malzemesi olan keratinle eşdeğerdir. Uzun bir süre boyunca durağandır, bulunduğu noktaya bir kere geldi mi neredeyse daima orada kalır."

"Peki tüm bunların benimle ne ilgisi var?"

"Çünkü Bay Cheveau, bu tür çevresel değişiklikleri gözlemlemek için Florida kuşlarının kanatlarındaki civa oranını ölçüyorlardı. Julio Ferra'nın garajında ve Ruth Carrell'ın ölümüne sebep olan oklar el yapımıydı ki bu da tüylerin muhtemelen yerel bir satıcıdan alındığını gösteriyordu. Onların DNA-eşleştirmesini yapamadım... bu yüzden de civa oranını araştırdım."

Dosyadan boş bir kâğıt alıp masanın üzerinde ona doğru itti. "Sonuçlar her iki tüy setinde de eşit miktarda civa seviyesi gösteriyor, milyonda bir seviyesine. Tüm bu tüyler tek bir kuştan geldi... ve el yapımı olmasıyla birleşince okların eşleştirilmesini sağlıyor."

"Muhtemelen tüm bunlar şu anda senin için bir şey ifade etmiyordur," dedi Horatio. "Hâlâ Doktor Sinhurma'nın 'tedavi'sinin etkisinde olmalısın. Ama merak etme, suçlamaları yapan kişi her şeyi mahkemede anlatacaktır."

"Neyse ne. İşimiz bitti mi?" Cheveau oldukça sakin görünmeye çalışmasına rağmen gözlerindeki endişeyi gizleyemiyordu; bir Horatio'ya bir Calleigh'e bakıp duruyordu.

"Pek değil," dedi Horatio. "Bir de Phillip Mulrooney'nin ölümü var."

"Ne yani, onun ölümünden de mi beni sorumlu tutuyorsunuz?"

"Evet Bay Cheveau," diye yanıtladı Calleigh. "Suçlusunuz."

"Sinhurma'nın kirli işlerini yaptırdığı kişi sendin," dedi Horatio. "Kimsenin hoşuna gitmeyecek bir şey yapılması gerektiğinde ilk eriştiği kişi sendin. Ama sokak çetelerinin kullandığı bir tekniği kullanarak çok rahat etmişti: silahı elde etmesi için bir kişi, onu ateşlemesi için bir başkası, silahı yok etmesi içinse üçüncü bir kişi kullan. Bağlılık herkesin ağzını sıkı tutmasını sağlar ve suç o kadar dağılmıştır ki tek bir kişiyi suçlamak neredeyse imkânsız hale gelir. Ama ne kadar zaman geçerse geçsin asıl ipuçları hâlâ oradadır... ve ekibim daima gerçekleri bulur. Adım adım..."

"Jason roketi inşa etti ama onu bir başkası ateşledi. Humboldt atlama kablolarını tedarik etti ama onları takan bir başkası oldu. Ferra ok ve yayını ödünç verdi... ama Ruth Carrell'ı öldürmek için bu oku kullanan bir başkası oldu. Ve o başkası Darcy... sensin."

"Bunu ispatlayamazsın," dedi Cheveau. Sesi Horatio'nun daha önce duyduğu gibi kuru bir boşluğa dönüşmüştü; stresli olduğunda Sinhurma'nın onu programladığı gibi davranıyordu. "Phillip Tanrı'nın takdiri sonucu öldü."

"Aslında onun ölümünün sebebi bir blenderdı," dedi Horatio. "Ya da en azından suç aleti olarak kullanılan oydu. Dünyevi Bahçe'nin çöp tenekesinde bulduğumuz yanık bir mutfak malzemesinin elektrik prizinin ucunda eriyik bir iz var. Bu izi restoranda bulduğumuz hiçbir şeyle eşleştiremedik, tabii ilk başlarda..."

Horatio başını karşılaştırma mikroskobundan kaldırdı. "Bıçağın yan tarafındaki alet izleri atlama kablosunun kıskaçlarından biriyle eşleşiyor," dedi. "Hatta uç kısmında erimiş plastik izi bile var. Prizle çıkış arasına sıkışmış olan işte buydu."

"Ama bunu oraya kim koydu?" diye sordu Delko.

"Kullanılmadıklarında nereye saklandığını bilen biri," diye yanıtladı Horatio.

"Albert Humboldt mu?"

Horatio gözlerini kısarak bıçağı inceledi. "Sanmıyorum," dedi. "Hatta bıçağın her iki tarafının da izinin kaldığını düşünüyorum..."

"Samuel Lucent Albert'ın işyerinde bir başkasıyla birlikte uyuşturucu kullandığını söyledi," dedi Horatio. "Bu kişinin sen olduğunu biliyorum."

"Neden bahsettiğini bilmiyorum."

"Ah, sanırım biliyorsun," diye yanıtladı Horatio. "Tek beceriksiz olduğun konu okçuluk değil... Sıcak-bıçak tekniğiyle uyuşturucu alabilmek için uyuşturucu maddeyi alt kısmı kırılmış bir şişenin altında uçları ısıtılmış iki bıçağın arasına tutman gerekir, ama aslında şişe o kadar da gerekli değildir öyle değil mi? Eğer ye-

333

terince deneyimliysen sadece bıçağın uçlarını ağzına yakın tutarsın ve iyi zamanlanmış bir nefesle dumanın tümünü çekersin. Sanırım bu durumda iki şey söylenebilir, deneyimli ya da tembel... Hangisini seçmeliyiz Darcy? Kendini ispatlamaya mı çalışıyordun yoksa şişelerden birini kırdın ve bir diğerini hazırlayamayacak kadar kendinden mi geçmiştin?"

Cheveau ona doğru bakıp yanıt vermedi.

"Hangisi olursa olsun sonuçları oldukça açık. Tıpkı yüzündeki yanık gibi." Horatio Cheveau'nun üst dudağındaki beyaz renkli, hilal şeklindeki yara izini işaret etti. "Çok belirgin bir iz, o prize giren bıçağın ucuyla eşleşiyor.

"Jason sana roketin yıldırım oluşturma şansının sadece yüzde elli olduğunu söyledi ve bu yeterli değildi öyle mi? Sinhurma kaderin onun yanında ve Mulrooney'nin karşısında olduğuna emindi... ama sen değildin. Çok sevdiğin liderini yüz üstü bırakma riskini göze alamayarak hile yaptın. Atlama kablolarından birini rokete diğeriniyse sadece boruya bağladın. Mulrooney'nin dizlerinden metal drenaja giden bir yol yaratabilmek için kapının altından bir kova su döktün, bıçağın ahşap sapını çıkarıp ucunu açıkta kalan taban kısmına taktıktan sonra prizle çıkışın topraklanmamış tarafı arasına sıkıştırdın. Roketi fırlatırken aynı zamanda Phil'i de elektrik çarpmasını sağladın, böylece yıldırım oluşmasa bile Mulrooney yine de çarpılacaktı. Sonrasında Humboldt roket ekipmanlarını yok edecekti, bunu da yaptı, ama atlama kablolarını tutmak gibi bir aptallık da yaptı. Humboldt'dan bıçağı ya da blenderı da yok etmesini isteyemedin – Sinhurma'nın planı hakkında şüphelerin olduğunu başka kimsenin bilmesini istemiyordun – bu yüzden de blenderı çöpe attın, bıçağın sapını geri takıp sakladın. Bulunsa bile uyuşturucu kullanan birine ait olduğu düşünülerek göz ardı edileceğini sandın."

İçine düştüğü durumun farkına vardıkça Cheveau'nun gözleri kısılıyordu. "İşi şansa bırakamazdım," dedi sıkıntılı bir şekilde. "Zaten mutfak görevine verilmiştim. Bu işin düzgün bir şekilde gerçekleşeceğinden emin olmalıydım."

Horatio Cheveau'yu sakin bir şekilde inceledi. "Ah, şu kader nelere kadir..."

Cheveau'yu iki polis memuru odadan çıkarırken Horatio ve Calleigh de onları izliyordu. Dışarıda en sonunda yağmur hızlanmıştı; yarın taptaze kokan yeni bir gün başlayacaktı.

"İlginç değil mi," dedi Calleigh. "Bu soruşturmayı başlatan bir fırtınanın etkileriydi, çözülmesine yardım eden de yine bir fırtına oldu."

Horatio pencereden dışarı baktı; ara ara şimşek çakmaya devam ediyordu ama oldukça azalmış gibiydi. "Sanırım," dedi, "ama başarımızın ilahi güç yerine sıkı çalışmamızın bir sonucu olduğunu düşünmeyi tercih ederim."

"Tabii ki bunun da etkisi vardı," dedi. "Kâğıt işlerini de unutmamak gerek. Diğer tarikat üyeleri neyle suçlanacak?"

"Kim, Ferra ve Humboldt cinayete yardım ve yataklık yapmakla suçlanacak. Sinhurma öldüğüne göre

335

bizimle ilk anlaşma yapmak isteyen kimin olacağına bakar; paramı Kim'e yatırıyorum ama Humboldt'un ifadesi de Cheveau'nun suçlu bulunmasında çok faydalı olacaktır."

"Peki ya Jason McKinley?"

"Buna hâlâ karar verilemedi. Savcı cinayete suç ortaklığını düşünüyor ama sanırım onu bundan vazgeçirebilirim. En fazla suça yol açan ihmal olabilir diye düşünüyorum; hapse gireceğini sanmıyorum."

"Bu iyi bir şey. Zavallı çocuk."

"Evet. Kalbini, aklını kaybetti ve neredeyse..."

"Ruhunu da kaybedecekti değil mi?" diye sordu yarı ciddi bir şekilde.

"Ben yaşamını diyecektim," dedi Horatio. "Eğer popüler olmanın bedeli buysa sanırım ben tanınmamayı yeğleyeceğim."

"Böyle bir şansın yok," dedi Calleigh gülümseyerek. "Sen aramızda hep popüler olacaksın. Ve şunu da belirtmeden geçemeyeceğim; sarışın ve mavi gözlü bir erkek olarak bence yeterince ruha sahipsin."

"Teşekkürler. Ama yine de ruhlara olan inancımı göz önünde tutacak olursan..." Duraksadı.

"Evet?" diye sordu Calleigh.

"Diyelim ki," diye yanıtladı gülümseyerek, "gerekli olan kanıtların hepsini henüz bulabilmiş değiliz..."